화냥년

역사소설 병자호란

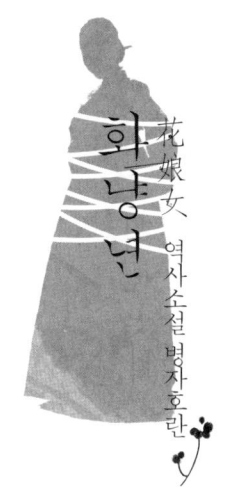

花娘女, 역사소설 병자호란

화냥년

유하령 지음

푸른역사

차례

프롤로그

1637년 5월 18일. 아침 햇살이 퍼지기 시작한 심양瀋陽 남문 앞 너른 터에는 흐느낌과 울부짖음이 가득 찼다. 요동벌판에서부터 달려온 아침 해가 날이 새기 전부터 모여든 수많은 조선 사람들의 얼굴에 수심 가득한 음영을 만들고는 줄줄이 들어서는 조선 포로들을 가리켰다.

핍박에 익숙한 눈동자를 굴리며 포로들이 남문 앞 너른 터에 들어차자 새벽부터 기다리던 가족들은 울부짖으며 다가가려 했다. 몇 겹으로 늘어선 청나라 팔기군 횡대가 혈육에게 다가가려는 가족들을 막아섰다. 강화도나 한양에서 포획돼 석 달을 걸어 심양까지 끌려온 포로들이었고, 청이 요구하는 속환가贖還價(포로들을 돌려받는 데 치러야 하는 값)를 마련해 천 리도 넘는 길을 달려온 가족들이었다.

청군의 벽에 막혀 포로들에게 다가가지 못하는 가족들은 하늘 높이 퍼지기 시작한 햇살에 얼굴을 맡긴 채 흐느꼈다. 흐느낌은 이내 통곡의 물결이 되어 청군의 벽을 넘어 마른 삭정이 같은 포로들의 몸을 적셨다. 얼어붙은 몸과 마음에 뜨거운 통곡의 물결이 닿자 줄을 맞춰 쭈그려 앉아 있던 포로들이 술렁거리기 시작했다. 황폐한 눈동자들이 벌떼처럼 날아올랐고, 혈육의 목소리를 확인하려는 귀가 청군 너머 가족들 쪽으로 몸을 끌고 갔다. 속환 시장으로 이동하기 전 속환꾼들을 바라보거나 줄에서 이탈하면 탈주로 간주하겠다는 청인들의 협박도 소용없었다.

그때 늙수그레한 사내의 절규가 청군의 벽을 뛰어넘었다.

"정기야! 정기야! 애비다! 애비가 데리러 왔다! 살아 있으면 대답해라!"

오래지 않아 날카로운 울부짖음이 포로들 사이에서 터져 나왔다.

"아버지! 저 살아 있어요! 정기, 살아 있다고요!"

비통한 외침이 끝나기도 전에 속절없는 절규들도 터져 나왔다.

"저, 살아 있어요!"

포로와 가족들의 서로를 향한 외침이 막아선 청군들의 귀를 먹게 하고 숨을 막았다.

'탕, 탕, 탕.' 갑자기 총성이 울렸다. 포로들은 질긴 목숨을 부지하던 습관대로 재빨리 머리를 박고 엎드렸고, 가족들은 어설프게 고개를 숙였다. 갑옷을 입고 말을 탄 자가 하늘에 대고 공포를 쏜 모양 그대로 팔을 뻗치고 있었다. 조선에서 온 가족들은 저자가 포로 속환을 지휘한다는 구사어전固山額眞(팔기八旗의 한 기를 지휘하는 장군)이라고 수군거렸다.

"질서를 지켜라! 포로들을 데리고 조선으로 가고 싶으면 명령에 따르라! 말을 듣지 않는 자는 속환에서 제외하겠다!"

구사어전은 속환꾼들과 가족들을 보고 소리치더니 총구를 포로들에게로 향했다. 청군들이 창을 겨눈 채 포로들을 둘러쌌다. 포로들은 시장에 들어올 때의 기죽은 모습 그대로 창끝에 몸을 맡겼다.

패배와 항복은 겨울 한복판에서 순식간에 이어졌다. 청나라를 가볍게 여겨 치욕을 당한 조선의 군주와 신하들은 절개와 지조를 잃었지만 백성은 목숨을 잃었다. 도륙당한 백성이 수십만이었고 포로가 된 백성이 십여만 명이었다. 조선에서는 빼앗긴 백성이 50만 명이라 했고, 청에서는 잡아온 포로가 8만 명이라 했다. 50만이니, 8만이니 하는 공방은 포로가 돼 심양까지 끌려온 백성에게는 한가한 숫자놀음일 뿐이었다. 포로가 된 백성은 혹한의 추위 속에 뒤틀리는 창자를 움켜쥐고 석 달을 걸어야 했다. 무더기로 쌓인 시신을 지나 굶주림 속에 석 달을 걸어야 했다. 넋은 이미 밟고 지나온 죽은 자들 속에 머물렀지만 간신히 뛰고 있는 심장이 근근이 육신을 지탱해 심양까지 끌려온 터였다.

포로들이 심양에 도착한 지 한 달 만에 첫 포로 속환 시장이 열렸다. 이날 포로 가족들은 동이 트기 전부터 남문 앞으로 몰려들었다. 세자를 배행해 심양관에 파견된 조선 관리들과 조선 조정에서 파견한 속환사 또한 날이 밝기 전부터 나와 포로들과 니루어전牛彔額眞(팔기군의 기본조직인 니루의 지휘관)들을 기다렸다. 날이 밝은 뒤에야 도착한 니루어전들은 포로 명부를 훑더니 속환사와 조선 관리들, 포로 가족들을 노려보았다. 자기들 군대가 목숨 걸고 붙잡은 포로들의 몸값을 철저히 받아내겠다는 맹렬한 기세였다. 그 뒤 청군이 도착해서 남문 앞 너른 터를 포위하고 가족들 앞에 횡대로 사람 장막을 쳤다. 그러고 나서야 포로들을 들여보낸 것이다.

본격적인 속환 절차가 시작됐다. 조선에서 온 속환사가 대표로 포로 이름을 불렀다.

"조성규!"

조선 관리 앞에 포로 가족이 달려나왔다.

"속환가 5백 냥이오. 여기 청 관리에게 은전을 내고 데려가시오."

조선 관리가 달려나온 사내에게 일렀다. 사내가 쭈뼛거렸다.

"어제까지는 4백 냥이라 하지 않았소. 어찌 하루 만에 백 냥이 올랐단 말이오."

조선 관리가 힐끔 니루어전의 눈치를 보더니 사내에게 다가가 나직이 말했다.

"우리도 괴롭소. 반발했는데 도저히 흥정이 안 되오. 양반 남자는 5백 냥, 양반 여자는 6백 냥, 양민은 2백 냥, 노비는 80냥 이렇게 청 조정에서 다시 정한 거라 더는 말도 못 붙이오. 속환시키려면 어쩔 수 없이 따를 수밖에 없소."

사내가 울먹거렸다.

"잡혀 온 아들이 장자라서 4백 냥도 친척들에게서 겨우 추렴해 마련해왔는데 어디서 백 냥을 더 구한단 말이오."

"우선 4백 냥을 내고 백 냥은 심양을 떠나기 전까지 갚는다는 증서를 쓰시오. 청 관리에게 사정해보겠소."

"그렇게라도 해주시오. 우선 아들을 보여주시오."

사내가 포로들 사이에서 아들이 불려 나오기를 초조하게 기다렸다. 조선 관리는 사내가 건네주는 4백 냥과 백 냥은 수일 안에 갚겠다는 증서를 담은 바구니를 니루어전에게 건넸다. 니루어전이 은전과 증서를 꼼꼼히 살피고는 서두를 것 없다는 거만한 표정으로 부하에게 지시했다. 부하가 포로들을 인솔해 데리고 온 청인과 몽골인들에게 다가가 포로 명부의 이름을 가리켰다. 그러자 청인이 포로들 사이에서 젊은 사내를 끌고 나와 니루어전에게 인계했고, 니루어전은 다시 젊은 사내를 청군이 막고 서 있는 쪽으로 데려가 조선 관리에게 인계했다. 막고 선 청군들 사이에서 드디어 아들이 비집고 나오는 것을 본 늙은 사내가 달려가 아들을 얼싸안고 주저앉았다.

"아이고 아이고, 살아 있었구나. 조상님이 너를 살렸구나. 이제 제사를 모실 장자를 살렸으니 죽어서 조상님들 볼 낯은 서겠다이! 아이고, 성규야!"

아들은 아버지가 얼싸안고 흔드는 대로 흔들리며 그저 눈물만 흘렸다. 조선 관리가 통곡하는 사내에게 다가와 물었다.

"여자도 두 명 속환하겠다고 적었지요? 조연희, 조난희 맞소?"

"그렇소. 여식 둘이오. 살아 있소?"

"예, 살아 있소. 회포는 여식들까지 속환시키고 푸시고. 어서 절차를 진행하시오."

늙은 사내가 다시 조선 관리를 따라갔다.

관리들이 줄지어 앉은 진행석은 이미 속환꾼들로 둘러싸였고 흐느끼는 자, 사정하는 자들로 빼곡했다. 속환가가 하루 사이에 백 냥이나 오르다 보니 도저히 더 낼 방도가 없는 가족들은 줄에서 제외됐다. 이들은 포로가 된 혈육의 얼굴을 한 번만이라도 보여달라고 사정했다. 포로의 이름이 불리고 속환가가 니루어전에게 전해졌는데 포로가 죽었다는 사실을 전해 듣는 자들도 있었다. 죽은 자를 살아 있는 줄 알고 속환하러 온 가족들은 발을 구르고 몸부림을 쳤다. 대부분 늙은 사내들이었다. 아들을 속환해 집안의 대를 잇겠다는 희망으로 심양까지 달려온 아버지들이었다. 아들이 열흘 전에 병들어 죽었다는 사실을 전해 들은 아버지는 아들의 이름을 부르며 하늘을 향해 넋두리를 쏟아냈다. 죽은 아들의 속환가를 마련하려고 제위토祭位土(추수한 것을 조상의 제사 비용으로 쓰기 위해 마련한 토지)까지 처분해온 늙은 아버지였다. 여기저기서 통곡이 터졌다. 피붙이의 생사를 확인한 뒤 가슴을 쓸어내리거나 울부짖었고, 슬픔에 겨워 시장 바닥을 구르고 기었다.

시간이 지날수록 포로 가족들은 청군의 장벽을 포로 쪽으로 밀어댔다. 갑군들이 달려와 그러는 가족들을 시장 밖으로 끌어냈다. 속환가가 너무 높아 기다려도 속환될 가망이 없다는 것을 눈치 챈 포로들은 혈육의 얼굴이라도 보려고 줄에서 이탈했다. 통제하던 갑군들이 달려와 포로들을 후려치기 시작했다. 시장 안은 통곡과 비탄의 아수라장이 되었다.

청 조정에서는 조선 양반들이 심양까지 끌려온 집안 여자들을 수치로 여겨 반드시 속환해가 숨기려 한다는 것을 알고는 양반 여자들의 몸값을 높여놓았다. 울부짖음 속에서 여식 둘을 속환해가려는 늙은 양반 사내가 관리에게 하소연을 했다.

"여식 둘에 천이백 냥이라니 너무 터무니없소. 여식들 속환가로 5백 냥을 마련해왔는데 청 관리에게 사정 좀 해주시오."

"양반 여자 두 명에 천이백 냥이라니. 우리도 어처구니가 없소. 가서 흥정해보겠소."

조선 관리가 이번에는 순순히 니루어전에게 흥정을 붙이고 돌아왔다.

"둘이라서 깎아준다고 8백 냥을 내라고 하오. 허나 더는 안 된다고 하오."

"그럼 이번에도 5백 냥을 미리 내고 3백 냥은 증서를 썼다가 심양 떠나기 전에 갚겠다고 말해주시오."

"아까 백 냥하고 지금 3백 냥이면 합이 4백 냥인데 어찌 갚으려고 하오?"

"여식 둘은 이미 혼처가 잡힌 아이들이오. 속환되면 어차피 파혼될 터, 사돈들에게 파혼 값이라도 받아내 속환가에 보탤 작정이오."

조선 관리는 머쓱한 표정으로 고개를 끄덕이더니 더는 묻지 않고 증서를 썼다.

남문 건너편 언덕에서 한 무리의 사내들이 속환 시장을 내려다보고 있었다. 사내들이 언덕 위로 모여들기 시작한 것은 속환 시장이 열린 뒤였다. 그들은 한 명, 두 명 언덕으로 올라와 흩어져 앉아 하염없이 시장을 내려다봤다. 주머니에서 남초南草를 꺼내 말아 피우다 옆 사람에게 건네는 이도 있었고, 쭈그려 앉아 턱을 받치고 망연히 눈물만 흘리는 이도 있었다. 속환 시장에 들어가 보지도 못하고 언덕 위에서 구경만 하는 이 사내들도 모두 포로 명부에 이름을 올린 조선인 포로였다. 무리 중 하나가 눈물을 닦으며 한숨처럼 말했다.

"그만들 내려가자고. 주인 놈들이 도망갔다고 아문에 고발하기 전에."

하지만 말을 한 이도 일어나지는 않았다. 옆에 앉은 이가 힘없이 중얼거렸다.

"다음 속환 시장에는 우리도 저기 들어갈 수 있을까?"

뒤에 앉은 이가 가래침을 퉤, 뱉으며 뇌까렸다.

"아, 정신 차려 이것아. 속환가가 상놈은 은 2백 냥, 종놈은 80냥이라며? 그 돈을 구해서 널 속환하러 올 사람이라도 있냐? 니가 애비가 있어? 어미가 있어? 양반들도 못 구하는 속환가를 종놈 속환하려고 네놈 주인양반이 내겠나?"

나무에 기대고 서 있던 이가 큰 소리로 말했다.

"속환가를 이렇게 올려놓은 놈이 누군 줄 알아? 영의정이래. 강화도에서 잡힌 제 딸년들 구하겠다고 청 관리 놈에게 얼마든지 주겠다면서 딸들만 풀어달라고 했대요. 그때부터 청 놈들이 영의정이 부른 값을 속환가로 정했다는구먼."

말 없이 듣기만 하던 이들도 한숨을 쉬며 욕설을 내뱉었다.

"양반놈들끼리 잘 해먹으라고 해. 언제 우리가 그놈들 덕 봤더냐?"

그때 누군가의 입에서 꼭꼭 씹어뱉는 말이 무리들 귀에 박혔다.

"다들 살아만 있어. 죽지 말고 살아만들 있어. 그래야 도망이라도 가지."

무리 속의 한 목소리가 박힌 말을 뽑아낼 듯이 소리쳤다.

"도망간다고? 봉황성鳳凰城도 못 가서 잡혀서 맞아 죽은 놈들이 몇몇이여! 압록강 건너기도 전에 전부 잡히게 돼 있어. 그나마 아문에 잡히면 다행이여. 속환가 받아내려고 죽이지는 않는대잖여."

또 한 목소리가 바로 이어졌다.

"오늘도 심양 밖에서 칠십 명 넘게 잡혀 왔대잖어. 쇠사슬로 묶어서 형조로 끌고 가더라고."

이런 소리도 들렸다.

"그러니까 잔말 말고 돈들 벌어. 속환가가 언제까지 저렇게 높겠어?"

옆의 목소리가 물었다.

"뭐로 돈을 벌어?"

"아, 주인 놈들한테 반항하지 말고 잘 보여서 품삯이라도 받아야지. 게으름 피지 말고 하라는 대로 하란 말이야. 농사일을 시키면 시키는 대로, 장사 일을 시키면 시키는 대로 만주 개가 되란 말이야."

앞의 목소리가 언성을 높이자 뒤의 목소리가 집어삼킬 듯이 따라붙었다.

"아니, 그렇게 한 푼 두 푼 모아서 속환가를 낸다고? 그게 말이냐 소냐? 속환가가 은으로 2백 냥인데 동전 한 닢 한 닢 모아 속환을 한다고? 야 이놈아, 늙어 죽을 때까지도 못 모을 돈을 모으라고 씨불이냐! 너 오랑캐 밀정이지?"

원망과 증오심이 끝내 편한 상대를 골랐다.

"뭐여? 한양에서 예까지 죽을 둥 살 둥 붙어왔으면서 나더러 오랑캐 밀정이라고?"

급기야 두 목소리가 아니라 두 몸뚱이가 뒤엉켰다. 망연히 앉아 있던 몇몇이 일어나 두 몸뚱이를 찢어놓았고 그들 중 한 명이 엄중한 목소리로 말했다.

"아, 싸우지들 말어. 돈은 벌 수 있어."

언덕 위의 사내들이 방금 말한 자의 얼굴을 바라봤다. 하나가 물었다.

"뭐로?"

우뚝 서 시선을 받은 자는 짧게 대꾸했다.

"남초!"

사내들이 자신들의 손가락에서 타들어 가는 남초를 내려다보며 되물었다.

"남초?"

"그렇지, 남초. 남초를 조선에서 가져오면 돼. 오랑캐 놈들이 남초라면 사족을 못 쓰잖아."

짧은 대답의 엄중하던 목소리가 설명조로 풀어졌다. 사내들이 우뚝 선 자 곁으로 슬금슬금 모여들었고 그중 하나가 지긋이 목소릴 낮춰 물었다.

"조선에 부탁할 데는 있고?"

우뚝 선 자도 이번에는 나직이 말했다.

"부탁할 데가 없으면 뺏기라도 해야지."

사내 중 하나가 놀라 물었다.

"그게 뭔 소리여?"

우뚝 선 자가 모여든 사내들을 쓱 둘러보고는 그들에게 다가서며 말을 이었다.

"속환하려고 조선에서 온 양반놈들 보따리를 털면 남초가 백 섬은 넘게 나올걸. 속환가를 충당하려고 다들 보따리 속에 가져온 게 남초야. 어때? 무슨 말인지 알겠나? 관심 있으면 이따 날 따라오라구."

신분이 양민이나 종인 조선 포로들이 언덕 위에서 남초 탈취를 작당하고 있는 동안, 포로 시장에는 횡대로 가로막았던 청군들의 장벽이 사라졌다. 이제 시장 안은 힘겨운 흐느낌만이 이어지고 있었다.

속환된 6백여 명의 포로들과 가족들은 심양관 너머 임시막사로 이동하려고 줄을 섰다. 속환된 포로들은 임시막사에서 떠날 날을 기다려야 했다. 조선 관리들 앞에는 아직도 속환가를 깎아달라고 사정하는 가족들로 장사진이었다. 속환가가 흥정이 안 돼 청인의 집으로 다시 돌아가야 하는 포로들은 벗어날 수 없는 자신들의 처지에 사색이 되어 속환 절차를 마치고 막사로 이동하는 선택받은 6백여 명에게서 눈을 떼지 못했다.

줄지어 광장을 나가는 속환 포로들 곁으로 도포 자락을 펄럭이며 늙은 사내가 뛰어왔다.

"성규야, 방 구했다. 막사로 가지 않아도 돼."

성규라고 불린 청년과 여인네 둘이 열에서 빠져나와 조선 관리에게 신고했다. 관리는 끄덕였다. 늙은 사내와 아들이 나란히 걸어가고 여식 둘이 주춤주춤 뒤따라갔다. 늙은 사내는 여식들을 돌아보고 한숨을 길게 내쉬더니 앞서 갔다.

그들이 떠나자 포로 가족 중에는 두리번거리며 청인을 찾는 사람들이 있었다. 멀리서 지켜보고 있던 청인들 몇몇이 포로 가족들에게 달려왔다.

"방? 방? 싸. 빨리 와."

청인들이 아는 조선말 몇 마디를 지껄였다.

억센 오랑캐처럼 남문 앞 포로 시장을 내리쬐던 해가 지기 시작했다. 속환된 6백여 명의 포로들은 이미 시장을 빠져나갔다. 니루어전과 사령들은 아직도 속환가를 깎아달라고 매달리는 가족들과 조선 관리들 앞에서 집기를 정리했다.

"장이 끝났다! 장이 끝났다! 흩어져라!"

니루어전이 소리쳤다. 갑자기 울부짖는 소리가 너른 터를 울리며 높아졌다. 가족들의 흥정이 끝나기를 기다리던 포로들이 참았던 설움을 터뜨린 것이다. 갑군들이 달려가 울부짖는 포로들에게 채찍을 휘둘렀다. 청인과 몽골인들은 아침에 데리고 나왔던 포로들을 다시 끌고 가기 시작했다. 통곡하며 끌려가는 포로들 뒤로 남은 가족들이 땅을 치며 울부짖었다.

"만수야! 다른 사람은 잘도 도망치더구먼 너는 왜 도망 못 쳤냐! 아이고! 아이고! 속환가가 너무 높아 데려갈 수가 없구나아. 살아서 언제 너를 보겠냐! 아이고! 아이고!"

"식아, 꼭 데리러 온다! 꼭 데리러 올 테니, 살아 있어라! 다시 올 테니, 살아 있어라! 꼭 살아 있어야 한다아!"

"청심아! 청심아! 내 꼭 돈 마련해서 다시 데리러 올게! 내 꼭 다시 데리러 온다아! 청심아! 청심아!"

난마처럼 얽힌 가족들의 절규 가운데 한 여인네가 남정네의 멱살을 잡고 찢어질 듯 외쳤다.

"사람들아, 이놈 좀 보시오! 본처를 놔두고 첩년만 속환시켜 가네! 이놈 똑똑히 보시오. 하루 한 번 배급 주는 것도 제놈한테 양보해가며 오랑캐 땅에 왔는데! 압록강에서 물에 빠져 떠내려가는 걸 살려내 여기까지 왔는데! 이제 이놈은 일부종사 못했다고 본처를 버리네. 아이고, 아이고!"

여인네가 미친 듯이 울부짖으며 남정네의 옷깃에 매달렸다. 남정네는 잡힌 멱살을 뿌리쳤다.

"데리러 온댔잖어. 데리러 온다고 했잖어! 고향 가서 속환가 마련해서 내 다시 온다고 몇 번을 말했어!"

"이 오랑캐보다 못한 놈아! 오랑캐들은 제 여자 서열은 안 깬다, 이

놈아. 고향에서 온 돈이 본처 데려가라는 돈이지 첩년 데려가라는 돈이더냐? 본처부터 데려가라 이놈아!"

여자가 다시 멱살을 잡고 늘어졌다. 남자는 그러는 여자를 내동댕이쳤다.

"어디서 패악질이여. 칠거지악도 몰라! 내 그러니 너를 데려가기가 싫지. 잠자코 있어. 속환가 마련되는 대로 올 테니까."

남자는 우두망찰 서 있는 첩의 손을 잡더니 급히 포로 시장을 빠져나갔다. 모여 있던 속환꾼들이 혀를 차며 바닥에 내동댕이쳐진 여자를 내려다봤다. 여자는 한참을 일어나지 못했다. 몽골 사내가 여자에게 달려와 뭐라 지껄였으나 여자는 그냥 쓰러져 있었다. 몽골 사내가 여자의 머리채를 잡아끌고 포로 시장을 나갔다. 속환꾼들은 끌려가는 여자의 잔상을 지우려는 듯 재빨리 돌아서서 심양관으로 총총히 사라졌다.

1637년,
버려진 포로들

1월 말경 한양을 떠나 석 달 만인 4월 중순에 도착한 심양 땅. 끌려 오며 살아남은 십여만 명의 포로들은 오랑캐들의 도읍지라는 심양 땅에 발을 들여놓자 추위와 굶주림, 죽음에 대한 두려움으로 갈가리 찢긴 정신을 수습하기도 전에 혼이 나가버렸다. 금수 무리들의 척박한 땅이라고만 상상했던 심양은 화려하고 번성한 도시였다. 진귀한 보석들이 가득하다는 홍타이지의 새로 지은 궁궐이 보였고, 높은 탑과 단단한 벽돌 건물, 도자기에 비단, 온갖 값진 물건들이 거래되는 시장과 상점, 말과 마차와 사람들이 한꺼번에 지나다닐 수 있는 쭉쭉 뻗은 도로들이 있었다. 포로들은 도읍지의 규모에 주눅이 들었다. 이들의 강성한 힘에 짓눌려 끌려온 길을 다시 돌아봤다. 다시는 조선으로 돌아가지 못하게 될까봐 몸을 떨었다.

포로들은 팔기군의 상위조직인 구사어전과 버일러貝勒(왕과 황실종친), 중위조직인 잘란甲喇의 어전들에게 임시 소속됐다. 속환에 대비하기 위함이었다. 속환 절차가 끝나면 남은 포로들은 전쟁터에서 그들을 붙잡은 팔기군에게 예속된다. 사람 수가 적은 수렵민족에게 포로는 최고의 재산이며 노동력의 원천이었다.

심양 어디를 가나 벽돌건물들이 새로 올라갔다. 장군들의 집은 예외 없이 새로 지어졌다. 몇천 평씩 되는 택지에 포로로 잡혀 온 한족

목수들이 강남지방 풍의 정자와 정원을 지었고, 황제 홍타이지의 궁궐보다 규모는 작지만 화려한 거처를 지었다. 정황기整黃旗의 구사어전이며 홍타이지의 신임을 받는 주란타이 장군의 집도 한창 공사 중이었다. 주란타이 장군은 조선 정벌 이후 조선의 기와지붕에 반했는지 조선 포로 중에 목수들만을 뽑아 벽돌집에 조선궁궐 풍의 겹처마 지붕을 올렸다.

십여만 명의 조선 포로들 가운데 두 사람, 강康과 선鮮 또한 삼사백 명의 포로들과 함께 주란타이 장군 집에 임시 수용됐다. 주란타이 장군 집에 수용됐다는 것은 장군의 직속부하에게 잡혔다는 뜻이었다. 포로들의 임시 거처는 장군의 새 거처에서 먼 택지 귀퉁이에 마련되었다.

포로 속환 시장이 열리기 열흘 전 일이었다. 키르사의 몸종인 호녀가 천막에 들어와서 선에게 키르사가 부른다고 나와 보라고 했다. 주란타이의 딸인 키르사는 열일곱 살인 선과 같은 또래였다. 선은 심양에 도착하고서도 며칠이 지나서야 바지저고리에서 치마저고리로 갈아입을 수 있었다. 같이 끌려온 포로들은 그제야 선이 여자인 줄 알고 놀라더니 선의 꽃잎처럼 청초한 모습에 다시 한 번 놀랐다. 아름답고 귀한 티는 무명 치마저고리로도 숨길 수 없었다. 선이 끌려오며 아무 일도 당하지 않은 것은 바지저고리를 입고 소년 행세를 한 선을 지켜준 강이 덕분이었다.

키르사 또한 치마저고리를 입은 선의 빼어난 모습에 놀랐다. 천막 가까이 와서 한 번씩 노려보더니, 하루는 서책을 가져와 책 내용을 설명해보라고 했다. 놀랍게도 그 책은 허난설헌許蘭雪軒의 시집이었다. 어디서 난 거냐고 선이 물었다. 그건 알 것 없고 무슨 책인지나 대답하라고 키르사가 말했다. 조선의 유명한 여류시인의 시집이라고 선이 말하자, 너도 시를 지을 줄 아느냐고 키르사가 물었다. 선은 불현듯 한양 집, 자기 방에 모아놓은 어려서부터 지은 시들을 떠올렸다. 그것이 전쟁 통에 남아 있을 리 없다고 생각한 선은 고개를 저었다. 시를 지을 줄 모른다고 말했다. 키르사는 그럴 줄 알았다는 표정으로 까르르 웃었다. 그 웃음소리에 선은 몸을 떨었다. 그 이후 키르사는 선 앞에 나타나지 않았다. 그런데 갑자기 다시 부른 것이다. 선은 까르르 웃던 키르사의 매정한 모습이 떠올라 옆에 있던 참의 부인과 교리 부인을 바라봤다. 키르사의 몸종이 빨리 나오라고 재촉했다.

"우리가 지켜보다가 무슨 일이 있으면 강이에게 말할 테니 나가보아라."

참의 부인이 선을 안심시켰다. 몸종은 키르사의 거처를 가리키며 따라오라고 재촉했다. 선이 천막을 돌아보았다. 참의 부인과 교리 부인이 걱정스레 쳐다보고 있었다. 가지 않겠다고 버틸 수는 없는 노릇이었다. 선은 보초를 선 청군들을 지나 키르사의 몸종이 이끄는 대로 따라갔다.

너른 뜰이 나오고 관상용 돌들이 장식된 정원이 보였다. 그 앞에 다섯 칸 정도 돼 보이는 회색 벽돌집 세 채가 나란히 정원과 뜰을 바라보고 있었다. 몸종은 어찌 된 셈인지 집 안으로 들어가지 않고 그곳을 곧장 지나쳤다. 선은 머뭇거리며 따라갔다. 몸종은 돌이 촘촘히 깔린 바닥과 작은 연못을 지나쳐 정원수가 병풍처럼 둘러 서 있는 곳으로 앞서 갔다. 정원수 뒤로 새로 짓고 있는 집들이 보이고 기와를 올리기 전인 지붕들이 보였다. 선은 그제야 무언가 잘못됐다는 것을 깨달았다. 키르사가 자신을 공사 중인 곳으로 부를 까닭이 없었다. 몸종이 공사 중인 건물 안으로 저 혼자 들어가 버렸다.

선이 돌아서서 뛰기 시작했다. 천막까지 가기 전에 누군가에게 붙잡힐 것 같았다. 키르사의 몸종을 따라오는 동안 지나다니는 청인이 아무도 없었다는 것이 이상했다고 생각하는 순간, 선은 누군가에게 부딪혀 넘어졌다. 올려다보니 종아리를 덮는 긴 겉옷에 허리띠를 한 젊은 남자였다. 그의 등 뒤로 늘어선 정원수가 보였다. '몽골인이다!' 선은 벌떡 일어나 도망치기 시작했다. 수없이 보았던 오랑캐들이 부녀자들을 끌고 가는 장면이 선의 눈앞에 펼쳐졌다. 적어도 연못 너머 저들의 집까지는 달려가 소리쳐야 했다. 심양에 들어온 뒤 오랑캐들은 포로 부녀자들의 겁탈을 금지하고 있었다. 몽골인이 선을 쫓아 달려왔다. 선이 연못 근처까지 도망쳤을 때 몽골인이 달아나는 선의 팔을 붙잡으려다가 나부끼는 옷고름을 잡았다. 선이 저항하며 도망치는 통에 옷고름이 떨어져 나갔다. 뒤에서 몽골인이 선의 어깨를 밀어 넘어트렸다. 선이 소리쳤다.

"강이 오라버니! 강이 오라버니!"

몽골인이 선의 입을 막았다. 선은 몽골인의 손을 깨물고 다시 소리치기 시작했다.

"강이 오라버니! 강이 오라버니!"

몽골인이 선의 뺨을 후려쳤다. 선이 돌 바닥에 머리를 박고 쓰러졌다. 몽골인이 재빨리 선을 둘러맨 채 아직 지붕 공사가 끝나지 않은 새 집터로 들어갔다.

내동댕이쳐지는 느낌에 선은 정신이 들었다. 들보와 서까래가 눈에 들어오고 그 사이로 5월의 파란 하늘이 보이는 듯하더니 몽골인의 얼굴이 그것들을 가렸다. 선이 몸을 일으키려 했다. 몽골인이 선을 다시 밀었다. 고운 흙더미가 선의 등에 부딪혔다. 지붕 재료로 쓰일 흙을 쌓아놓은 것이었다. 선은 엉겁결에 흙을 집어 육박해오는 몽골인의 얼굴에 뿌렸다. 몽골인이 비틀거렸다. 선은 다시 달아나며 소리쳤다.

"강이 오라버니! 강이 오라버니!"

흙이 들어간 눈을 껌벅이며 사지를 휘젓다시피 달려온 몽골인이 집터를 빠져나가는 선의 발을 잡아 자기 쪽으로 끌었다. 선은 비명을 지르며 몽골인 쪽으로 끌려갔다. 몽골인이 저항하는 선을 타고 앉았다. 선은 발버둥치며 비명을 질렀다. 몽골인이 선의 뺨을 또다시 후려쳤다. 이번에는 흙더미에 얼굴을 박은 선이 움직이지 못했다. 벌겋게 상기된 몽골인이 무어라 중얼거리며 피를 흘리는 선의 입술을 쓰다듬더니 일어나 선을 구석으로 옮겼다.

그때 사람들이 달려오는 소리가 들렸다. 몽골인이 욕설을 내뱉으며 뒤를 돌아봤다. 주먹이 몽골인의 얼굴로 날아왔다. 무명바지저고리를 입은 젊은 사내였다. 선이 그토록 애타게 부르던 강이었다. 강의 뒤에는 천막 밖에서 선을 걱정스레 배웅하던 참의 부인과 교리 부인이 서 있었다. 두 여인이 허겁지겁 쓰러진 선을 안아 일으켰다. 넘어졌던 몽골인이 일어나 칼을 꺼내 들었다. 바지저고리를 입은 강을 아래위로 한번 훑더니 피 섞인 침을 뱉으며 소리쳤다.

"포로 놈아, 썩 비켜. 죽고 싶냐?"

강은 대답하지 않았지만 칼을 든 몽골인을 노려보는 눈에선 불이 뿜어져 나왔다. 몽골인이 강을 향해 깊숙이 칼을 찔렀다. 강은 칼날을 움켜잡았다. 강에게서 외마디 소리가 터져 나오자 칼자루를 잡은 몽골인이 강의 발밑에 쓰러졌다. 강이 몽골인을 타고 앉았다. 가녀린 선을 타고 앉았던 몽골인이 강의 밑에 깔렸다. 몽골인이 몸을 일으키려 할 때마다 강의 주먹이 다시 때려눕히길 여러 차례, 피범벅이 된 몽골인은 더는 일어나지 못했다. 그제야 강이 놈을 놓아주었다. 선과 참의 부인, 교리 부인은 이미 자리를 피하고 없었다. 시커멓게 그을린 강의 얼굴에 안도의 빛이 스쳤다.

장군의 심복들과 노복들이 새 집터로 몰려왔다. 쓰러져 있는 몽골인과 도망치지도 않고 뻣뻣이 서 있는 강을 번갈아 쳐다보았다. 피로 물든 두 주먹을 바지에 닦으며 그을린 바위처럼 서 있는 강에게 섣불리 다가가지 못하는 노복들 사이에서 장군의 심복이 소리쳤다.

"몽골왕공을 공격한 이강李康, 저놈을 묶어라!"

그제야 노복들이 강에게 달려들었다. 장군의 심복은 너부러진 몽골인을 살피며 말했다.

"이강 이놈을 안마당으로 데려가라. 장군께서 직접 처벌하실 거다."

5백 평쯤 되는 뜰 한가운데에 강이 꿇어앉았다. 모이라는 명령을 받은 노복 팔십여 명이 포로의 처벌을 지켜보기 위해 둘러섰고, 수용된 조선 남자 포로 백여 명도 끌려와 노복들 주위에 서 있었다. 심문할 준비가 끝나자 주란타이가 자신의 거처에서 나와 정원을 가로질러 뜰로 내려왔다.

두려움의 술렁거림이 때 이른 더위를 식히고 포로들 사이를 지나갔다. 강이 때려눕힌 몽골인은 홍타이지의 세 번째 황비이자 전 차하르 몽골 왕비의 조카인 수흐였다. 한낱 포로가 몽골왕공을 짓이겨 놓은 것이었다. 포로들은 끌려오며 도망가다 여러 대의 화살이 꽂혀 죽은 동료들과 압록강에 무더기로 빠져 죽은 동료들을 떠올린 것일까? 공포로 얼어붙었다.

칼을 찬 주란타이 장군이 의자에 앉고 심복 탕보오와 푸주가 뒤에 버티고 섰다. 주란타이가 꿇어앉은 강과 자신의 노복들과 포로들을 차례차례 둘러봤다. 그가 입을 열자 찐득하고 둔중한 목소리가 흘러나왔다.

"몽골왕공 수흐는 죽지 않았다. 조선 포로 여인도 죽지 않았다. 하지만 이강, 저놈은 죽어 마땅하다. 그러나 조선에서 속환사가 왔다. 포로들을 다시 조사하라는 황제의 명령 때문에 저놈을 살려둔다. 그렇지만 저놈을 수흐가 맞은 만큼 때려야 할 것이다."

포로들이 얼어붙었던 숨을 내쉬었다. 강을 죽이지 않는단다. 살 수 있다는 것만으로도 한고비 넘긴 것이다, 긴장을 푸는 순간 갑자기 굵은 버드나무 가지를 든 노복 세 명이 달려나와 강의 저고리를 찢고 등을 내려치기 시작했다. 포로들은 다시 눈을 질끈 감았다. 낭창낭창한 버드나무 가지가 짝, 짝, 살갗에 떨어지는 소리가 뜰에 가득 찼다. 부러진 버드나무 가지들이 강의 주변에 쌓여갔다. 그러나 이를 악문 강은 비명조차 지르지 않았다. 비명 한 마디, 거친 숨소리조차 내지르지 않는 강의 살갗이 터지는 것을 보며 주란타이의 노복들도 고개를 절레절레 흔들었다.

그때 정원을 가로질러 뛰어오는 여자가 있었다. 주란타이의 딸 키르사였다. 급히 제 아버지 곁으로 다가가더니 귓속말을 했다. 주란타이가 손을 들어 딸을 막았지만 키르사는 아랑곳하지 않고 제지하는 아버지 쪽으로 몸을 기울이고는 계속해서 귓속말을 했다. 그러는 딸을 주란타이는 엄하게 노려봤다. 키르사도 지지 않고 아버지의 눈길을 받아냈다. 키르사의 머리 위 화관이 파르르 떨렸다. 주란타이의 얼굴에 씁쓸한 미소가 떠올랐다.

"알았으니 너는 들어가 있어라."

주란타이의 웅얼거리는 소리는 탕보오와 푸주에게만 들렸다. 주란타이는 강의 짓이겨진 등짝과 터져나간 팔, 피로 흥건한 바지를 내려다봤다. 그리고 매질하느라 시뻘겋게 상기된 노복들에게 명령했다.

"그만하면 됐다. 길에다 끌어내 오가는 조선 포로 놈들에게 보여줘라. 조선 포로 놈이 몽골왕공에게 덤비면 어떻게 되는지 똑똑히 보여줘라."

말을 마친 주란타이가 살가죽이 벗겨져 피로 짓이겨진 강의 등을 잠깐 내려다보았다. 죽지 않은 것을 확인하고 나무의자 손잡이를 탁 두드리고는 일어났다. 노복 몇몇이 달려들어 강의 사지를 잡았다.

해는 기울었으나 바람 한 점 없는 거리에는 오가는 사람조차 보이지 않았다. 노복들이 부려놓은 대로 쓰러져 있는 강의 터진 살갗에 피 냄새를 맡은 파리들만 몰려와 앉았다. 그때 청인 한 명이 대문 밖으로 나와 주위를 살피고는 길바닥에 너부러진 강에게 다가가자 파리 떼가 놀라 달아났다. 청인은 강의 귀에 대고 속삭였다.

"이봐, 강이. 정신 있으면 손가락이라도 움직여봐."

피딱지가 진 강의 손이 희미하게 떨렸다.

"수흐 그놈은 갈빗대가 부러졌어. 이제 몽골왕공 놈들이 너를 죽이려고 들 거야."

강이 몸을 부르르 떨며 일어나려 하자 청인이 말렸다.

"움직이지 마. 장군님이 거둬들이라는 명령이 있을 때까지만 참고 있어."

강이 어렵사리 고개를 들더니 청인에게 '선'이라고 운을 떼자 입에서 피가 쏟아졌다.

"선은 걱정 마. 수흐 그놈이 자기 포로도 아닌 장군님의 포로를 건드린 것이니, 책임은 수흐 그놈에게 있어. 선 걱정은 말고 너나 조금만 참고 있어. 명령 떨어지면 바로 나올 테니까."

청인이 대문 안으로 사라진 뒤, 사람들이 하나둘씩 보이기 시작했다. 조선 복색을 한 사내 둘이 지나가다가 쓰러져 있는 강을 가리키며 쑤군거렸다.

"저건 한양 이 참판 댁 도령인데!"

"뭐, 이 참판 댁 도령이라고? 에이 이 사람아, 양반집 도령이라면 압록강 건너기 전에 빼돌렸겠지. 여태 포로로 잡혀 있을 리가 있나."

사내 둘은 너부러진 강의 얼굴을 자세히 들여다봤다.

"이것 봐. 낯이 익은데. 내가 종살이하던 집이 북촌 이 참판 댁 옆집이었거든. 저 몸집 좀 봐. 틀림없다구. 이 참판 댁 외아들 강이 어려서부터 저렇게 기골이 장대했다구. 저 키 좀 봐. 맞다니까."

"10년 전에 봐놓고 어떻게 알아? 확실해? 이 참판 댁 도령이 맞는 거야? 그럼 조선에서 속환사가 왔다는데 데려가겠구먼. 그나저나 꼴을 보니 속환사 만나기 전에 죽을 것 같은데? 이봐, 그만 들여다보고 심부름이나 가자고 주인집에서 도망갔다고 고발하기 전에."

사내 둘은 10년 전 정묘호란 때 끌려온 조선 포로들이었다.

"가만 있어봐. 어쩌다 저렇게 맞고 내다 버려졌는지는 알아봐야 할 것 아니야."

"허 이 순진한 사람아, 그렇게 반갑고 안타까우면 자네가 떠메고 가서 치료라도 해주지 그러나. 아니면 아예 속량하려고 모은 돈으로 저놈 속량이라도 시켜주든가. 엉?"

포로가 된 지 10년이 넘은 이들이 또 자신들의 나라에서 포로로 잡혀 와 매질에 정신을 잃은 젊은이를 내려다보며 도움을 줄 것인지 말 것인지를 두고 다투기 시작했다.

"아, 왜 이리 흥분하고 난리인가. 나는 그저 같은 포로 처지니까 그러는 거지."

"같은 처지? 어떻게 같은 처지야? 이번에 포로 시장이 열리면 양반들은 비싼 속환가 내고 속환사들 따라서 조선으로 갈 텐데! 우리 같은 종놈들은 정묘년에 잡혀 왔어도 돈이 없어 속량도 못하고 청 놈의 포로로 아직까지 여기 남아 있는데, 이게 같은 처지야?"

화를 내며 발을 구르던 사내가 머뭇거리는 사내의 등을 떠밀었다.

"어여 가자고. 늦게 왔다고 얻어터지기 전에. 저놈처럼 죽어 자빠지면 언젠가는 속량해서 고향으로 돌아가겠다는 꿈도 깨지는 거야."

임시로 지은 막사의 컴컴한 실내. 판자 사이로 햇빛이 날카롭게 파고들어와 하얀 줄무늬 낙인을 만들어놓았다. 거적을 깐 바닥에 정신을 잃고 누워 있는 선에게도, 선의 팔다리를 주무르는 참의 부인과 교리 부인의 얼굴에도 햇살이 하얀 낙인을 만들어놓았다. 뺨이 벌겋게 부어오른 선의 입에서 신음 소리가 났다.

"선아, 정신이 드니?"

참의 부인의 말이 떨려 나왔다.

이들 모두 지난겨울 강화도에서 청군에게 붙잡혀 심양으로 끌려왔다. 오랑캐들은 강화도에서 여자들을 처음 붙잡았을 때부터 겁탈했다. 양반 여인네라고 예외는 없었다. 행군 중에는 벌을 주고 겁을 주려고 겁탈했다. 오랑캐들은 조선 남자들이 보는 데서 여자들을 겁탈했고 대열에서 도망치다 붙잡힌 여자를 그 자리에서 발가벗겨 여럿이 겁탈한 다음 죽이기도 했다. 포로가 된 남녀들은 발가벗겨져 뒹구는 검푸른 몸뚱이들을 피해 걸어야 했다. 여자들은 청군에게 겁탈당하지 않으려고 얼굴에 숯검정을 칠하고 남장을 하고 땅만 바라본 채 웅크리고 걸었다. 청군 내부에 겁탈을 금하는 규칙이 있다고는 했지만 압록강을 건너기 전까지는 지켜지지 않았다. 저희 땅에 들어서자 오랑캐들은 그제야 저희의 엄격한 규칙을 따랐다.

심양에 들어온 지 한 달, 포로 속환이 거론되고 있었다. 그동안 포로들은 조선에서 오는 속환사와 속환해갈 가족 소식만을 기다리고 있었다. 다시 고향으로 돌아갈 수 있다는 희망으로 하루하루를 넘겼다.

참의 부인이 젖은 수건을 선의 머리에 얹었다. 정신이 든 선이 찢어진 저고리부터 부여잡았다. 선의 팔을 주무르던 교리 부인의 눈에 눈물이 일렁였다.

"이제, 정신이 드니?"

선의 눈동자가 허공에 걸려 흔들렸다.

"강이, 강이 오라버니는 어찌 됐어요?"

정신이 들자마자 강을 찾는 선의 마음을 잘 알고 있는 교리 부인이 슬쩍 말을 돌렸다.

"아까 강이 널 구하려고 몽골 놈과 싸운 것은 알고 있지?"

허공에 걸린 선의 눈동자가 불안에 떨렸다. 참의 부인과 교리 부인은 입술을 깨물며 강이 주란타이에게 잡혀갔다는 말은 꺼내지 않았다.

선은 강화도에서부터 남장을 하고 있어서 모두 강의 남동생으로 여겼다. 강은 끌려오는 석 달 내내 선의 허리에 두른 새끼줄을 자기 손목에 묶고 다녔다. 심양에 도착하고서는 강이 주란타이에게서 선의 안전을 약속받았다고 했다. 강화도에서 무슨 일이 있었는지 주란타이는 강의 부탁을 들어줬다. 단지 무명치마저고리를 입었을 뿐인데도 선은 권문세가 외동딸의 귀티를 감출 수 없었다. 그것이 화근이었다. 청인들이나, 조선 포로들이나 선을 보면 몇 번씩 다시 돌아보았다. 선은 되도록 임시 막사 안에만 머물렀다. 그런 중에 드디어 속환사가 도착했다는 소문이 퍼졌다. 정작 속환사가 왔다는 말을 전해 듣자 선을 비롯한 포로 여인네들의 얼굴에는 희망과 불안이 번갈아 떠올랐다. 겁탈을 당했든, 당하지 않았든 조선 포로 여인네들은 죽지 않고 압록강을 넘은 순간 모두 절개를 잃은 훼절毁節女한 부녀자들 신세가 되었다.

참의 부인이 교리 부인에게 물었다.

"아까 키르사는 보이지 않았지요?"

"우리가 갔을 때 키르사의 몸종도 없었어요. 선과 몽골 놈만 있었어요."

교리 부인이 밖을 살피고는 다시 참의 부인에게 나직이 말했다.

"그 몽골왕공 수흐라는 자가 왜 거기 있었을까요? 자기 집도 아닌데요? 아무래도 키르사가 꾸민 짓 같지요?"

참의 부인이 고개를 끄덕였다. 그러나 포로 신세인 그들이 키르사를 벌할 방법은 없었다. 강이 달려가 수흐를 때려눕힌 것만으로도 다행이라고 여겨야 했다. 여인네들은 더는 말을 잇지 못했다.

판자벽 너머로 호녀들의 말소리가 시끄러웠다. 호녀 하나가 안으로 들어와 세 여인을 확인하고 나갔다. 적색 저고리와 쪽색 바지 속 터질 듯한 근육이 씰룩였다. 안의 침묵을 확인한 그녀들이 만주어로 떠들어대기 시작했다. 만주어는 한어와 달리 성조가 없다. 말[馬]이 달리고 구르는 된소리다. 호인들은 말[馬]을 채찍질하듯 곧장 말[言]을 쏟아냈다. 호녀들은 종마처럼 단단한 근육질로 조선 여인네들을 밀어붙이고 때리고 떠들어댔다. 그 뜻을 짐작하는 데는 한 달이 채 걸리지 않았다.

"다 울었나 보네. 쟤네 정조니 자결이니 해도 다 가짜야. 저러면서 죽지도 못하잖아."

"무슨 소리야. 죽으면 어떡해. 두당 얼만데. 잘 지키라고."

"그래, 그래. 조선 양반 년들이라면 사족을 못 쓰는 남정네들만 아니라면 저것들 이미 우리 손에 죽었지. 아, 억만금을 준대도 남정네들 뺏기고 나면 무슨 소용 있어."

"조선 양반 년들 순종적인 자태가 매력적이라나 뭐라나. 오죽하면 우카이 잘란어전 첩실이 조선 년한테 끓는 물을 부었겠어."

"아, 그 우카이 잘란어전이 한 달 동안 조선 년만 끼고 잤다는 거 아 니야. 겉으로는 순진한 척해도 명나라 방중술을 꿰고 있대요."

"그래? 그거 우리도 배워야 하는 거 아니야?"

저희끼리 와자지껄 깔깔거리는 호녀들의 음탕한 조롱이 판자벽을 넘었다. 심양에서 조선 포로 여인네들을 기다리고 있었던 것은 호녀 들의 조롱과 모욕이었다. 그나마 투기하는 자는 순장시킨다는 홍타이 지의 엄명이 날뛰는 근육을 묶어두었다. 그런다고 호녀들의 분이 풀 릴 리 없었다. 시시때때로 바지 속 단단한 엉덩이를 씰룩거리며 다가 와 못 알아듣는 욕설을 퍼부었다.

강화도가 아니라 더 멀리 남쪽으로 피난을 갔다면 잡히지 않았을 것이다. 아니, 강화도에서 바다에 뛰어들었다면 잡히지 않았을 것이 다. 그것도 아니라면 "도망가지 않고 항복하는 자 잡지 않는다"는 구 왕 도르곤의 포고를 믿고 두 손을 번쩍 들어 청군을 반겼다면 끌려오 지 않았을까. 만약 그랬다면…… 하는 통한의 가정들을 해보지 않은 조선 포로 여인네들이 과연 몇이나 있을까? 호녀들의 비웃음과 핍박 이 계속될수록 조선 포로 여인네들은 하루에도 몇 번씩 자책하고 후 회했다. 죽음을 택하지 못한다면 능욕에 익숙해져야 했다.

부엌에 배속된 조선 포로 쌍둥어멈이 소금에 절인 채소와 물에 만 조밥 그릇을 갖고 들어왔다. 참의 부인과 함께 강화도에서 잡힌 쌍둥 어멈은 참의 부인이 친정에서 데려온 여종이다. 쌍둥이를 낳아 한 명 은 시댁에 한 명은 친정에 종을 불려주어 참의 부인 낯을 세워주었다. 세 여인이 쌍둥어멈의 기색을 살폈다. 쌍둥어멈이 웃고 있으면 강이 무사한 것이다. 쌍둥어멈은 웃는 건지 우는 건지 얼굴을 씰룩였다. 참의 부인이 놀라 소리를 높였다.

"쌍둥어멈, 어떻게 됐어?"

쌍둥어멈이 흐느꼈다. 세 여인의 얼굴이 검게 변했다.

"아이고, 이렇게 좋을 데가 있겠어요, 마님. 강이 도련님은 살았어요. 그놈들이 몽둥이찜질만 해서 길에 내놨어요."

흙빛이던 세 여인의 얼굴에 안도의 화색이 돌았다. 쌍둥어멈이 치마를 걷어 올려 코를 팽 풀었다. 누워 있는 선이 점점 흐느끼기 시작했다.

"아이고, 됐네, 됐어. 그만하면 잘된 거야. 강을 살려준 것만으로도 주란타이에게 큰 빚을 진 거야."

참의 부인이 합장을 했다.

"선이 애기씨, 그만 우셔요. 아무 일 없었잖아요. 몽골왕공 놈이 일내기 전에 강이 도련님이 쫓아가서 막았으니 얼마나 다행이에요."

쌍둥어멈이 선을 안아 일으켰다. 선은 쌍둥어멈에게 기대서는 큰소리로 통곡했다.

"쌍둥어멈 그래서 우는 게 아니야. 강이 오라버니에게 너무 큰 빚을 져서 우는 거라고. 나는 오라버니 아니었으면 죽었을 거야. 강이 오라버니 몸만 상하게 하고……."

"애기씨, 강이 도련님이 어떤 분이에요. 오랑캐 열 놈도 한번에 죽인 분인데, 그깟 매 찜질에 상할 분이에요? 지금도 선이 애기씨 걱정만 하고 있을 거예요. 애기씨가 이렇게 울고 있다는 걸 도련님이 아시면 얼마나 괴로워하시겠어요. 그러니 그만 울어요."

쌍둥어멈이 선을 끌어안고 토닥였다. 강이 죽음을 면했다는 사실에 그제야 긴장이 풀려 목을 놓아 흐느끼는 선을 두 여인은 안타깝게 바라봤다.

주란타이가 객실로 들어섰다. 급히 불려온 의원이 몽골왕공 수흐를 치료하다 주란타이에게 예를 갖췄다. 침상 위 수흐의 상체가 천으로 싸매져 있었다. 얼굴이 공처럼 부은 수흐가 주란타이를 보고 무어라 말을 하려 하나 꺽꺽거리기만 할 뿐이었다. 주란타이가 다가가 말렸다.

"됐네, 됐어. 일어나지 말게. 수흐, 자네 몸이 다 날 때까지 여기 객실에 머물게나. 뼈가 붙어야 움직일 수 있다니 섣불리 경거망동하면 안 되네. 여기 이 의원이 접골 치료에는 전문일세. 의원 말 잘 들어야 하네."

누워 있는 수흐가 뭔가 항변하려는 듯 퉁퉁 부은 얼굴을 흔들었다. 주란타이가 수흐의 행동을 무시하고 돌아서는데 밖에서 어지러운 발걸음 소리가 들렸다. 부하 탕보오와 푸주가 급히 객실 문을 열었다. 칼을 든 채였고 주란타이의 칼까지 가져왔다.

"몽골왕공들이 몰려왔습니다. 네 명입니다."

주란타이가 인상을 쓰며 칼을 건네받았다.

"수흐의 아비 트므르도 왔느냐?"

"예."

"우선 대실로 안내해라."

"환자의 상태를 보겠다며 막무가내로 객실로 들어오려 하고 있습니다."

"군사들은 뭐하느냐?"

"막아서서 명령을 기다리고 있습니다."

"이강은? 움막으로 데려갔겠지?"

"예. 몽골왕공들이 도착하기 전에 이미 옮겼습니다."

"그럼 왕공들을 들이도록 해라."

복도에서 다시 어지러운 발걸음 소리가 들리자 주란타이가 문을 거칠게 열어젖혔다. 문밖에는 이미 성난 몽골인들이 몰려와 있었다. 트므르는 주란타이를 무시하고 아들이 누운 침상으로 달려갔다.

"어찌 된 게냐? 조선 포로 놈도 너만큼 다쳤겠지? 아니, 너보다 더 다쳤을 거 아니냐? 죽었느냐? 살았느냐?"

침상의 수흐는 아비의 나무람 섞인 질문에 고개를 돌렸다. 포로 하나 때려눕히지 못했다는 것은 몽골족에게는 지울 수 없는 수치였다. 비록 지금은 만주족에 복속돼 있지만 무예만큼은 만주족보다 한 수 위라는 자부심을 가져온 몽골족이었다. 그런데 만주족도 아니고 문약하기로 소문난 조선 포로에게 무참히 당한 것이었다. 트므르는 붉어진 얼굴을 주란타이에게 돌렸다.

"그 조선 포로 놈을 당장 우리에게 넘기시오. 내 그 포로 놈을 효수하고자 황제의 명령서를 받아왔소."

주란타이가 트므르의 충혈된 눈을 쏘아보며 물었다.

"그 문서가 어디 있소? 좀 봅시다."

트므르가 뒤의 수하를 돌아봤다.

"그 문서 가져왔느냐?"

트므르의 수하가 주저하며 접힌 문서를 내놓았다. 주란타이가 받으려고 하자 트므르가 낚아챘다.

"우리 몽골황비의 도장이 찍힌 것이요."

주란타이가 굳은 얼굴로 트므르를 노려봤다.

"포로의 목숨은 황제와 팔기군의 것이오. 그 외 누구도 포로의 목숨을 가져갈 수 없소. 황비도 그럴 수 없다는 말이오."

"뭣이? 주란타이! 우리 차하르 몽골왕공으로 말할 것 같으면, 3년 전 대대로 내려오던 원나라의 옥새를 황제께 바친 공신들이오. 우리가 아니었으면 어찌 홍타이지 황제께서 중원 제국 건설의 천명을 받들 수 있었겠소!"

트므르가 발을 구르며 입에 거품을 물었다. 트므르는 차하르 몽골의 칸이었던 링단 칸 미망인의 사촌으로 1635년 링단 칸의 미망인은 죽은 링단 칸이 입수한 원나라 옥새를 가지고 홍타이지에게 투항했고, 홍타이지의 세 번째 황비가 됐다. 원나라 황제의 옥새 덕분에 홍타이지는 아버지 누르하치보다 더 큰 꿈을 꿨다. 대대로 이어져 내려오던 여진이라는 족명 대신 만주라고 족명을 바꾸고 원나라의 대를 잇는 청나라임을 공표하며 황제 즉위식까지 했다. 링단 칸의 옥새가 상징하는 바는 그렇게 컸다. 그 위세를 믿고 몽골왕공들은 심양에서 설치고 다녔다.

"키르사가 수흐를 꼬드겨 조선 포로 선을 겁탈하게 했습니다."

객실로 오기 전 탕보오의 보고를 듣자 주란타이는 당장 키르사를 데려오라고 했다. 키르사는 아버지 앞에 불려와서도 전혀 기죽지 않고 생글거리기까지 했다. 주란타이는 꾀가 많은 키르사를 자주 불러 이야기를 나누곤 했다. 그러나 이번만큼은 달랐다. 자칫하면 몽골왕공들과 자신이 황제를 사이에 두고 힘겨루기를 해야 할지도 몰랐기 때문이다.

"네가 어찌 이리 맹랑한 일을 저지른 것이냐?"

"아버님, 황제 주변에 몽골왕공들이 너무 몰려들고 있어요. 이번 일은 몽골왕공들에게 씻을 수 없는 수치감을 줄 거고 황제는 이번 일로 몽골왕공들을 귀찮게 생각할 거예요."

주란타이는 키르사를 엄하게 바라봤다.

"주제넘구나. 다시는 내가 허락하지 않은 술책은 부리지 마라."

키르사는 순순히 무릎을 꿇었다.

"네, 다시는 아버님 허락 없이 일을 꾸미지 않겠어요. 이번 일은 용서해주세요."

키르사는 노래라도 흥얼거리듯 몸을 흔들며 아버지 무릎에 기댔다.

주란타이는 씁쓸한 웃음을 흘렸다. 키르사가 무슨 속셈으로 계책을 꾸몄든 결과는 키르사의 말대로 되고 있었다. 수흐는 포로를 겁탈하지도 못하고 꾀 많은 키르사에게 조롱만 당한 것이다. 주란타이는 얼굴이 벌게져 성을 내는 트므르를 바라봤다.

"그럼 왕공께서는 제가 그 조선 포로 놈을 넘겨주면 기분이 풀리시겠소?"

트므르가 좀 누그러진 얼굴로 대답했다.

"하, 이제야 사람 말을 알아들으시는구려."

주란타이는 냉랭한 표정을 풀지 않고 대꾸했다.

"그럼 조선 양반 포로 속환가도 잘 알고 계시겠지요?"

트므르가 눈을 부릅뜨며 말을 받았다.

"나보고 속환가를 내놓고 포로를 데려가라는 말이오?"

주란타이도 트므르를 노려보며 소리를 높였다.

"두당 은 5백 냥이오!"

트므르가 입을 앙다물더니 화를 참느라 쥐어짜 낸 듯한 목소리를 냈다.

"그건 나라에서 조선에 받아내고자 정한 공속가가 아니요. 나와 그대 사이에 그런 것이 필요하오?"

주란타이의 얼굴이 가면처럼 굳어졌다. 트므르는 키르사의 장난에 말려든 것이다. 주란타이가 꾸짖듯 소리쳤다.

"여보시오, 왕공 어른. 왕족으로 궁에서 나라 밥을 먹으면서 어찌 사사로이 사속을 논하시오. 조선 포로 한 명 한 명이 황제의 재산이거늘 감히 황제께 누가 되는 일을 저지르겠다는 말이오?"

"누가 되다니! 이게 어찌 누가 되는 일이오. 반항하는 포로는 가차 없이 응징하는 것이 이 나라 국법 아니오?"

"남의 집 포로를 사사로이 갈취하거나 폭행할 수 없는 것도 국법인 걸 모르시오. 어겼을 경우 상하를 막론하고 곤장 오십 대요. 그것도 알고 계시겠지요?"

"그럼 우리 수흐가 곤장을 맞아야 한다는 소리요?"

"그렇소. 수흐는 포로 중에서도 조선 양반 처자를 끌고 가 겁탈하려 했소. 조선에서 온 그 집 비장이 이미 몸값을 가지고 도착해 있소. 자신에게 배속되지 않은 여자 포로를 사사로이 겁탈하는 것은 불법이오. 이는 황제께 고할 사항이오."

"황제께 고한다고요? 뭐 그렇게까지……."

트므르는 그제야 수흐가 저지른 일의 결과를 깨닫게 된 표정으로 허둥대며 아들을 내려다봤다. 아들의 천으로 싸매진 얼굴과 가슴이 믿기지 않는지 끙, 한숨을 쉬고는 주란타이를 바라봤다.

"그럼 잠시 아들을 살펴볼 테니 비켜주시오."

주란타이는 심양성 밖으로 말을 재촉해 달렸다. 한창 한족 노비들이 일하고 있는 자신의 농장을 지나 무예 단련장 앞에서 말을 멈췄다.

조선 정벌에서 돌아온 지 한 달. 홍타이지는 자신의 군대인 정황기와 양황기鑲黃旗의 구사어전들에게 심양의 보안을 맡기고는 간소하게 군사를 꾸려 몽골 쪽으로 나갔다. 홍타이지의 친정親征에 몽골족 족장들은 무릎을 꿇거나 달아났다. 홍타이지는 역질이 도는 심양에 몰래 들어와 보고를 받고는 또다시 몽골로 나갔다. 그때마다 귀순한 한족 관리들을 대동했다. 홍타이지의 진짜 관심은 남은 몽골족 정벌이 아니었다. 기존의 분권 체제를 깨끗이 갈아엎고 황제 중심 체제를 세우고자 했다. 명의 잔당을 무너뜨리고 중원을 차지하려면 강력한 권력이 필요했다. 홍타이지는 몽골 초원에서 투항한 한족 관리들의 조언을 받으며 중원의 한족을 지배할 묘안을 구상 중일 터였다.

무예 단련장의 둥근 터에는 과녁부터 장애물, 목상 같은 무예 단련 시설들이 준비되어 있었다. 주란타이가 비질이 잘 되어 있는 마당을 가로질러 활터에 섰다. 어깨에 멘 활과 활통의 화살을 꺼냈다. 몸의 일부와 같은 그것들을 잡고 주란타이가 과녁을 응시했다.

작년 4월, 황제 즉위식장에서는 만주족, 몽골족, 한족 하객들이 몰려들어 '황제 만만세!'를 외쳤다. 바야흐로 만주족에 의한 청 제국 건설이 심양에서 시작되고 있었다. 주란타이도 벅찬 가슴으로 하객들속에 있었다. 축제 분위기 속에서 조선 사신 나덕현과 이확만은 딴청이었다. 그들은 배례도 하지 않았고 만세도 외치지 않았다. 그들을 지켜본 것은 주란타이만이 아니었다. 하객들의 시선이 그들에게 몰렸다. 구왕 도르곤의 부하들이 달려가 그 둘을 황제 앞으로 끌고 갔다. 배례를 시키려고 꿇어 앉혔다. 그러나 그들은 완강히 거부했다. 군사들이 달려들어 때리기 시작했다. 하지만 피를 흘리고 끌려가면서도 만세를 외치길 거부했다.

주란타이가 활시위를 당기자 과녁 정중앙에 화살이 꽂혔다.

조선이라는 과녁의 정중앙을 뚫었다. 홍타이지는 신하의 예를 갖추지 않는 조선을 정벌하라고 명령했다. 구왕 도르곤과 주란타이는 선발대를 이끌고 압록강을 건넜다. 작년 12월 9일이었다. 닷새 만인 12월 14일 수도 한양까지 내달았다. 주란타이는 그 닷새 동안 한양으로 전진하면서 조선의 무장이나 군사들을 보지 못했다. 조선의 무장들은 전투도 해보지 않고 도망갔다. 명과 청, 두 군주를 섬길 수 없다고 꼬장꼬장하게 버티던 조선이었다. 그러나 그들은 말만 앞세웠지 아무런 방비도 하지 않았다. 싸워보지도 않고 자기들의 수도를 버리고 달아났다. 조선의 왕은 하루 만에 궁궐을 버렸다.

주란타이는 한양의 빈 궁궐에서 대기했다. 황제가 거느린 대군이 압록강을 건너고 있었다. 궁궐의 구석구석을 돌아봤다. 큰 궁전의 웅장한 지붕이며, 왕의 침소, 이층 누각, 일층 누각, 연못과 정원 들. 선발대가 심양에서 출발할 때부터 조선에 가면 궁궐 구경을 하겠다고 공공연하게 말하던 자들도 있었다. 주란타이도 내심 궁금했다. 청의 대신들은 곧잘 조선의 제도와 문화를 배워야 한다고 말했다. 그러나 그것이 어떤 것인지 보지 않고는 알 수 없었다. 주란타이는 창호를 바른 꽃잎 창살과 날아갈 듯 날렵한 팔작지붕의 처마들을 살폈다. 고상한 문예적 흥취가 엿보였다. 도르곤이 말했다.

"뭘 그리 꼼꼼히 보는 건가? 조선 궁궐은 아무것도 아니네. 북경 자금성 정도는 돼야 황제가 사는 궁궐이라고 할 수 있지. 모두 태워버려!"

도르곤의 명령에 군사들이 불을 놓았다. 주란타이가 수하 몇몇을 불렀다.

"도르곤이 자리를 뜨면 불을 꺼라."

주란타이가 검을 빼들고 목상을 향해 달려나갔다. 목상은 칼의 공격을 방어하지 못하고 마치 짚으로 만든 것인 양 쉽게 칼을 받아들였다. 주란타이는 찌르고 넘고 뒤로 돌아 다시 찌르고를 반복했다.

조선 왕은 남한산성에서 버티다 45일 만에 제 발로 걸어 나왔다. 쉽게 도망가고 쉽게 항복했다. 뿌리 깊은 제도와 문화를 갖고 있다는 사람들치고는 허술하고 심약해 보였다. 칼 앞에 맞서는 자들은 없었고 왕부터 백성에 이르기까지 달아나기에 급급했다. 심양에서 전해 듣던 조선이 아니었다. 주란타이에게 조선은 출생의 비밀을 간직한 나라였다. 생모의 나라였다. 주란타이는 조선에 주둔해 있는 동안 부하들에게 자주 화를 냈다. 심복 탕보오와 푸주는 그런 상관을 어리둥절하게 바라봤다. 적은 볏짚처럼 쉽게 쓰러졌고 아군은 손가락 하나 다치지 않았는데 무엇 때문에 상관이 저러는지 알 수 없다는 표정이었다.

주란타이는 조선에 대해 품었던 막연한 기대감이 무너지는 것을 참을 수 없었다. 무武가 뒷받침하지 못한 문文이 성한 나라, 조선. 이런 나라를 오랫동안 생모의 나라라고 마음속에 품고 있었던 것이 화가 났다. 조선의 문은 한낱 구중궁궐 장식품으로 전락해 있었다. 주란타이는 정벌 기간 동안 스러져가는 장식품들을 수없이 보았다. 그들은 싸우기보다 도망치기에 바빴다. 도망치지 않고 청군을 반긴다면 포로로 끌고 가지 않겠다고 공표했는데도 도망치기만 했다. 군사들은 도망치는 자들의 등을 칼로 베었다. 주란타이는 불타고 무너지고 훼손되는 문약한 조선의 목격자가 되는 것을 즐길 수 없었다. 그러다 만난 것이 이강이었다. 강화성에서 만난 그는 도망치지 않았다. 자신의 친구를 도망치게 하려고 칼을 빼들었고 친구 누이의 목숨을 구하려고 칼을 휘둘렀다.

목상의 대가리가 단련장 구석으로 날아가 데구루루 소리를 냈다. 주란타이의 온몸이 땀으로 젖었다.

찔리고 베어 온몸이 피로 물든 이강이 주란타이 앞에 끌려왔다. 주란타이는 끌려온 포로에게서 조선에 남은 단 한 자루의 핏빛 검을 보았다. 피를 뒤집어쓴 젊은 포로에게서 조선의 무武를 보았다. 그렇게도 보고 싶었던 조선의 무였다. 잘만 벼리면 무적의 검이 될 것처럼 보였다. 바로 자신이 상상하던 조선의 무였다. 6척이 넘는 큰 몸집, 이글거리는 눈빛, 거기에는 죽음을 두려워하지 않는 협기가 있었다. 타고난 무장의 모습이었다. 전쟁터에서는 이런 무장 한 명이 전군의 승리를 가져온다. 주란타이는 명령했다.

"죽이지 마라. 포로 명단에 넣지 말고 상처를 치료한 뒤 내게 데려와라.”

주란타이는 숲으로 들어가 땀을 식혔다. 그리고 이강을 숨겨둔 숲 속 움막으로 향했다.

이강을 순순히 몽골왕공들에게 내줄 거였다면 애초에 강화성에서 부터 데려오지도 않았을 거였다. 이강은 청군 열 명을 죽이고 잡힌 터여서 그곳에서 처형되고 말았을 것이다. 조선의 겨울 추위는 만주의 겨울 추위에 견주면 아무것도 아니었다. 함락된 강화성에서 조선 포로들은 추위와 두려움에 개처럼 벌벌 떨었다. 얼어 죽는 자들이 속출했다. 상처를 동여맨 이강만이 검은 바위처럼 우뚝했다.

주란타이가 움막 앞에 서자 방 안에서 사람 기척을 느낀 의원이 나와 주란타이 앞에 고개를 숙였다. 주란타이가 의원을 제지하며 조용히 물었다.

“이강은 어떤가?”

“예. 타고난 근기가 있으니 회복될 것이옵니다.”

의원이 주란타이가 원하는 답을 말했다.

강아, 강아. 아버지 목소리가 들렸다. 강은 아버지를 찾아 두리번거렸다. 사방이 캄캄하기만 했다. 아버님, 아버님. 불효자식을 용서하지 마십시오. 강은 울먹거렸다. 캄캄한 공간에 자신의 목소리만 울렸다. 강화성에서 잡히지만 않았어도 충청도 금산 향리로 피난 가신 부모님과 헤어질 일은 없었을 터였다. 강화성에서 청군에게 잡혔다는 걸 아버지께서 아실까. 자신이 심양에 살아 있다는 것을 아실까. 아무것도 모르고 계실 듯해 두렵다. 강아, 강아. 이번에는 어머니의 목소리다. 어머니도 보이지 않았다. 강은 애가 타 검은 허공을 휘저었다. 그때 느닷없이 수흐의 얼굴이 검은 허공에 걸렸다. 강이 달려들어 수흐의 목을 낚아챘다. 오라버니, 오라버니! 선의 외침이 계속됐다. 아무리 허공을 휘저어도 선은 보이지 않고 비명 소리만 크다. 그때 캄캄한 천을 찢듯 한 줄기 빛이 들어왔다. 강이 번쩍 눈을 떴다.

"정신이 드는가? 정신, 들어?"

오랑캐 말이다. 강은 눈을 껌벅였다. 천으로 싸매 놓은 몸을 뒤챘다.

"아, 가만있어! 타박상에는 약초가 제일이야. 몸에 붙여서 동여 맸으니 움직이지 말어."

"여기가 어디요?"

"이 사람아, 걱정 말고 누워 있어. 여긴 몽골 놈들도 모르는 곳이야. 장군님이 숨겨주고 치료도 해주라고 명령하셨으니, 마음 편히 먹어도 돼."

"의원이오?"

겨우 힘을 주어 떴던 눈이 풀리며 다시 감겼다.

"그래, 푹 자게. 상처가 나으려면 푹 자야지."

돌그릇에 방망이 부딪는 소리가 탁탁거렸다. 의원이 한쪽에서 약초를 찧고 있었다. 수흐를 때리는 소리 같기도 하고 버드나무가지로 자신이 맞는 소리 같기도 했다. 소리가 아픔을 불러왔다. 맞을 때는 이를 악물고 참았던 강이었지만 신음 소리를 내며 다시 눈을 떴다.

포로들 사이에서는 열흘 뒤면 포로 속환이 시작된다고 소문이 났다. 뜰로 잡혀갔을 때 주란타이 또한 심양에 속환사가 당도했다고 말했다. 그 때문에 부모님이 꿈에 나타난 것일까? 강은 다시 꿈속으로 빠져들길 바라듯 감은 눈에 힘을 줬다. 꿈속에서라도 부모님을 만나 자신이 심양에 포로로 잡혀 있다는 말을 전할 수 있다면 안타까움이 덜할 것 같았다. 몇백 냥씩 한다는 포로 속환가를 집안에서 마련할 수 없다는 사실을 강은 잘 알고 있었다. 아버지는 참판까지 지내셨지만 뒷돈을 받지 않는 강직한 분이셨다. 과거에 급제하기까지 오래 걸려 얼마 안 되는 집안의 논마지기를 다 팔아 썼다고 하셨다. 속환가를 마련하는 것은 자신의 몫이라 하더라도 자신이 심양에 살아 있다는 소식만은 부모님께 알려야 했다. 상처의 아픔보다 속환사가 왔다는 주란타이의 말이 강의 머릿속을 울렸다.

주란타이가 말했다.

"수흐는 죽지 않았고 선은 무사하다."

포로들을 다시 조사하라는 황제의 명령 때문에 강을 살려둔다고 했다. 그 말이 떨어지자 강은 살았다는 기쁨보다 주란타이가 자신에게 집착하는 것이 이상했다. 왜 자신을 살려주려고 황제까지 들먹이는 걸까. 알 수 없었다. 강화성에서 청군과 격전 끝에 붙잡혀 주란타이 앞에 붙들려갔을 때 주란타이는 눈을 번쩍이며 내려다봤다. '자신은 즉결처형되리라.' 강은 두려움 없이 깨끗이 목을 내주겠다 생각했다.

그때, 주란타이가 말했다.

"처형하지 말고 포로로 데려가라."

강은 어리둥절했다. 오랑캐는 극악무도했다. 도망가는 백성의 등을 찔렀고 부녀자나 어린아이에게도 가리지 않고 칼을 휘둘렀다. 그런 군사들의 대장이었다. 왜 자신을 살려둘까. 필시 까닭이 있을 것이라 여겼다. 그런데 주란타이가 또다시 자신을 살렸다.

강은 눈을 뜨고 검은 천장을 노려봤다.

주란타이는 강을 포로 명부에조차 올리지 않았다. 명부에도 없으니 그는 강화성에서 실종된 사람이었다. 홍타이지가 포로를 나눠주기 전에 포로를 사적으로 취하는 것은 불법이었다. 그러나 주란타이는 강을 명부에 넣지 않고 취했다. 강은 그 대신 선의 안전을 요구했다.

무과를 준비하던 강은 전쟁 전부터 한양을 떠나 강화도에 머물고 있었다.

"무예를 닦기에는 강화도가 적당하다."

강의 아버지가 강을 강화도로 보낸 까닭이다.

전쟁이 일어난 뒤 검찰사 김경징은 강화도로 들어와 큰소리를 쳤다.

"수군이 약한 청군은 강화도에 절대 들어올 수 없다. 강화도는 금성이요, 탕지다."

그러나 청군은 염하를 건너 강화도에 상륙했다. 한 줌의 조선 수군과 한 줌의 조선 육군만이 달아나지 않고 싸우다 괴멸됐다. 강화성도 상황은 마찬가지였다. 원임대신 김상용과 부하들, 달아나지 않은 관원들만이 최후까지 청군을 막았다. 김상용은 쳐들어오는 청군을 보면서 마지막으로 남은 화약을 남문 문루에 설치했다. 폭발과 함께 그와 부하들은 순국했다.

강도 성 내에 있었다. 성 안으로 돌입하는 청군과 맞서다 남문 쪽까지 밀려갔다. 문루 위에서 화약이 폭발할 줄은 몰랐다. 갑자기 날아오는 기왓장과 돌무더기를 맞고 쓰러졌다. 강이 정신을 차리고 일어났을 때는 주위에 시신들뿐이었다. 1월의 짧은 해가 기울고 있었다. 기왓장과 돌무더기 사이로 조선군과 청군의 시신이 뒤섞여 있었다. 온전하지 못한 시신들도 많았다. 문루는 형체도 남아 있지 않았다.

강은 비틀거리며 걸었다. 성 안 곳곳에 불길이 번지고 있었다. 사람들은 보이지 않았다. 다 어디로 잡혀간 걸까. 불길이 번지고 집들이 타들어 가는 소리만 가득했다. 성 밖 언덕으로 몸을 피하려는데 사람이 달려오는 소리가 났다. 가까이 달려오는 자가 소리쳤다.

"강아, 강아! 나 윤노야. 나 윤노라구. 조윤노!"

강의 눈이 커졌다. 정말 한양 북촌의 조윤노였다. 강화도로 건너와 본격적으로 무과 시험 준비를 하기 전에 어울렸던 친구였다. 그가 청군에게 쫓기고 있었다. 칼도 없이 동자의 손을 잡고 쫓기고 있었다. 강은 칼을 빼들었다. 뒤에서 청군들이 쫓아오는 것이 보였다. 강이 소리쳤다.

"민가로 가서 숨어! 뒤는 내가 맡을게!"

윤노가 강을 지나쳐 뛰어갔다. 함께 도망가는 동자도 강을 지나치며 뛰었다. 동자가 도망가면서 외쳤다.

"오라버니, 저 선이에요."

강의 입에서 짧은 탄식이 터졌다. 꽃잎이 흐드러지게 흩날리던 5월, 시를 읊던 선은 꽃봉오리처럼 여리고 어여뻤다. 오래 쳐다보면 사라질 것 같아 강은 눈을 감았었다. 그런 선이 흙 묻은 동저고리바람으로 달아나고 있었다.

청군이 달려와 칼을 휘둘렀다. 강이 칼을 힘껏 내리쳤다. 청군의 목이 떨어졌다. 뒤에서 또 다른 청군이 달려들었다. 강이 칼을 높이 든 청군의 배를 찔렀다. 청군들이 동시에 강에게 달려들었다. 강은 발을 굴러 청군의 등 뒤로 뛰어내렸다. 그들의 등을 찌르고 벴다. 더 쫓아오는 청군은 없었다. 강은 그들 오누이가 달아난 민가로 뛰었다. 불길이 번지는 민가에서 윤노와 선은 우왕좌왕하고 있었다. 강을 보자 윤노가 급히 말했다.

"놈들에게 붙잡혔다 도망친 거야. 사람들이 놈들 진영에 다 붙잡혀 있어."

"우선 산으로 올라가자."

강이 윤노와 선을 앞세우고 불길에 쓰러져가는 민가를 뛰쳐나왔다. 멀리서 또 뒤쫓아 오는 청군이 보였다. 강이 윤노를 보고 말했다.

"선이 데리고 먼저 도망쳐."

윤노가 잠깐 머뭇거리더니 포기한 듯 소리쳤다.

"놈들은 나를 잡으려는 거야. 아까 적장을 만났으니 날 죽이지는 않을 거야. 강아, 선을 부탁한다. 어서 산으로 데리고 피해."

"오라버니 무슨 말을 하는 거예요. 얼른 달아나요."

선이 윤노의 손을 끌고 도망치기 시작했다. 윤노는 동생의 손에 끌려 뛰었다. 강은 다가오는 청군들 앞에 칼을 들고 버텨 섰다. 돌아보니 선이 넘어지는 게 보였다. 윤노가 선을 일으켜 산으로 올라가고 있었다. 강이 청군을 보고 소리쳤다.

"덤벼라. 오랑캐들아!"

청군들이 괴성을 지르며 달려왔다. 강은 청군을 베고 찔렀다. 청군에게 강도 베이고 찔렸다. 청군들이 쓰러졌다. 강도 쓰러졌다. 멀리서 윤노와 선이 외치는 소리가 어렴풋이 들려왔다.

"오라버니 제 걱정 말고 어서 가셔요."

"나한테 업혀."

"안 돼요. 빨리 달아나요."

"강아, 선을 부탁한다!"

강은 윤노의 공포로 무너진 목소리를 들은 듯했다.

"강아, 선을 부탁한다!"

분명히 들렸다, 무너지는 윤노의 목소리가. 강은 비틀거리며 일어나 산을 향해 가까스로 걸음을 옮겼다. 홀로 남겨진 선이 떨고 있는 모습이 보이는 듯했다. 그때 둔중한 무기가 강의 머리를 내리쳤다.

왕이 산성에서 걸어 나와 세 번 절하고 아홉 번 머리를 조아리며 청 황제에게 항복한 날, 강도 삼전도에 묶여 있었다. 왕을 보자 포로들이 소리쳤다.

"임금이시여, 정녕 저희를 버리시렵니까."

행렬 중에서 "저기 임금이다. 임금이 있다. 임금이 있어!" 하는 원망의 외침이 터졌다. 포로들이 왕이 있는 쪽으로 몰려갔다. 왕을 배행했던 신하들은 재빨리 송파나루에 띄워놓은 배에 올랐다. 왕도 놀라 배로 다가갔다. 뒤따라오던 신하가 왕을 밀치고 먼저 배에 탔다. 포로들이 왕의 옷자락을 잡았다.

"임금이시여, 저희를 구해주소서!"

왕이 옷자락을 붙잡은 백성들을 뿌리쳤다. 배는 강 가운데로 나아갔고 포로들은 강가에서 통곡했다. 청군들이 오열하는 포로들을 철편으로 후려쳤다. 살이 뭉개지고 피가 튀고 뼈가 드러났다. 포로들은 쇠도리깨를 피해 이리 몰리고 저리 몰렸다. 청군들은 행렬에서 벗어나는 포로들을 향해 화살을 쏘았다. 뭉개진 시신과 화살에 맞아 죽어가는 시신들이 강가를 덮었다.

포로들은 석 달을 걸었다. 1월 30일 한양을 출발해서 4월 17일에 심양에 도착했다. 행군 중에 얼어 죽고 주려 죽은 이가 발에 밟혔다. 주검에 걸려 넘어져 또 주검이 됐다. 포로들은 앉기만 하면 저고리를 벗어 이를 잡았다. 굶주려 앙상하고 씻지 못해 더러운 몸뚱이에 이만 들끓었다. 오랑캐들은 그 와중에도 여인네들을 끌고 가 성욕을 채웠다.

강은 힘없는 백성이 청군에게 맞고 능욕당하고 죽임을 당하는 광경을 바위 같은 몸에 꾹꾹 눌러 담았다. 선을 가슴에 품다시피 하고 걸었다. 청군들은 남장을 한 선을 흘끔거렸지만 강을 보고는 돌아섰다. 밤이면 선의 허리에 묶은 새끼줄을 손아귀에 감고 잤다. 강의 품에 안겨 등을 보이고 누운 선은 어깨를 떨며 울었다. 곱게 자란 사대부집 여식인 선은 가늠할 수 없는 앞날에 잠을 이루지 못했다. 강은 눈물로 언 선의 얼굴을 큰 손바닥으로 감쌌다. 선은 몸을 돌려 강의 품을 파고들었다. 강은 살을 에는 북풍을 등으로 막으며 선을 감쌌다.

심양에 도착해 주란타이에게 선의 안전을 약속받은 뒤에야 강은 선에게 바지저고리를 입지 않아도 된다고 했다. 포로 신분 확인을 위해서도 선은 어쩔 수 없이 치마저고리를 입어야 했다. 배급받은 무명 치마저고리였다. 그런데도 선은 청초하게 빛났다.

강이 휴, 하고 긴 한숨을 내쉬었다. 옆에 있던 의원이 다가와 살폈다.

"다행히 뼈는 상하지 않았어. 숨쉬기는 어떤가?"

"괜찮소."

"계속 약초를 갈아야 하네. 이런 날씨에 상처를 그대로 두면 살이 다 썩어 문드러지지."

강이 의원에게 물었다.

"혹시 집사 시쥬에게 내가 보잖다고 말해줄 수 있겠소?"

"안 돼. 장군께서 아무도 들이지 말라고 했어."

강은 다시 눈을 감았다. 주란타이의 집사 시쥬는 조선에서 가져온 전리품 중에서 서책들을 강에게 가져와 보였다.

"이게 무슨 책들인가?"

시쥬는 한자로 된 책들을 죽 늘어놓으며 강에게 물었다.

"한자로 된 책들인지 모르시오? 한자를 아는 당신네 사람들에게 물어보면 될 거 아니오?"

시쥬는 퉁명스럽게 말하는 강의 얼굴을 찬찬히 바라봤다. 그러더니 눈가에 자글자글 주름을 잡았다.

"여기는 심양이야. 여기서 살아남으려면 자네도 친구가 필요하지. 자, 한번 들여다보고 누가 쓴 책들인지, 내용은 무엇인지 말해보게나. 이 책들의 값어치를 매겨주면 내 시장에 데려가 구경을 시켜줌세."

같은 오랑캐라지만 집사 시쥬는 팔기군과는 태도가 달랐다. 주란타이 집안 노복들을 부리는 위치였지만 그 자신도 팔기군에 부림을 당하는 신세였다. 강은 서책뿐만 아니라 조선에서 가져온 전리품의 용도도 알려줬다.

속환사가 조선으로 떠나기 전에 부모님께 소식을 전할 길은 시쥬가 움직여주는 수밖에 없었다. 강은 의원을 다시 쳐다봤다.

"그럼 쪽지는 전해줄 수 있겠소?"

비구름에 흐릿했던 반달조차 져버린 밤. 어둠보다 더 검은 형체가 창경궁 양화당 앞 돌층계를 오른다. 장대석을 올라 다시 돌층계로 익숙하게 나아가는 검은 형체에서 젖은 땅 밟는 소리가 났다. 툇마루에 앉았던 늙은 상궁이 급히 등잔불을 끄고 일어났다. 툇마루로 올라간 검은 형체가 상궁이 가리키는 구석으로 몸을 숨겼다. 상궁은 양화당 왼쪽 방 앞에 다가서서 속삭이듯 말했다.

"전하, 시강원侍講院 문학文學 박노 입시이옵니다."

낮고도 음울한 목소리가 대답했다.

"들라 하라."

상궁이 문고리를 그러쥐고는 여닫이문을 살며시 열었다. 검은 형체가 소리 없이 안으로 들어갔다.

시강원 문학 박노라 불린 사나이가 방 안으로 들어서 맞은편 두 번째 문지방 안쪽, 촛불 아래 밀랍처럼 움직이지 않는 형상을 확인했다. 그는 형상을 향해 절을 한 뒤 부복했다. 형상의 얼굴에 촛불이 길게 그림자를 만들었다.

"가까이 오라."

위엄을 갖춘 옥음에 엉겁결에 박노가 자기 옷의 냄새를 맡았다. 늦장마에 의주에서부터 줄곧 입고 온 옷이다. 비에 젖었다 말랐다를 반복한 검은 바지저고리에서 퀴퀴한 냄새가 풍길 것이다. 박노는 엉거주춤 일어나 두 번째 문지방 앞까지 나아가 부복했다.

가까이서 본 왕은 마지막으로 보았을 때보다 더 차갑고 섬뜩해 보였다. 박노는 넉 달 전, 비밀리에 자신을 불렀을 때의 용안을 떠올리고는 어깨를 움츠렸다.

"그동안 네가 보낸 밀서가 모두 몇 통이었느냐?"

박노가 지체 없이 대답했다.

"다섯 통이었습니다, 전하."

왕은 등 뒤에 목소리를 숨겨 둔 듯 미동도 없이 말을 했다.

"앞으로도 밀서는 심양을 오가는 사복시주부司僕寺主簿(왕의 말을 돌보던 관아의 종6품 관직)를 통해 보내도록 하라. 그것이 네가 의심받지 않을 길이다."

"예. 전하."

박노의 누긋한 대답에 어성이 재촉하듯 바로 이어졌다.

"세자는 요새도 서연書筵과 주강晝講에 열심인가?"

"예, 밀서에서도 아뢴 대로 세자께서는 날마다 새벽이면 창경궁 쪽을 바라보며 망궐례望闕禮를 드리고 낮이면 서연을 열어 경사를 강독하십니다. 그러나 5월부터는 용골대가 시도 때도 없이 찾아와 포로 속환 문제로 괴롭히고, 홍타이지 또한 걸핏하면 궐로 불러 음식을 주고 술을 주니 점점 서연이나 주강을 놓치는 때가 많아지고 있사옵니다. 7월부터는 홍타이지가 세자를 사냥터에도 데려가고 있사옵니다."

박노가 외웠던 답지를 읽는 것처럼 막힘없이 대답하자 어성이 한숨처럼 풀어졌다.

"적지에 사로잡혀 수신할 기회는 오로지 서연과 주강이거늘, 세자가 참으로 걱정이로다. 세자관 관리들은 어떠한가?"

왕의 한숨 섞인 물음에 박노는 다시 몸을 굳히며 아뢨다.

"소신이 어명을 받잡고 문학 김원우 대신 심양에 도착한 후로 점점 청인들에게 세뇌당하는 이들도 보았고, 한족 이신二臣(한 왕조를 배신하고 다른 왕조를 섬긴 신하)들에게 세뇌당하는 이들도 보았습니다. 하지만 정뇌경과 강효원같이 강직한 이들도 있사옵니다."

"그들을 분류한 명단은 만들어왔는가?"

왕이 허를 찌르듯이 물었다.

"예."

박노의 대답은 간단했지만 명령한 자의 마음을 흡족하게 할 만했다. 그는 품에서 두툼한 문서를 꺼내 문지방 너머로 들여놓은 다음 다시 부복했다. 왕이 바닥에 놓인 문서를 일별하고는 새로운 명을 내렸다.

"모친상을 당해 한양에 나왔던 문학 김원우를 시강원에서 다시 세자관으로 보내달라고 했으나 허락하지 않았다. 너를 내보내고 김원우를 다시 보내달라고 한 것이 세자빈이라는 정보가 있다. 심양에 돌아가는 대로 김원우를 보내달라고 말한 자가 누구인지 알아보거라."

"예."

이 또한 대답은 짧았으나 명령한 자에게는 충직하게 들렸다.

시강원 문학 박노. 왕이 세자관에 보낸 밀정이다. 세자를 가르치는 일보다 세자관에 파견된 관리들의 일상을 왕에게 은밀히 보고하는 것이 그가 먼저 해야 할 일이었다.

"장계에 따르면 용골대가 한양에 와서 전할 말은 삼전도에서 약속한 열두 가지를 지키라는 홍타이지의 전언이라는데, 그것 말고도 포로 쇄환 독촉이 있겠지? 또 심양에서 무엇을 들었느냐?"

"예, 아뢰옵기 황송하오나, 범문정이 하루가 멀다 하고 세자관으로 찾아와 세자를 만나고 있사옵니다."

"주로 무슨 용건을 가지고 찾아오는 것이냐?"

박노가 머뭇거렸다. 왕이 박노의 대답을 재촉했다.

"괜찮다. 있었던 일 그대로 말하거라. 내가 너를 한양까지 부른 이유다."

"명목은 포로 쇄환 독촉이온데, 입조 문제가 거론되고 있사옵니다. 상감마마께서 직접 심양으로 납시어 홍타이지에게 포로 쇄환이 안 되는 까닭을 해명해야 한다는 입조론이 청 조정에서 대두되고 있사옵니다. 범문정은 청 조정을 대표해 세자께 왕통 계승 준비를 강요하고 있사옵니다."

말을 마친 박노가 고개를 들지 못했다. 왕의 그림자가 갑자기 흔들렸다. 박노가 부복한 어깨를 더 바닥에 붙였다. 끙, 흔들린 그림자가 숨을 토해냈다.

"너도 직접 들었느냐?"

박노는 한양으로 오는 내내 입조 문제를 왕에게 어떻게 전할지 두려웠다. 그러나 자신이 청의 태도를 왕에게 분명히 전하지 않는다면 왕은 포로 문제를 제대로 처리하지 못할 것이고 세자와 세자관의 처지는 더 위태로워질 터였다. 넉 달 전, 박노는 왕과 세자를 위해, 나아가 조선을 위해 자신이 할 수 있는 일은 이 일뿐이라는 생각에 왕의 명을 받들어 심양으로 갔다. 밀정. 분명 자신은 세자의 선생 역할보다 밀정 역할이 우선이었다. 하지만 염탐을 해 있는 그대로 아뢴다는 것이 얼마나 어려운 일인가. 박노는 이를 악물었다.

"예. 범문정은 '왕이 남한산성에서 나와 항복했을 때, 왕을 아들로 바꿔 세우지 않은 것을 후회한다' 이런 말도 했고, '삼전도에서 항복을 받을 때 공유덕 장군 말대로 조선의 왕을 치발薙髮(머리털을 바싹 깎음)을 시켰어야 했다' 이런 말도 했습니다. 범문정은 '이 두 가지 실책으로 조선이 청을 우습게 보게 됐다며 후회한다'는 말을 세자 앞에서 했사옵니다."

촛불 아래 그림자가 부르르 떨었다.

"망측한 말이로구나. 세자는 그 말을 듣고 무어라 했는가?"

어성이 높아졌고 박노의 어깨가 자연스레 움츠러들었다.

"세자는 충격을 받았는지 아무 말도 못 하고 듣고만 있었사옵니다."

탕, 좌탁을 치는 소리가 박노의 머리 위로 떨어졌다.

"뭣이, 세자가 듣고만 있었다고?"

박노가 급히 말을 받았으나 목소리가 떨려나오는 것은 어쩔 수 없었다.

"세자께서는 범문정이 돌아간 뒤 관리들과 입조 문제를 장계에 넣어야 할지 말아야 할지 오래도록 논의했사옵니다."

왕이 퉁명스레 말을 이었다.

"그런 장계는 아직 받지 못했다."

박노가 들었던 어깨를 다시 굽히며 빠르게 말했다.

"예, 세자께서 좀 더 지켜보자며 막았사옵니다. '상감마마께 입조론을 먼저 보고하는 것은 청이 우리 조정과 세자관 사이를 서로 헐뜯게 하고 이간 정책을 펴는 데 넘어가는 것'이라고 하였사옵니다."

그림자가 고개를 끄덕였다.

"세자의 말이 맞다. 하지만 청의 이간 정책이라는 것을 짐도 알고 세자도 아는데 주저할 것이 무엇이겠는가. 더욱이 공세를 막을 준비를 하려면 세자관에서는 저들의 허튼소리 한마디라도 빼놓지 말고 내게 보고해야 하거늘."

'청의 이간 정책이라는 것을 짐도 알고 세자도 아는데 주저할 것이 무엇이겠는가.' 왕의 격노의 말이 부복한 박노를 지나쳐 뒷방까지 갔다가 다시 돌아왔다. 왕이 박노를 지긋이 내려다봤다. 왕은 주저할 것 없다고 했으나 박노는 주저하고 있었다. 그의 굳은 어깨가 그걸 말해 주고 있었다.

"내가 진중한 사람을 뽑아 세자관에 보냈구나."

왕의 말에 박노가 흠칫했다. 왕은 박노의 아버지가 위독하다는 거짓 통보를 세자관에 보내 박노를 한양으로 불러들였다. 용골대가 한양에 도착하기 전에 직접 심양 분위기를 파악하겠다는 왕의 뜻이었다.

즉위 15년. 한 번의 내란과 두 번의 호란을 겪은 왕은 즉위 초와는 전혀 다른 사람이 돼 있었다. 조정 대신 그 누구도 믿지 않았다. 병을 핑계로 정무에 나가지 않았고 조정 대신들조차 잘 만나지 않았다. 왕은 낮이면 병석에 누워 있었고, 밤이 되면 필요한 신하들을 한 사람씩 병석으로 불러들였다. 대신들은 왕이 자신들을 믿지 못해 그런다고도 말했고, 오랑캐에게 패한 치욕 때문에 마음의 병을 얻어 저런다고도 했다.

박노는 대신들이 떠드는 말이 허튼소리는 아니라고 생각했다. 게다가 '진중하다'는 말로 자신을 시험하는 지금, 왕이 박노에게 묻고 있었다. '너는 누구의 사람이냐? 내 사람이냐? 세자의 사람이냐?' 그는 눈을 질끈 감았다. '저는 두 분의 사람이 되고 싶습니다.'

박노가 떨며 말했다.

"세자께선 몹시 두려워하고 있사옵니다."

말을 마친 그가 천천히 용안을 올려다 보았다. 왕의 표정은 밀랍같이 싸늘했고, 얼음 갈라지는 듯한 소리로 박노에게 물었다.

"무엇을 두려워하는 것 같더냐?"

박노는 얼음장을 자신의 온기로 녹이기라도 하려는 듯이 흐느끼듯 말했다.

"청의 이간 정책으로 상감마마로부터 의심을 받을까 두려워하옵니다."

다시 끙, 한숨 소리가 박노의 머리 위로 떨어졌다.

"세자는 마음이 여리다. 어려서부터 예민하여 곧잘 아팠다. 심양에서도 병을 달고 산다는 것을 내 잘 알고 있다. 세자를 믿는다. 그러나 세자 주변에서 세자를 부추기는 자들, 그들이 힘을 얻으면 사직社稷이 위험하다. 그대가 필요한 이유다."

박노는 몸을 더 낮추어 부복했다. 왕이 한숨처럼 말을 이었다.

"가거라. 밀서는 닷새에 한 번씩 보내라."

"예, 전하. 강녕하시옵소서."

박노의 하직 인사 또한 한숨 소리처럼 들렸다.

일곱 달 전 일이다. 만주족, 아니 여진족이라는 오랑캐들, 몽골족, 오랑캐에게 투항한 한족, 그리고 신하와 사로잡힌 백성들이 바라보고 있었다. 하늘 아래 두 발로 걷는 자들은 그날 모두 삼전도에 모여 있는 듯했다. 오랑캐 우두머리 홍타이지에게 세 번 절하고 아홉 번 머리를 땅에 박았다. 땅에 이마를 찧으면서 15년 전을 떠올렸다. 광해를 쫓아내고 궁궐을 점령한 그날 밤만을 떠올렸다. 반정은 성공했다. 역모로 몰릴 뻔했지만 하늘이 도왔다. 종묘사직이 나를 왕으로, 조선의 하늘이 나를 왕으로 추대한 까닭이었다. 오랑캐에게 절을 하고 땅에 머리를 박으면서도 조선의 왕으로서 자존심 하나만은 버리지 않았다. '나는 조선의 왕이다.' 그 한 문장만을 되뇌었다.

홍타이지는 기뻐했다. 저희끼리 주연을 베풀고 활쏘기를 하는 동안 물러나 있겠다고 했다. 석양 무렵까지 밭 가운데 언 땅에 앉아 있었다. 적들이 보는 것은 참을 수 있었다. 하지만 신하들이 멀뚱히 바라보는 것은 견딜 수 없었다. 눈을 감았고 귀를 닫았다. 사태를 이 지경까지 몰고 온 척화파들을 어떻게 처리할까 생각했다.

배에 오르는데 백성들이 울며 매달렸다. 신하들은 먼저 타려고 옷자락을 잡아끌었다. 다 귀찮았다. 어서 궁으로 돌아가 뜨끈한 온돌에 몸을 지지고 싶었다. 창경궁 양화당으로 향했다. 거기라면 편안할 것 같았다.

다음날 파주까지 세자를 배웅했다. 세자는 남한산성에서부터 감기가 심하게 걸려 진한 콧물을 흘렸다. 도르곤에게 부탁했다.

"세자를 온돌방에 재워주시오. 부탁하오."

도르곤은 그러마 하고 고개를 끄덕였다. 도르곤은 세자보다 열 살이 위였다. 세자는 심하게 훌쩍였다. 눈물에 콧물에 말이 아니었다. 적지로 보내는 아비의 마음은 찢어지는 듯했다.

"그래, 그만 출발해라. 너는 조선의 세자다. 오랑캐 앞에서 위엄을 지켜야 한다. 알겠느냐?"

세자는 언 땅에 몸을 붙여 절을 하고는 일어나지 못했다. 흐느낌으로 어깨를 떨었다. 세자의 팔을 잡아 일으켰다.

"아버님, 만수무강하시옵소서."

세자의 효성은 돌과 같이 굳고 순수했다. 세자를 막차幕次(수레가 머물던 천막)로 보내고 먼저 한양으로 향했다. 돌아보니 세자가 막차에서 아비의 뒷모습에 다시 절을 하고 있었다.

왕은 아직도 촛불 아래 홀로 앉아 있었다. 밖에서는 다시 장맛비가 추적거리는지 가늘게 빗소리가 들렸다. 왕은 빗소리에 귀를 기울였다. 탁, 탁, 방구들에서 장작 타들어 가는 소리가 들렸다. 왕의 손이 보료 아래 장판을 만졌다 놓았다. 미지근했다. 좀 있으면 온돌의 열기가 방안의 습기를 적당하게 말려놓을 것이다. 방문 열리는 소리가 나더니 어둠 속에서 늙은 상궁이 자리끼를 가지고 다가왔다. 상궁의 당의에서 비릿한 장맛비 냄새가 났다. 왕은 얼굴을 돌렸다.

모든 게 예전 같지 않았다. 예전과 같기를 바라는 것은 아니었다. 불과 10년 사이에 두 번의 호란을 겪었다. 이괄에게 한양을 내준 것까지 합하면 도성을 세 번이나 빼앗겼다. 도성 인심이 각박해졌다는 보고를 받았다. 감히 백성에게 성군으로 불리기를 바라지는 않았다. 암

군으로 불려도 어쩔 수 없었다. 그러나 빌고 구걸을 할지라도 이 나라 종사만은 보전되어야 했다. 자신의 대에서 나라가 망한다면 죽어서 종묘에 계신 제왕들을 어찌 뵐까 하는 절망이 왕을 옭아맸다. 왕은 끝도 없는 절망에 몸을 맡기듯 방을 나가는 상궁의 뒷모습에 이어지는 어둠을 뚫어져라 쳐다봤다.

"이귀인가? 기다리고 있었네. 이리 가까이, 가까이 오게."

왕이 빈 허공에 대고 중얼거렸다. 신하들은 오랑캐에게 항복한 왕을 부끄럽게 여겼고 서로를 헐뜯었다. 왕 또한 신하들을 믿지 않았다. 쓸만한 신하들은 병을 핑계로 낙향했다. 남은 신하들은 전쟁의 죗값을 상대편 파벌에 물릴 일에만 골몰했다. 왕은 그리움이 가득한 눈빛으로 어둠을 응시했다. 왕의 눈에는 그리움이 흘러넘쳤다.

"이 사람아, 자네가 가고 없으니 내가 누구한테 마음을 털어놓을 것이며 하소연을 한단 말인가."

5년 전에 죽은 이귀가 정말 왕 앞에 나타나기라도 한 걸까. 왕은 어둠에 빨려들듯 중얼거리기 시작했다.

"자네도 알지 않는가. 세자는 천성이 교만한 데라곤 없는 아이일세. 오랑캐의 꼬드김에 빠졌을 리야 없지. 아비가 뻔히 살아 있는데 왕위 교체를 강요당하다니. 아니야, 아니야. 세자는 적지에서 이 애비 걱정만 하고 있을 걸세."

15년 전 거사 날, 홍제원에서 이귀는 기다려도 나타나지 않는 김류를 대신해 반군을 지휘했다. 김류는 나중에야 나타나 이괄에게 창의문 진군을 맡겼고 이귀를 물리치고 반군을 통솔했다. 이 때문에 이귀와 김류는 두고두고 으르렁거렸다. 왕 앞에서 소리치고 서로 흘겨보는 일도 부지기수였다. 왕은 사가의 싸움을 말리는 듯하며 언짢아했다. 김류는 결정적 순간이면 늘 머뭇거렸다. 그에 반해 이귀는 언제나 왕을 위해 행동하고 헌신했다. 울화병으로 죽은 아버지 정원군을 왕으로 추숭하고, 왕통을 굳건히 세워 정묘호란의 참화를 극복하려 했던 왕의 곁을 지킨 이도 이귀였다. 이귀는 뭇 신하들에게 노망든 미치광이라 공격당했다. 그러나 정원군의 존호를 원종이라 지어와 왕에게 바쳤고 죽기 전까지 원종 추숭을 앞장서 성사시킨 이도 이귀였다.

방 안의 어둠이 묽어졌다. 빈 허공에 대고 대화를 나누던 왕의 눈이 힘없이 풀렸다. 동이 튼 것인지 창호지가 희부옇게 밝아졌다. 눈이 감긴 왕의 몸이 점점 앞으로 기울었다.

용골대가 주란타이를 찾아왔다. 용골대는 곧 조선으로 파견될 것이라 했다. 포로 쇄환 처리가 그의 임무였다.

"이번에 속환되는 포로들이 조선으로 출발하면 저도 포로 쇄환을 재촉하러 조선으로 떠날 예정입니다. 속환된 포로 숫자는 지난번 명부와 같겠지요? 쇄환할 포로 명단도 지난번과 같은지 다시 확인하겠습니다."

용골대는 포로 명부를 펼치더니 고개를 갸우뚱거렸다.

"그런데 강화도에서 잡은 이강이라는 자는 어찌하여 포로 명부에 넣지 않았습니까?"

용골대의 질문에 주란타이가 헛기침을 하고는 되물었다.

"용 장군께서 포로 이강을 어찌 아시오?"

용골대가 사무적인 투로 대답했다.

"이강이라는 놈이 강화도에서 우리 군사를 열 명이나 죽였다면서요? 게다가 죽은 자들 중에는 니루어전도 있었다고 들었습니다. 어전이 죽은 니루에서 구왕 도르곤에게 불만을 건의했다나 봅니다. 자기네 어전을 죽인 이강을 죽이지도, 포로 명부에 넣지도 않고 장군이 사적으로 취했다……."

주란타이가 용골대의 말을 급히 잘랐다.

"안 그래도 내가 구왕에게 가서 해명하려고 하던 참이오."

용골대가 포로 명부에서 얼굴을 들어 주란타이를 쳐다봤다.

"아, 그렇습니까? 그럼 이제 이강을 포로 명부에 올리시겠다는 말씀이십니까?"

주란타이가 고개를 가로저었다.

"아니오. 이강은 포로 명부에 넣으면 안 되오. 그 점을 구왕에게 해명하겠다는 말이오."

용골대가 난감하다는 듯이 한숨을 쉬었다.

"포로를 포로 명부에 넣지 않겠다니요?"

"이강이라는 놈을 왜 포로 명부에 넣지 않았느냐, 또는 죽이지 않았느냐 하는 것보다 더 중요한 사실이 있소."

주란타이가 잠시 용골대를 마주 보더니 말을 이었다.

"조선에서 그렇게 싸우는 놈은 그놈 한 명뿐이었소. 그놈은 조선에서는 찾아볼 수 없는 놈이오. 우리 청나라를 위해서도 그런 놈은 살려됐다가 전장에서 써먹어야 하오."

용골대가 고개를 끄덕이며 주란타이를 바라보았다.

"그럼 이강 그놈을 벌명전伐明戰에 쓰려고 속환 대상에서 뺐다는 말씀이지요?"

주란타이가 크게 끄덕였다.

"맞소. 포로 명부에 넣어 놈이 속환되기라도 한다면 우리에게는 굴러들어온 전력을 잃는 것이오."

"그런데 이강 아비가 한양 북촌에 사는 이 참판이랍니다. 그자가 심양관을 통해서 아들이 여기 포로로 잡혀와 살아 있는지 확인해달라고 사정을 했나 봅니다. 심양관에는 뭐라고 할까요?"

전쟁터보다 협상장이 성미에 맞는 용골대가 싹싹하게 묻자 주란타이가 잘라 말했다.

"이강은 죽었다고 하시오."

눈치 빠른 용골대가 재빨리 대답했다.

"장군께서 직접 구왕께 해명하신다고 했으니, 이강 건은 장군 말씀대로 처리하겠습니다. 그리고 쇄환 건인데요. 조윤노는 볼모 명목으로 데려와야 할 것 같습니다."

"아니오. 조윤노는 포로로 데려와야 하오. 우리 부하가 잡았던 포로인데 제 누이도 버리고 저만 살겠다고 도망친 자요."

주란타이는 조윤노 건도 규칙을 어기기로 작정했다는 듯이 말했다. 용골대가 이번에는 곤란하다는 표정을 지었다.

"조윤노는 조정 대신 조 판서 집 맏아들입니다. 다른 대신들 자식처럼 볼모로 데려와야 하지 않겠습니까?"

주란타이가 용골대를 지긋이 쳐다봤다. 그리고는 자신도 동의한다는 듯이 끄덕였다.

"그렇지요. 그것이 황제의 방침이지요. 그러나……."

용골대가 주란타이의 말을 가로챘다.

"게다가 황제께서는 압록강을 건너기 전에 도망친 포로들은 다시 잡아들이지 않겠다고 약속하셨습니다. 그런데 조윤노가 도망친 곳이 강화도라면서요? 그러면 다시 잡아올 명분이 없지 않습니까?"

잠자코 상대방의 말을 듣고 있던 주란타이가 용골대를 달래듯 운을 뗐다.

"용 대신, 이강의 일처럼 조윤노 그놈 일도 내 재량으로 해줄 순 없겠소?"

용골대가 천천히 고개를 들었다. 팔기군 체제의 청나라에서 용골대 같은 협상관은 버일러나 구사어전의 아랫사람이다. 그것도 황제의 신임을 얻은 구사어전인 주란타이가 은근히 부탁을 해오는데 수락하지 않을 수는 없었다. 용골대가 다시 명부로 시선을 떨어뜨리며 미간을 좁혔다.

"그럼 포로 쇄환 목록에 조윤노를 넣고 방점을 찍겠습니다."

용골대가 물러간 뒤 주란타이는 장식장으로 다가갔다. 주란타이는 용골대가 장식장 안의 나전칠기 함을 유심히 쳐다보는 것을 눈여겨보았다. 주란타이는 용골대가 눈독을 들이던 조선에서 가져온 나전칠기 함을 집어들었다.

조윤노는 부하 푸주가 잡았었다. 예술품 같은 전리품이 쌓여가자 자세한 용도가 궁금했다. 포로 중에 똘똘한 놈을 데려오라고 했다. 조윤노는 겉보기에도 양반집 자제 같았고 용골대처럼 두뇌 회전도 빨라 보였다. 두려움에 떨면서도 묻는 대로 적었다. 달필이었고 모르는 게 없었다.

"이것의 용도는 무엇이냐?"

"나전칠기라는 것인데 자개를 옻칠로 고정시켜 장식한 것입니다. 천 년 전부터 이어져 온 조선의 예술품입니다."

화려하기가 이를 데 없었다. 오색 빛을 내는 함에서 알싸한 옻 냄새가 풍겼다. 귀해 보였다. 주란타이는 명했다.

"전리품 중에서 나전칠기만 모아서 가져와라."

그때 조윤노가 묻지도 않는 말을 적었다.

"옻칠은 몸에 좋습니다. 말안장에도 옻칠을 한다면 엉덩이가 무르지 않을 것입니다."

"그대가 옻칠장이들을 구할 수 있는가?"

"최고의 옻칠장이들은 남쪽에 있지만 한양에서도 구할 수는 있을 것입니다."

그러던 놈이 감시가 뜸한 틈을 타 도망쳤다.

주란타이는 푸주를 불러 나전칠기 함 대여섯 개를 용골대의 집으로 보내라고 명령했다. 그리고는 장식장에서 질박한 분청자를 집어들었다. 조윤노는 나전칠기처럼 복잡한 놈이다. 반면 이강은 분청자같이 단순하고 질박한 놈이다. 주란타이는 분청자를 높이 들어 햇빛에 비춰봤다. 분청자의 질박한 선을 따라 햇빛이 빛나는 테두리를 만들었다. 주란타이는 조선에 실망했지만 전리품에는 실망하지 않았다. 조선의 나전칠기와 분청자같이 상반된 조윤노와 이강, 그 둘은 소장할

가치가 있는 전리품 중에서도 첫 번째였다.

저물녘 포로 속환 시장에서 함께 이동한 여인네들은 심양관에서 마련한 임시 거처로 들어왔다. 심양관에서는 주먹밥 한 덩이씩을 배급했다. 그러나 다들 주먹밥을 받아들고는 바닥만 바라봤다. 초저녁이었지만 평소처럼 두런거리던 얘기 소리도 들리지 않았다. 무거운 침묵만이 웅크린 여인들을 감쌌다. 선은 옆에 누운 참의 부인과 교리 부인이 뒤척이는 소리를 들으며 집에서 속환꾼으로 보낸 김 비장의 쌀쌀맞던 태도를 떠올렸다.

선이 물었다.

"강이 오라버니도 함께 속환되는 것이지요?"

김 비장은 선을 외면하면서 말했다.

"대감마님께서 아기씨만 데려오라 하셨습니다."

뜻밖의 말에 선은 저절로 말소리가 높아졌다.

"뭐라고요? 강이 오라버니는 윤노 오라버니 대신 포로가 된 거잖아요! 강이 오라버니를 데려가지 않는다니요?"

김 비장이 마치 아랫사람 나무라듯 엄하게 잘라 말했다.

"아기씨, 입 조심하세요. 강 도령 말은 마세요. 대감마님께서 아기씨 입단속 단단히 시켜서 데려오라 하셨습니다."

선은 기가 막혀 말을 잇지 못했다. 무어라 항변하려 하는데 김 비장이 사라져버렸다. 선은 혼자 속환될 것이라는 생각은 해본 적도 없었다. 분명히 윤노 대신 강이 포로로 잡힌 것이기에 당연히 강의 속환가까지 집에서 준비했으리라 생각했다. 강이 아니었으면 자신과 윤노는 강화도에서 죽었을지도 모를 운명이었다. 그러나 김 비장은 아버지께서는 자신만 속환시켜오라 했다고 잘라 말했다.

선은 밤이 깊을수록 정신이 또렷해졌다. 강화성에서 붙잡힌 지 다섯 달이 지났다. 얼어 죽을 고비를 강이 덕분에 넘겼고, 수흐에게 욕을 당할뻔한 순간에도 강은 자신을 희생해 선을 지켜주었다. 강이 집에서 턱없이 높은 속환가를 감당할 형편이 안 될 것은 분명했다. 도대체 왜? 선은 몸서리가 쳐졌다. 한양에 계신 아버지께서는 무슨 생각으로 강을 저버리려는 것일까. 전쟁이 모든 것을 짓밟았다지만 사람들의 정신까지 잿더미로 만들어버렸단 말인가. 믿음도 신의도 저버린 한양의 집안사람들이 끔찍해 선은 몸을 떨었다.

선은 속곳 위에 주머니 채로 꿰매놓은 금덩이를 떠올렸다. 이것을 내다 판다면 강뿐만 아니라 포로 여러 명을 속환시킬 수도 있을 것이다. 선은 수흐에게 맞아 가시지 않은 얼굴의 상처와 흉터가 남은 자신의 손을 더듬었다. 그때의 아픔이 되살아났다.

수흐가 자신을 깔고 앉아 뺨을 내리칠 때, 그의 가슴에서 무거운 주머니가 떨어졌다. 선은 팔을 휘저으며 저항을 하다 수흐가 떨어뜨린 주머니를 엉겁결에 그러잡았고 정신을 잃으면서도 손아귀를 풀지 않았다. 막사에서 정신을 차리고 나서야 자신이 낯선 주머니를 가지고 있다는 것을 알았다. 예사 물건이 아닌 듯했다. 그러나 주머니에 대해서 말을 했다가는 왠지 위험해질 것 같았다.

모두가 잠든 밤에 달빛에 비춰보았다. 용의 머리와 몸체로 된 손잡이, 몽골어가 새겨진 네모난 바닥. 선은 긴장으로 눈이 커졌다. 전체가 황금 덩어리였다. 몽골어는 모르지만 황금과 용 형상의 손잡이로 보아 몽골의 칸이 쓰던 옥새 같았다. 수흐는 몽골왕공이라 하지 않았던가. 칸의 옥새를 가지고 있을 수도 있는 신분이다. 그러나 칸의 옥새라면 이미 홍타이지가 넘겨받았다. 홍타이지가 조선에 쳐들어온 까닭도 따지고 보면 옥새가 실마리가 된 거였다. 원 세조의 옥새를 손에 넣은 홍타이지가 원나라의 적통을 잇는 대청제국을 선포하는 자리에서 조선 사신들이 배례를 거부하며 청나라를 인정하지 않았기 때문이었다. 그 옥새는 홍타이지의 궁궐에 있을 터였다. 그러면 이 황금 옥새는 누구의 것이란 말인가.

선의 가슴은 빠르게 방망이질 쳤다. 갑자기 때리던 손으로 입술을 쓰다듬던 수흐의 손길이 되살아났다. "강이 오라버니!" 저절로 강의 이름이 불러졌다. 선은 옥새가 주머니 속에서도 황금빛을 발해 막사 안을 훤히 비추는 것 같아 두 손으로 주머니를 감싸 쥐고는 허리를 꺾어 손을 덮었다.

원 세조 쿠빌라이 칸이 사용하던 옥새를 양을 치던 목동이 초원에서 발견해서 링단 칸에게 넘겼다는 이야기는 조선에도 이미 널리 알려져 있었다. 아버지는 몽골 초원 어딘가에 묻힌 칭기즈 칸의 황금 보물과 황금 옥새를 찾는 자가 있다면 그 자가 세상을 지배하게 될 것이라는 오래된 전설이 있다고 윤노와 선에게 말했었다. 세조 쿠빌라이 칸의 옥새가 아니라면, 이 빛나는 황금 옥새는 세상의 수많은 황금을 약탈해 몽골 초원으로 퍼 날랐던 칭기즈 칸의 옥새가 아닐까, 선은 두려움

속에서 상상했다.

용이 발톱을 세우고 불을 뿜으며 하늘로 오르는 자세의 정교한 황금 손잡이. 세상을 지배했던 황금 가족의 우두머리 칭기즈 칸의 옥새가 아니라면 이렇게 정교할 수가 없을 것이다. 정말 칭기즈 칸의 옥새라면 한낱 조선 포로 여인네인 자신의 손에 들어온 것은 우연이 아닐 수도 있었다. 선은 그렇게 믿고 싶었다. 이 황금 덩이가 진짜 칭기즈 칸의 옥새라면 만주족이나 몽골족이 이것을 찾으려고 눈에 불을 켤 것이다. 가지고 있는 것만으로도 위험에 빠질 것이다. 그러나 선은 저들에게 순순히 넘겨줄 수는 없다고 엎드려 몸을 떨었다. 황금 옥새를 가진 자가 세상을 지배하게 될 것이라는 전설, 그 전설이 절대로 이루어지게 해서는 안 된다. 마을을 불태우고, 사람들을 몰살하고, 여인들을 겁탈해 포로로 만든 오랑캐들의 우두머리 홍타이지. 그가 황금 옥새를 손에 넣고 세상을 지배하려는 것을 하찮은 포로 신분인 자신이 막을 수도 있지 않겠나. 선은 무명천과 함께 말아둔 실 꾸러미에서 바늘을 찾았다. 떨리는 손길로 달빛에 의지해 속곳 안쪽에 무명천을 덧대 주머니를 만들고 그 안에 금덩이를 주머니 채로 넣고 꿰맸다.

아직까지 그 누구에게도 황금 옥새에 대해서 말하지 않았다. 어쩌면 아무에게도 넘기지 않고 이 황금 옥새를 없애버릴 수 있는 사람은 자신밖에 없을지도 모른다. 선이 그런 생각을 할 때마다 황금 옥새가 저 혼자 뜨겁게 빛나며 몸체를 떠는 것 같이 느껴졌다. 선은 그때마다 속곳 속에 감춰둔 황금 덩이를 꽉 눌렀다. 칭기즈 칸의 혼이라도 들어 있다면 하찮은 쇳덩이가 될 때까지 놓치지 않으리라. 이것이 자신의 운명 같았다. 그러니 내다 팔아 강의 속환가를 대신한다는 것은 위험을 자초하는 행동일 따름이었다. 선은 더더욱 한양의 아버지와 오라비 윤노가 원망스러웠다.

이날 선뿐만 아니라 포로 속환 시장에서 속환 절차를 밟은 양반가 여인네들은 모두 잠을 이루지 못했다. 속환가를 내고 오랑캐에게 풀려나긴 했어도 속환꾼으로 온 혈육이나 집안사람들의 태도에서 자신들이 얼마나 큰 죄를 지었는지 비로소 깨달았기 때문이다. 어려서부터 읽어온 열녀전의 열부烈婦들이 속환하러 온 집안사람들 등 뒤에서 자신들을 노려보고 있는 것을 이제야 알아봤다. 그들은 한결같이 자신들을 향해 외치고 있었다. 살아서 더럽혀졌으니 죽어서 몸을 깨끗이 해라.

자신들을 속환하러 온 집안사람들은 웃지 않았다. 울지도 않았다. 그들을 보낸 아버지, 남편, 시부모의 의중이 보였다. 여인네들은 이미 알고 있었다. 그래서 더 불안했는지도 모른다. 속환사가 왔다는 소문을 들었을 때부터 여인네들은 수치심에 몸 둘 바를 몰랐다. 비참하고 끔찍한 포로 생활, 그 지옥의 행군을 견디게 한 힘이 무엇이었던가. 살아서 자식을 만나고, 살아서 남편과 부모님을 모셔야 한다는 각오였다. 하지만 속환 시장에서 여인네들은 자신들의 현실을 보았다. 속환돼 돌아간들 포로의 지옥살이가 끝난 게 아니라는 것을. 어쩌면 절개를 잃은 여자에게 조선에서의 삶은 전쟁 포로보다 더 끔찍한 지옥일 수도 있다는 것을 그제야 깨달았다.

참의 부인 또한 오늘 속환 시장에서 그것을 확인했다. 남편은 이 생원을 보냈다. 이 생원은 눈도 마주치지 않았다. 온몸으로 남편의 뜻을 전하고 있었다.

"참의께선 부인마님이 사망하신 줄 아셨습니다. 심양에 살아 계시다는 소식을 듣고는 비탄에 빠져 탄식하며 지내십니다. 어렵게 속환가를 마련했습니다. 압록강을 건너기 전에 대의를 이룰 것이라 믿고 계십니다."

참의 부인은 까무룩 힘이 빠져나가 그 자리에 주저앉았다. 포로로 끌려오는 내내 죽지 못해 사는 것이 아니라 죽음을 선택하지 않았기에 살아 있는 것이다, 그렇게 생각했다. 하지만 곧이어 강화성이 함락될 때의 일이 떠오르곤 했다. 검찰사 김경징은 자신의 어머니와 처, 며느리에게 자결을 강요했다. 참의 부인은 똑똑히 보았다. 아들 앞에서, 남편 앞에서, 시아버지 앞에서 두려움에 떨다가, 목숨을 구걸하다가 급기야 자결할 수밖에 없었던 그 여인들을. 자신도 집안사람들로부터 똑같은 취급을 받을까? 거기까지는 생각하지 않으려고 애썼다. 그러나 오늘, 돌아간다면 어떤 취급을 받을지 분명히 깨달았다. 자결하지 못했다는 비웃음에, 수치심에 치를 떨며 남은 생을 숨어 지내야 할 것이었다. 충과 효의 나라, 절개의 나라. 사내들은 자신들이 지키지 못한 것을 여인네들에게 강요하고 있었다.

참의 부인은 조용히 돌아누웠다.

청군은 아무 데서나 여자들을 겁탈했다. 대열 가운데서 머리채를 잡혀 끌려가 포로들이 보지 않는 데서 겁탈당하는 것은 그나마 행운이었다. 그런데도 살아 있었다. 왜 살았을까? 얼고 주리고 겁탈당했으면서도 살아 있던 까닭이 무엇이었던가? 자식 때문에, 남편 때문에, 부모님 때문에 살아야 한다고 생각했다. 하지만 정말 그것뿐이었을까. 지옥 같은 행군 속에서 그들은 어쩌다 간간이 떠오를 뿐이었다.

한기가 뼈를 깎고 북풍에 허리가 끊어지는 복통을 겪으면서도 살아 있었던 까닭은 살고 싶었기 때문이었다. 당장의 굶주림과 오랑캐들의 위협과 시달림 속에서 죽는 것은 오히려 쉬웠다. 살기가 어려웠다. 하지만 죽음에 지지 않고 살고 싶었다. 그래서 숨이 붙어 있는 여인네들끼리 서로 의지하며 행군했고 심양까지 왔던 것이다.

참의 부인은 얼기설기 가려놓은 천막 사이로 보이는 밤하늘을 응시했다. 하늘 가득 박힌 별들이 쏟아질 듯했다. 눈을 질끈 감았다. 별들이 인을 뿜어내는 허연 뼈들로 변해 와르르 쏟아졌다. 쏟아진 뼈들 사이로 손을 뻗어 몸을 일으켰다. 데구루루 뼈 구르는 소리가 났다. 부인은 하얀 뼈들을 밟고 검은 하늘로 걸어나갔다. 어둠 속에서 돌아보니 자리에 누워 뒤척이는 여인네들이 눈에 들어왔다. 부인의 눈가가 파르르 떨렸다.

우물에 빠져 죽은 참의 부인을 발견한 청인들은 심양관으로 몰려와 돌팔매질을 해댔다. 포로 감시를 게을리 한 조선 관리들을 잡아들이라고 윽박질렀다. 우물에서 시신을 꺼내지도 못하게 해 그날로 우물을 흙으로 메우고 덮어버렸다. 청인 무녀의 지시였다.

우물은 심양관에서 5리 정도 떨어진 곳에 있었다. 새로 파놓은 우물이었다. 청인 풍습대로라면 돌 뚜껑을 덮어두어야 했다. 굿을 하기 전이라 덮지 않았다고 했다. 모두 잠을 못 이루고 뒤척였지만 누구도 부인이 나가는 것을 알아채지 못했다. 말릴 수 있었는데 말리지 못했다는 죄스러움에 모두 넋을 놓고 먼 산만 바라봤다. 선뿐만 아니라 포로로 끌려온 여인네들이라면 모두 참의 부인에게 의지했던 터였다. 부인은 남정네들보다 더 꿋꿋하게 버텼다. 바람에 꺾여도 다시 일어서는 들꽃 같은 여자였다. 자신의 몸도 돌보기 어려운 지옥 같은 행군 속에서도 한결같이 여인네들을 보듬어 함께 걷게 했다. 강화도에서 심양까지 오는 석 달 동안 참의 부인의 굳센 의지 덕분에 여인네들은 살아갈 힘을 얻었다. 그랬기에 여인네들은 참의 부인이 스스로 목숨을 버렸다는 것을 믿지 못했다. 한동안 넋을 놓고 멍하니 있었다. 참의 부인의 넋이라도 만날 수 있을까 하여 막사 주변을 서성거렸다.

참의가 보냈다는 이 생원은 부인이 우물에 빠졌다는 소식을 듣자마자 임시거처로 달려왔다. 이 생원은 참의 부인이 머물렀던 자리를 확인했다. 무엇을 찾는지 거적을 들치고 부산을 떨었다.

"뭘 찾으시오?"

교리 부인이 물었다.

"부인께서 마지막으로 남기신 글을 찾고 있소."

"아무것도 남기지 않으셨습니다."

"그럴 리가요. 자결하시기 전에 참의께 보내는 유서를 작성하셨을 텐데요."

교리 부인이 이 생원을 노려보았다. 어제까지만 해도 인상을 쓰고 다니던 자였다. 이제야 활짝 갠 얼굴로 수선스레 자리를 들췄다. 여인네들도 그러는 이 생원을 징그럽다는 듯이 쳐다봤다. 이 생원은 그럼에도 전혀 아랑곳하지 않고 도포 자락을 툭툭 털더니 성큼성큼 임시거처를 떠났다.

"조선으로 돌아갈 때까지 또 자진하는 자가 나오면 책임을 묻겠다."

청 관리들이 닦달했다.

"여인네들을 좀 더 잘 감시하겠소."

심양관 관리들은 머리를 조아렸다. 그러나 뒤에 가서는 어깨를 펴고 허허거렸다.

"조선 여인의 절개를 보여준 참의 부인이 자랑스럽소."

귀환 날짜를 꼽고 있던 양반가 포로 여인네들은 전전긍긍하기 시작했다. 눈만 마주치면 혀를 차고 고개를 돌려버리는 조선 관리나 속환하러 온 친인척들 때문이었다. 귀환할 날이 다가올수록 양반가 여인네들은 삶을 포기한 죄인의 모습이 되어갔다.

그런 와중에 교리 부인마저 임시거처 들보에 목을 매는 일이 벌어졌다. 새벽이었다. 이번에는 선이 미리 알아채고 달려가 끌어내렸다. 여인네들은 정신을 잃은 교리 부인의 몸을 주물렀다. 한 여인이 말했다.

"심양관에 말해서 의원을 불러야 하지 않을까요?"

한 여인이 고개를 가로저으며 말렸다.

"이 일은 우리끼리만 알고 있읍시다."

"그래도 이러다 정신을 차리지 못하면 어쩌려구요."

말리던 여인이 교리 부인의 치마 위로 불룩해진 배를 만졌다. 여인네들은 교리 부인의 배를 쳐다봤다. 부인의 팔을 주무르던 여인이 울음을 터트렸다. 다리와 발을 주무르던 여인도 흐느꼈다.

"아이고, 아이고. 교리 부인마님 이제 어쩌누. 뱃속의 애는 어쩌누."

말리던 여인이 우는 여인을 저지했다.

"쉿, 조용히 해요. 이 일은 우리끼리만 알고 있어야 해요."

여인네들이 제 입을 틀어막고 허리를 꺾었다. 날짜로 보아 오랑캐의 씨였다. 청인들이 알게 되면 교리 부인은 아이를 낳아 청인에게 건네준 뒤에나 속환될 것이다. 인구 한 명 더 늘리는 것에 목을 맨 청인들이었다. 여인네들은 둘러앉아 속울음을 삼켰다.

　귀환 행렬이 떠나는 날, 심양에 남게 된 포로들이 행렬 곁으로 다가와 울며 매달렸다. 말을 탄 관리들이 앞에 서고 여인네들이 뒤에 늘어섰으며 남자들은 그 뒤에 섰다. 어디 사는 누구에게 자신이 심양에 살아 있다는 소식 전해달라며 남은 포로들은 돌아가는 포로들을 붙잡고 애절하게 매달렸다.

　행렬 가운데 교리 부인을 부축한 선도 있었다. 누군가 선의 팔을 잡았다. 선이 돌아봤다. 머리에 두건을 두른 남자였다. 서역인처럼 변장했지만 분명 강이었다. 선은 주위를 살폈다. 몽골왕공들이 강이 눈에 띄기만 하면 죽여버리겠다고 벼른다는 소문이 파다했다.

　"선아, 앞만 보고 걸어. 몽골 놈들 눈에 띄면 너까지 위험해져."

　"오라버니 여기 나오시면 어떡해요. 몸은 다 나으신 거예요?"

　선은 마음과는 다른 말을 했다. 상처 때문인지 구부정하게 등을 펴지도 못하고 걷는 강을 살폈다. 선은 왈칵 눈물을 쏟았다. 지난 넉달 동안 강이 있었기에 선은 살아 있을 수 있었다. 그런데 자신만 귀환 줄에 서 있었다. 선은 눈물이 앞섰다. 여기저기 딱지가 앉아 거칠어진 두툼한 강의 손을 잡았다. 선의 허리에 묶은 새끼줄을 놓지 않던 손이다.

　"오라버니, 한양 가자마자 아버지께 오라버니 속환부터 시켜달라고 할게요."

　선은 저도 모르게 자신할 수 없는 약속을 했다. 강을 위해 할 수 있는 말은 이것이 전부일지도 몰랐다. 강이 또한 선의 아버지 조 판서나 친구 윤노가 자신을 속환해줄 거라 기대하지 않았다면 거짓말이다. 선이 손가락에서 금가락지를 빼내 강이 손에 쥐여줬다.

"한양의 어머니가 김 비장 편에 보낸 가락지예요."

강이 놀라며 선의 손바닥에 가락지를 다시 쥐여줬다.

"난 이거 받을 수 없어."

"저희 때문에 포로가 된 거잖아요. 요긴하게 쓰셔요."

"……."

"받으세요. 제발요."

선은 다시 강의 손에 가락지를 쥐여주고 두 손으로 상처가 아물지 않은 강의 큰 손을 감쌌다. 앞에서 관리가 행렬을 재촉했다. 선이 그렁그렁한 눈으로 강을 바라봤다. 강의 눈에도 눈물이 가득 찼다. 관리들이 행렬에 매달리는 포로들을 쫓았다. 강이 급히 말했다.

"선아, 우리 부모님께 내가 살아 있다고 꼭 좀 전해줘."

이번에는 강이 선의 두 손을 감싸 쥐고는 놓지 못했다. 둘은 서로를 놓칠세라 잡은 손에 힘을 주었다. 언제 다시 볼지 모르는 일이었다. 관리가 다가와 선과 강을 떼어놓았다. 선이 멀어지며 소리쳤다.

"오라버니, 걱정 마세요. 한양에 도착하자마자 찾아뵐게요! 제가 꼭 오라버니 속환되게 할게요!"

선이 교리 부인을 부축하며 줄을 따라 걸었다. 비틀비틀 멀어지는 선의 뒷모습을 강은 흐려지는 눈으로 바라봤다. 인파 속에서 몽골인들이 사람들을 헤집고 다녔다. 강은 긴장했다. 자신을 찾고 있는 몽골인들일 수도 있었다. 강은 선의 뒷모습을 좀 더 지켜보지 못하고 돌아섰다. 다 낫지 않은 상처 때문에 움직임이 부자연스런 강이 등을 구부정하게 숙인 채 인파 속으로 숨어들었다.

고목과 같은 얼굴, 피로에 찌든 멍한 눈빛, 앙상하게 마른 몸피. 일곱 달 만에 왕과 대면한 용골대는 말문이 막혔다. 삼전도에서의 항복이 왕을 무너뜨린 것일까? 산 자라고 하기엔 죽은 자에 가까웠다. 죽은 자들의 귀기가 왕을 짓누르고 있었다. 용골대는 헛기침을 한 뒤 어깨를 흔들었다. 자신에게 옮겨붙은 귀기를 털어버리기라도 하듯. 새삼 왕의 침소인 양화당을 둘러봤다. 방 안으로 들어오기 전까지는 그런대로 산뜻한 기분이었다. 가죽신을 벗기 전에 팔작지붕의 날아갈 듯 들어 올린 겹처마 추녀를 올려다보았다. 고아하면서도 아담한 분위기는 조선 궁궐만의 매력이었다. 양화당 툇마루에 올라서며 왕과의 독대가 잘 이루어지리라 예상했다. 조선의 왕과 신하들은 언제나 끌려오지 않을 것처럼 말을 이리 돌리고 저리 돌렸지만, 결국은 여기까지 끌려왔다.

용골대는 열어놓은 창밖으로 뒤뜰을 바라봤다. 가는 빗줄기에 담을 타고 오르는 다홍빛 능소화가 눈에 들어왔다.

"심양에도 능소화가 한창입니다. 조선의 능소화도 아름답지만, 전하께 심양의 능소화도 구경시켜드리고 싶군요."

음산한 눈빛으로 자신을 바라보던 왕이 역관 정명수가 전하는 말을 듣고는 놀란 듯 몸을 뒤로 젖혔다. 심양으로 가자는 말이 왕을 자극한 것이다. 왕은 당황한 듯, 화가 난 듯 입을 한일자로 꾹 다문 채 천장을 올려다봤다. 용골대는 왕의 얼굴에서 차례로 피어오르는 분노와 오기를 봤다. 용골대의 입가에 미소가 스쳤다. 왕은 아직 무너지지 않았다. 다 죽어가는 조선의 왕을 상대하고 싶지는 않았다. 이건 용골대 개인의 생각이기보다 황제 홍타이지의 의중이었다. 홍타이지는 조선을 짓밟아 멸망시킬 생각은 없었다. 다만 길들이려고 정벌했을 뿐이었다. 황제를 대신해 여러 가지 책임을 물으러 왔는데 책임질 준비가 안 된 왕과 독대하는 것처럼 무의미한 일이 있을까. 용골대는 다시 능소화를 바라봤다. 계속된 침묵이 왕을 압박해 새삼 자신의 처지를 깨닫게 되기를 바랄 뿐이었다.

용골대가 조선에 파견된 것은 정묘호란 이후부터였다. 조선의 왕과 관리들은 예법을 따졌다. 그것은 명의 예법이기도 했다. 그 예법을 따를 수 없다고 물리치기엔 후금에는 이렇다 내세울 예도가 없었다. 용골대는 유구한 전통문화를 지닌 조선에 오랑캐라고 손가락질 당할까봐 신경을 썼다. 동행하는 관리들에게는 따로 조선 예법을 연습시켰다. 처음 조선에 파견돼서는 왕과 관리들의 속뜻을 파악하는 데 애를 먹었다. 이들의 말은 직접적인 것이라고는 하나도 없었다. '왜 형제국으로서의 예를 갖추지 않는가?' 홍타이지의 전언으로 용골대가 다그치면 이들은 언제나 말을 이리 꼬고 저리 꼬아 기묘하게 왜곡시켰다. 결국은 명을 섬기는 것을 그만둘 수 없다는 뜻이었다. 가도假島를 점령한 모문룡에 대한 대응도 마찬가지였다. 도무지 정세 판단을 하지 못하는 조선이었으나 명에 대한 의리만큼은 무모하리만치 순수했다.

홍타이지는 이런 조선을 '일편단심'이라고 인정했다. 이렇듯 10년 동안 용골대가 보아온 조선은 얕잡아 보기에는 어딘가 야릇한 매력을 간직한 나라였다. 연약한듯하지만 저 담장을 기어오르는 능소화처럼 끈질김을 숨기고 있는 것일까. 용골대가 입을 열었다.

"우리 청국에서는 간단한 것이 조선에서는 복잡하기만 한 모양입니다."

왕이 역관의 말을 듣고는 용골대를 다시 음산하게 바라보다가 천천히 입을 뗐다.

"맞소. 우리 조선은 지금 간단치가 않소. 지난 난리에 무너진 곳을 겨우 복구했을 뿐이오. 또한 엎친 데 덮친 격으로 흉년이 들어 민심이 말이 아니오."

용골대가 왕의 말을 부정이라도 하려는 듯 어깨를 들썩했다.

"그래도 항복할 때 약속한 열두 가지 조항은 지켜주셔야지요."

왕이 끄덕였다.

"알고 있소. 그것은 지켜야겠지요."

용골대는 잠시 머뭇거렸다. 이쯤에서 강하게 밀어붙일까? 어차피 전쟁에 진 패전국의 왕이었다. 전승국 황제의 명을 받고 온 대신이 이래라 저래라 명령한다고 어긋날 것도 없었다. 하지만 용골대는 홍타이지를 떠올렸다. 홍타이지는 조선 정벌에서 돌아온 뒤 본격적으로 명 정벌을 준비하고 있었다. 이는 조선 쪽은 안심한다는 뜻이었다. 홍타이지에게 조선은 이제 신하의 나라일 뿐이었다. 나 또한 황제처럼 상국의 너그러움을 보여주리라. 용골대는 마음을 정했다.

왕은 생각에 골몰한 용골대를 지긋이 바라봤다. 왕으로서도 용골대를 상대한 지 10년째다. 용골대가 왕 앞으로 다가앉았다.

"그러나 하나도 지킨 것이 없습니다. 황제께서는 그 점을 걱정하고 계십니다. 저희는 이번에 조선이 항복한 뒤 붙잡힌 포로 1,600명을 속환 포로들과는 별도로 데리고 들어왔습니다. 당시 항복하면 백성을 포로로 잡지 않겠다고 약속하고선 실수로 잡은 포로들을 데리고 온 것입니다. 그러나 조선은……."

여기까지 말한 용골대는 고개를 절레절레 흔들었다. 이것 또한 용골대가 왕을 상대할 때 습관적으로 보이는 태도였다. 왕도 용골대 쪽으로 몸을 기울였다.

"그렇소. 우리 조선도 약속을 지켜야 하겠지요. 그러나 아직 그 열두 가지 약속을 지킬 만큼 민심이 수습되지 않았소. 좀 더 기다려주지 않겠소?"

용골대가 또 습관적으로 고개를 흔들었다.

"언제까지요? 포로들은 자꾸 조선으로 도망치고 있지 않습니까? 포로들이 다 도망갈 때까지 넋 놓고 기다리라는 말씀은 아니겠지요?"

왕이 어깨를 펴며 부정했다.

"그럴 리야 있겠소. 우리도 의주에서 포로들이 도망오지 못하게 막고 있는데……."

용골대가 왕의 말을 막았다.

"그건 그렇지 않습니다. 저희가 조사한 바로는 조선으로 도망친 포로가 1만 명이 넘고 있습니다."

왕이 손을 들었다. 용골대가 말을 멈추고 왕을 바라봤다. 서로의 의중이 나오는 순간이었다. 용골대는 긴장했다.

"용 대신 과장이 너무 심한 거 아니오? 1만 명이라니. 우리보고 그 1만 명을 다시 잡아 보내라는 말은 아니겠지요?"

용골대는 양화당에 들어오기 전에 느꼈던 기분 좋은 예감이 틀리지 않았다고 생각했다. 포로 쇄환 협상은 청나라의 의중에 따라 잘 진행될 것이다.

"우선 숫자보다는 성의를 보이셔야 하지 않겠습니까? 황제께서는 삼전도에서 전하를 용서하고 선처하셨습니다. 그런데 전하는 백성들 눈치만 보면서 황제가 살려준 은혜는 잊어버린 듯합니다. 다만 1천 명이라도 도망친 자들을 다시 잡아 심양으로 보내주셔야 저희도 조선을 믿을 수 있지 않겠습니까. 포로들은 저희에게는 목숨을 걸고 얻은 재산입니다. 그 재산이 빠져나가고 있으니 심양에서는 심지어 날강도 같은 심보라고 조선의 조정까지 싸잡아 의심하고 있습니다."

왕이 청 황제의 입장을 이해한다는 듯 고개를 끄덕이며 용골대를 바라봤다.

"우선 몇 명이 됐든 포로 쇄환을 이행하면 심양에서의 의심은 풀릴 것이다, 이 말이오?"

이번에는 용골대가 고개를 끄덕이더니 주위를 둘러봤다. 물론 방 안에는 왕과 용골대, 역관 셋뿐이다. 그러나 용골대는 한껏 목소리를 낮췄다.

"지금 청 조정에서는 대신들이 왕께서 직접 입조해 포로 쇄환이 안 되고 있는 이유를 설명해야 한다고 주장하고 있습니다. 심지어 양위 주장도 나오고 있습니다. 제가 걱정하고 있는 것은 바로 이것입니다. 만약 왕께서 입조라도 하게 된다면 민심은 어떻게 되겠습니까?"

왕이 설핏 용골대를 쳐다보고는 허리를 젖혔다. 그 정도 정보라면 놀랍지도 않다는 표정이었다. 용골대도 왕이 이미 입조와 양위를 주장하는 심양에서의 소문은 들었을 것이라 짐작했다. 하지만 그도 나쁘지 않다고 생각했다. '왕은 충분히 협박을 받았다. 우리 쪽의 포로 쇄환 요구를 수행할 것이다.' 용골대도 물러나 앉았다.

왕이 홀로 앉아 뒤뜰의 능소화를 바라보고 있었다. 끝나지 않은 장마가 초저녁 비를 뿌리니 꽃이 어둠 속에서 환하게 빛났다. 용골대는 물러갔다. 용골대와 독대하기 전에 세자관으로 돌아간 박노에게서 밀서를 받았다. '입조와 양위는 다만 협박일 뿐이옵니다.' 박노의 편지는 조리가 있었다. 포로 쇄환을 실행하겠다는 약속만 해주면 용골대는 물러날 것이다. 왕은 거기까지만 생각했다. 협상은 생각대로 끝났다. 큰 파도는 넘겼다. 그러나 파도는 다시 첩첩이 밀려올 것이다. 왕은 눈을 가늘게 뜨고 긴 한숨을 내쉬었다. 왕의 입술에서 슬픈 피리 소리가 새나왔다. 또 누구에게 무슨 약속을 해주어야 하나. 바로 신하들과 백성들이었다.

17년 전 그날도 능소화가 담장을 넘고 있었다. 여름 장마가 달포나 계속됐다. 점심때쯤이었다. 부침개를 부치는 콩기름 냄새가 향긋하게 코를 찔렀다. 찬간 쪽은 잔치라도 준비하는 듯 부산스러웠다. 당시 능양군이었던 왕은 고개를 갸우뚱했다. 손님이 올 것이라고 안채에 이른 적이 없었다. 한 달 전, 서인의 좌장 김류를 찾아간 것은 능양군 자신만 아는 사실이었다. 혹시라도 그 사실이 알려진다면 다시 피바람이 불 것이었다. 동생 능창군이 역모혐의로 광해에 의해 위리안치圍籬

安置(가시로 울타리를 만들고 그 안에 가두어 두는 일)되었다가 목을 매 죽은 뒤 아버지 정원군은 울화병으로 세상을 버렸다. 숨죽이고 살아야 하는 대군의 집이었다. 찾아오는 사람조차 없었다. 그렇다고 정치에 관심이 없는 것은 아니었다. 영창대군을 죽이고 인목대비를 위폐 시킨 광해는 권좌를 오래 지킬 상이 아니었다. 기다렸다. 언젠가는, 언젠가는 내게 기회가 올 것이다. 드디어 때가 오는 듯했다. 김류와 독대했다. 김류는 시간을 달라고 했다. 그리고 한 달, 운명을 건 기다림의 시간. 기다림의 삶이란 하루하루를 지워나가는 것. 때로는 하찮은 변화에도 큰 의미를 부여한다. 아내를 불렀다.

"콩기름 냄새가 고소하구려. 아무도 찾아오지 않는 이 적막한 집에 고소한 부침개 냄새 덕분에 손님이 들겠소."

아내가 알아듣거나 말거나 기다리는 지루함에 대한 넋두리를 하고 싶었다. 아내는 생글거렸다.

"비 오는 날에는 부침개가 제격이지요. 상 들여올게요."

상에는 술잔도 두 개, 젓가락도 두 쌍이었다. 능양군은 적이 놀라 자신들 내외뿐인 방을 새삼 둘러보며 속삭였다.

"부인은 누가 찾아올지 알고 있소? 아님, 나 모르게 손님을 청한 것이오?"

아내가 비켜 앉아 말했다.

"그건 저도 모르겠어요. 하지만 조금만 기다려보세요. 오늘은 누가 찾아올 것 같습니다."

그는 아내의 말에 알 수 없는 기대감이 생겼다.

"뭐, 좋은 꿈이라도 꿨소?"

아내는 그저 생글거리기만 했다. 그때 대문 밖에서 남자 목소리가 들렸다.

"이리 오너라. 대군마마를 뵈러 왔다."

오매불망 기다리던 김류였다.

살아오면서 가장 설렜던 순간이다. 그날만 생각하면 왕은 어떤 가혹한 시련이라도 이겨낼 수 있다 자신했다. 운명을 건 기다림이었으나 운명은 자신을 배반하지 않고 제 발로 찾아왔다. 하늘이 왕으로 선택한 순간이었다. 반정의 서막은 그렇게 시작됐다.

동생 능창군과 아버지 정원군의 원수 광해의 시대는 금수의 시대였다. 폭정의 시대를 끝내고 요순시절을 펼치려고 거사를 일으켰다. 그러나 시작부터 삐걱거렸다. 반정공신 중에 논공행상에 불만을 품은 자들이 나타났다. 이괄이 난을 일으켰다. 잘못하면 광해처럼 쫓겨날 수도 있다는 것을 그때서야 깨달았다. 그리고 정묘호란. 명을 섬기고 후금을 배척해온 정책을 수정할 수밖에 없었다. 강화도로 쫓겨 들어가면서 잘못하면 죽을 수도 있다는 것을 깨달았다. 그리고 또 병자호란. 이번에는 정말 죽을 고비를 넘겼다. 삼전도에서 오랑캐들이 활을 쏘며 저희끼리 승리를 자축할 때, 밭 가운데 홀로 남겨졌다. 오랑캐들의 웃음소리와 화살이 자신에게로 달려드는 환영이 뒤섞여 차라리 눈을 감았다.

반정 15년. 함께 반정을 일으켰던 공신들은 이미 세상을 떠났거나 전쟁의 책임을 지고 쫓겨났다. 운명을 함께했던 그들은 이제 곁에 없었다. 오로지 자신만이 혼자 남았다. 왕은 치욕과 깊은 탄식 속에서 헤맸다. 가혹한 운명에 하늘을 원망했다. 왕은 오랜 잠에서 깨어난 사람처럼 주위를 두리번거렸다.

어둠이 깔린 양화당 안팎에는 사람 그림자라곤 얼씬거리지도 않았다. 내관과 궁녀들도 절망에 빠진 왕의 시야에서 멀찍이 비켜서 있었다. 왕이 중얼거렸다.

"세 번 쓰러졌지만 세 번 모두 일어났다. 세 번 쓰러졌으나 하늘이 세 번 다 일으켜 세웠다. 하늘이 또다시 기회를 준 것이다."

그리고는 자신이 한 말을 곱씹으며 어둠 속에서 빛나는 능소화를 바라봤다.

"세 번 쓰러졌지만 세 번 일어섰다."

왕은 마음에 새기기라도 하듯 다시 중얼거렸다. 그리고는 병상을 털고 일어선 홀가분한 표정으로 외쳤다.

"정내관 있는가?"

정내관이라 불린 자가 쏜살같이 들어와 부복했다.

"용골대에게 은화 1함을 보내라. 그리고 내일 아침 어전회의를 소집하라."

내관은 오래간만에 들어보는 생기 있는 옥음에 놀라 왕을 올려다봤다. 이윽고 내관의 눈에 눈물이 차오르더니 기쁨에 떨며 아뢰었다.

"전하, 성은이 망극하옵니다."

양화당 세 칸 마루에 열댓 명의 신하들이 배례를 행한 후 부복했다. 약식 용상에 앉은 왕이 말했다.

"편히 앉아라."

삼전도에서 항복하고 7개월. 왕이 양화당으로 들어오고 나서 어전회의는 처음이었다. 신하들이 술렁이다 서로 눈짓을 건네며 좌정했다.

"전하, 환한 용안을 뵈오니 소신들의 시름도 다 걷히는 것 같사옵니다."

못 듣던 목소리였다. 왕은 방금 말한 자가 누구인지 확인했다. 새로 임명된 이조전랑이었다. 환하다던 용안에 잠깐 그림자가 스쳤다. 전 이조전랑은 부모의 병을 핑계로 사직서를 내고 향리로 내려가 버렸다. 왕은 이조전랑을 시작으로 줄줄이 이어지던 사직서 사태를 떠올렸다.

"백이숙제를 자처하며 고상하게 물러나지만 실은 자기 자식을 인질로 보내지 않으려는 까닭이다. 출사 거부는 교만한 자식이 애비를 업신여기는 것과 같다."

왕은 병석에서도 화를 내며 벼슬을 기피하는 인사들을 유배 보내라고 명했다. 그래도 사직서 행렬은 줄어들지 않았다. 벼슬을 면하거나 낮은 자리로 임명되면 서로 축하하고 잔치를 연다는 소리까지 들렸다. .

왕이 신하들을 둘러봤다. 그런 중에 다시 임명된 자들이다. 낯선 얼굴도 많았다. 한 신하가 허리를 꺾으며 부복했다. 왕의 표정이 굳어졌다. 왕은 신하들의 절하는 자세만 보고도 오늘 안건에 반대하는 자인지, 찬성하는 자인지 알 수 있었다.

"전하, 도망 포로 쇄환 건은 천부당만부당하옵니다. 임진년 왜란 때에는 일본에 잡혀갔던 우리 백성 6천여 명을 아무 조건 없이 돌려받았습니다. 청은 상국이라면서 포로 속환도 모자라 도망 온 포로들을 빠짐없이 돌려보내라고 하고 있습니다. 청의 요구를 들어주게 된다면 민심은 반란을 일으킬 것이옵니다. 통촉하여주시옵소서."

처음 입을 여는 자가 누구인지가 중요했다. 안건에 반대하는 자가 말을 시작하면 우르르 반대하는 자들이 따르기 마련이었다. 아니나 다를까, 다음 부복한 자가 같은 의견을 말했다.

"전하, 살겠다고 돌아온 백성을 어찌 다시 잡아서 보낸단 말씀입니까? 쇄환은 천부당만부당한 일이옵니다."

왕이 손을 들어 부복한 자를 제지했다.

"알겠소. 과인도 같은 생각이오. 홍타이지의 명령대로 입조해서 사정해볼 생각이오. 백성이 편안해진다면 내 한 몸 무엇이 어렵겠는가?"

왕이 먼저 선수를 쳤다. 왕이 먼저 입조 문제를 거론한 것이다. 좌정했던 신하들이 일제히 통곡에 가까운 비명 소리를 냈다.

"전하, 아니 되옵니다!"

"전하, 입조라니요? 예로부터 입조했다가 돌아온 임금은 없었사옵니다. 아니 되옵니다!"

"전하, 아니 되옵니다아!"

왕도 이 정도의 반응은 예상했었다. 왕이 곡소리를 내는 신하들을 손을 들어 제지했다. 대신들은 이어서 왕의 비통한 옥음을 들었다.

"나는 불쌍한 생령들을 포로로 보냈고, 천신만고 끝에 도망 온 그들을 다시 쇄환시켜 보내라는 상국의 명령을 받은 비굴한 왕이오. 내 어찌 백성의 원망 속에 홀로 호의호식하기를 바라겠소. 내 심양에 끌려가는 한이 있더라도 도망 온 포로를 다시 잡아 보내라는 청의 명은 받아들일 수가 없소."

잦아들었던 곡소리는 다시 성난 파도처럼 거세졌다.

"전하! 저희 대신들이 모두 다 끌려가는 한이 있더라도 입조만은 불가하옵니다아!"

"전하! 통촉하옵소서어!"

"입조라 함은 간신히 살린 사직을 다시 오랑캐에 바치는 일이옵니다. 통촉하옵소서, 전하!"

양화당 회의실이 신하들의 통곡소리로 들썩였다. 그때 부복하고 있던 한 신하가 통곡소리를 능가하는 날카로운 외침으로 왕을 불렀다. "전하!" 왕이 그 신하를 내려다봤다. 왕은 느긋한 표정을 지었다. 조정 대신들을 겪은 지 15년, 왕은 신하의 말을 듣기도 전에 이미 그 내용까지 예상할 수 있었다.

"전하! 지난날 우리 조선이 융통성 없이 필부의 절개를 지켰다면 종묘사직은 청의 말발굽에 짓밟혔을 것이옵니다. 치욕스러운 역사를 겪음은 오로지 종묘사직을 지키겠다는 전하의 용단이었사옵니다. 또한 필부의 절개라면 도망 포로들을 숨겨주는 것이 도리겠으나, 저들은 도망 포로 문제를 끝까지 물고 늘어질 것이옵니다."

이제 포로 쇄환에 섣불리 반대하지 못하는 또는 찬성할 수밖에 없는 의견이 나올 차례였다. 왕은 눈을 감았다. 계속 들어보겠다는 뜻이었다.

"전하, 천운은 돌고 돌아 흘러가다 되돌아오기 마련입니다. 음이 극에 달하면 양이 희생되는 법입니다. 언젠가는 청도 쇠할 것입니다. 부디 와신상담하고 미래를 도모해야 할 것이옵니다. 도망 포로 쇄환 건은 청의 말을 들어주는 척하면서 최대한 시간을 끄는 것이 상책이옵니다.”

왕이 눈을 뜨더니 손을 들었다.

“와신상담이란 말은 하지 마시오. 대신들은 부디 자중하기 바라오. 두 번의 전쟁도 청과의 오해로 일어난바 오늘날 세자가 심양에 잡혀 있는 이상 와신상담이라는 말은 또 다른 오해를 불러일으킬 수 있소.”

뒷줄의 신하가 왕의 말에 따라붙듯 외쳤다.

“전하, 지당하신 말씀이시옵니다. 청의 밀정이 궁에도 들어와 있다는 소문이옵니다.”

신하들이 수군거렸다.

“전하! 그렇더라도 우리 조정에서 우리가 마음 놓고 의견도 말하지 못하면 이 무슨 사직을 보존했다 할 수 있겠습니까.”

왕이 손을 들고 신하들을 바라봤다. 수군거리던 신하들이 말을 멈췄다.

“관등성명을 외고 나서 의견을 발표하던 관행을 오늘 회의 때 금지시킨 까닭이 여기에 있소.”

그때 한 신하가 큰소리로 또박또박 외쳤다.

“전하, 독사가 물면 으레 팔뚝을 자를 수밖에 없는 법입니다. 삼전도에서 만고에 없는 치욕을 당하며 항복을 택한바 이 나라 종사와 백성을 지킬 수 있었습니다. 또한 청의 요구대로 도망친 자들을 잡아보내는 것이 이 나라 종사와 백성을 구하는 구국의 결단임을 아뢰나이다.”

호조판서 조경호였다. 신하들은 웅성거리기만 했다. ‘도망 포로 쇄환에 협조하는 것이 구국의 결단이다.’ 호조판서 조경호의 주장에 선

불리 동의하는 자는 없었다. 청이 왕의 입조를 주장하며 협박하는 이유가 도망 포로 쇄환을 성사시키기 위함임을 신하들도 알고 있었다. 그럼에도 만 리 길을 도망쳐온 백성을 다시 잡아 보낸다는 의견에는 그 누구도 섣불리 동의하지 못했다. 다시 조경호가 부복했다.

"전하, 작금의 실정은 사직을 바로 세우고, 나라를 바로 세우고, 역사를 바로 세워야 하는 절체절명의 순간이옵니다. 도망 온 적은 수효의 백성을 버림으로써 온 나라의 백성과 역사와 사직을 구할 수 있음이옵니다. 전하, 통촉하여주시옵소서어!"

왕은 신하들을 둘러봤다. 조경호 말고 아무도 나서는 자가 없었다. 그렇다고 반대의견도 더는 나오지 않았다.

"저들의 포로 쇄환 요구를 무시하고도 심양에 입조하지 않을 방법을 강구해보시오."

왕은 이렇게 말한 뒤 신하들을 둘러봤다. 그런 방법이란 있을 수 없었다. 항복한 지 일곱 달밖에 지나지 않은 지금, 조선은 청의 요구를 들어주어야 할 처지였다. 이제 신하들 사이에서는 곡소리도 들리지 않았다. 마룻바닥을 골똘히 내려다보거나, 아예 엎드려 얼굴을 무릎에 묻은 자들도 있었다.

왕은 열어젖힌 세살문 밖으로 우뚝하게 서 있는 궁궐의 전각들을 새삼스럽게 바라봤다. 이들은 자기들의 고상한 덕행을 과시하려고 벼슬에 나왔단 말인가. 씁쓸한 웃음이 왕의 얼굴에 스쳤다. 회의 전에 누가 자신의 의중을 알아채고 대변해줄까 궁금했다. 과연 그런 신하가 있을까 자조했다. 그런데 한 명이 있었다. 조경호. 왕은 희미하게 고개를 끄덕였다. 이만하면 회의를 연 성과가 있었다. 왕이 용상에서 일어났다. 신하들은 기다렸다는 듯이 일제히 부복했다.

호조판서 조경호를 태운 가마가 북촌으로 접어들었다. 양화당 회의는 짧게 끝났다. 포로 쇄환 문제는 한자리에 모여서 의논한다고 될 일이 아니었다. 조경호는 알고 있었다. 목소리를 높였던 자들도 끝내 청의 요구를 받아들일 수밖에 없었다. 주화도 척화도 모두 무너진 지금, 반청인가 친청인가 양 갈래 길밖에 없었다.

전쟁이 끝나고 7개월, 복구는 더디기만 했다. 불타고 거덜 난 민가들이 이제야 겨우 제 모습을 갖췄다.

항복 직후, 강화도와 삼전도, 도성 안팎에는 죽은 자들로 넘쳐났다. 시신들을 치우는 데만도 여러 달 걸렸다. 일손은 터무니없이 부족했고 도성 안에 서리들과 이속들은 보이지 않았다. 포로로 잡혀갔거나 부모와 자식들을 찾으러 나가서는 돌아오지 않았다.

처는 북촌 집에 들어서자마자 쓰러졌다. 발에 채던 주검보다 폐허가 된 집이 더 충격이었을까. 솟을대문 문짝은 떨어져 나갔고 사랑채며 안채, 칸칸이 폐허였다. 찬간에서 부스럭거리는 소리가 났다. 모두 긴장했다. 뒤처진 청군이나 몽골군일지도 몰랐다. 노복 둘에게 살피라고 일렀다. 우당탕 소리를 내며 노복 둘이 사내 하나를 잡아왔다. 다 거덜 난 찬간 어디서 찾았는지 놋숟가락과 밥그릇을 훔쳐내려는 상놈이었다. 먹지 못해 뼈만 앙상한 몰골이었다. 그렇다고 용서할 수는 없었다. 내버려두면 상놈들이 또 담을 넘을 것이었다. 매타작을 당한 놈은 일어나지 못했다. 북촌 길목에 내다 놓으라고 일렀다. 본보기를 보여줘야 했다.

충격을 받은 것은 처뿐만이 아니라 조경호 자신도 마찬가지였다. 쓰러진 처를 애첩 경실에게 맡기고 뒤뜰로 달려갔다. 묻어둔 독을 확인해야 했다. 그 독에 자신과 식솔의 생계가 달려 있었다. 하지만 뒤뜰로 들어서자마자 엉덩이를 찧고 주저앉았다. 땅은 파헤쳐져 있었고 독 안의 은전은 온데간데없었다. 아는 자의 소행이었다.

당장 선의 속환가를 마련하는 것이 문제였다. 한 번 정도는 향리로 내려가 난리를 면한 친척들에게 추렴하거나 빌릴 수 있었다. 그러나 한 번뿐일 것이다. 그다음은 어떻게 할 것인가. 처첩 3명, 윤노와 서자 5명, 상주한 친척 7, 8명, 노비 15명. 북촌 집을 복구할 비용도 필요했다. 추수 때까지 어떻게 견딜지가 걱정이었다. 노비를 뺀 식솔들을 뿔뿔이 친척들에게 맡겨야 할지도 몰랐다. 하지만 그럴 수는 없었다. 그건 자존심이 허락지 않았다. 난리 통에 양반들이 죽고 거꾸러져도 그건 남의 일이었는데 당하고 보니 눈이 뒤집혔다.

"무슨 일이 있어도 은전을 훔쳐간 놈들을 내 앞에 대령해라. 놈들의 가죽을 벗겨 방석을 만들고 말 테다. 놈들을 찾기 전에는 돌아올 생각을 말아라."

심복 김 비장은 칼 두 자루를 가지고 떠났다. 열흘 뒤 김 비장은 도망간 노비들과 그들이 가져간 은전을 찾아왔다. 노비 셋은 이미 여러 군데 칼에 찔려 목숨만 붙어 있는 상황이었다. 김 비장이 물었다.

"이놈들 가죽을 벗길갑쇼?"

조경호는 실눈을 뜨고 다 죽어가는 노비들을 쳐다봤다.

"아니다. 놈들을 의주義州로 데려가 팔고 와라."

심양에서는 조선 포로들이 도망쳐 압록강을 넘는다고 했다. 청인 관리들이 도망쳐온 포로들을 잡으러 의주에 상주한다고도 했다. 의주에서는 도망쳐온 포로 대신 잡아 보낼 사람을 찾아 인신매매가 성행하고 있었다. 조경호는 그때부터 예상했다. 청 조정에서는 도망 포로 문제로 반드시 왕을 압박할 것이다. 청인들의 포로에 대한 집착을 잘 알고 있었다. 도망 오는 포로들을 다시 잡아들이라고 청국이 왕을 협박하면 누가 나서서 처리할 것인가. 조정 신료 누구를 꼽아봐도 그 일을 맡아 할 인사는 없었다. 대개가 명에 대한 충성과 도덕을 읊다가 향리로 내려가 상소문 작성에나 열을 올릴 인사들이었다. 왕을 위해, 나라를 위해 구국의 결단을 내리고 도망 포로들을 쇄환시킬 일을 맡아 할 인사가 필요했다.

전쟁으로 일가가 모두 죽은 옆집을 거둬들여 집터를 배로 넓혔다. 큰 사랑채, 작은 사랑채, 안채, 뒤채, 안뜰, 뒤뜰, 바깥뜰 등으로 전쟁 전보다 배나 크고 화려하게 개축했다. 솟을대문에 팔작지붕 기와를 얹었다. 북촌에서 가장 빨리 집을 보수했다. 전쟁 전, 그의 집이 북촌의 평범한 양반집이었다면 전쟁 이후에는 북촌의 어떤 권문세족도 넘볼 수 없는 대갓집이 됐다. 하지만 이것은 준비에 불과했다. 청국이 휘두르는 칼날 앞에서 점점 몰락해가는 양반가문이 될 것인가, 권세의 칼자루를 쥐고 나라의 기강을 바로잡을 것인가. 말할 것도 없이 조경호는 후자가 되고자 부지런히 준비했다.

삼전도 항복 이후 조선은 허울만 있을 뿐 망한 나라나 매한가지였다. 왕은 비웃음감이 되었고, 신하들은 부끄럽다며 산림으로 숨어버린 까닭이다. 백성은 산송장이 돼 먹을 것을 찾아 이곳저곳을 떠돌았다. 전쟁 통에 죽은 사망자와 포로로 잡혀간 인구를 빼면 거둬들일 군포는 반으로 줄어들 터였다. 아사자가 속출했고, 거지와 부랑아들이 몰려다니며 민가를 약탈했다.

왕을 도와 전쟁으로 와해된 나라 안팎의 기강을 바로잡을 강력한 인재가 필요했다. 명나라의 적이며 조선의 적이었으나, 전쟁으로 조선의 상국이 된 청국을 섬기며 그들의 요구라면 무엇이라도 들어줄 준비가 된 자여야 했다. 그것은 악역이기도 했다. 악역을 감수할 결단 또한 필요했다. 재빨리 친청파의 깃발을 치켜들고 우왕좌왕하는 조정 신료들을 헤치고 나아가 왕 앞에 무릎을 꿇었다. 왕을 도와 종사를 길이길이 보전하고 빛낼 조정 대신, 준비된 자, 그것은 호조판서 조경호 자신밖에 없었다.

조경호가 가마에서 내려 뒤채로 향했다. 병자인 처를 뒤채로 옮기고 안채는 첩 경실에게 맡겼다. 청 사신들과 역관들을 접대하려면 철저한 준비가 필요했다. 경실이 제격이었다. 뒤채는 뜰과 나란히 놓였고 뜰 뒤로는 연못이 있었다. 연못 건너에 선이 머무는 별당이 있었다. 조경호의 시선이 별당으로 향했다. 별당 밖, 선을 감시하는 여종 둘이 급히 허리를 굽혔다. 쯧, 혀를 찬 그는 잠시 걸음을 멈추고 바람이 지나가는 초가을 연못을 바라봤다. 연못 옆 바위에 앉아 시를 읊던 그림 같던 선의 모습이 떠오른 까닭이다. 조경호는 딸인 것이 아까울 정도로 총명한 선을 귀히 여겼었다. 이름 또한 외자인 선鮮으로 지을 때는 오로지 곱고 맑게 자라 장차 조선의 비妃가 되었으면 하는 마음에서였다. 선은 시도 잘 지었다. 조경호는 선이 지은 시를 여러 권 필사해 대갓집 규방에 돌리라고 처에게 명했었다.

왕을 따라 성 안으로 들어오던 날, 조경호는 딸을 생각하며 눈물을 흘렸다. 그리고 마음속에서 딸을 지웠다. 포로로 잡혀갔다가 돌아온 아녀자는 죽은 것이나 다름없었다. 속환가가 얼마더라도 데려와야 하지만 숨겨두기 위해 데려오는 것이다. 김 비장이 선을 데려온 지도 한 달이 지났다.

선이 집에 도착한 날, 조경호는 딱 한 번 선을 대면했다. 오랑캐에게 잡혀갔다 돌아오더니 금수가 된 것인지 아버지를 보고도 울지 않았다. 제가 잡힌 강화성에서는 자결한 여인네들로 바다가 꽃송이를 뿌려놓은 듯했다는데, 꿇어 엎드려 자결하지 못한 죄를 빌어도 시원치 않을 판에 뭘 잘했다는 것인지 고개를 빳빳이 들고 맹랑하게 노려보았다. 조 판서는 얼굴을 돌려버렸다. 왜 자결하지 않고서 구차한 삶을 이어가려 하느냐? 집안에 누가 된다는 것을 모른단 말이냐? 하는 말이 입안에서 튀어나오려 했으나 꾹, 참으며 손을 저어 물러가라고 했을 뿐이다. 하기야 김 비장의 보고는 믿기지 않을 정도였다. 홍제천에서 세정의식을 시킬 때도 선은 홍제천을 건너오지 않았다고 했다. 오죽했으면 조정에서도 속환된 양반가 여인들에게 소복을 입혀 홍제천 냇물을 건너오게 하는 결정을 했을까. 그것은 일종의 고육지책이었다. 실절한 여인네들을 그렇게라도 받아들일 수밖에 없는 양반가의 고육계. 누구보다 그것을 잘 이해하고 다른 여인네들을 이끌고 홍제천 물에 온몸을 적시며 건너왔어야 할 딸이 홍제천에 들어갔다가 저 혼자 반항하듯이 도로 나왔다고 했다.

대대로 내려온 경기도 이천 농토에 붙은 농막 중 한 채를 보수했다. 선을 그리로 옮겨 여생을 그곳에서 마치게 할 생각이었다. 그러나 선의 태도를 보고는 생각이 바뀌었다. 그렇게까지 하고 싶지는 않았지만 섬으로 보내 아예 불안의 싹을 없애는 편이 나을 것 같았다. 정묘년 난리 때 마련해놓은 강화도 민가로 보내기로 결정했다. 그곳은 지난 난리 때 피난 갔다가 제가 오랑캐에게 붙잡힌 곳이기도 했다. 그곳에서 죽은 듯이 살 수밖에 없는 것이 제 운명이다. 강화도 집도 난리통에 무너져 대강이라도 보수해야 했다. 그동안 선의 생활공간을 뒤채 별당에 한정시키고 감시자를 붙이고 소복을 입혔다.

뒤채 마루로 올라선 조경호가 헛기침을 했다. 발을 건 방 안에서 여종이 달려나와 허리를 굽혔다. 병자는 가까스로 자리에서 일어나 앉았다. 오랜만에 뒤채로 건너온 남편을 병자는 황망하게 바라봤다.

"몸은 좀 어떠시오?"

"저야 지난 난리 때 죽었어야 할 목숨, 윤노와 선을 생각하면 저승길로 가다가도 다시 돌아와 귀신이 될 듯해 이리 죽지도 못하고 있습니다."

조경호는 처의 대답에 헛기침을 했다. 곧 죽는다, 숨을 헐떡이면서도 말을 꾸며대는 것에 병자 곁에 앉고 싶은 마음이 싹 가셨다. 하지만 조경호는 작심한 듯 다시 헛기침을 하며 병자가 권하는 방석에 앉았다. 처가 아들 윤노와 딸 선의 향후 거취를 첩을 통해 알거나 여종을 통해 알게 되면 일이 꼬일 것이기 때문이었다. 수모를 받았다고 집안사람들을 괴롭히기라도 하는 날에는 앞으로 치를 잔치에도 영향이 미칠 것이다. 조경호가 표정 없이 말했다.

"선은 이천 농막으로 보낼 것이오."

조경호는 말해놓고는 조금 민망해졌다. 금방 들통 날 거짓말을 한 것이다. 그러나 딸인 선은 강화도 민가로 보내고 병자인 자신은 이천 농막으로 보내기로 한 사실을 처가 안다면 순순히 따를 것 같지 않았다. 우선은 딸과 함께 이천으로 간다는 위안이라도 듣게 하는 것이 조경호에게는 편했다. 이런 상황을 모르는 병자가 쓰러질 듯 병석을 짚으며 탄식했다.

"별당에서 지내면 될 것을 이천으로 보내다니요?"

"앞으로 연회가 많아질 것이오. 청국의 사신들과 역관들을 초대할 터인데, 혹시라도 그 애가 눈에 띄어서 좋을 것이 있겠소?"

병자가 힘없이 끄덕이며 수긍하는 것을 보며 조 판서가 재빨리 말했다.

"그 애를 따라 당신도 함께 이천에 내려가 계시오."

병자의 눈이 화들짝 커졌다.

"저보고 이천으로 내려가라는 말씀입니까? 그건 안 될 말입니다! 집안 제사는 모두 누가 돌본다고 저더러 시골에 내려가 있으란 말입니까?"

벌겋게 상기돼 소리치는 병자의 목소리가 방을 넘었다.

"허어, 제사는 아랫것들이 준비하고 나와 집안 어른들이 주관하는 것이지 병자가 무슨 제사를 돌본다고 이러시오!"

조경호의 목청이 병자의 목소리를 재빨리 덮어버렸다.

"제가 살 날이 얼마나 남았다고 이천으로 쫓아 보내려 하십니까. 제사는 그 집안의 정부인이 맡아서 정성껏 준비해야 조상님들도 해를 주시지 않고 복을 주시거늘, 아이고 무슨 죄인처럼 시골에 가두려 하십니까."

선을 보내려 했던 이천 농막으로 병자인 처를 내려보낼 작정을 하고 뒤채로 건너온 조경호에게 처는 힘에 부치는 듯 흐느끼며 넋두리를 했다.

조경호가 참을 수 없다는 듯이 다시 소리쳤다.

"허어, 집이 다시 거덜 나고 집안사람들이 다 죽어 없어지는 꼴을 보고 싶소? 이 집은 이제 내 집이 아니오. 나라를 위해 내놓았단 말이오. 청국 사신들을 접대하는 잔치가 계속될 텐데 병자가 무엇을 도울 거며 시끄러운 집안이 병자에게 무슨 도움이 되겠소."

병자가 서럽게 흐느끼며 말을 이었다.

"이천으로 가기 전에 저는 죽겠습니다. 이 썩은 몸이 어찌 이리도 더러운 세상을 버리지 못하는지……."

병자의 넋두리를 무시하며 조경호가 아예 눈을 감고 말을 이었다.

"이천 농막이 정리되려면 한두 달 걸릴 것이오. 그때까지 천천히 떠날 준비를 하시오. 그리고 청국 사신들을 맞을 잔치에 뒤채나 별당에 관계된 아랫것들이 일절 나서서는 안 되오. 혹시라도 내 귀에 안 좋은 말이 들리면 전부 청국에 팔아버린다고 전하시오. 연회 결과에 따라 윤노의 거취가 결정될 것이니, 그렇게 알고 행동하시오."

병자는 눈을 감고 또박또박 명토를 박는 남편 앞에서 겁을 먹은 듯 흐느낌을 멈추고 고개를 끄덕였다. 처와 조경호가 유일하게 합치되는 지점에 장자인 윤노의 거취가 있었다. 용골대가 가져온 포로 쇄환 명부에 아들 윤노가 들어 있다는 것을 병자도 알고 있었다. 다른 것은 몰라도 아들의 안전을 위해 연회를 연다니, 모든 것을 협조하겠다는 표정이었다. 눈을 감은 남편이 보고 있기라도 하듯.

　　　　　　　　　　　　❥

　접대는 점심때부터 시작됐다. 윤노는 솔선해 접대 준비를 주관했다.
　정면 다섯 칸, 측면 세 칸인 큰 사랑채의 문들을 들어 올려 터놓고 용골대와 역관 정명수, 이하 청인들을 안내했다. 청인들이 점심상을 물리자 풍류놀이패를 뜰에 배치했다. 놀이패들은 풍악을 울리고 시를 읊었다. 중간중간 궁중무에서 북춤까지 기생들이 돌아가며 춤을 췄다. 사당패들의 마당놀이도 보여주었다. 용골대는 좋다는 감탄사를 연발했다. 조선으로 10년 넘게 사신 행차를 했으나 이런 공연은 처음 본다며 놀라워했다. 열 명이 넘는 청인들 옆에 기생들을 두 명씩 배치했다.
　소와 돼지, 닭과 생선, 산과 들의 진귀한 재료들을 찌고, 볶고, 무치고, 지져 상 위에 올렸다. 안채에서는 열 명의 노복들이 닷새 동안 음식을 준비했다.
　전날부터 풍류놀이패와 기생, 사당패를 불러들여 공연 준비를 시킨 것도 윤노였다. 오늘의 향응에 따라 자신의 거취가 결정된다는 것을 잘 알고 있었다. 집안의 흥망이 오늘 청인 접대에 달려 있었다. 아버지는 어디선가 접대 준비에 필요한 은전을 받아왔다. 다섯 궤짝이었다. 은전이 누구한테서 나온 것인지는 짐작하고도 남았다. 오랑캐들이 도성의 집을 휩쓸고 지나간 뒤에 양반들도 먹을 것이 없어서 풀죽으로 끼니를 때우는 형편이었다. 은전 궤짝이 나올 곳은 궁궐밖에 없었다.

해가 지고 공연이 끝났을 때 심양으로 데려갈 기생 20명을 청인들 앞에 세웠다. 술이 거나하게 들어간 청인들은 만족한 듯 허허거리며 연신 고개를 끄덕였다. 윤노도 그제야 마음이 놓였다. 용골대와 역관 정명수만 남고 청인들은 사신관으로 돌아갔다. 윤노는 청인들이 타고 가는 말 등 양쪽에 은전 주머니를 매달았다. 심양으로 보낼 기생 20명도 뒤에 딸려 보냈다.

큰 사랑채의 천장에 매달았던 세살문들이 내려졌다. 대청마루에 용골대와 정역관을 위한 주안상이 다시 차려졌다. 뜰에서는 아쟁과 대금이 경쟁하듯 서로의 소리를 좇았고 초가을 저녁의 선선한 바람이 낮게 불었다. 모든 것이 조경호 부자의 의도대로 순조롭게 진행되는 듯했다.

동티가 난 것은 잠자리 수청을 들라고 들여보냈던 창기 두 명을 용골대와 정명수가 모두 내쫓으면서였다. 이경쯤 됐을까. 큰 사랑채 방문이 벌컥 열리더니 속적삼만 입은 창기가 대청마루로 내쫓겨 굴렀다. 작은 사랑채로 들어가 쉬려던 윤노가 깜짝 놀라 뜰을 가로질러 뛰었다. 마침 큰 사랑채의 맞은편 방문도 열리더니 정명수가 창기를 끌고 나왔다. 정명수가 뛰어오는 윤노에게 화를 냈다.

"용 대신이 우습게 보이오?"

윤노는 뭐라고 대꾸해야 할지 몰라 정명수를 멍하니 쳐다봤다. 창기들은 달아났다.

"양반가 여식을 데려오란 말이오! 청 황제의 명을 받고 온 대신의 수청을 노류장화 창기에게 맡기다니! 이게 지금 누구를 얕잡아보고 하는 짓거리요!"

정명수가 소리치며 발을 굴렀다. 용골대도 방에서 나왔다. 옷을 갖춰 입고 있었다. 섬돌에 내려서 신을 신으려고 했다. 윤노는 어찌할 바를 몰라 당황하며 정명수에게 사정했다.

"잠깐 기다리시오. 아버님을 부르겠소."

안채로 들어갔던 조경호가 버선발로 뛰어왔다. 이미 신을 신고 뜰로 내려선 용골대와 정명수를 보고는 달려가 정명수를 끌어안았다.

"아, 왜 이러시오, 정역관."

"이거 놔요! 지금 용 대신을 어찌 보고 이러시오? 창기가 웬 말이오? 양반 여식을 데려와도 성에 차지 않을 판인데! 용 대신을 이렇게 얕잡아 보면서 무슨 접대를 한다고 이러시오?"

"내가 잘못했소. 지금이라도 양반 처자를 데려오겠소. 화 푸시고 방으로 드시오. 제발 용 대신께 말 좀 잘 해주구려."

정명수는 조경호의 팔을 뿌리치며 용골대에게 다가가 귓속말을 했다. 용골대가 조경호를 쳐다봤다. 조경호가 손을 맞잡고 연신 허리를 굽혔다. 용골대가 조용히 말하자 정명수가 조경호에게 전했다.

"오늘 점심부터 우리 청 사신들을 극진히 대접한 공을 봐서 이번만은 특별히 참고 넘어간다고 용 대신께서 말씀하시오. 청국은 조선의 상국이오. 상국의 사신으로 대접받길 바라오. 창기로 접대하는 것은 상국 사신을 무시하는 처사요. 이건 내 말이 아니라 용 대신의 말씀이오."

조경호가 용골대를 쳐다보며 다시 손을 맞잡고 고개를 숙였다. 그리고 정명수에게 말했다.

"양반가 여식들은 열 살이면 혼인을 시켜버려 구하기가 어렵소. 그러나 지금 나가서 양반 처자를 꼭 구해올 테니, 화 푸시고 방에 들어가 쉬고 계시라고 용 대신께 전해주오."

용골대와 정명수가 못 이기는 척 다시 큰 사랑채 돌계단으로 올라갔다. 김 비장과 노복 성남이 달려가 신을 벗는 그들의 시중을 들었다. 용골대와 정명수가 방으로 들어가자 조경호가 김 비장에게 말했다.

"어서 민가로 내려가 양민의 여식을 사와라."

윤노가 나섰다.

"아버님, 제가 가서 처자를 사오겠습니다. 김 비장은 아버님 곁에 있게. 저들이 또 무슨 불호령을 내릴지 모르지 않는가."

윤노는 자신 있는 표정으로 노복 성남을 바라봤다.

"성남아, 가자. 네가 요 아래 민가 사정은 잘 알지 않느냐?"

성남은 곧장 허름한 초가로 달려갔다. 윤노는 초가 앞에서 기다렸다. 성남이 다리를 저는 사내를 데리고 나와 말했다.

"딸 둘을 다 팔겠답니다."

윤노가 은전 한 냥을 사내의 손바닥에 떨어뜨렸다. 사내가 손바닥을 그대로 펴고 있었다. 윤노는 사내를 노려보며 두 번째 은전을 떨어뜨렸다. 사내는 그제야 손바닥을 접었다.

"딸들에게 양반집 여식이라고 말하라고 일러라. 혹시라도 상놈의 자식이라는 게 밝혀지면 은전 두 냥을 토해내야 할 것이야!"

윤노는 다리를 절며 딸들을 데리러 들어가는 사내에게 날 선 소리로 단서를 달았다.

"걱정 붙들어 매시오!"

사내가 돌아보지도 않고 기승스럽게 대답했다. 딸들은 아비와는 딴판으로 사냥당한 고라니처럼 성남의 재촉에 벌벌 떨며 따라왔다.

상놈 여식들을 들여보낸 큰 사랑채에서는 삼경 내내 죽어가는 들짐승 소리가 이어졌다.

용골대가 자신의 이름이 적힌 포로 명부를 가지고 한양에 들어왔다는 소식을 들은 날부터 윤노는 밤잠을 설쳤다. 포로 명부에서 자신을 빼준다는 약속을 받아내야만 잠을 이룰 수 있을 것 같았다. 청에 끌려가야 한다면 차라리 자진을 해서 조선 사대부의 절개를 보여주리라. 절대로 끌려가서는 안 된다. 윤노는 그 생각뿐이었다. 오랑캐는 사람이 아니었다. 힘만 쓸 줄 아는 야수들일 뿐이었다. 세상에 고아한 예술과 문화가 존재하며, 그것을 지키는 문명이 있다는 것을 아예 모르는 존재들이었다.

강화도에서 그 징글징글한 금수들에게 붙잡혔었다. 심양으로 끌려간다면 자신은 절대로 살아남을 수 없을 것이다. 지모나 책략이 통하지 않는 단순무식한 금수들. 강화도에서 도망치기 전에 만났던 청나라 장수 주란타이는 어둠에 묻힌 산처럼 속을 알 수 없는 사람이었다. 몇 마디 필담도 나눠보았지만 마음에 들지 않는다면 바로 이빨로 물어뜯을 듯한 눈빛을 가진 맹수였다. 죽을힘을 다해 도망쳤다. 강이 놈들을 막지 않았다면 틀림없이 붙잡혔을 터였다. 누이 선까지 강에게 부탁하며 도망칠 때는 공포뿐이었다. 강이라면 막아줄 것이다. 토굴로 피신했다. 죄책감과 안도감이 번갈아가며 덮쳤다.

아버지의 도움으로 왕의 배행陪行 행렬에 끼어 한양으로 돌아올 때 윤노는 땅만 보고 걸었다. 삼전도에서 포로 행렬을 지나쳤다. 오랑캐들에게 철편으로 맞아 죽어가는 그들은 맹수에게 도륙당하는 여린 짐승일 뿐이었다. 그곳에 강이 있었을 테고 선이 있었을 터였다. 혹시라도 포로가 된 그들을 만나게 될까 봐 윤노는 달아나기 시작했다. 배행 행렬이 배로 몰렸다. 배에 오르려던 행렬을 밀치고 윤노는 재빨리 배에 올라탔다.

한양 북촌으로 돌아오자, 강이 윤노 대신 잡혀갔다는 소문이 동네에 파다했다. 아버지 조경호는 하늘과 땅이 뒤집혀 사람이 토끼몰이를 당했는데 도망치는 것도, 포로가 되는 것도, 다 자기 운명이라며 소문을 일축했다. 또 소문을 퍼트린 자가 누구인지 반드시 밝혀내겠다고 별렀다. 듣고 보니 옳았다. 강이, 선이, 윤노 자신 이렇게 세 사람만 아는 일이었다. 윤노 자신이 말하지 않았는데 누가 퍼트렸을까. 강과 선은 포로로 잡혀갔다. 그렇다면 혼란한 상황을 틈타 이득을 보려는 자의 소행이었다. 모든 것이 폐허가 되었다. 죄책감 따위에 휘둘려 방구석에 처박혀 있다면 누구에게 득이 될지 분명했다. 조씨 가문을 지키고 빛내는 것이 장자의 의무였고 그것이 자신이 할 일이었다.

한 달 전 피로인被擄人 6백여 명이 벽제관碧蹄館에 다다랐다는 소문이 돌자 도성 안이 들썩거렸다. 일가붙이들이 울며불며 마중 나갈 채비를 하고 벽제관으로 향하자 방이 붙었다. '청 사신과 피로인의 안전을 위해 벽제관까지 가는 것을 금한다. 성 안 사람들은 사흘 뒤 홍제원에 모여 피로인들을 맞이할 것이다.' 벽제관까지 달려가 돌아온 피붙이를 만나려 나섰던 자들이 우왕좌왕했다. 도성 안 사람들은 피로인들이 벽제관까지 왔다면 홍제원까지는 하루 거리도 안 되는데 사흘 뒤에 환영식을 한다니, 조정에서는 무슨 꿍꿍이속인지 모르겠다고 수군거렸다.

윤노도 사람들 틈에서 방을 보았다. 선을 생각하니 심장을 칼로 저미는 것 같았다. 어려서부터 너무나 귀애하던 누이였다. 꽃보다 어여쁘던 누이가 심양에 끌려갔다 돌아온다니 믿기지 않았다. 곧이어 강화도에서 강에게 누이를 부탁한다고 외치며 도망쳤던 그날이 생생하게 떠올랐다. "강아, 선이를 부탁한다!" 윤노 자신이 몇 번을 그렇게 외쳤던가. 그때의 공포가 되살아났다. 토굴 속에서 숨을 헐떡이며 느꼈던 죄책감과 안도감이 다시 윤노를 덮쳤다. 속이 울렁거렸다.

다음 날 아침 김 비장이 도착했다는 소식을 듣고 사랑채로 달려갔으나 김 비장은 이미 아버지께 보고를 마치고 물러간 뒤였다. 윤노는 주저하며 아버지께 여쭸다.

"선이는 지금 어디에 있습니까?"

아버지는 뜸을 들이더니 대답했다.

"왜, 가보려고 그러느냐? 홍제원 앞 객사에 다른 여인네들과 함께 묵고 있다. 가보지 마라. 마음만 상한다."

그럴 수는 없었다. 윤노는 말을 재촉해 홍제원으로 달려갔다.

그러나 아버지 말씀대로 가지 말았어야 했다. 6개월 만에 본 누이는 완전히 딴사람이 돼 있었다. 상한 모습은 그렇다 치더라도, 미쳐 날뛰는 눈빛은 삼강오륜도 저버린 상것들이나 매한가지였다. 제 오라버니를 보자마자 대뜸 강이 속환가를 어찌 보내지 않았느냐고 따져 물었다. 부아가 치밀었다. 속환가가 한두 푼도 아니고 제 속환가를 마련하는 데도 어떤 우여곡절이 있었는지 모르는 주제에 눈물 한 방울 흘리지 않고 눈을 치켜뜨며 추궁했다. 울컥 욕지기가 났다. 속환된 누이, 더럽혀진 누이를 본다는 것이 이런 것이었나. 끔찍했다.

"허어, 네 어찌 강이 이름은 꺼내지도 말라는 아버님 명을 어기려 하느냐."

선은 오라비의 큰소리에 말대꾸까지 했다.

"강이 오라버니는 윤노 오라버니 대신 잡혀간 것이잖아요."

윤노는 선의 예기치 못한 태도에 강에 대한 혐오감이 밀려왔다. 강이 놈 때문에 누이가 변했다. 사실 놈은 어려서부터 윤노에게는 껄끄러운 존재였다. 동네에서 어울려 놀 때부터 한번도 윤노에게 지지 않았던 놈이다. 가난한 참판집 자식이었으나 기백과 혈기로는 하늘 아래 제일인 척했다. 세상은 그런 놈을 임협任俠하다고 하던가. 놈이 무과 준비를 하러 강화도로 떠난다고 했을 때 윤노는 적이 마음이 놓였다. 야심가는 과거를 보아 문인이 되지 무인이 되지 않는다. 무인은 문인 관료들을 지키는 호위병일 뿐이다. 그 근간을 소홀히 여기고 제 힘을 과시하기 위해 무인이 되겠다는 데에야 기꺼이 환영할 수밖에.

하지만 놈이 타고난 호위병인 것만은 사실이었다. 때문에 강화도에서 청군에게 도망치다 놈을 만난 것은 윤노에겐 천운이었다. 윤노는 생각을 정리했다. 놈이 먼저 강화도로 간 것, 그리고 조우한 것, 이 모든 것이 돌이켜보니 하늘의 뜻이었다. 의협심으로 똘똘 뭉친 놈은 분명 대신 붙잡혀줄 것이었다. 어쩌면 놈은 그러기 위해 태어났는지도 몰랐다. 아니, 그러지 않고서야 어찌 그 자리에 있었을까. 놈이 청군과 싸우는 소리를 들으며 산으로 도망쳤다. 놈은 사로잡힌 맹수처럼 오랑캐에게 저항했다. 그 소리, 맹수와 야수의 울부짖음, 그것은 전쟁의 소리였다. 고아한 예술과 문화를 간직한 문명 세계에서는 들려선 안 되는 소리였다. 이제 조선은 어렵게 고요함을 되찾고 있었다. 야수와 맹수들이 들끓는 심양과는 전혀 다른 세상이다. 이강, 그놈이 오랑캐의 나라로 잡혀간 것은 어쩌면 필연일지 모른다. 한 마리 맹수에게 어울리는 곳은 전쟁터니까.

강에 대한 혐오감이 점점 외곬으로 향했다. 윤노가 전쟁통에 받았던 상처를 강에게 응집시킨 까닭은 당연히 선의 속환에 있었다. 선은 끌려갔고 다시 돌아왔다. 그것이 현실이며 선의 운명이었다. 윤노는 살아왔지만 죽은 목숨과 같고, 살아 있지만 죽은 것보다 못한 선이 자신의 처지를 받아들이지 않는 것에 화가 치밀었다. 가문에 처치 곤란한 자신의 처지를 운명으로 받아들이고, 평생 사람 눈에 띄지 않는 곳에서 실절失節과 훼절毁節의 책임을 통감하며, 삼강오륜을 닦는 것으로 남은 생을 보내야 할 터였다. 그러나 선은 조정에서 거행한 의식도 거부했다.

속환된 여인네들을 홍제천 객사에 모아놓은 지 3일째 되던 날, 조정에서는 소복을 입힌 여자들을 홍제천으로 몰아넣었다. 백여 명 남짓한 여자들은 둘러선 가족들에게서 떨어져 어리둥절해하며 천변으로 내려갔다. 모여 선 가족들도 영문을 모르기는 매한가지였다. 조정별감이 나서서 여자들에게 구령을 붙였다.

"모두 한 줄로 서시게."

여자들이 주춤주춤 줄을 서자 별감은 다시 구령을 붙였다.

"자, 이제 천천히 내를 건너 저쪽 천변으로 올라가시게."

심양으로 사로잡혀갔다 돌아온 여자들이 장맛비에 불어난 홍제천으로 하나둘 들어섰다. 물살이 셌다. 여자들은 내를 건너려 하다가 치마에 걸려 여러 번 넘어졌다. 영문도 모른 가족들은 내려가 저고리까지 흠뻑 적신 여자들을 도우려 했다. 그러나 별감의 구령이 막아섰다.

"가족들은 물러나 지켜보시오. 여기 여인네들은 홍제천에서 모든 죄를 깨끗이 씻어내고 새사람이 돼서 도성 안으로 들어갈 것이오."

홍제천을 허우적거리며 건너던 여자들이 얼어붙은 얼굴로 천변 둑 위에 둘러선 가족들과 별감을 돌아보았다. 별감이 구름 낀 하늘을 한 번 쳐다보고 다시 구령을 붙였다.

"어서 건너시게들. 저쪽 천변으로 올라가면 새 옷이 있으니 옷 젖는 것은 걱정들 마시게나."

여자들이 홍제천 가운데서 하늘을 올려다보았다. 잔뜩 내려앉은 구름 속에서 천둥이 가늘게 울기 시작했다. 별감의 구령이 여자들을 재촉했다. 여자들은 다시 허우적거리며 저쪽 천변을 향했다. 그때 한 명이 돌아섰다. 젖은 치마를 부여잡고 가족들과 별감이 지켜보는 이쪽 천변으로 다시 나오고 있었다. 천둥이 돌아서 나오는 여자의 머리 위에서 우르릉거리며 곡소리를 냈다. 다른 여자들이 방향을 바꾼 여자를 쳐다보며 울먹거렸다. 별감이 소리쳤다.

"저쪽 천변으로 건너가라고 하지 않았는가. 왜 다시 나오는 게야?"

그러자 가족들 틈에서 작은 소란이 일었다. "어서 건너가라고 하는데 도로 나오는 저 여인네는 누구네 집 여식이야?" "조 판서네 여식 선이 아니오?" '쯧쯧쯧' 혀 차는 소리도 들렸다. 구경하던 가족들은 자기네 집 며느리나 여식도 홍제천을 건너지 않고 도로 나올까봐 걱정하기 시작했다. 가족들이 천변 둑 가장자리까지 몰려갔다. 내를 건너는 자기네 집 여자들을 눈을 부릅뜨고 지켜봤다. 혹시라도 돌아설까봐 손을 저쪽 천변으로 휘휘 저었다. 별감이 도로 나오는 여인을 내려다보며 소리쳤다.

"이보게, 어찌 나오는가? 다시 들어가시게."

여인이 냇가에서 별감을 올려다보며 소리쳤다.

"실절한 것은 조선 전체인데 왜 여인네들만 가지고 이러십니까?"

가족들이 아우성쳤다.

"뭔 소리를 하는 거야? 속환되어 온 것도 모자라 하는 짓이 완전 화냥년이구먼."

"건너라고 하면 그냥 건널 것이지 왜 나오누."

"여보시오, 별감. 어서 끌어내요. 다른 여인네들도 도로 나오면 어쩌려고!"

별감이 소리쳤다.

"조용히들 하시오!"

별감은 목소리를 누그러뜨리며 가족들에게 말했다.

"건너지 않겠다면 하는 수 없지요. 나라에서는 속환된 여인네들을 위해 특별히 홍제천에서 세정의식을 거행하는 것입니다. 이 내를 건너면 절개가 회복되는 겁니다."

"그럼요. 그렇다마다요."

가족 중 하나가 별감의 설명이 민망하다는 듯이 재빨리 화답하자 나머지 사람들도 고개를 주억거렸다. 그리고 이미 이쪽 천변으로 다

시 올라와 오도카니 서 있는 여자를 질시의 눈으로 바라봤다. 여자는
내에 들어찬 여자들을 멍하니 내려다보다가 가늘게 흐느끼기 시작했
다. 내를 메운 여자들이 천변에서 울고 있는 여자를 돌아보았다. 여자
의 울음소리는 커졌고 자신을 노려보는 구경꾼들에게 저항하듯 곡조
를 타기 시작했다. 내를 건너는 여자들도 물살에 허리를 꺾으며 울기
시작했다. 그러나 내를 이탈하지는 않았다. 다만 통곡하는 여자를 따
라 구슬피 울면서 저쪽 천변으로 올라갔다.

윤노는 너무 부끄러워 재빨리 그 자리를 떴다. 구경꾼들 말마따나
임진년 난리 때에 명군에게 몸을 팔던 화냥[花娘]들과 다를 게 없었다.
화냥년도 저런 화냥년이 없었다. 친오라비를 보고도 눈물 한 방울 흘
리지 않다가 세정의식을 하라니까 하늘이 두 쪽 난 듯이 울어대는 모
습에 진저리가 쳐졌다.

한 달 전 일이다. 그리고 별당으로 들어간 선을 윤노는 다시는 찾지
않았다.

새벽녘에 용골대와 정명수가 사신관으로 돌아갔다. 용골대는 김 비
장이 수레에 실어주는 은전 한 궤짝을 보고는 이를 드러내며 웃었다.
정명수 역시 은전 반 궤짝을 보고는 연신 고개를 숙였다. 조 판서와
윤노는 그들의 모습이 보이지 않을 때까지 솟을대문 앞에서 허리를
굽히고 있었다. 윤노는 아버지보다 더 오래 허리를 굽히고 있었다. 잠
이 밀려와 허리를 펼 수 없었다.

＊

이강의 아버지 이준효의 사랑방에 지방 서원에서 올라온 생원과 진사 여섯 명이 둘러앉아 있었다. 왕이 포로 쇄환을 묵인하자 지방의 사족과 선비들은 상소문을 쏟아냈다. 연명상소를 준비하는 사족들이 이강의 아버지 이 참판을 찾아온 것이다. 비좁은 사랑방이 주인과 손님 일곱 중늙은이로 들어찼다.

"'천신만고 끝에 다시 살아 돌아온 백성을 잡아 보내다니, 이건 포악한 자가 포악한 자를 갈아치운 꼴이다'. 그렇게 쓴 상소문이 전하를 가장 화나게 했다는군요."

손님 중 한 명이 가장 강도가 센 상소문 내용을 들은 대로 말했다. 좌중은 이미 들은 내용인지 놀라지도 않고 고개를 끄덕였다.

"광해군 시대나 똑같다는 말을 들었으니 충격이었겠지요."

한 명이 그 상소문 내용을 좀 더 자세히 말했다. 좌중은 또 끄덕이며 한숨을 쉬었다.

"전하가 요새 사람들은 오활迂闊하기 그지없다며 그 상소문을 태워 버렸답니다."

다 알고 있다는 듯이 일곱 사내는 다시 고개를 끄덕이며 혀를 찼다. 상소문을 태운 왕과 상소문을 올리는 사족들의 첨예한 견해 차이 앞에 포로 쇄환 문제가 있었다.

"그래서 대신들이 전하께 오활하다고 비판하는 것이 문제라고 장담을 올렸는데 묵묵부답하고 비답을 내리지 않으셨다지요."

손님 가운데 좌장인 정 진사가 이렇게 말하더니 주인인 이준효를 바라보며 말을 이었다.

"그런데 이 참판 어른, 조 판서가 포로 쇄환 일을 도맡아 한다면서요? 조 판서에 대한 원성이 서원마다 몰리고 있습니다."

조 판서가 거론되자 이준효가 난감한 표정을 지었으나 정 진사는 다 이해한다는 표정으로 다가앉았다.

"지금 전국 서원의 유생들은 연명 상소를 올려야 한다며 들끓고 있습니다. 우선 여러 조사 분들을 만나 뵙고 의논을 드려야 할 것 같아 이렇게 먼저 이 참판 어른을 찾아온 것입니다. 그런데 아드님 소식은 들으셨는지요?"

다가앉은 정 진사가 아들 소식을 묻자 이준효는 그제야 긴 한숨을 내쉬었다.

"아니오. 포로로 끌려갔다면 비변사에 있다는《피로인성책披露人成冊》에 이름이 있을 터인데 알아보니 거기에는 이름이 없더이다."

정 진사가 고개를 갸우뚱거렸다.

"그래요? 청 놈들이 속환가를 받아내려고 포로들의 주소와 성명을 빠짐없이 작성해서《피로인성책》을 만들었다고 하던데요."

손님 가운데 이준효와는 초면인 박 생원이 좌중을 둘러보며 말했다.

"듣자니 조 판서네 집에서《피로인성책》을 필사해다가 사례를 받고 보여주고 있다고 합니다. 자제분이 조 판서네 아들 대신 잡혀간 거라면서요? 소문이 파다하던데요?"

이 참판이 곤란한 표정을 지었다.

"그게 참, 강화도에서 잡혀갈 때 그랬다는 소문을 들어서 여러분도 잘 아시는 이 진사가 조 판서네 집에 대신 알아봤습니다. 조 판서가 자기네도 딸아이가 붙잡혀가 초상집인데 뭔 소리냐며 오히려 알아보러 갔던 이 진사더러 헛소문을 퍼트린다며 협박을 하고는 내쫓았지요."

"그럼 아드님이 심양에 있는지는 확인하셨구요?"

박 생원이 딱하다는 듯 되물었다. 깡마른 얼굴에 주름이 가득한 이준효가 근심스런 목소리로 대답했다.

"심양관 관리에게 선을 대서 알아보는 중입니다. 그런데 《피로인성책》에도 이름이 없다고 하니 자식 놈을 어디서 찾아야 할지 모르겠습니다. 죽었다면 포기하겠지만 심양에 살아 있다는 소문이 도니 더 딱한 노릇입니다."

들고만 있던 정 진사가 다시 소리를 높였다.

"그러니 조 판서를 탄핵하는 상소부터 올려야 합니다. 조 판서네 아들 조윤노가 쇄환꾼을 풀었다는군요. 그놈들이 전국을 돌면서 숨어 있는 도망 포로들을 잡아서 다시 끌고 간다고 합디다. 게다가 청 놈들이 요구하는 포로 숫자를 맞추려고 포로도 아닌 부랑자, 걸인, 심지어 애꿎은 상놈들까지 잡아간다고 난리들입니다."

이준효가 깜짝 놀라며 물었다.

"쇄환꾼을 풀었다니요? 그 얘기는 처음 듣습니다."

정 진사가 답답하다는 표정으로 이준효를 바라보았다.

"조 판서네 내막을 잘 아는 자에게서 흘러나온 이야긴데요, 지난번 용골대가 왔을 때 조 판서가 갖다 바친 은전이 한 궤짝이었답니다. 쇄환 명부에 적힌 아들 조윤노의 이름을 삭제해달라고 뇌물을 바친 거랍니다. 강화도에서 조윤노를 잡았던 장수가 꼭 다시 포로로 잡아오라고 용골대에게 명령했답니다. 그러니까 조가네 부자가 용골대에게 뇌물을 주고 풀려난 다음, 완전히 오랑캐들의 주구가 된 거지요."

이준효의 얼굴이 벌겋게 달아올랐다. 한양에서도 조 판서네와 같은 북촌에 있으면서도 이렇게 현실에 어두웠다니. 이 진사가 조 판서네 집에 가서 오히려 협박을 당한 뒤 이준효는 다른 경로로 아들의 소식을 알아보려 애썼다. 아내가 조 판서네에 대한 소문을 간간이 전했지만, 우선 강의 생사부터 알고 나서 조 판서를 만나 담판을 져도 짓겠다고 순서를 정하고 있었다. 그러나 서원의 유생들이 전하는 상황은 아들에 국한된 문제가 아니었다. 조 판서 부자가 포로 쇄환을 명목으로 전국을 유린하고 있다는 말이었다.

이준효는 떨려나오는 목소리로 물었다.

"그럼 유생들께서는 전하께 언제쯤 상소할 건지요?"

"이미 서원마다 유생들이 개별적으로 상소문을 올렸지만 이번에 내려가면 바로 통문을 돌려 유생들의 서명을 받아 연명 상소문을 작성해야지요. 그런데 상소 내용에 포로 쇄환에 대한 항의와 반대는 있지만 아직 조 판서 부자의 만행에 대한 상소문은 없습니다. 그것 때문에 저희가 올라온 것입니다. 은밀히 알아본즉, 조 판서네 부자의 악행이 다 사실입디다."

정 진사의 대답을 들은 이준효가 냉정을 되찾은 목소리로 말했다.

"그 건은 제가 먼저 작성하겠습니다. 조 판서네 부자의 포로 장사를 사례별로 자세히 들려주시오. 제가 먼저 상소를 올리고 나면 이어서 여러분들이 올리시면 되겠지요."

그때 늙은 부인의 "나으리, 상 들입니다"라는 목소리가 들리고 어린 여종이 술상을 방 안으로 들여놓았다. 이준효가 술 한 병과 나물

한 사발이 놓인 상을 일별하더니 밖에 서 있는 처를 향해 말했다.

"멀리서 오셔서 다들 시장하실 터인데 밥상부터 내오셔야지요."

"지금 안에서 국밥을 말고 있습니다. 조금만 기다리십시오."

손님 중 정 진사가 급히 사양했다.

"저희는 오는 길에 주막에서 먹었습니다."

"고작 술 한 잔과 국밥입니다. 소홀한 대접에 부끄럽기만 합니다."

이준효의 말에 여섯 명의 손님들이 모두 손사래를 치며 말을 보탰다.

"아닙니다, 참판 어른. 호란 뒤로 다들 굶는 것이 다반사인데 국밥 한 그릇도 호사지요."

누구랄 것도 없이 일곱 명의 중늙은이들이 다시 혀를 차고 한숨을 내쉬었다.

강이 어머니는 사랑방에서 흘러나오는 말을 빠짐없이 듣고 있었다. 강이 어머니는 조 판서네 집에서 무슨 일을 벌이고 있는지 어렴풋이 알고 있었다. 지방에서 올라온 사람들이 조 판서네 집 앞에 줄을 섰다. 그들 가운데서 《피로인성책》이란 말도 들렸다. 줄을 선 사람들마다 두툼한 보따리를 들고 있었다. 그 안에 무엇이 들었는지는 삼척동자도 알 것이었다. 못 보던 노복들도 여러 명씩 짝을 지어 드나들었다. 강이 어머니가 아는 조 판서네 노복은 성남이 유일했다. 몇 년 전 강이 윤노와 친구할 때 윤노 옆에 함께 있던 종이었다. 하루는 지나가는 성남을 불렀다.

"성남아, 선이 왔다며? 한번 만나볼 수 있을까?"

성남은 "몰라요" 하고는 쌩 가버렸다. 주인이 하늘 높은 줄 모르고 세도를 부리니 노복들도 거들먹거렸다. 한숨밖에 나오지 않았다. 갈수록 지체 높아지는 조 판서네 집안사람들에게 말을 붙여볼 길이 없었다. 아들을 생각하면 속이 새까맣게 타들어 갔지만 속수무책이었다.

그런 중에 손님들이 오셨다. 남편은 조가네 만행을 고발할 상소문을 작성하기로 마음먹은 듯했다. 집안에 유일한 종인 이월이 급히 뛰어왔다.

"모르는 여인네가 와서 마님을 뵙자는데요."

강이 어머니가 고개를 갸웃거렸다. 적적한 집안에 갑자기 손님이 이어지는 것이 신기했다. 치맛말기를 다시 동인 다음 대문간으로 나갔다. 장옷을 푹 눌러써 얼굴을 알아볼 수 없는 여인네가 앞에 서 있었다.

"뉘신지요?"

여인네는 장옷을 쓴 채로 절을 하고는 소곤거렸다.

"감시가 심해서 이제야 뵈러 왔습니다. 저 선이여요."

강이 어머니는 문밖부터 살핀 뒤 선을 데리고 재빨리 안방으로 들어갔다. 방 안에 들어선 선은 죄스런 얼굴로 큰절부터 했다. 강이 어머니는 절을 하는 선을 덥석 끌어안으며 울음을 터트렸다. 선도 무슨 말인가 하려다 말고 강이 어머니에게 몸을 맡기고는 함께 흐느꼈다.

다음날 이준효는 지필묵이 단정히 놓인 책상 앞에 홀로 앉아 있었다. 어제 향리에서 올라온 조사들은 사랑방에서 하룻밤을 묵고 연명 상소를 올리기 위한 통문을 돌리기 위해 아침 일찍 떠났다. 집 안은 조용하다 못해 괴괴했고 꼿꼿이 앉아 눈을 감은 이준효의 얼굴은 결의로 단단해져 있었다.

"나으리, 잠깐 나와 보셔요. 손님이 왔습니다."

어제 아내는 손님이 가득 찬 사랑방 밖에서 급히 말했다. 이준효가 안방으로 건너가자 거기에 선이 있었다. 한번쯤은 만나보길 바랐던 선이었다. 서원의 조사들이 방문한 날 의문이 한꺼번에 해결되듯 선까지 찾아온 것이다. 아들이 죽었다는 말을 듣게 될까봐 이준효가 낡은 보료 위에 풀썩 주저앉았다. 아내가 먼저 말했다.

"강이, 우리 강이 심양에 살아 있다네요."

선이 이준효에게 절을 한 뒤 꿇어앉았다.

"어르신께 죽을죄를 지었습니다. 저희 오누이 때문에 강이 오라버니가 포로가 됐는데 저만 속환돼 왔습니다. 하지만 강이 오라버니는 강합니다. 꼭 살아서 돌아올 것입니다. 어르신께 강이 오라버니가 살아 있다는 말을 이제야 전하게 돼 죄송스럽기 그지없습니다."

선이 굵은 눈물을 뚝뚝 흘렸다. 이준효는 강이 살아 있다는 말만 크게 들렸다. 장군 집에 포로로 잡혀 있다고 했다. 선은 강이 덕분에 제 오빠가 놓여났다고도 했다. 소문이 사실이었다. 자기네 오누이가 살아 있는 것이 다 강이 덕분이라고 했다. 속환사가 올 때 자신과 강이 모두 속환돼 함께 올 줄 알았는데 이렇게 됐다고 죽을죄를 지었다고 울며 허리를 꺾었다. 선은 이천으로 떠난다고 했다. 조경호의 명이라고 했다. 백골난망의 은혜를 입고도 이제야 찾아온 자신을 용서하지 말라고 했다.

이준효가 질끈 눈을 감았다. 사심을 담아 상소문을 작성할 생각은 추호도 없었다. 조경호와 조윤노의 만행을 고발함이 아들과 관계된 사심이 아님을 누구라도 알 수 있도록 잡념을 없애고 곧은 마음을 유

지해 상소문을 작성해야 한다고 자신을 채찍질했다.

안방에서 두런거리는 소리가 들리자 이준효가 감았던 눈을 뜨고는 귀를 기울였다. 처와 여종 이월이었다. 두 여자는 삯바느질에 골몰해 있었다. 이준효의 결의에 찬 얼굴에 바람처럼 미소가 지나갔다. 아들이 살아 있다는 소식을 들은 뒤 되찾은 미소였다. 어느덧 방 안이 어둑어둑해졌다. 벼루 위 먹물은 적당히 졸아들었다. 이준효가 감았던 눈을 뜨고 붓을 잡았다. 먹물 위에 붓을 갖다 대자 슥, 먹물 스미는 소리가 들렸다. 이준효가 드디어 문장을 쓰기 시작했다. 종이 위에 붓 달리는 소리만이 사각거렸다.

기강은 국가에 있어서 사람에게 원기와 같은 것으로 그 힘에 의지하여 존재하는 것입니다. 전하께서는 오늘날의 기강을 어떻게 생각하십니까? 위로 대신으로부터 저 아래 서리에 이르기까지 모두 제 몸과 제 처자를 보존하는 것을 상책으로 삼고 국가를 위해서는 한 푼의 심력도 들이려 하지 않습니다. 죽을 고비를 넘기고 살아 돌아온 백성을 다시 잡아 포로로 보내게 된 뒤로 온 나라 사람들은 관리도 믿지 않고 전하도 믿지 않게 되었습니다. 특히 판서 조경호와 그의 아들 조윤노의 만행은 극에 달아 백성의 원성과 원망을 한몸에 받고 있는바, 조 판서네에서는 《피로인성책》을 필사해다가 열람을 빌미로 백성의 재물을 갈취하고 쇄환꾼을 풀어 부랑자나 무고한 상놈을 포로라고 잡아 심양으로 보내고 있사옵니다. 이러한 일은 항간의 부녀자들도 훤히 알고는 분해하고 욕하고 있는데 유독 전하께서만 듣지 못하셨습니다……

이준효는 오로지 상소문을 작성하는 데 집중했다. 그 통에 방 밖에서 방문을 향해 액체를 퍼붓는 소리를 듣지 못했다. '쉬익, 쉬익' 소리가 난 뒤 '버벅' 불길 번지는 소리가 났다. 순식간에 붉은 불길이 방문을 넘었다. 그제야 이준효가 엉겁결에 일어나 불길이 들어오는 방문을 향해 몸을 던졌다. 문을 발로 걷어찼다. 그러나 문은 밖에서 잠겨 있었다. 다시 걷어차자 불길만 방 안으로 넘실넘실 들어왔다. 이준효는 반대편 벽으로 달려가 교창을 잡아당겼다. 교창도 밖에서 잠겨 있었다.

"여보시오! 밖에 아무도 없소?"

소리를 질렀다. 밖에서도 불길 번지는 소리만 났다. '아내와 여종은 어찌 되었나?' 생각이 거기에 미치자 급히 몸을 구부리고 불길이 들어오는 방문으로 다시 몸을 던졌다. 그러나 늙고 여윈 이준효의 몸은 방문을 넘지 못하고 불길에 휩싸였다. 불붙은 몸이 둥글게 쪼그라져 방구석으로 굴렀다.

석양 속 늦가을, 북촌의 낡은 가옥 한 채가 화마에 휩싸여 잿더미가 되기까지는 한식경도 걸리지 않았다.

포로의 적

심양 아문 거리에서 벗어난 버드나무숲 속의 류조 호. 3월인데도 호수 주변은 아직 황량한 겨울의 끝자락을 펼치고 있었다. 지난겨울 호수가 얼기 전까지 포로살이, 종살이를 견디지 못한 조선 포로들이 류조 호로 몰려와 몸을 던졌다. 밤마다 죽은 혼령들이 호수바닥에서 올라와 주변을 배회한다는 소문 때문에 청인들은 류조 호 주변에는 얼씬도 하지 않았다.

청인 복장을 한 변발의 강이 호수 주변을 배회하다 마른 가지만 늘어진 버드나무 옆에 털썩 주저앉았다. 퀭한 눈매에 거뭇거뭇한 수염과 변발. 예전의 강이 모습은 찾아 볼 수 없었다. 강이 퀭한 눈으로 주위를 두리번거리는데 뒤쪽 숲에서 두런두런 말소리가 들렸다. 조선말이었다. 겨우내 얼었던 호수가 녹자 류조 호로 다시 조선 포로들이 몰려들고 있었다. 탈출 계획을 짜는 조선 포로들이 그나마 안전하게 모일 수 있는 곳은 동족의 혼령이 떠도는 류조 호의 버드나무숲뿐이었다. 겨울은 도망칠 수 없는 계절이었지만 봄은 그렇지 않다. 심양, 태자하, 통원보, 봉황성, 압록강을 건너 의주로 들어가 산을 탈 때까지 잡히지 않는다면, 그리고 산을 타고 고향으로 가는 동안 잡히지 않는다면, 이론적으로는 계절은 여름이 될 터였다. 가능성은 있었다. 이역에서 포로로 죽느니, 차라리 고향 땅을 밟아나 보고 죽자는 것이 조선 포로들의 희망이었다. 강이 또한 하루에도 몇 번씩 도망치는 상상을 했다. 그러나 탈출은 마지막 방법이다. 열이면 열 모두 봉황성도 못 가 잡혀 오거나 도중에 잡혀 죽었다.

지난가을과 겨울, 조선 포로들은 수없이 죽어나갔다. 호수에 몸을 던져 죽은 자들도 많았지만 대부분 병사하거나 죽임을 당했다. 살리고 죽이는 것은 청인들의 몫이었다. 속환 시장이 파한 뒤 남은 포로들은 구사의 버일러와 어전, 하위조직인 니루의 졸병들에게까지 배분됐다. 그리고 가을과 겨울 동안 포로들은 팔기군 집안의 종으로 길들여졌다.

남자들은 머리를 배코 치고 정수리만 남기는 치발을 당하고 푸른 무명의 부댓자루 같은 옷에 띠를 둘러 입어야 했다. 여자들도 호녀들처럼 짙은 색의 바지저고리를 입고 가르마 없는 쪽을 정수리에 올려붙여야 했다. 하루 두 끼니의 수수밥과 구들장 침대 캉(중국식 구들)에 끼어 잘 수 있는 혜택 대신 조선 포로들은 매타작과 욕설, 소소한 도둑누명을 감수해야 했다. 습득한 몇 마디 만주어와 한어가 종이 된 조선 포로들을 살리기도 했고 위험에 빠트리기도 했다. 팔기군 주인과 기존에 배속된 한족, 몽골족 종들, 그들 모두가 조선 포로들의 상전이었다. 조선 포로들의 속환가가 높다지만 그 돈은 거의 청 조정의 재정으로 들어갔다. 정작 팔기군 개인에게는 속환가 중 10분의 1 정도만 배당됐다. 죽이길 원한다면 포기해도 될 만한 배당금이었다. 포로가 죽더라도 갖다 붙일 구실은 많았다. 발병이나 도망을 이유로 내세우면 그만이었다.

강은 한동안 주란타이의 무예 단련장에서 심부름을 하며 숨어 지냈다. 몽골 팔기군의 구사어전이기도 한 트므르가 홍타이지의 명령에 따라 군대를 이끌고 몽골 지역으로 가고 나서야 성 안으로 들어올 수 있었다. 주란타이에게 소속된 만주족, 한족, 몽골족, 조선인 노복들은 한데 섞여 있었다. 삼백 명이 넘었다. 주란타이가 홍타이지의 심복임을 말해주는 증거였다. 강을 비롯한 조선 포로들은 지난가을과 겨울, 심양의 저택과 농장을 오가며 종살이를 했다. 강은 다른 포로들 몫까지 일을 했다. 그러지 않고서는 견딜 수 없었다. 산과 들, 대지가 꽁꽁 얼어붙는 심양의 겨울 추위에 눈썹과 코에 고드름이 열렸다. 밤이면 곯아떨어진 옆자리의 종들처럼 깊은 잠을 자길 원했다. 그러나 어김없이 서울 북촌을 헤매는 꿈만 꾸었다.

강은 뭉개진 수묵화 같은 호수 위의 먹구름을 올려다봤다. 류조 호와 부연 하늘이 경계도 없이 맞붙어 시야에 가득 찼다. 3월의 심양은 아직 겨울을 벗어나지 못한 잿빛이지만 한양이라면 개나리와 진달래가 봄을 알리고 파릇한 싹들이 올라와 산과 들에 생동하는 경계를 만들고 있을 터였다. 그 생동하는 그림 속에 부모님과 선이 있었다. 그러나 그들과는 꿈속에서밖에 만날 길이 없었다. 선은 꿈에서 깨어나면 한양에 있을 거라며 자꾸 꿈에서 깨라고 강을 흔들었다. 그러나 깨어나면 한양이 아니라 심양이었다. 심양 주란타이 집, 종들의 숙소였다. 가위눌림이었다. 옆자리의 누군가가 쯧, 쯧 혀를 찼다. 죽음 직전까지 몰렸던 강화도에서의 전투보다, 수흐를 때려눕히고 받았던 매타작보다, 부모님의 소식을 모르고 부모님에게 자신의 생사를 알리지 못하는 것이 더 견디기 어려웠다. 눈자위는 퀭하게 들어갔고 몸은 점점 더 말라갔다. 안 그래도 입으면 헐렁한 부댓자루 같은 오랑캐 옷이 점점 더 커져만 갔다.

선만 속환 대상에 있다는 사실을 알았을 때에도 강은 조 판서 댁에서 보냈다는 김 비장을 만나보면 길이 있으리라 생각했다. 그러나 속환 시장이 열린 후 이해할 수 없는 일만 일어났다. 김 비장은 강을 만나주지 않았다. 이강이라는 자를 모른다며 만날 필요도 없다고 시쥬에게 전했다. 친구 윤노에게 말 못할 사정이 생긴 걸까, 그렇게 생각했다. 부모님께는 아무 소식도 없었다. 부모님께서 속환가를 준비할 수 없다는 것은 잘 알고 있었다. 5백 냥이나 되는 속량가였다. 하지만 아무 소식도 들을 수 없다는 것이 이상했다. 게다가 속환돼 간 선의 소식조차 알 길이 없었다. 혼란스럽고 애만 탔다. 그러나 시간이 지날수록 친구 윤노와 선에 대한 집착은 버리게 됐다. 전쟁 상황이니 받아들이기로 했다. 하지만 부모님에 대한 걱정은 점점 커졌다. 횡액에 빠지셨을 것만 같았다. 그렇지 않다면 심양에 소식을 전해도 몇 번은 전하셨을 부모님이셨다.

포로 가족들은 조선에서 심양으로 오는 인편에 편지를 보내고 있었다. 의주에서 고용된 쇄마부 대신 포로 가족들이 쇄마부로 가장해 심양으로 들어오고 있었다. 그들 중 한 사람인 조가에게 한양 소식을 부탁했다. 조가는 한양까지 갔다 와야 하니 비용이 꽤 들 거라고 했다. 강은 선에게 받은 가락지를 선뜻 내주었다. 그 조가가 종들의 숙소로 인편을 보냈다. 류조 호로 나오라는 전갈이었다. 이런 이유로 강이 류조 호 호숫가에 하염없이 앉아 있었던 거였다.

조가를 기다리는 강의 곁으로 한 사람이 다가왔다.

"이강 도령이요? 나는 한양 소식 부탁받은 박가요."

호숫가에 앉았던 강이 급히 일어났다.

"내가 이강이오만, 조씨가 오기로 하지 않았소?"

낯선 이가 말했다.

"조가는 의주에 있소. 속환하러 오는 자들이 의주에서 쇄마부를 매수해서 심양에 들어간다고 관에서 경을 쳤소. 쇄마부한테 뇌물을 주고 심양으로 오려던 자들이 몽땅 옥에 갇히지 않았소. 조가가 강 도령 부탁은 꼭 들어줘야 한다고 해서 내 여기까지 온 거요."

뜻밖의 말에 강이 멍하니 쳐다보기만 하자 조가 대신 왔다는 박가가 다시 말을 이었다.

"하, 그나저나 조가가 전하라고 해서 내 여기까지 왔소만, 어떻게 말할까?"

그 말에 강의 얼굴이 얼어붙었다. 박가가 그런 강을 보더니 손사래를 쳤다.

"아니, 아니. 부모님은 살아계신다고 전하라 하더이다. 부모님은 살아계시는데 낙향하셨다, 그렇게 전하랍디다."

"낙향이라니. 금산으로 다시 내려가셨답니까?"

"금산? 그건 모르겠소. 조가가 거기까지는 말하지 않았소. 하여간 낙향하셨다, 그렇게만 전하라고 했소."

"조씨가 확실히 알아봤답니까? 한양 북촌 이 참판 댁이란 말이요."

"어디요? 북촌 이 참판댁 맞소. 조가가 이준효 참판이라고 말하더이다. 춘부장 함자가 이자 준자 효자 아니오?"

"맞소. 그럼 조씨가 우리 부모님을 직접 봤답니까?"

"직접 본 건 아닌 것 같고, 북촌 사람들 여럿한테 물어보고 확인했다니 정확하지 않겠소?"

"조씨가 정확하게 알아봤다고 했소? 부모님께서 낙향하셨다는 말은 맞는 거요?"

"허, 사람 참. 고향으로 편지를 보내 보오. 내 보기에는 그게 가장 빠를 것 같소. 내, 말 전했으니 그만 가봐야겠소."

박가가 서둘러 자리를 떴다. 강이 그리는 박가를 쫓아가자 박가가 뛰기 시작했다. 강이 달려가 박가의 목덜미를 낚아챘다. 박가가 소리쳤다.

"왜 이러시오? 도령! 양반이라고 하더니 하는 짓은 영 상놈 아니오? 멱살을 잡아?"

목덜미를 잡은 손에 힘을 주는 강의 눈에서 불꽃이 튀었다. 조가가 가져올 소식만 몇 달을 기다렸다. 그러나 조가도 아닌 박가라는 자가 정확하지도 않은 헛소리 몇 마디만 던지고 도망가려고 하고 있었다. 박가의 얼굴이 벌게지더니 캑캑거렸다. 강이 잡은 목덜미를 내동댕이 쳤다. 박가가 나동그라졌다. 강이 박가의 다리를 밟고는 물었다.

"조가는 왜 안 온 거냐?"

박가가 더듬거렸다.

"아까 말하지 않았소. 조가는 의주 옥에 갇혀 있소. 난 부탁받은 대로 말한 것뿐이오. 못 믿겠다면 의주까지 직접 가보오. 사실인지 아닌지."

"바른대로 대라. 안 그러면 호수로 던져버리겠다."

강이 박가의 목덜미를 다시 잡아 올렸다. 박가가 두 손을 올려 싹싹 빌었다.

"난 부탁받은 겁니다요. 겨우 은전 석 냥 받고 조가의 부탁을 받은 겁니다요. 은전 석 냥도 다 토해내겠습니다요. 제발 살려주십시오."

강이 으드득 이를 갈았다. 엎드려 비는 박가를 내려다봤다. 마음속에서 뭔가가 쿵, 내려앉는 기분이었다. 자신에게 남은 것이라고는 살기뿐이었던가. 강은 정말 자신이 박가를 해치려 했던 것인지 내심 당황했다. 밟았던 박가의 다리를 놓았다.

"가거라."

엎드려 빌고 있는 박가를 뒤로하고 강이 돌아섰다. 뒤에서 허둥지둥 땅을 밟는 소리가 멀어졌다.

"강 도령이라고 했소?"

박가가 떠나고 다시 호숫가에 넋을 놓고 앉아 있는 강의 등을 두드리며 말을 붙이는 자가 있었다. 돼지꼬리 변발을 하고 오랑캐 옷을 입었지만 조선인이었다. 낯이 익었다. 그자가 대답도 기다리지 않고 말을 이었다.

"난 장쇠라 하오. 지난번 장터 밥집에서 본 것 같은데 알아보겠소? 왜 그 쌀 주먹밥 한 덩이씩 뭉쳐주는 밥집 말이오."

강은 그제야 생각났다. 며칠 전 집사 시쥬가 노비들이 만든 생활용품을 시장에 내다 판다고 했었다. 청인들은 온갖 것을 만들어 내다 팔았다. 나무식기부터 옷감, 짚자리, 땔감, 심지어 말똥을 짚과 섞어 삭힌 거름도 만들어 팔았다. 벽돌 접착제로 그만한 것이 없다고 했다. 물건들을 지고 갈 몇 명을 뽑아 시장에 데리고 갔다. 물건들을 다 팔고 돌아가기 전, 몇 푼씩 나눠줬다. 같이 종살이하는 조선 포로 한 명이 밥집을 가리켰다.

"이밥으로 주먹밥을 만들어 판다는구먼. 목구멍이 포도청이라구 한 덩이씩 사 먹자구. 그저 우리 조선인들은 뜨끈뜨끈한 이밥 한 덩이면 속이 확 풀리지. 아, 어서 가자구."

그이 말에 모두 몰려 들어갔다. 찰기 없는 조밥, 수수밥에 파뿌리가 끼니의 전부였다. 밭농사가 전부인 이곳에서 논에서 나는 쌀밥은 꿈에서나 볼 수 있는 것이었다.

주인 여자는 돈부터 보자고 했다. 뜨끈뜨끈하고 누리끼리한 주먹밥이었다. 한입 물자, 목울대가 울컥 넘어왔다. 쌀밥의 감칠맛이 부모님과 고향에 두고 온 모든 것을 생각나게 했다. 꾸역꾸역 속울음이 올라왔다. 하늘을 보고 입을 벌렸다. 밥인지 눈물인지를 꿀꺽꿀꺽 삼켰다. 허겁지겁 밥 덩이를 넘기고 입을 씻을 때 누군가의 시선을 느꼈다. 그 자였다. 지금 앞에 서 있는 자. 눈빛에 번질번질 기름기가 도는 것이 사람깨나 속여본 인상이었다. 그가 강과 함께 밥 덩이를 넘기던 종들에게 다가와 소곤거렸다.

"남초, 남초 있어. 필요하면 말해. 그냥 줄게."

밥집에 가자던 동료가 강을 잡아당겼다.

"조심해. 저런 놈들이 더 위험해. 데려다가 소리소문없이 한족한테 팔아버린다는구먼. 한족 놈들이 청국 놈들보다 더 잔인하대."

강이 그때 일을 기억하며 뒤로 물러섰다. 장쇠라는 자는 강이 물러선 만큼 다가왔다.

"이봐, 강 도령. 나도 조선인이오. 경계할 것 없소. 나는 정묘년에 잡혀 왔소. 그래서 여기 사정을 좀 알지. 듣자하니 부모님 소식을 부탁했었는데 시원찮은 놈들이 제대로 알아오지도 못했는가 보오."

강이 대꾸하지 않고 돌아섰다. 조선 포로가 물정 모르는 조선 포로를 이용해 이득을 취하는 일이 비일비재했다. 조선 포로가 속일 수 있는 사람은 같은 동족인 조선 포로들밖에 없었다. 장쇠란 자가 급히 강의 팔을 붙들었다.

"하, 그 도령 성질 한번 급하네. 내 말이나 듣고 가시오. 혹시 청국 말 좀 하시오? 간단한 통역만 해준다면 은 오십 냥을 주겠소."

강이 장쇠를 쳐다봤다.

"정묘년에 여기 왔다면 십일 년째인데 청국 말을 모르오?"

"아, 알지. 알다마다. 그런데 통역해야 하는 날 나는 여기 없소. 나는 조선으로 떠나오. 여태 속환금을 마련하느라고 있었던 게요. 동생이 몇 년 전에 심양으로 들어왔었소. 포로가 된 형과 함께 있겠다고. 그래서 더 도망가기 어려웠지. 아무튼 나는 죽을 둥 살 둥 해서 속환금을 모았지만 작년에 들어온 조선인들 속환가가 어디 여기서 모을 수 있는 돈이요? 돈 생기는 일이라면 무슨 일이라도 해야지. 안 그렇소? 돈 필요하지 않소?"

장쇠가 강에게 얼굴을 들이댔다. 강의 눈 밑밖에 오지 않는 키였지만 단단한 몸집이 만만해 보이지는 않았다. 그때 숲에서 두런거리던 사람들이 호숫가로 다가왔다. 가까이 오는 얼굴들을 보니 모두 조선 포로들이었다. 그들 사이에서 나이 들어 보이는 자가 말을 붙였다.

"강 도령 고생 많수. 작년에 양반들은 다 속환돼 갔는데 도령만 못 가서 우리 상놈들 사이에서도 소문이 짜하니 났었지. 조 판서네 아들 놈이 도령을 이용해먹고 버렸다고. 양반놈들 항시 신의, 의리 찾더니

만 배반하고 돌아서는 것은 도적놈들, 해적놈들보다 빨라. 약삭빠르기가 우리 같은 상놈들은 절대 못 따라가지. 도령 대신 한양 가서 그 양반놈들 싹 다 죽여버려야 한다고 큰소리친 애들도 있었다고, 우리 중에."

그들 중 하나가 떠드는 자의 옆구리를 쿡 찔렀다. 그는 자기 패거리들을 힐끗 보고는 다시 입을 열었다.

"아, 그래. 거두절미허고. 강 도령 우리한테 남초 한 수레, 인삼가루 한 지게, 박하가루분 두 되가 있어. 아, 어디서 났는지는 묻지 말고. 그걸 팔아야 하는데 장쇠 이놈이 청 놈들에게 팔아준다고 말해놓고는 거사 날 전에 조선으로 속환돼 간다네. 그러니 어떡해!"

장쇠가 패거리들 앞을 가로막고 나섰다.

"아니, 물건 살 놈하고 접선 장소는 모두 단단히 해놨어. 물건을 건 넬 때 혹시라도 그놈들이 속이지 않는지, 그놈들 말을 알아듣고 이편에 전해줄 사람이 필요하단 말이야. 그 일을 강 도령이 해준다면 은 오십 냥을 준다, 이 말이지."

패거리 중 하나가 거들었다.

"어때? 할 맘 있어?"

나이 들어 보이는 자가 패거리의 왕초였는지 다시 나섰다.

"지금 도망가다 잡혀 오는 자들을 보면 그저 마음만 앞서서 계획도 없이 우르르 몰려가다가 덜미를 잡히는 거라고. 작년 초처럼 우르르 도망가서는 열에 아홉은 다 잡힌다고. 오랑캐들도 이제 조선 포로들이 어디로 도망가는지 다 알고 있어. 길목을 지키고 있다가 딱 잡는다 이 말씀이야. 동전 한 닢 없이 도망가던 때는 이제 지났어. 수중에 돈만 있으면 압록강까지 말 타고 직행이야. 우린 속환금 내려고 이러는 게 아니라 돈을 들고 탈출하려는 거야. 그게 목표야. 어때 강 도령, 한 양 가서 직접 부모님을 뵙고 싶지 않은가?"

자기 언변에 취한 듯 왕초가 배를 쑥 내밀었다. 강은 여기서 바로 돌아선다면 이들의 발길질이 날아올 것이라는 걸 직감하고는 말을 돌렸다.

"내가 오랑캐 말을 한다는 것은 어찌 알았소?"

장쇠가 냉큼 대답했다.

"지난번 시장에서 주인집 심복이랑 대화를 주고받던 것이 강 도령 아니었소?"

"접선 날을 알려주시오. 내가 그리로 가겠소."

강이 쉽게 응했다. 패거리들이 얼떨떨한지 서로 쳐다봤다.

"아, 그렇게는 안 되지. 우리가 그렇게 만만해 보이는가? 여기 열 냥 있네. 이거 가지고 가. 만약 접선 날 나오지 않으면 열 배로 갚아야 할 거야."

왕초가 강의 손에 은 열 냥을 덥석 쥐여줬다.

강은 장쇠와 패거리들이 정한 날짜에 나갈 생각은 없었다. 하지만 패거리의 왕초가 떠들어대던 말이 자꾸 생각났다.

"양반놈들은 항시 신의, 의리 찾더니만 배반하고 돌아서는 것은 도 적놈들, 해적놈들보다 빨라. 약삭빠르기가 우리 같은 상놈들은 절대 못 따라가지."

접선 날짜가 다가오자 강은 자신을 이용하려는 놈들이 조선 놈이거나 청 놈이거나 상관없다는 생각이 들었다. 아무도 돌보지 않는 조선 포로들, 의지할 데 없는 그들. 이미 자신도 거기에 포함되어 있었다.

심양관은 볼모로 잡혀 온 세자와 대군의 거처였다. 그곳에서 조선 포로들의 속환을 책임졌다. 물론 명목상이었다. 어차피 볼모살이를 하는 심양관 세자나 대신의 아들네들이 종살이하는 포로들을 보살필 여력은 없었다. 피차 제 코가 석 자였다. 심양관에서 흘러나오는 소문은 하나같이 딱하고 비참했다. 세자는 청의 무리한 요구를 왕에게 전달하느라 병이 깊어졌다, 홍타이지에게 투항한 한족들이 심양관에 와서 더 설친다, 심양관에 파견된 조선 관리들은 청 관리들에게 허구한 날 맞는다, 심양관에서는 포로인 관노들을 공속할 돈이 없어서 의주에서 들어온 장사치들에게 돈을 빌려 청 아문에 주었다. 부아가 치밀 정도였다. 때문에 포로들은 심양관을 향해 가졌던 실낱같은 기대조차 접었다. 점점 심양관 사람들을 소 닭 보듯 했다.

온몸이 갈가리 찢어지고 부서지더라도 포로라는 처지에 맞서겠다는 생각이 점점 강의 머릿속을 차지하기 시작했다. 그렇다고 다른 포로들처럼 아무나 붙잡고 싸울 수는 없었다. 될 대로 되라는 심정으로 패거리들이 말한 장소로 나갔다. 운명이란 게 있어 자신을 여기까지 데리고 왔다면 죽거나 살거나 그 또한 운명이라는 것이 알아서 할 것 아닌가.

파수꾼을 피해 류조 호에 도착하자 동이 트고 있었다. '삼경. 동이 튼 뒤.' 남초 등을 건네받을 청인들이 정한 시각이라고 했다. 수레 한 가득 물건들을 옮기려면 통행금지가 풀리는 새벽 시간이 맞춤이긴 했다. 하지만 왕래가 빈번하지 않아 들키기도 쉬운 시간이었다. 강은 버드나무숲이 보이는 호수 주변부터 천천히 살피며 다가갔다. 그때 어디선가 딱총 소리가 들렸다. 무슨 신호 같았다. 강이 몸을 돌려 호숫가 수양버들 나무 둥치로 숨었다. 아니나 다를까 숲으로 뛰어들어가는 갑군들이 보였다. 도망치는 소리, 쇠사슬과 철편으로 때리는 소리, 외마디 소리. 얼마 지나지 않아 쇠사슬에 묶인 패거리들이 모습을 드러냈다. 철편에 맞아 얼굴이 터진 자, 어깨가 터진 자들 뒤로 청인 세 명이 묶인 채 나왔다. 갑군들은 물건들을 지고 나왔다. 정보가 샜던 것이다. 십여 명의 갑군들이 매복하고 있었다.

갑군이 이번에는 호숫가로 다가왔다.

"야, 호숫가에 숨어 있는 놈들도 다 나와!"

호숫가 여기저기서 부스럭거리는 소리가 났다. 나무둥치에 몸을 숨겼던 강도 호령하는 갑군 앞으로 나섰다. 갑군은 다짜고짜 채찍으로 강의 가슴팍을 때렸다.

"무릎 꿇어! 여기 꿇어앉아!"

강이 뒤로 여자들이 호수 바닥에서 되살아난 혼령들처럼 시적시적 걸어 나와 차례로 무릎을 꿇었다.

그 시각 류조 호 주변에 있던 이들은 모두 갑군에게 체포됐다. 강과 같이 묶여간 이들은 대부분 여자였다. 만주 옷을 입었지만 만주 말을 할 줄 모르는 조선 포로들. 호수에 빠져 죽으러 갔다가 관아로 끌려온 이들은 죽은 혼령들처럼 초점 없이 먼 곳만 바라봤다. 청군들은 강을 비롯한 쇠사슬에 묶인 여자들에게 구석에 꿇어앉아 있으라고 명령했다. 이미 관아 마당에는 중죄인을 다루는 형틀과 고문기구들이 갖춰져 있었다.

청 관리가 축대 위 걸상에 나와 앉았다. 그 뒤로 직급 낮은 관리인 듯한 자들이 늘어섰다. 갑군들이 압수한 남초와 인삼가루 같은 짐 보퉁이 여러 개를 지고 와 형틀 앞에 부렸다. 청 관리가 죄인들을 데려오라고 명령했다. 먼저 밀수하려던 청인 세 명이 끌려와 형틀에 묶이고 이어 조선 포로 패거리들이 끌려와 묶였다. 서 있는 관리가 앉아 있는 관리에게 서류를 전했다. 앉아 있던 관리가 끄덕이더니 서류를 큰소리로 읽었다.

"남초는 요망한 물건이라 매매를 금한 지 여러 달이 지났다. 어기는 자는 곤장 스무 대다. 더더군다나 한 수레 분의 남초와 인삼, 가루분 밀수는 용서할 수 없는 중죄다. 여덟 명 모두 곤장 팔십 대씩 치고 귀와 코를 꿰어라! 만주인 셋은 추방하고 포로들은 주인에게 넘겨줘라. 남초는 지금 즉시 불태워라! 시행하라!"

"예!"

곤장을 쥔 사령들이 절도 있게 돌아서더니 죄인들의 볼기를 치기 시작했다. 나졸들은 남초 더미에 불을 붙였다.

구석에 꿇어앉은 강이 일사천리로 진행되는 취조를 멍하니 바라봤다. 조금만 일찍 숲에 도착했다면 자신도 형틀에 묶였을 터였다. 죄인들이 비명을 질러댔다. 불붙은 남초 더미는 순식간에 검은 연기를 내며 타올랐다. 매캐한 연기 속에서 청 관리가 꿇어앉아 있는 강이 일행 앞으로 다가와 섰다.

"앞으로 류조 호 주변에 얼쩡거리는 놈들은 곤장 열 대다. 오늘은 뺨 스무 대씩이다!"

그의 말이 끝나자마자 나졸들이 쇠사슬에 묶인 강과 여자들 앞으로 달려와 엉거주춤 앉았다. 관리가 "시행하라!" 소리치자 나졸들의 손바닥이 강과 여자들의 뺨을 쳐댔다.

관아 안쪽 감옥에까지 죄인들이 국문당하는 비명 소리가 이어졌고, 장물을 태우는 매캐한 연기도 들어왔다. 부어오른 볼기를 위로 하고 엎드려 있던 성남이 기침을 하며 일어나 기둥 앞으로 기어갔다. 성남은 죄인들이 조선 포로들이라면 강 도령과 연락할 방법이 생길지 모른다고 생각했다. 성남은 옥사 나무기둥 사이로 얼굴을 내밀었다. 감옥에서도 관아의 한쪽 마당이 보였다. 성남은 줄지어 앉은 죄인들이 나졸들에게 뺨을 맞고 있는 것을 봤다. 몸집 작은 여자들이 대부분이었는데 줄 맨 오른쪽에서 맞고 있는 자는 몸집이 큰 남자였다. 변발에 청국 옷을 입은 남자. 성남은 눈을 크게 떴다. '강 도령 같다. 아니, 강 도령이 아닌가.' 성남은 눈을 비볐다. 포로가 된 지 1년이 지났으니 청인 복장을 하고 있는 것은 당연할 터였다. 성남은 소리를 질렀다.

"강이 도련님! 강이 도련님! 강이 도련님! 나 성남이요. 조윤노의 충복 성남이란 말이요!"

성남의 외침에 옥졸이 달려왔다. 청국 말로 뭐라고 지껄이더니 나무기둥에 매달린 성남의 얼굴을 주먹으로 후려쳤다. 성남은 누워 있는 한족들 위로 나동그라졌다. 곤장을 맞아 다 죽게 생긴 한족들이 외마디 비명을 질러댔다.

성남은 한족들이 성을 내거나 말거나 다시 옥문으로 달려가 매달렸다. 마당을 봤다. 뺨을 맞던 죄인들이 일어서 이동하고 있었다. 성남이 급히 다시 외쳤다.

"강이 도련님! 강이 도련님!"

옥졸이 이번에는 채찍을 들어 기둥에 매달린 성남을 내리쳤다. 성남은 다시 나동그라졌다. 채찍에 맞은 팔뚝이 바로 부어올랐다. 감옥 안의 한족들이 성남을 보고 욕을 해댔다. 성남은 한족들이 자신을 보고 하는 욕이 무슨 뜻인지 안다. 한족 밀수선에 의해 구해진 뒤 욕부터 배웠다. 성남은 욕을 들으면서도 웃었다.

권세가의 종으로 살았다. 욕이나 듣고 매질이나 당하는 보통 종놈들과는 다른 인생을 살고 있다고 자신했다. 상전에게 충직하면 탄탄대로가 펼쳐지리라. 끈 떨어진 상놈으로 사느니 권세가의 충복이 백배 천배 낫다고 자부했다. 상전이 시키는 일이라면 물불을 가리지 않았다. 성남의 상전은 조윤노다. 어려서부터 같은 또래인 윤노의 놀이 상대로 자라왔다. 성남은 윤노의 친구였던 이강과도 잘 알았다. 윤노가 강과 함께 놀 때면 그 옆에서 지키고 서 있던 것도 성남이었다.

그런데 강화도에서 살아 돌아온 윤노는 걷잡을 수 없이 돌변했다. 나날이 신경질적이고 포악해졌다. 성남은 그런 윤노의 패악을 다 감내했다. 자기도 돌아서서 신참 종들에게 풀면 그만이었다. 윤노는 심양에서 선이 돌아왔는데도 강을 속환시켜올 생각을 하지 않았다. 부전자전이라더니 윤노는 갈수록 조 판서를 닮아갔다. 하루는 윤노가 성남을 은밀히 불러냈다.

"이강의 애비 이준효가 사는 집 알지? 그 집에 불을 놔라. 아무것도 남기지 말고 태워버려야 한다. 이 일만 잘 끝내면 평생 호의호식하게 해주겠다."

윤노는 손에 쥔 노비문서와 은덩이를 성남에게 슬쩍 보여주었다. 이강의 집에 불만 놓으면 면천도 되고 재산도 생긴다는 말이었다. 앞뒤 생각할 것도 없었다. 기름은 윤노가 미리 준비해뒀다.

해 질 녘 기름이 든 나무통을 가지고 이강네로 숨어들었다. 이 참판은 사랑방에 있었고 부인은 안방에서 몸종과 함께 바느질 중이었다. 난리 통에 부서진 곳을 제대로 손보지 못한 집. 굳이 불을 내지 않더라도 금방이라도 허물어질 것 같았다. 지금도 귓가에 기름을 붓던 소리가 생생하다. 너무 조용해 '쉭 쉭' 기름 붓는 소리가 크게 들렸다. 그런데도 방에서는 아무 기척도 없었다. 양쪽 방 앞에 불붙인 장작을 던지고 돌아서 나왔다.

윤노가 마포 주막거리에 가 있으라고 했다. 상황이 나아지면 사람을 보내 부르겠다고 했다. 며칠이 지나자 윤노가 사람을 보냈다. 못 보던 종이었다. 몸집이 크고 사납게 생긴 놈이었다. 이상하게 의심이 갔다. 그가 윤노가 있다는 서강으로 가자고 했다. 그곳에 가야 노비문서를 받을 수 있다고 했다. 일단은 뒤따라갔다. 주막거리를 지나고 인가가 뜸한 장소로 들어서자 놈이 돌아섰다. 양손에 칼을 들고 있었다. 말로만 듣던 인간 백정이었다. 잠시 잠깐, 조윤노가 원하는 대로 죽어줄까 생각했다. 하지만 몸이 먼저 달아나기 시작했다. 놈을 따라가면서 봐둔 도주로가 있었다. 힘으로야 인간 백정을 못 당하지만 달아나는 것이라면 자신 있었다. 주막거리 밥집 앞문으로 뛰어들어가 뒷문을 걷어차고 달렸다. 밥상을 뒤엎고 술상을 걷어차며 도망쳤다. 놈이 씨근덕거리며 계속 칼을 던졌다. 칼은 목덜미를 스치고 지나갔다. 놈은 구경꾼 따위는 아랑곳하지 않았다. 마포나루는 혼잡했다. 멀리 뗏목이 빠르게 지나가고 있었다. 그리로 헤엄쳐 갔다. 뒤늦게 놈이 강가로 달려왔지만 물로 들어오지는 않았다.

묻으로 올라가면 윤노가 풀어놓은 인간 백정에게 붙잡힐 것이 뻔했다. 묻으로 올라가나 강으로 나가나 죽음이 눈앞에 있기는 마찬가지였다. 성남은 갑자기 종들 중에 한 놈이 외치던 말이 생각났다.

"왕후장상의 씨가 따로 있나. 우리도 양반집에 태어났으면 양반이 될 수도 있었어!"

뭔 씨도 안 먹히는 소리냐, 외면했었다.

하지만 윤노가 보낸 인간 백정에게 쫓기다 보니 정신이 번쩍 들었다. 하늘과 땅이 뒤집히는 것 같았다. '심양으로 가자. 가서 이강을 만나자. 윤노의 악행을 까발리는 것이 내가 할 일이다. 죽더라도 이 일만은 꼭 하고 죽자. 나는 더 이상 윤노의 종이 아니다.' 죽기 전에 옳은 일 한번 하고 죽자는 생각이 들었다.

강화도에서 돛단배를 훔쳐 타고 바다로 나갔다. 운 좋게 남동풍이 불었다. 바람도 도와주는 것 같았다. 바람을 타고 가면 만주벌판 어디쯤 닿을 거라 생각했다. 그러다 풍랑을 만났다. 노는 부러지고 돛은 찢어졌다. 검은 파도 꼭대기까지 밀어 올려졌다가 곤두박질치기를 되풀이했다. 이제는 죽는구나 하면서 정신을 잃었다. 얼마나 시간이 지났을까. 해안가에서 눈을 떴다. 일어나 주위를 둘러봤다. 백골이 널려 있었다. 파도가 칠 때마다 해골들이 밀려갔다 밀려왔다. 성남은 여기가 바로 지옥이구나 싶어 뒷걸음질쳤다. 멀리서 사람이 다가오고 있었다.

그 섬은 철산 앞바다에 있는 가도라고 했다. 풍랑에 휩쓸렸어도 심양 가까이 가고 있었던 셈이었다. 성남을 발견한 사람은 한족이었다. 한족 중에 조선말을 하는 사람이 있었다.

"배는 어디 있는가?"

"고기잡이를 하다가 풍랑을 만나 여기까지 밀려왔다오. 배는 어디로 갔는지 모르겠소."

"어디 사람인가?"

"풍천 사람이오. 근데 여기가 어디요?"

"여긴 가도라네. 명나라가 점령했었는데 청 놈들이 빼앗았지. 시체밖에 없으니 무역선을 숨기기 적당하지."

"어디로 가는지 모르지만 날 좀 데려가 주시오."

되는 대로 둘러댔다. 저희 말을 못 알아듣는다고 욕을 하며 잡일을 시키기는 했지만 보아하니 해적들은 아니었다. 강남의 비단이나 약재, 도자기 같은 귀중품을 청나라 밀수꾼들에게 파는 장사치들이었다. 압록강 어귀 용천 앞의 섬 신도로 간다고 했다. 거기서 물건을 내려놓고 다시 강남으로 간다고 했다. 신도에 내려달라고 부탁했다.

신도는 압록강이 바다와 만나는 길목에 있었다. 청나라 쪽 밀수꾼들은 배를 타고 압록강에서 내려온다고 했다. 배를 대자마자 화살이 날아왔다. 청군들이 미리 잠복하고 있었던 것이다. 이쪽에서도 활을 쏘았으나 역부족이었다. 한족 밀수선은 통째로 청군에게 넘어갔다. 청군은 밀수꾼들을 심양으로 호송했다. 성남이 단지 배를 얻어 탄 표류난민이라는 진술을 듣고 의주로 보내주겠다고 했다. 그러나 성남이 오히려 제 발로 죄인들 줄에 끼었다. 의주에는 윤노가 풀어놓은 인간 백정이 기다리고 있을 것이 뻔했다. 게다가 강화도에서 배를 훔쳐 바다로 나올 때 성남은 이미 심양으로 가리라 결심했었다. 이건 하늘이 도운 기회였다. 심양까지 붙잡혀 오면서도 도망칠 생각은 아예 하지 않았다.

한족들의 욕설을 들으면서 성남은 다시 옥사 기둥에 매달렸다. 강도령을 본 이상 감옥을 나가야 했다. 다시 소리쳤다.

"이봐, 옥졸! 날 내보내 주시오. 난 밀수꾼이 아니란 말이오."

옥졸이 달려와 또 채찍을 치켜들었다. 성남이 이번에는 제풀에 피했다. 구석에서 성남이 하는 짓을 보고 있던 한족이 혀를 차며 조선말을 했다.

"신도에서 네 갈 길을 갔어야지. 왜 심양까지 따라와. 따라온 이상 너도 우리랑 같이 사형당할 거야."

"염병, 지랄하네! 죽기는 내가 왜 죽어. 난 밀수꾼이 아니잖어!"

"가도에서 살려줬더니 은혜도 모르고! 이놈 좀 보게. 그럼 이놈아 우리가 곤장 맞을 때 너는 왜 맞았겠냐? 저놈들이 너도 한패라고 생각하니까 때린 거야."

티격태격하는 사이 밖에서 뭔가가 크게 터지는 소리가 들렸다. 장독으로 누워 있던 한족 밀수꾼들이 부스스 일어났다. 그들 중 하나가 밖을 살피더니 저희끼리 한어로 수군거렸다. 성남은 남초, 폭발, 관리, 탈출 같은 단어를 알아들었다. 폭발음이 들린 곳으로 옥졸들이 달려가자 한족 밀수꾼들이 언제 구해놨는지 자리 밑에서 도끼를 꺼내 순식간에 옥문을 부쉈다. 우르르 몰려나가며 관아 마당과는 반대편인

담을 가리켰다. 성남도 그들을 따라 옥 밖으로 나왔다. 강이 사라진 쪽을 바라봤다. 폭발음이 들린 마당 쪽이었다. 그쪽으로 갔다간 청군에게 단번에 잡힐 것이었다. 우선 한족을 따라 성남도 담을 넘었다.

뒤에서 청군들이 소리를 지르며 달려왔다. 화살이 날아왔다. 성남은 도망치면서도 두리번거렸다. 강을 찾아야 했다. 관아 밖 어디쯤 강이 가고 있을 것이다. 성남은 달리면서도 "강이 도련님! 강이 도련님!" 하고 소리쳤다. '제발, 들어라. 죽을 고생을 하며 여기까지 왔는데 강도 못 만나고 개죽음을 당하면 죽어도 눈 못 감는다.' 성남은 날아오는 화살을 피하며 달렸다. 달아나던 한족들이 방향을 틀었다. 성남은 주춤했다. 혼자만 다른 방향으로 가고 있었다. 잠시 멈칫한 순간 성남의 등에 화살 여러 개가 꽂혔다. 성남이 고꾸라졌다. 쫓아오던 갑군들이 쓰러진 성남을 지나쳐 한족 밀수꾼들을 쫓았다.

"강이 도련님! 강이 도련님!"

어디선가 자신을 부르는 소리가 들렸다. 강이 새삼 관아 마당을 둘러봤다. 죄인들은 비명을 지르고 있고 남초 더미는 불타고 있었다. 나졸들이 빨리 나가라고 등을 떠밀었다.

"강이 도련님! 강이 도련님!"

다시 멀리서 외치는 소리가 들렸다. 강이 감옥 쪽을 바라봤다. 그때 남초 더미가 큰 소리를 내며 터졌다. 몰려 있던 관리들, 형틀에 묶인 죄인들, 곤장을 치던 사령들이 바닥에 나뒹굴었다. 기다렸다는 듯 옥문을 부수고 나온 죄인들이 담을 넘었다. 나졸들과 졸병들을 제치고 갑군들이 죄인을 쫓았다. 강도 관아 밖으로 뛰어나갔다. 강은 군사들이 죄인을 쫓는 반대 방향으로 달렸다. 남초 더미가 폭발했다. 단순한 남초 더미였다면 폭발할 리 없었다. 어영부영하다가는 류조 호 패거리들과 함께 엮일 게 분명했다. 패거리들은 청 관리들의 취조를 빠져나가지 못하고 하나부터 열까지 다 불 터였다.

강은 인가 쪽으로 달렸다. 멀리서 또 자신을 부르는 소리가 들렸다. 심양에서 자신을 강이 도련님이라고 부를 사람은 없었다. 그렇다면 조선에서 온 사람인가? 심장이 쿵쿵거리기 시작했다. 두리번거렸다. 조선에서 온 누군가가 자신을 찾고 있었다. 아무래도 탈옥한 죄인 중 한 사람인 것 같았다. 갑군들과 죄인들이 쫓고 쫓기는 길 쪽 상황을 보려고 모퉁이를 돌았다. 등에 여러 개의 화살을 맞은 자가 쓰러질 듯 다가왔다. 한족 옷을 입은 자였다. 그자가 자신을 불렀다.

"강이, 도련님……."

쓰러지는 자를 부축했다. 얼굴을 살폈다. 강이 놀라 외쳤다.

"성남아!"

강의 팔에 안긴 성남이 헐떡거렸다.

"강이 도련님. 만나, 려고 심, 양에 왔습, 지요. 그런데 저, 이제, 죽나 봅, 니다."

강이 성남의 등을 살폈다. 화살들이 깊이 박혀 있었다. 강이 성남을 업고 인가 뒤쪽 산으로 달렸다. 성남이 끊어질 듯 말을 이었다.

"청군들이, 저를 쫓는, 게 아닙, 니다요. 쫓아오지, 않을, 겁니……."

"알겠다. 우선 피부터 막자."

묻고 싶은 많은 말을 참으며 강은 피가 흥건하게 괸 성남의 등을 살폈다.

"아, 닙니다. 나, 중에 하, 자니요. 제가 죽을 고, 비를 넘기, 며 심양에 온, 까닭, 은 강이 도, 련님, 께 직고, 하고 죽, 으려 작정, 했…… 때문……."

강은 성남의 목을 바친 팔에 힘을 줬다. 순간 부모님, 윤노, 선의 얼굴이 동시에 떠올랐다.

"조, 윤노가 도련, 님 집에 불…… 지르, 라고……. 면천, 시켜, 준다, 더니 죽이, 려고 했습……. 어, 차피 죽, 을 거 옳, 은 일, 이라도 하고 죽……. 강이……께 알, 리자. 그래서 온 겁……."

성남이 힘겹게 더듬거리는 말에 너무 놀라 강은 정신이 멍해졌다. 윤노가 집에 불을 지르라고 했다니. 왜? 믿을 수 없었다. 강은 바위로 머리를 얻어맞은 것 같아 더듬거렸다.

"그, 그, 럼 우리 부모, 님은 어, 어떻게 됐어?"

강이 화살을 맞은 성남보다 더 힘들게 말을 마쳤다.

"아, 마, 불, 구덩이에서 빠, 져, 나오지 못, 하……."

성남이 말을 마치지 못하고 피를 토했다. 강은 고개를 가로저었다. 믿을 수 없었다. 왜, 윤노가 그런 짓을 했을까? 이를 악물고 다시 물었다.

"불, 불을 놓은 것이 언제, 언제였단 말이냐?"

"시, 시, 월……. 시월……."

강은 성남을 다시 업으려고 했다.

"가자. 우선 살아야지."

성남이 다시 피를 토했다. 업으려는 강의 등을 밀어내며 마지막 힘을 짜내듯 말을 이었다.

"아닙……. 이렇…… 될…… 알았…… 죽는 거, 두렵지……. 죽, 을 죄를…… 천, 벌, 마땅…… 원수…… 조, 윤, 노…… 복수……."

성남이 고개를 떨어뜨렸다. 강이 놀라 소리치며 성남을 흔들었다.

"안 된다! 정신 차려라. 성남아! 성남아! 성남아!"

강은 자신만 빼놓고 갑자기 세상이 빠르게 도는 것 같았다. 머리가 어지럽기만 했다. 그리고 왜? 라는 의문만 멍하게 머리를 맴돌았다. 강화도에서 저를 도망치게 하려고 청군을 막았는데 왜? 우리 부모님을 돌아가시게 했다고? 부모님이 계신 집이 화마에 쓰러지는 모습이 그려졌다. 늙으신 아버지와 어머니가 불구덩이에서 괴로워하는 모습이 떠오르자 가슴이 옥죄기 시작했다.

강은 성남의 말을 믿을 수 없었다. 아니, 믿을 수밖에 없어서 두려웠다. 강화도에서 먼저 빠져나가라고 소리쳤을 때 도망가던 윤노의 마지막 표정이 떠올랐다. 공포로 무너져내린 그 표정 때문에 달려드는 청군을 끝까지 막을 수 있었다. 지켜야 할 벗, 그리고 그의 누이였다. 강은 눈을 부릅뜨고 두리번거렸다. 그러나 눈앞에는 오랑캐의 땅, 언 기슭과 누런 벌판만이 보일 뿐이었다.

강은 윤노와 선, 성남과 함께 놀던 즐거웠던 봄날의 뒤뜰을 떠올렸다. 선을 부탁한다며 도망가던 윤노의 뒷모습을 떠올렸다. 남장을 시키고 숯검정을 칠하게 하고도 밤이면 허리에 끈을 묶어 곁에 재웠던 선을 떠올렸다.

성남의 주검을 안은 채 하늘을 올려다봤다. 구름이 걷힌 아침 햇살이 부챗살처럼 퍼지고 있었다. 다시 품에 안긴 성남을 내려다봤다. 꿈이 아니었다. 생시였다. 그제야 강의 입에서 꺽 꺽 외마디 소리가 터져 나왔다.

호란이 터진 지 1년 4개월. 적군을 죽이고도 살아남았고 석 달의 행군에서도 살아남았다. 몽골왕공과의 싸움에서도 살아남았다. 조선으로 돌아가 전쟁 전처럼 부모님을 모시고 평화롭게 살겠다는 희망이 있었기에 살아남으려 했고 견딜 수 있었다. 하지만 성남의 말대로라면 부모님은 돌아가신 지 벌써 다섯 달이나 지났다. 부모님이 화마에 휩싸였던 날, 자신은 무엇을 하고 있었단 말인가. 강은 돌 같은 주먹으로 자기 가슴을 쳤다. 그제야 통곡이 터져 나왔다. 강의 몸부림에 품에 안긴 성남의 주검도 흐느끼듯 흔들렸다. 도대체 자신의 진짜 적은 누구란 말인가? 자신의 원수가 누구란 말인가? 청 놈들? 아니었다. 어처구니없게도 성남 말대로라면 조윤노였다.

강은 심양에서 막연하게 그저 막연하게 기다리고만 있었다. 참고 기다리는 것이 모두에게 좋을 것이라고 생각했다. 참고 또 참았다. 조윤노, 조 판서, 그리고 선이, 또 세자가 볼모로 있는 심양관. 포로로서 자중하는 것이 그들이 운신하기에 편할 것이라 생각했다. 청군이 만든 조선 포로 규약에는 속환금을 내야 풀어준다, 도망자는 끝까지 쫓아 쇄환시킨다, 라고 되어 있다. 우선은 그들이 만들어 놓은 규약을 지키려고 했다. 자중함으로써 앞날을 도모하려 했기에 어기지 않았던 것이다.

강이 핏발 선 눈을 번뜩이며 주위를 둘러봤다. 아침나절의 산등성이에는 사람 그림자 하나 없었다. 안고 있던 성남을 눕혔다. 바위를 던져 단단한 3월의 땅을 깨고 성남을 묻었다. 부모님의 죽음도 모른 채 막연한 기대감으로 처분만 기다리던 시간이었다. 불길 속에 타들어가는 부모님의 비명 소리가 길게 이어졌다. 비웃었을까? 그랬을 것이다. 마음껏 비웃었을 것이다. 그 비웃는 자들이 누구인가. 조 판서? 조윤노? 한양으로 가야 한다. 가서 하늘과 땅이 뒤집힌 듯 뒤바뀐 신의와 도리를 바로 잡아야 한다. 이것이 지금 당장 자신이 할 일이었다.

심양으로 끌려올 때는 언젠가 탈출할 날만을 그리며 의지를 세웠다. 그러나 들어올 때보다 더한 절망감을 안고 강은 말을 채찍질했다. 한달음에 혼하渾河를 건넜고, 십리하十里河를 지나자 끝없는 지평선이 이어졌다. 지평선 너머로 북악산이 보였고 그 아래 북촌이 보였다. 그리고 불타고 있는 집 한 채. 환영이었다. 강은 이를 악물며 박차를 보탰다. 말은 더운 김을 뿜으며 날듯이 달렸다.

강은 성남을 묻은 후 심양 서문 거리에 있는 잡화점으로 달려갔다. 그곳에서 비밀리에 말을 빌려준다는 정보를 장쇠 패거리에게 들어두었다. 가게 앞에는 여자 한 명이 앵금을 타고 있었다. 끊어질 듯 이어지는 애절한 앵금 소리에 사람들이 몰려들었다. 강은 가게 안으로 들어가려다 걸음을 멈췄다. 낡은 호복을 입고 앵금을 타는 여자는 어딘가 낯이 익었다. 자세히 보니 포로 시장이 열렸던 날 본처부터 데려가라며 남편을 향해 패악을 떨던 여자였다. 숨어서 지켜보던 강에게도 여자의 모습은 잊히지 않았다. 그 여자가 가게 앞에 앉아 앵금을 켜고 있었고 구경꾼들은 앵금 소리에 홀린 듯 빠져 있었다. 여자의 남루한 행색이 하늘에서 내려오는 듯한 앵금 소리를 더 애잔하게 했다. 강은 서둘러 가게 안으로 들어갔다. 안에는 아무도 없었다. 강이 머뭇거리자 앵금을 타던 여자가 쫓아 들어왔다.

"뭘 찾아요?"

여자가 강을 잠깐 훑더니 목소리를 낮췄다.

"말을 구해요?"

강이 더듬거렸다.

"여기 오면 말을 구해준다는 말을 들었소."

여자가 가게 밖을 살폈다.

"지금은 주인이 없어요. 말을 구하려면 주인이 있을 때 와야 해요."

"주인은 어디 갔소?"

"말을 구하러 고향에 다녀온댔어요. 주인은 몽골인이에요."

"언제 오오?"

"몰라요. 떠난 지 보름 됐으니, 열흘에서 보름 정도는 더 있어야 올 거예요."

"주인이 없으면 아예 말을 구할 수 없소?"

"주인 아들 부부가 있긴한데 잔치가 있어서 잠깐 자리를 비웠어요. 그들이 오면 흥정해볼 수는 있어요."

한시가 급한 강이 이를 악물었다. 그러는 강을 쳐다보다가 놀라며 한발 물러선 여자가 주저하며 말했다.

"혹시 선이 아기씨를 보호해주던 도령 아니에요?"

강이 여자를 쳐다봤다. 빈 우물 같은 눈동자가 자신에게로 향해 있었다.

"나를 아시오?"

"선이 아기씨가 속환돼 가는 날 도령이 몰래 아기씨와 이별했지요? 우리 조선 여자들 사이에서는 선이 아기씨와 도령 얘기를 모르는 사람이 없답니다."

강은 부모님의 흉보를 들은 마당에 자신이 선과 함께 거론되는 것이 죄스러웠다. 그러는 여자가 거북스러웠지만 말을 붙여볼 수밖에 없었다.

"어째서 그렇소?"

"선이 아기씨가 친 혈육도 아닌데 도령은 아기씨를 남장을 시켜 목숨 걸고 보호했지요. 부모 자식이 옆에서 죽어나가도 자기 목숨 보전하려고 모르는 척했던 것이 포로로 끌려오면서 우리가 보고 당한 일이었습니다. 심양에서는 몽골왕공 놈에게 겁탈당할 뻔한 선이 아기씨를 몽골왕공 놈 갈빗대를 부러뜨리면서까지 구했고, 그 때문에 주란타이에게 죽기 전까지 맞았다지요. 자기 부인도 버리고 첩만 속환해가는 버러지 같은 놈들만 있는 세상입니다. 포로가 돼 예서 죽어야 하는 우리 여자들 마음을 도령과 선이 아기씨 얘기가 어찌 울리지 않았겠요!"

어느새 윤기 없는 여자의 눈에서 눈물이 흘러내렸다. 강은 비켜섰다. 여자가 하는 얘기가 자신과는 상관없는 다른 사람 이야기처럼 들렸다. 여자가 눈물을 닦더니 물었다.

"그런데 말은 어디까지 몰고 가시려고요?"

강은 대답하지 않고 오히려 되물었다.

"혹시 여기 말고 말을 빌릴 다른 곳을 알고 있소?"

여자가 고개를 가로저었다.

"조선 포로에게 말을 빌려주는 곳은 여기밖에 없습니다. 몽골인 주인이 돈을 벌 목적으로 위험한 짓을 하는 것이지요."

강은 돌아섰다. 시간이 없었다. 어쨌든 빨리 말을 구해야 했다. 여자가 돌아서 나가려는 강을 불렀다.

"잠깐만 기다려보세요. 지금 주인 아들 부부가 없으니 말이 있는 곳에 가면 몰래 꺼내 갈 수 있을지도 몰라요."

"그래도 되겠소? 나중에 문초를 당할 텐데?"

"가게 앞에서 계속 앵금을 타고 있으면 괜찮을 거예요. 말이 있는 곳을 아는 자는 나 말고도 아들 부부, 그리고 이제까지 말을 빌렸던 자들도 있으니까."

여자는 마구간 위치를 자세히 그려주었다. 몽골인 두 명이 마구간을 지키고 있다고 했다.

"몽골 주인 말로는 몽골 말은 준마밖에 없다 했으니 봉황성까지는 무리 없이 타고 갈 수 있을 거예요. 책문栅門 가기 전에 말을 버리세요. 책문에서 몽골인들이 지키고 있을지도 몰라요."

강은 뜻밖의 호의에 고맙다는 말만 반복했다.

"고맙소, 정말 고맙소. 언젠가는 이 은혜를 꼭 갚겠소."

"그런 말씀 마세요. 언젠가는 이라니 그런 날이 오면 안 됩니다. 우리 같은 여인네들이야 꿈에서나 가볼 수 있는 조선 땅이지만, 강이 도령은 꼭 가야 해요. 꼭 돌아가서 선이 아기씨와 재회하고 함께 잘 사셔야 해요."

강은 대답하지 않았다. 이제는 원수의 딸이며 누이일지도 모르는 선이었다. 선의 일을 자기 일처럼 추억하고 선망하는 여자에게 사실을 설명할 수는 없었다. 강이 멀어지자 여자는 다시 가게 앞에 앉아 앵금을 켜기 시작했다.

마구간은 찾기 어려웠지만 방비는 허술했다. 몽골인 둘이 낮술을 퍼마시고 마구간 앞 양지에서 졸고 있었다. 강은 세 마리의 말 중에서 가장 잘 달릴 것 같은 말 머리에 덮개를 씌워 데리고 나왔다. 몽골족 말은 건강한 준마가 많아 조선 포로들은 몽골족 말을 천리마라고 불렀다. 여자 말대로 이 갈색 준마를 타고 하루 만에 봉황성까지 갈 수만 있다면, 그리고 한달음에 압록강을 건널 수만 있다면, 그래서 성남이 밝힌 윤노의 악행에 대한 진실을 똑똑히 밝힐 수만 있다면, 아니 부모님의 유골이라도 수습할 수 있다면 다시 포로로 잡혀 온다 한들 강은 여한이 없을 것 같았다.

강은 끝도 없는 벌판을 달렸다. 집이 불타는 환영이 지평선에 나타났다 사라졌다. 군데군데 점들처럼 쭈그려 앉은 사람들의 등이 보였다. 봄이 되자 밭일을 시작한 포로들이었다. 청군은 벌명전伐明戰을 통해 한인들을 전쟁 포로로 사로잡았다. 넓디넓은 요동 벌판이 한인과 조선인 포로들의 강제노동 덕에 곡창지대로 변하고 있었다. 강은 달리면서도 그들의 시선을 느꼈다. 일하던 밭에서 일어나 멀어지는 강을 망연히 바라보는 자들. 분명 조선인들일 터였다. 고향 쪽으로 달리는 인마조차도 애타게 바라보는 그들. 그들의 애타는 마음이 한때는 강의 것이었다. 자신도 그들처럼 말을 타고 달려가는 사람을 하염없이 바라봤었다. 강은 말 엉덩이에 채찍을 가했다. 말을 달려 고향 쪽으로 가는 사람을 보는 것 그 자체가 절망이요, 희망이었다. 그러나 이제 자신에게는 희망이 없다. 그저 절망을 확인하기 위해 조선으로 가고 있었다. 그러나 반드시 확인해야 할 절망이고 갚아야 할 절망이었다.

마운령摩雲嶺을 넘는데 헉헉대던 말이 우뚝 서버렸다. 청석령靑石嶺은 넘어왔지만 가파른 마운령 고갯길에서는 버티지 못했다. 심양부터 달려온 곳을 돌아보니 4백 리였다. 준마라더니 뜻밖에 조선말보다도 달리지 못했다. 강은 말에서 내려 계곡 아래로 내려갔다. 물을 찾아 말을 이끄니 한참 주둥이를 담그고 있었다. 강도 얕은 물에 얼굴을 담갔다. 얼음을 면한 물이 쨍하니 머리를 때렸다. 하늘을 올려다봤다. 계곡에는 이미 어둠이 내리고 있었다. 하지만 고개 너머 벌판에는 아직 석양볕이 계속될 터였다. 봉황성까지 2백 리. 달려온 것처럼만 달린다면 성문을 닫기 전에 당도할 것도 같았다. 새벽에 숙소에서 나왔으니 지금쯤 주란타이의 심복들이 눈에 불을 켜고 자신을 쫓고 있을 터였다. 아마도 말을 달려 봉황성으로 가고 있을지도 몰랐다. 강은 말을 바라봤다. 힘없이 눈만 끔벅였다. 백 리도 무리인 것처럼 보였다. 강은 말 등의 땀을 털어내며 중얼거렸다.

"벌판보다야 계곡이 숨기에도, 추위를 막기에도 날 것이다. 그렇게 하자꾸나."

가까운 나무에 고삐를 묶었다. 계곡에서 밤을 지새우고 날이 밝는 대로 봉황성으로 달려가 성문이 열리자마자 통과해야 할 것이다.

말을 보고 있으려니 문득 무과 시험 준비를 위해 빌려 탔던 말이 생각났다. 아버지는 아들의 무과 준비를 반대하지 않으셨다. 여느 양반

집 같았다면 아들에게 문과만을 고집했을 터였다. 하지만 아버지는 판서까지 지내셨으면서도 다른 사대부들과는 생각이 달랐다. 시시각 각 칼끝을 들이미는 오랑캐들을 막을 무장, 장수를 길러내는 것이 시 급하다고 생각하셨다. 없는 살림에도 활쏘기, 말타기, 검술과 태권을 단련하는 데 사용하는 비용은 아끼지 않으셨다. 심지어 화기수를 불 러다가 사격까지 가르치셨다. 오로지 나라가 편안해지는 데 쓰이길 바라, 이름까지도 외자로 강康이라 지었다고 하셨다.

강은 오래도록 말 등을 쓰다듬었다. 어디에 쓰려고 무예를 단련했 단 말인가. 앞날을 내다보고 단련시킨 무예는 정작 써야 할 곳에서는 쓰이지 못하고 있었다. 늙고 힘없는 부모님조차 지키지 못한 몹쓸 무 예였다. 이름이 편안할 강이면 무엇하나. 정작 이름을 지어주신 부모 님조차 편안하게 모시지 못했는데. 강이 말에게 넋두리를 했다.

"너는 몽골 말이니, 몽골 말만 알아듣겠구나."

강은 흐르는 눈물을 닦으며 가죽 부대에서 수수밥을 꺼냈다. 잔가 지들을 모아다가 불을 피웠다. 나뭇잎에 싼 수수밥 세 덩이를 타다만 나뭇가지 밑에 묻었다. 말이 푸르륵푸르륵 콧김을 뿜었다. 어느새 계 곡에 어둠이 가득 찼다. 데워진 수수밥 덩이를 으깨서 바닥에 놓았다. 말이 침을 흘리며 밥알을 핥았다. 강은 두 뭉치의 수수밥 덩이도 마저 으깨 말 앞에 놓고는 불씨만 남겨둔 모닥불 곁에 웅크렸다.

얼마나 지났을까. 잠깐 졸았다고 생각했다. 무거운 눈꺼풀을 들어 올려 재만 남은 모닥불을 쳐다봤다. 그리고 주위를 둘러봤다. 어둠이 가시기 시작했다. 말이 보이지 않았다. 이상하다고 생각한 순간, 강은 자리에서 튕겨 일어나 달리기 시작했다. 그러나 올가미가 먼저 강의 목을 낚았다. 숨어 있던 청군들이 사방에서 튀어나왔다. 강이 올가미를 붙들고 달렸다. 올가미를 쥔 청군이 끌려갔다. 청군 여럿이 달려들어 강을 방망이로 패기 시작했고 한 놈이 올가미를 바짝 조였다. 강은 정신을 잃으면서 청군들이 소리치는 것을 들었다.

"한 놈 더 잡았다고 알려!"

"옙. 그럼 합이 일곱 놈입니까요?"

"그래. 쇄환 포로들이 고개를 넘을 때 함께 묶어서 심양으로 압송하겠다고 전해."

강이 정신을 차렸을 때 몸은 이미 쇠사슬에 묶여 있었다. 팔과 다리와 목이 한데 묶여 움직일 수가 없었다. 수레 안에는 쇠사슬에 묶인 자들로 가득했다.

"정신 차렸는가."

옆에서 강에게 말을 붙였다. 강이 그를 쳐다보려 했지만 쇠사슬에 묶인 목이 돌아가지 않았다.

"움직일 수 있게 쇠사슬을 흔들어봐."

그자의 말대로 한참을 움직여 목과 팔, 다리를 죄던 쇠사슬을 느슨하게 했다. 청 놈들이 휘두른 몽둥이에 온몸은 터지고 멍들어 있었다.

"마운령 계곡에 숨었다가 잡혔나 보구먼. 심양에서 봉황성까지 길 주변은 어디도 안전한 곳이 없다더니. 쯧쯧."

강은 말하는 자의 거무튀튀한 바지저고리를 살폈다. 솜바지 저고리였다. 수레 안에도 뒤따라오는 수레들에도 모두 솜바지 저고리를 입은 조선 사람들이었다. 강이 물었다.

"조선에서부터 붙잡혀 온 겁니까?"

"맞네. 조선에 숨어 있다가 다시 붙잡혀 오는 거네. 뒤를 보게. 끝도 없이 수레가 이어져 있는 게 보이는가? 모두 다시 잡혀 온 쇄환 포로들일세."

남자가 한숨을 길게 쉬었다.

"조선에서부터 이렇게 꽁꽁 묶여 오는 겁니까?"

도망 포로가 청 놈들에게는 중죄인이지만 수레를 몇십 대씩 동원해 싣고 갈 까닭이 무엇인가. 강은 의아했다.

"조선에서 고을 수령이란 놈들이 도망와 숨어 있는 사람들을 잡아다가 의주 관아로 보낸 걸세. 거기서 겨울을 났지. 농번기가 되니까 청 놈들이 그제야 의주에 모아놓은 도망 포로들을 데리러 온 거지. 봉황성까지는 굴비 두름처럼 손만 묶여왔어. 게서 쇠사슬에 꽁꽁 묶여 수레에 부려졌지. 봉황성에다 수레를 모아놓고 기다린 거야. 심양으로 빨리 데려가 농사일도 시켜야겠고, 남아 있는 포로들한테 겁도 줘야겠고……. 뭐 그런 거겠지."

강이 수레를 끄는 마부를 바라봤다. 노새 네 필로 수레를 끌고 있었다.

"아, 마부는 신경 쓰지 말게. 어차피 조선말도 못 알아듣는데다가 고용된 자들이라서 아예 수레 쪽은 쳐다보지도 않아."

강이 남자에게 조심스럽게 물었다.

"혹시 한양에서부터 붙잡혀 온 자들도 있소?"

"왜 없겠어. 째고 쌨지. 이 수레 안에도 있을걸."

남자가 묶인 몸을 돌리지 못하고 하늘에 대고 소리를 질렀다.

"이봐! 한양 박 서방이라고 했나? 여기 마운령에서 붙잡힌 젊은이가 물어볼 게 있다는구먼."

"살살 물으라고 해. 물어뜯지 말구."

박 서방이라는 자는 하늘에 대고 농을 했다.

"물러터진 사람 같으니라구. 심양에 도착하면 청 놈들이 경을 칠 텐데 농이 나오는가."

남자가 핀잔인지 맞장구인지 모를 소리를 하자 수레 안 여기저기서 말문이 터졌다.

"아, 경을 치든 점을 치든 그건 심양 가서 얘기고. 죽든 살든 공연히 사서 걱정할 게 뭐 있나."

"한양 사정은 왜 묻는데나? 고향이 도성 안이래?"

"우리네야 조선까지라도 가보고 붙잡혔지만 이 젊은이는 가보지도 못하고 붙잡혔으니……. 여기 우리보다 더 불쌍한 이가 있네."

그러자 박 서방이란 자가 하늘에 대고 소리를 질렀다.

"아 나한테 묻는다는데 왜 난리들이야. 자네들이 박 서방인가?"

강은 정작 한양 소식을 물으려다가 주저했다.

"아 묻는다더니 묻는다던 젊은이는 어디 간 거여?"

박 서방이란 자가 그런 심정을 아는지 모르는지 재촉했다. 강은 더듬거렸다.

"아, 아니오. 혹, 북촌 이 참판 댁 소식을 알 수 있을까 해서 물었소."

"북촌? 거기는 내가 좀 알지. 갖바치들 물건 심부름을 좀 했거든. 그런데 조 판서네는 알아도 이 참판네는 잘 모르겠는데……."

선선한 대답에 강이 놀라 물었다.

"조 판서네라니. 조경호 판서네는 아시오?"

박 서방이란 자가 우습다는 듯이 대답했다.

"조 판서가 조경호 판서 말고 또 있나. 나는 새도 떨어뜨린다는 그 조 판서 말일세. 권세도 그런 권세가 없지."

그때 수레 구석 자리의 목소리가 끼어들었다.

"뭐? 조 판서라고 했나? 지금 그 갈아 마셔도 시원찮을 조가 놈을 두둔하는 겐가? 그 집 푼돈이라도 얻어먹었어?"

박 서방이 소리쳤다.

"아 누가 조 판서를 두둔한대? 말이 그렇다는 거지. 지금 조선을 좌지우지하는 자가 임금인 줄 알아? 아니라구. 임금을 등에 업고 청 놈들에게 사바사바해서 조선 팔도를 뒤흔드는 자가 조 판서다, 이 말 해주려고 했단 말씀이야. 심양에만 있었으니 고향 소식을 알겠어?"

구석 자리가 누구랄 것도 없이 수레 안의 사람들에게 엄포를 놓듯 소리쳤다.

"말이 나왔으니 내 이 말은 꼭 해두겠는데. 심양 가서도 앞으로 조혈귀네 집에 선을 대서 저만 속환하려고 하는 놈들 있으면 내 그놈부터 작살낼 거여!"

조혈귀라니? 강은 혼란스러웠다.

"조혈귀라니, 누구 말이오?"

묻는 강에게 옆의 남자가 대답했다.

"조 판서네를 이르는 말일세. 그놈들이 지금 포로 장사로 백성의 피를 빨고 있어. 방방곡곡에 수하들을 보내 도망 포로들을 색출하고 있지."

강은 충격적인 대답에 다시 물었다.

"어찌 그런 일이 있을 수 있소?"

옆의 남자가 그러는 강이 딱하다는 듯이 설명했다.

"놀랬나? 청 놈들이 쳐들어왔다 가면서 한강 이북은 다 거덜이 났지. 지금 조선은 예전 조선이 아니야. 빈집을 늑대가 차지한 꼴이지. 그 늑대가 조혈귀 부자인 게야. 그렇게 됐네. 나라가 망조가 드니 나라를 팔고 백성을 파는 놈이 권세가가 되는 것이지."

강이 몸을 비틀며 으드득 이를 갈고 탄식했다.

"어찌 그 지경이 되도록 조 판서 집안을 막는 사대부들이 없단 말이오?"

옆의 남자가 쯧, 하고 혀를 찼다.

"사대부들? 흥, 사대부들이라. 아마 처음에는 상소 정도 올렸다지. 청 놈들이 포로를 쇄환시키지 않으면 소현세자를 임금 자리에 앉힌다니까, 임금이 적극적으로 포로 쇄환 일을 조혈귀에게 맡겼다지. 임금이 조혈귀를 비호하고 있으니 상소는 하나마나. 상소한 사람들이 조혈귀에게 암살당했다는 소문도 있고. 그리고 웬만한 사대부들은 벌써 초야로 들어가서 임금이 불러도 안 나온대요. 그러니 더 조혈귀 세상이 된 게지."

남자가 길게 한숨을 쉬었다.

강의 숨소리가 점점 거칠어졌다. 묶인 쇠사슬이 철렁거렸다. 옆의 남자가 놀라 물었다.

"이봐, 젊은이 왜 그러나?"

강의 입에서는 대답이 아니라 상처 입은 짐승의 신음 소리만 이어졌다. 죽은 성남의 말이 사실이었다. 더 듣지 않아도, 더 확인하지 않아도 알 거 같았다. 부모님은 돌아가셨다. 불에 타 돌아가셨다. 조윤노, 조 판서 놈들이 그렇게 했다. 강은 묶인 쇠사슬을 비틀고 일어서려 했다. 하지만 다시 바닥으로 나동그라졌다.

구석 자리의 남자가 발버둥치는 강을 향해 소리쳤다.

"조혈귀를 원수로 여기고 있는 사람은 자네 말고도 방방곡곡에 널렸어. 애비혈귀나 새끼혈귀에게 돈을 바치지 못해서 끌려온 사람들이 다 여기에 있네. 게다가 끌려가지 않으려고 팔, 다리를 부러뜨려 병신이 된 자들도 있어. 조혈귀 등쌀에 식구 대신 다른 사람을 사서 보내느라고 집안이 거덜 난 자들도 부지기수야. 오랑캐보다 더 원수 같은 조혈귀 부자놈에게 당한 백성이 발에 채고 널렸단 말일세. 이봐 젊은이 자네만 원통한 게 아니란 말일세."

강은 웅크린 채 숨만 몰아쉬며 쇠사슬을 비틀었다. 그때 말없이 누워 있던 자가 고개를 들고 더듬더듬 외쳤다.

"이, 이봐! 왜, 왜, 내 얘기는 빼! 왜, 빼, 빼고 말하냐구! 난 뭐 무시해도 된다는 거야?"

그러자 옆에 있던 자가 더 크게 외쳤다.

"아, 또 지랄이네. 그래 너 같은 부랑아들도 죄다 잡아다가 포로로 보낸 게 찢어 죽일 조혈귀 놈이다. 됐냐!"

더듬거리던 자가 또 소리쳤다.

"또 있다구. 우, 우리 언니 동생들! 우, 우리 언니 동생들도 다 잡, 잡혀 왔어! 걔, 걔네는 어, 어떻게 할 거야? 어, 어떻게 할 거냐구! 걔네는 왜, 왜, 무, 무시하냐구!"

다시 대거리가 이어졌다.

"그래, 이 미친놈아. 고아, 벙어리, 귀머거리. 네 잘난 언니 동생들도 다 잡혀 왔어. 심양 가면 코 꿰고 귀 꿰고 발뒤꿈치도 다 잘릴 거야. 밥 준다니까 잡혀 와서 자알 됐다, 이 병신아. 그러니까 조용히 있어!"

그러고는 때리는 소리가 들렸다. 더듬거리던 부랑아가 얻어맞았는지 조용해졌다. 여기저기서 혀 차는 소리가 났다.

강은 자신이 얻어맞은 부랑아라도 된 듯 숨을 몰아쉬며 하늘을 올려다봤다. 후드득, 얼음 알갱이가 뺨에 떨어져 눈물이 됐다. 낮게 가라앉은 하늘이 우박을 쏟아내고 있었다. 수레 안의 사람들은 몸을 웅크리며 우박을 피했다. 강은 덜컹거리며 줄줄이 쫓아오는 수레들을 바라봤다. 이들 모두는 심양으로 끌려가 코 꿰고, 귀 꿰고, 발뒤꿈치를 잘릴 것이다. 자신도 그렇게 될 터였다.

조선에서 이런 짓을 사주하고 있는 것이 조혈귀 부자라는 증언들이었다. 수레 안 사람들 모두가 그렇다는데 어찌 믿지 않을 수 있을까. 사람의 도리와 신의는 무너진 지 오래였다. 하늘과 땅이 뒤섞이는 전쟁을 치렀다. 사람 또한 거꾸러지고 부서진 지 오래였다. 강은 다른 쇄환 포로들처럼 울분으로 펄펄 끓는 몸을 웅크렸다. 돌멩이 같은 우박이 분노로 떨리는 강의 몸뚱이로 쏟아져 내렸다.

때아닌 우박이 쏟아지고 있었다. 뜰에 섰던 주란타이는 옷깃을 파고드는 우박알갱이를 털어냈다. 어제 심복 탕보오에게 강이 탈출했다는 보고를 받고는 주란타이는 강이 이제야 부모가 죽었다는 소식을 알게 된 거라고 생각했다. 탕보오에게 바로 명령했다.

"발 빠른 놈 몇 명을 데려가 군관들이 잡기 전에 먼저 잡아오너라."

주란타이는 용골대에게서 강의 부모가 죽었다는 소식을 들었다. 지난겨울 조선을 다녀온 용골대가 주란타이를 찾아왔다. 황제께 귀환 보고를 올리고 한 달이 지나서였다.

"인사가 늦었습니다."

"……."

"말씀하신 조윤노 건은 그 아비가 포로 쇄환 일을 도맡아 하게 된 관계로 아들을 풀어달라는 아비의 요구를 들어줄 수밖에 없었습니다."

주란타이에게도 비선이 있었다. 용골대가 조 판서에게 많은 양의 뇌물을 받았다는 것쯤은 알고 있었다. 조윤노가 죽었다거나 도망가서 찾을 수 없다거나 하는 뻔한 거짓말을 했다면 용서하지 않으리라, 주란타이는 생각했었다.

"잘 처리했소."

"그런데 이강 부모는 불에 타 죽었답니다."

뜻밖의 소식에 주란타이는 미간을 찡그렸다.

"언제요?"

"제가 한양 떠나기 며칠 전이었던 모양입니다. 이강 애비가 포로 쇄환 반대와 조 판서 반대 상소에 앞장섰답니다. 전한 자에 따르면 조 판서 부자가 성가시게 구는 이강네에 불을 놓은 듯하답니다."

자신은 조윤노를 놓쳤고, 이강은 아비 이준효를 잃었다. 그러나 한편 생각하면 자신은 이강을 얻었고, 용골대는 조 판서라는 자를 황제께 바쳤다. 용골대가 조선에 다녀온 후 황제는 용골대의 외교력을 전적으로 신임했다.

"그 조 판서라는 자가 여러모로 쓸모가 있을 것 같소?"

주란타이는 그렇게 말하며 조윤노를 머릿속에서 지우려고 애썼다.

"예. 그렇게 충성을 다하는 자를 찾기도 어려울 겁니다. 조 판서가 조정 신료들의 동향을 낱낱이 보고해 큰 도움이 되고 있습니다. 그런데 조윤노를 잡아들일 수 없으니 이강을 《피로인성책》에 집어넣을까요? 양반이라니 속환금도 높이 부를 수 있지 않겠습니까."

용골대는 역시 약삭빠른 인물이었다. 주란타이는 짐승의 눈빛으로 용골대를 노려보았다. 이자는 자신의 능력을 과신하고 있다. 그러나 주란타이는 표정과는 다르게 웅얼거렸다.

"이강은 지난번에 말했을 텐데요."

그러자 용골대가 껄껄 웃었다.

"참, 취미도 별나십니다. 포로는 그놈 말고도 쌔고 쌨습니다. 사로잡은 한족 포로만 40만 명이 넘습니다. 힘깨나 쓰는 놈들도 널렸고요."

팔기군은 조선 정벌 이후 심양에 잠깐 들어왔다 북경 쪽으로 진격하기를 계속했다. 북경 근처 밀운현密雲縣까지 치고 올라갔고, 또 산

둥山東까지도 공격했다. 명의 황족 덕왕 주유추를 사로잡아 심양으로 끌고 왔다. 심양 거리에는 연일 승전을 알리는 군사의 목소리가 쩌렁쩌렁했다. "성 50개 승리요! 8개 함락이오! 사로잡은 포로와 가축이 46만 두頭요! 획득한 은 백만여 냥이오!" 파죽지세였다. 기동력과 전투력을 갖춘 철기군단과 말 탄 보병이라 비웃음당하는 명나라 기마대와의 싸움이었다. 거둬들인 포로는 만주벌판의 노동력으로 공급됐다. 팔기군은 재빨리 승리하고 재빨리 철수했다. 치고 빠지는 작전이었다. 아직 함락되지 않은 산해관의 명군에게 귀로를 차단당하면 안 되기 때문이었다. 민족서열 또한 엄격했다. 만주족 다음에 몽골족이고, 그다음이 조선족, 마지막이 한족이었다.

주란타이가 사회적 지위도 낮은 조선인 포로에게 집착하는 것은 용골대 말대로 별난 취미로 여겨질 일이었다. 그러나 용골대에게 손가락질당하고 나니 주란타이는 더더욱 이강에게 집착하는 마음이 생겼다.

우박이 쏟아지던 음산한 날씨더니 반짝, 거짓말처럼 해가 났다. 주란타이의 옷깃에 박혔던 우박이 녹았다. 주란타이는 하늘을 올려다봤다. 자신에게도 어둠 속에서 한 줄기 빛을 따라가던 때가 있었다. 죽은 생모를 찾아 벌판을 달려갔던 그때, 평생 기억 속에 자리 잡고 사라지지 않는 그런 때가 있었다.

여진족 어머니는 그 여자가 도망친 뒤 여러 날이 지나서야 주란타이에게 말해주었다. 그 조선인 여종이 너의 생모였다고. 어머니에게서 그 이야기를 들었을 당시에는 둔탁한 솜방망이로 머리를 맞은 듯 그저 멍했다. 여진족 습속대로 양육되던 소년에게 생모가 다르다는 것은 그닥 놀랄 일도 아니었다. 엄연히 여진족인 아버지의 혈통을 이

어받았고 여진족 부모 밑에서 기인으로 자라고 있었다. 하지만 밤에 잠자리에 들자 이상한 호기심이 생겼다. 백두산 심마니의 딸이었다고 했다. 봄에 책문을 넘어와 몰래 인삼을 채취하다 붙잡혔다고 했다. 그 여자가 도망갔다는 쪽으로 가보고 싶어졌다.

보름달이 하얗게 빛나는 만주의 겨울밤. 벌판에는 늑대의 울음소리만이 간간이 들릴 뿐이었다. 바람도 얼어붙은 공간. 말을 달렸다. 어딘가에 여자가 죽어 있을 것만 같았다. 들개가 모여 있었다. 달려가 채찍을 휘둘렀다. 언 주검을 굴리던 들개들이 도망치기 시작했다. 놈들을 향해 도끼를 던졌다. 한 놈의 목에 꽂혔다. 다른 놈들은 뒤도 돌아보지 않고 달아났다. 허옇게 언 벌판에 검붉은 들개의 피가 퍼졌다. 도끼를 거둬 죽은 놈의 몸통에 닦았다.

여기저기 상처가 나고 옷은 다 해졌지만 그 여종이 확실했다. 청년 주란타이는 가져온 천에 여종의 시신을 싸서 말에 묶었다. 압록강이 내려다보이는 마이산 기슭으로 갔다. 그곳이라면 여자가 그토록 가려고 했던 고향이 건너다보일 터였다. 언 땅을 깨고 언 주검을 묻었다.

생모라는 여자에 대해 아무것도 모른다는 사실이 끝내 주란타이의 마음을 놓아주지 않았다. 조선인 여종이었던 여자가 어떤 목소리를 가지고 있었는지, 뭘 좋아했는지, 웃음소리는 어땠는지, 어떻게 울었는지, 주란타이는 아는 게 없었다. 떠오르는 장면은 들개들 가운데 뒹굴던 여자의 주검뿐이었다. 주란타이는 전쟁터에서 죽음 한가운데로 전진할 때마다 들개와 여자의 언 주검을 떠올렸다.

나이가 들수록 생모에 대한 집착이 강해지는 것을 느꼈다. 장수에게는 부질없는 생각이었다. 조선인의 피가 내 몸에 흐르고 있기 때문에 이러는가 생각하기도 했다. 그런 점에서 조선 정벌이 주란타이에게는 여러모로 생각을 정리하는 계기가 됐다. 조선은 역사가 오래됐다지만 흥하는 우리 청국에 복종한 작고 힘없는 나라였다. 생모 또한 그런 나라의 백성이었고 월경해서 포로가 됐다가 도망치다 얼어 죽었다. 그동안 자신이 꾸며놓았던 상상 속의 생모는 버렸다. 주란타이 자신이 본 것은 단 한 장면, 들개에게 물어뜯기던 여자의 언 주검과 하얀 벌판을 검붉게 물들이던 들개의 피뿐이었다.

어제 강을 잡으러 나갔던 탕보오가 뜰을 가로질러 오는 것이 보였다.

"군관들이 먼저 선수를 쳤습니다. 마운령 계곡에서 잡혀 끌려오고 있습니다."

주란타이가 건조하게 물었다.

"언제 도착할 것 같으냐?"

"쇄환 포로 수레에 실려 함께 압송되고 있습니다. 내일 낮 늦게 도착할 것 같습니다."

주란타이가 다시 명했다.

"아문 거리에서 기다렸다가 죄인들이 들어오면 보고해라. 이강은 내가 직접 취조하겠다."

내일이면 북경 쪽으로 진격해야 했다. 한낱 도망 포로 한 명 때문에 출발을 늦출 수는 없었다. 그러나 주란타이는 출발 전에 강을 직접 취조하겠다는 생각을 포기하지는 않았다. 용골대 말대로 힘깨나 쓰는 포로는 쌔고 쌨다. 승승장구하는 팔기군에 소속되고자 나서는 사람들은 만주족은 물론이고 몽골족, 한족, 조선인, 러시아인 포로들까지 그

수가 헤아릴 수 없이 불어나고 있었다. 청이 중원을 차지하려면 팔기군 무장과 군대만으로는 부족했다. 투항한 몽골족과 한족들로 이루어진 몽골 팔기, 한인 팔기가 조직됐다. 게다가 포로들로 구성된 조선인 니루와 러시아인 니루도 조직됐다.

그러나 주란타이가 필요로 하는 인간은 호구지책을 위해 팔기군의 녹을 먹으려고 모여드는 난민들이 아니었다. 죽음 한가운데로 달려들어 죽음과 함께 나아가고자 하는 정신의 소유자, 화살도 총포도 앞을 막지 못하는 인간병기였다. 젊은 날 자신이 그랬던 것처럼.

다음날 주란타이는 갑옷을 입고 황제의 출격 명령을 기다렸다. 탕보오가 늦지 않게 강을 데려왔다. 쇠사슬에 묶인 도망 포로. 살갗은 멍들고 터져 있었다. 종들을 불렀다. 너른 마당에 그동안 삼백여 명으로 불어난 종들이 둘러섰다.

"종으로서 분수를 지키는 자들은 먹이고 입히고 재우지만 도망 포로는 고문한다!"

주란타이의 분명한 외침에 빽빽이 늘어선 종들이 고개를 숙였다.

"놈의 양 뒤꿈치를 꼬챙이로 꿰라!"

안채에서 주란타이의 딸인 키르사가 달려나와 아버지 앞에 엎드렸다. 키르사의 머리 위 화관이 먼저 땅에 닿았다.

"아버지 강은 일 잘하는 종입니다. 여러모로 재주가 많은 종을 불구로 만드시면 집안에 해가 됩니다."

주란타이가 딸을 내려다보며 야릇한 표정을 지었지만, 곧이어 부하 푸주에게 명령했다.

"시행하라!"

불에 달군 꼬챙이가 강의 발뒤꿈치에 가 닿았다. 비명 소리는 강의 입에서가 아니라 종들의 입에서 터져 나왔다. 앙다문 강의 입에서 거친 숨소리가 이어졌다. 종들의 신음 소리가 가득 찬 마당에서는 살 타는 냄새가 진동했다.

강은 노복들에게 끌려 수레에 부려져 다시 농장의 움막으로 보내졌다. 주란타이의 명령이었다. 키르사가 말을 타고 쫓아왔다. 의원을 데려와서는 고문당한 발뒤꿈치에 뭔가를 붙이고 싸맸다. 의원과 키르사가 백두산 산삼이라고 말하는 것을 강은 어렴풋이 들었다.

누군가가 강을 마구 흔들었다. 혼미한 시야 사이로 주란타이의 수하 탕보오가 보였다.

"이봐, 장군님이 오셨다. 정신 차려라."

강은 탕보오가 일으키는 대로 벽에 기댔다. 강이 앞에 주란타이가 우뚝 서 있었다. 전장에 나가는지 갑옷에 활과 검을 어깨와 허리에 차고 채찍을 들고 있었다. 강이는 오락가락하는 정신 가운데서도 우뚝 선 주란타이가 거대한 산처럼 보여 이를 부드득 갈았다. 이 팔기군 구사어전인 주란타이가 도대체 왜, 자신을 몇 번씩이나 살려주는 것일까. 강은 혼미해지는 정신 속에서도 주란타이의 손아귀에서 벗어나지 못하고 복종하려 하는 자신의 모습에 피라도 토하고 싶었다. 강화도에서 주란타이 앞에 끌려갔을 때 언제 칼을 뽑아 자신의 목을 칠 것인가, 강은 그것이 궁금했다. 찰나의 순간, 그의 칼이 칼집을 나왔다 들어가리라. 바닥에 구르는 자신의 머리가 그려졌다. 오래된 살기, 묵은 살기가 주란타이의 몸에서 느껴졌었다. 그러나 주란타이는 절대로 자신을 죽이지 않을 것이다. 주란타이의 묵은 살기가 자신의 목숨을 갖고 장난질을 치고 있었다. 탕보오가 눈을 감는 강의 뺨을 치며 조용히 말했다.

"정벌전에 나가는 길목에 농장이 있으니 장군님이 잠깐 들르신 거다. 너는 운수대통한 줄 알아라."

탕보오의 말이 끝나자마자 주란타이가 엄한 목소리로 소리쳤다.

"누가 너의 원수이더냐?"

탕보오가 다시 강의 뺨을 때렸다.

"빨리 말해라. 정신 차려!"

강은 흐려지는 정신을 모으려고 애썼다. 누가 원수인가? 자신의 적은 지금 자신 앞에 서 있는 오랑캐 장수 주란타이와 오랑캐들이요, 원수는 조혈귀 부자인가? 자문했다.

"조선, 에, 있는, 조, 윤노와 그, 아비, 조, 판서요."

강은 있는 힘을 다해 더듬거리며 대답했고 자신의 말에 놀라 이를 부드득 갈았다. 주란타이가 허리를 굽히며 말했다.

"원수를 갚고 싶으냐?"

강은 대답했다.

"그, 렇, 소."

진심이었다. 원수, 부모님의 원수를 갚고 싶다. 그러려고 탈출을 감행했던 것이 아닌가. 갑자기 뒤꿈치를 고문하던 쇠꼬챙이가 가슴을 찌른 듯 아픔이 느껴졌다. 강은 눈물이 차올라 다시 이를 부드득 갈았다. 가슴을 찌른 쇠꼬챙이를 따라 뭔가 중요한 것이 빠져나가 버린 것 같았다. 오랑캐는 먼 적이었고, 같은 조선 사람은 원수요 가까운 적이었다. 강은 다시 정신이 몽롱해졌다. 주란타이가 강의 상태를 살피며 큰 소리로 말했다.

"원수를 갚게 해주겠다. 청나라를 위해 정벌전에 나가 공을 세워라. 그렇게 한다면 자유를 주겠다. 조선으로 가서 원수를 갚아라."

"……."

강은 안간힘을 쓰며 듣고 있었다. 주란타이가 다시 말했다.

"오늘 여기서 네 인생이 결정 난다. 종으로 살다가 죽을 것인가. 공을 세우고 자유를 얻을 것인가!"

이번에는 주란타이가 엄하게 강의 머리를 한 대 쳤다. 강은 흐려지는 정신에도 이를 악물며 대답했다.

"공, 을 세, 우고 자유, 를 얻겠소."

순간 주란타이의 눈빛이 번쩍 빛났고, 강을 쳐다보며 숙연한 목소리로 말했다.

"좋다! 넌 오늘부터 만주인이다. 조선은 잊어라. 만주인이 돼라. 상처가 낫고 나면 만주의 무예를 연마하라. 먼저 무예 시합에 나가 등수 안에 들어라. 무예 시합에 나가 두각을 나타내야 정벌전에 나갈 기회가 생길 것이다. 정벌전에 나가면 있는 힘을 다해 공을 세워라. 자유는 네 재량에 달렸다."

주란타이가 탕보오를 돌아보고 명령했다.

"하하에게 이놈의 무술 연습을 맡겨라."

"옙. 포로들의 니루인 보오이니루에 소속시키겠습니다."

"아니다. 보오이니루는 이놈이 있을 곳이 아니다. 정황기군에 소속시킬 것이다. 하하에게 무술 연습만 맡겨라."

"옙."

탕보오는 명령에 대답하면서도 의심스러운 눈초리로 강을 바라봤다.

키르사가 수시로 강을 보러왔다. 의원을 대동해 가져온 약초즙을 갈아붙이기도 하고 무당을 데려와 주술을 시키기도 했다. 무당은 강의 옷으로 화살을 싸매더니 발뒤꿈치 상처를 바깥쪽으로 당기는 시늉을 여러 번 했다. 그리고는 그 화살로 돼지를 쏘았다. 키르사는 죽은 돼지를 보며 생글거렸다.

"화살에 맞아 죽은 돼지 모양이 앞으로 네게 행운이 있다고 표시되어 있어. 네 발뒤꿈치에 백두산 산삼을 붙여놓았으니 잘 나을 거야."

강은 눈만 껌벅거렸다. 구사어전의 딸이라는 신분을 즐기는 철부지 호녀 키르사를 볼 때마다 선이 생각났다. 선과 달리 전쟁의 고통을 겪지 않은 키르사였지만 이상하게도 전쟁의 피비린내는 키르사 쪽이 더 했다.

"난 원하는 것은 뭐든지 손에 넣을 수 있어. 백두산 산삼 정도는 쉽게 구하지. 포로에게 자유를 줄 수도 있어."

"내게 뭘 원하오?"

강의 말이 끝나자마자 키르사가 누워 있는 강의 뺨을 후려쳤다. 분하다는 듯 숨을 가쁘게 쉬며 내뱉었다.

"다시는 그런 건방진 말 하지 마. 난 원하는 대로 다 할 수 있다고 했잖아. 넌 포로야. 그리고 종이란 걸 잊지 마. 네 목숨을 죽이고 살리는 것도 다 내가 하기 나름이라는 걸 아직도 모르겠어? 끌려온 지 1년도 더 지났는데 그걸 아직도 몰라?"

"난 네 포로가 아니다. 네 아버지의 전쟁 포로다."

강이 키르사를 노려보며 말했다. 키르사가 까르르 웃으며 고개를 젖혔다.

"그래, 그래서 아버지한테 널 내 종으로 달라고 하려고. 난 네가 심양에 들어왔을 때부터 유심히 지켜봤어. 푸주로부터 아버지가 너를 강화도에서 살려준 이유도 들었어. 나도 네 힘이 마음에 들어. 그 힘을 전쟁에서 쓴다면 멋지겠지. 아버지가 네게 공을 세우면 자유를 주겠다고 말했다지? 착각하지 마. 포로는 포로일 뿐이야. 네가 뼛속까지 만주인이 될 수 없듯, 팔기군도 될 수 없어. 사람들이 네가 공을 세우도록 내버려둘 것 같아? 공도 세우기 전에 팔기군에게 먼저 살해당할걸! 하지만 내가 너의 주인이 된다면 사정은 달라져. 난 네가 전쟁에서 살아 돌아올 방법을 알고 있어. 내 말만 잘 들으면 넌 전쟁에서 공을 세우고 살아 돌아와서 부자가 될 수도 있어. 부자가 되면 자유도 네 손으로 살 수 있다는 것쯤은 알고 있겠지?"

강은 입을 꾹 다물었다. 상처가 낫기를 기다리는 시간이었다. 주란타이가 말한 하하라는 자를 기다렸다. 포로로만 조직된 군대, 보오이 니루의 어전이라고 했다. 강은 일어나 걸어보려고 애썼다. 무릎에 힘이 들어가고 발뒤꿈치에 체중이 실리자 맥없이 쓰러졌다.

키르사가 목발을 만들어왔다.

"목발을 어깨에 끼고 걸어봐. 아직 발뒤꿈치에 힘을 주면 안 돼. 의원 말이 앞으로 석 달은 더 있어야 나을 거래."

강은 목발에 기대 움막 밖으로 나가봤다. 6월이었다. 물오른 버들잎들이 늘어진 가지에 매달려 흔들리고 있었다. 한껏 땅의 기운을 받은 생명의 잎사귀들이었다. 살아 있는 것의 활기란 이런 것이다. 강은 버들잎을 처음 보는 사람처럼 한참을 들여다봤다. 석 달 전 서문 밖 구릉에 묻은 성남이 떠올랐다. 버드나무 이파리처럼 활기로 가득 찰 나이였다. 류조 호에서 만났던 패거리들은 어찌 됐을까. 그리고 수레에 함께 실려 왔던 쇄환 포로들은? 살아 있다면 그들도 심양의 수호수라는 저 버드나무를 보고 있을 것이다.

"뭐해? 바람도 쐴 겸 아리강가로 나가자."

키르사가 자기 말을 가져왔다. 강은 아직 말의 등자를 찰 수 없었다. 머뭇거리는데 키르사가 강의 엉덩이를 때리더니 까르르 웃었다.

"멍청하기는 말은 내가 몰 거야."

강이 안장에 앉고 나자 키르사는 강의 앞으로 올라타 말고삐를 잡았다. 키르사가 말고삐를 당기며 등자를 찼다. 말이 달리기 시작했다. 강은 앞으로 몸을 숙였다. 키르사가 재밌다는 듯이 또 깔깔거렸다.

"내 허리를 잡아. 안 그러면 떨어질 거야."

강이 키르사의 허리를 잡자 키르사의 화관이 코에 닿았다. 몸집이 큰 강에게 키르사가 안겨 있는 모양새였다. 강은 코를 찌르는 사향 냄새에 얼굴을 찡그리며 키르사가 쥔 말고삐에 손을 올렸다. 키르사는 강이 말고삐에 힘을 주는 대로 내버려두었다. 키르사와 강을 태운 말이 아리강가를 달렸다. 심양성을 끼고 흐르는 혼하渾河는 이들의 조상인 여진족 때부터 아리강이라고 불렸다. 강물이 많이 불어 있었다. 강이 움막 안에만 틀어박혀 있는 동안 어느새 비가 많이 내리는 심양의 여름이 와 있었다. 누군가 말을 타고 따라왔다. 키르사가 속력을 줄였다. 키르사 또래의 호녀였다. 호녀는 강이부터 훑어봤다.

"키르사, 이것이 네 종이니? 그 조선 놈 말이야."

"응."

"힘 좀 쓰게 생겼는데. 근데 이놈 상처는 다 난 거야?"

키르사가 대답은 않고 되물었다.

"네가 여긴 웬일이야? 풀룽가는 어디 두고 혼자 강가에 나온 거야?"

키르사의 말이 듣기 싫었는지 호녀가 인상을 찡그렸다.

"풀룽가? 풀룽가가 문제가 아니야. 넌 아직 모르고 있는 것 같구나."

이번에는 키르사가 얼굴을 찡그리며 물었다.

"뭘?"

호녀는 답답하다는 표정으로 말했다.

"우리 머리 잘 돌아가는 키르사가 웬일로 아무것도 모른대. 황제께서 구사어전의 딸들을 몽골왕공 아들들에게 나눠주신다고 하셨대."

키르사가 아무 대답도 못하고 호녀를 노려보기만 했다. 호녀가 다시 뽐내는 표정으로 말했다.

"나는 후투링가에게 가야 하고 너는 수호야."

키르사가 빠드득 이를 갈았다. 그리고는 아무렇지도 않은 듯이 호녀에게 대꾸했다.

"그럼 이제 넌 풀룽가는 어쩔 거야?"

호녀가 어깨를 으쓱했다.

"어쩌겠어. 지금은 황제의 명령을 따라야지."

키르사가 잘됐다는 듯이 고개를 끄덕였다.

"그래 명령을 따라야지. 너는 후투링가, 난 수흐."

그리고는 말머리를 홱 움막 방향으로 돌렸다. 키르사는 거칠게 말을 몰았다. 움막 앞에 말을 세운 키르사가 출발할 때와는 전혀 딴판으로 짜증스럽게 말했다.

"내려."

강이 말에서 내려 목발을 짚고는 말했다.

"부탁이 있소. 연습용 활과 화살을 구해다 주시오."

"알았어."

퉁명스럽게 대답한 키르사가 성을 향해 쏜살같이 달려갔다.

키르사는 성문 안으로 들어서자 그제야 말을 천천히 몰았다. 아무리 키르사라 해도 황제의 명령에 불복할 수는 없었다. 키르사가 화가 난 이유는 따로 있었다. 안채로 들어가지 않고 아버지의 집무실로 향했다. 수하 탕보오와 푸주가 키르사를 보더니 들어오라고 했다. 키르사는 아버지를 보자마자 머뭇거리지도 않고 따졌다.

"아버지 제 짝이 왜 수흐예요? 수흐는 용감하지 않아요. 황제께서는 왜 후투링가를 우리에게 주시지 않고 수흐를 주시는 거죠?"

주란타이가 화를 내는 딸을 바라봤다. 세모로 찢어진 눈매가 자신을 꼭 빼닮았다. 보통 여진족 여자들은 미간이 넓고 광대뼈가 튀어나왔지만 키르사는 미간이 좁고 광대뼈가 낮았다. 생모가 젊어서는 저런 얼굴이었을 거라고 주란타이는 키르사를 보며 상상했다. 열일곱살 키르사는 자랄수록 성격까지도 자신을 빼닮아가고 있었다. 남자였다면 벌써 전투에 나가 공을 세웠을 것이다. 그러나 여자아이였다. 그리고 여자로 성장했다. 키르사에게는 많은 설명이 필요 없었다. 한마디를 하면 열 마디를 짐작하는 아이였다. 주란타이는 그것으로 만족했다.

"수흐의 아버지 트므르는 몽골 팔기의 구사어전이다. 그는 이번 벌명전에서 용맹하게 공을 세웠다. 황제는 트므르를 신임하지만, 나 주란타이와 내 딸 키르사를 더 믿는다. 이것이 수흐에게 네가 가는 이유다."

키르사는 아버지를 빤히 바라보며 눈을 깜박였다. 그리고는 가볍게 한숨을 쉬더니 말했다.

"좋아요. 그렇다면 결혼 선물로 제게 강을 주세요."

주란타이가 실눈을 떴다. 아버지의 눈빛을 바라보며 키르사가 덧붙였다.

"그놈에게 공을 세우면 자유를 준다고 하셨다죠? 저는 놈을 제 소유로 해놓고 공을 세울 수 있게 하고 싶어요. 그런 소일거리라도 있는 게 아버지에게도 좋지 않겠어요?"

주란타이가 웃는 것인지 한숨을 쉬는 것인지 알 수 없는 표정을 지었다. 강을 눈여겨본 것까지도 자신을 빼닮은 키르사였다. 어이없다는 듯이 혀를 차더니 끄덕였다. 키르사에게 강을 준다고 약속한들 결국은 주란타이 자신의 재산이었다.

"강은 내 군대 아래 둘 거다."

키르사는 그럴 줄 알았다는 표정으로 쌩긋 웃었다.

"알고 있어요."

홍타이지에게 투항한 지 4년, 수흐는 이제 자신이 무얼 해야 할지 갈피를 잡을 수 없는 지경에 이르렀다. 작년 주란타이 집에서의 일로 아버지 트므르의 신임을 잃었다. 황금 옥새는 아버지와 자신만 아는 일이었다. 8년 전, 세조 쿠빌라이 칸 대에 창건했다는 요양遼陽의 옛 절터에서 출토된 금불상을 양치기 목자牧子가 링단 칸에게 바쳤다. 링단 칸은 죽기 전 아들들과 황비를 부탁하며 금불상을 아버지에게 맡겼다. 대신들과 링단 칸의 황비들과 아들들이 홍타이지에게 투항을 결정한 상황에서 아버지는 금불상을 운반하다 놀라운 것을 발견했다. 불상 밑이 빠지며 복장품服裝品이 드러난 것이다. 그때 아버지 곁에는 수흐만 있었다. 아버지는 재빨리 복장품을 숨기며 단호하게 말했다.

"수흐야, 이건 너와 나만 아는 일이다. 어차피 금불상은 홍타이지에게 바쳐질 것이다. 그러나 이 황금 옥새만은 우리가 지켜야 한다. 이것이 바로 우리 몽골인들이 4백 년 동안이나 찾아다니던 칭기즈 칸의 황금 옥새다. 칭기즈 칸의 영기가 서린 황금 옥새가 왜 내 손에 발견되었겠느냐? 황금 가족의 피를 이어받은 우리가 칭기즈 칸의 정기를 지킬 전사로 선택받은 것이다."

아버지는 떨리는 손길로 수흐가 입은 델을 들추고 바지춤에 황금 옥새를 감추었다. 홍타이지에게 투항을 하게 되면 모든 재산은 몰수되었다가 다시 분배받을 것이었다. 우선은 만주족과 계속 부딪혀야 하는 자신보다 아들이 숨기고 있는 것이 더 안전하다고 했고, 심양성에서 감시가 허술할 때를 틈타 몽골 초원으로 가 묻어두어야 한다고 했다.

황비 두토문 비寶土門妃는 투항하며 홍타이지에게 세조 쿠빌라이 칸의 옥새와 금불상을 바쳤고 홍타이지의 황후 연경궁 숙비衍慶宮 淑妃가 되었다. 링단 칸의 아들 에제이는 홍타이지의 차녀와 맺어졌고 다른 아들들도 버일러들의 딸들과 맺어졌다.

수흐에게 심양에서의 생활은 하루하루가 살얼음 위를 걷는 듯했다. 몸에 지닌 황금 옥새가 너무 버거웠다. 황금 옥새를 지니고부터는 쓸데없이 나서지 않아도 되는 일에 자꾸 나서게 되었다. '황금 옥새를 지닌 자, 세상을 지배하게 되리라.' 이 전설이 칭기즈 칸 사후 몽골 초원의 거센 바람과 함께 4백 년 동안 면면히 전해져 내려왔다는 것은 잘 알고 있었다. 그러나 지금 자신이 황금 옥새를 지니고 있다고 해서 세상을 지배하는 자가 될까? 그렇지 않다는 것은 자신도 잘 알고 있었다. 수흐는 어서 초원으로 달려가 이 거룩한 짐을 묻어놓고, 칭기즈 칸의 정기를 지키는 수호자로서의 임무를 끝내고 싶었다. 그러나 기회는 좀처럼 오지 않았다.

조선 정벌에 참여했다. 사건은 심양에 돌아와 터졌다. 이상한 일이었다. 3년 동안 차고 다니면서도 잃어버린 적이 없었는데 심양에 돌아와 주란타이 집에서 잃어버렸던 것이다. 자신을 꼬드겨 집으로 불러들인 키르사가 가장 의심스러웠다. 혹시라도 황금 옥새의 존재를 알고 있기라도 한 걸까? 그래서 자신을 불러들였다면, 아무리 구사어전의 딸이라도 죽여야만 했다. 황금 옥새가 만주족 수중에 들어가서 홍타이지가 그 존재를 알고 출처를 캐내기 시작한다면 아버지 트므르와 자신은 살아남지 못할 것이다. 뿐만 아니라 황비와 에제이, 그리고 몽골왕공들의 안위도 장담할 수 없었다.

주란타이가 몸이 다 나을 때까지 자기 집에 있으라고 한 것이 오히려 다행이었다. 몸종을 시켜 키르사의 거처와 주변을 샅샅이 뒤지게 했다. 그러나 열흘이 지나도 키르사 주변에서는 아무런 낌새도 없었다. 몸종이 알아낸 것은 키르사가 몽골왕공들을 골탕먹이려고 조선 포로 선을 겁탈하게 했다는 것이었다. 맹랑한 것이었다. 조선 포로 계집이 아니라 조만간 키르사, 널 내 손에 넣으리라. 길들이는 맛은 키르사가 더 좋을 것 같아 수흐는 다친 가슴을 붙잡고 킥킥거렸다. 몸종에게 선을 쫓던 정원과 연못, 공사 중인 새 집터도 샅샅이 뒤지게 했다. 주란타이의 경고 때문에 조선 포로들을 드러내놓고 건드릴 수도 없었다. 몸종에게 조선 포로 몇몇을 매수해서 선과 강의 자리를 샅샅이 뒤지게 했다. 그러나 그 어디에서도 황금 옥새는 그림자조차 보이지 않았다. 감쪽같이 사라진 것이다.

아버지는 궁궐 주변이나 심양성 안의 점포들과 시장 주변에 노복을 배치해놓고 황금 옥새의 동태를 살폈다. 그러기를 한 달, 집으로 돌아온 수흐에게 아버지가 냉담하게 얘기했다.

"황금 옥새가 사라진 지 한 달이 지났다. 뜬소문도 없는 까닭은 칭기즈 칸의 정기를 두려워하는 자가 숨겨놓고 내놓지 않는 것이다. 너에게 맡긴 내 잘못도 있지만 잃어버린 네 잘못이 크다. 나는 홍타이지의 명령에 따라 군사를 이끌고 몽골로 간다. 이제부터 너는 지금보다 더 은밀하게 황금 옥새를 찾는 일에 전력을 다해야 할 것이다. 찾지 못한다면 죽어서 어떻게 조상인 황금 가족들을 뵐 수 있겠느냐."

아버지는 몽골 팔기군을 이끌고 떠나며 병을 핑계로 수흐를 심양에 남겨두었다. 남겨졌다는 것이 수흐에게는 충격이었다. 말 위의 삶이 전부인 몽골 전사에게 성 안에서의 삶이란 낙오자의 삶이나 다름없었다. 사람들은 수흐가 조선 포로에게 두들겨 맞더니 폐인이 됐다고 쑤군댔다. 어디에서도 찾을 수 없는 황금 옥새를 찾으러 다녀야 하는 자신이 원망스럽고 아버지가 원망스러웠다. 그것을 가져간 놈을 잡기만 하면 구워먹으리라 결심했다.

무엇보다 심양성의 답답한 공기를 참을 수 없었다. 어디를 가나 버티고 서 있는 머리를 풀어헤친 버드나무가 못 견디게 싫었다. 지평선까지 사방으로 뻗어 있는 초원을 달리고 싶었다. 말의 심장과 자신의 심장이 하나가 되어 쿵쾅거리며 귓전에 울릴 때까지 언덕을 넘고 또 넘고 싶었다. 깨어나면 술을 마셨고 말 대신 여자를 샀다. 그리고 또 정신을 잃을 때까지 술을 퍼마셨다. 사람들이 쑤군대는 말이 맞는 말일지도 몰랐다.

홍타이지가 키르사를 아내로 맞아들이라고 명령했다. 아버지 트프르는 이번 기회에 황금 옥새를 잘 찾아보라고 했다. 주란타이 집안에서도 반대가 없었다. 키르사가 수흐 자신에게 만족해서 조용히 있는 것은 아니리라. 속셈이 있는 것이다, 생각했다. 키르사와는 확실히 악연이었다. 그렇게 고약한 계집은 처음 보았다. 계집도 아니었다. 키르사의 성性은 때려도 열리지 않았고, 정신을 잃고서도 열리지 않았다. 몽골에서는 여자를 훔쳐왔던 끌고 왔던, 게르를 세우고 부부가 되면 그때부터 남자와 한 운명체가 되어 순종했다. 그러나 키르사라는 계집은 이상한 정신세계를 갖고 있었다. 다시는 꼴도 보기 싫었다.

그때 퍼뜩 스치는 그림이 있었다. 저항하는 조선 포로 선을 타고 앉아 바지춤을 내릴 때, 그때 황금 옥새 주머니가 떨어졌던 것이다. 수흐는 이제야 떠오른 기억이 사실인지, 아니면 자신이 궁지에 몰려 상상을 한 것인지 곰곰이 따져보기 시작했다. 그런데 왜 1년이나 지나서야 생각났을까. 강이란 놈 때문인 것 같았다. 그놈에게 맞고 나서 기억이 뭉개졌다. 그것 말고는 이유가 없었다. 밀정이 이강 그놈이 심양을 빠져나갔다는 보고를 하자 수흐는 바로 몸종을 시켜 형조에 고발하게 했다. 놈도 혐의자 중 하나였다. 황금 옥새를 찾을 때까지 자신의 눈앞에 두어야 했다. 놈은 당연히 주란타이에게 발꿈치를 꿰는 형벌을 받았다.

수흐는 선이 조선으로 속환돼 갈 때 밀정을 딸려 보냈다. 그자가 이제까지 심양에 두 번 다녀갔다. 패물을 내다 판다든가 금붙이를 지인에게 보낸다든가 하는 낌새를 잘 살피라고 했었다. 밀정은 선이 강화도 초가로 내쫓겨 그곳에서 외로이 지내고 있고 패물이나 금붙이를 지닐 처지가 아니라고 했다. 다만 속환된 뒤 조선 조정에서 여인들의 세정의식으로 한양성 밖 시내를 건너게 했는데, 혼자만 건너지 않고 도로 나왔다고 전했다. 수흐는 그제야 밀정의 이야기가 귀에 들어왔다. 그거였다! 선이 황금 옥새를 가지고 있다! 분명하다! 수흐는 확신이 들었다. 황금 옥새를 가지고 있으면 두려울 것이 없어지고 돌출 행동을 하기 마련이었다.

아버지에게 달려갔다.

"조선에 다녀오겠습니다. 포로였던 선이 황금 옥새를 가지고 있는 것 같습니다."

아버지의 늙은 눈이 커졌다.

"그래? 틀림없느냐? 도망 포로를 쇄환하러 가는 증명서를 떼주겠다.”

“자, 여기 네가 부탁한 활과 화살.”

키르사였다. 짜증을 내며 돌아간 지 스무날이 지났다. 얼굴에 멍 자국이 울긋불긋했다. 강은 키르사와 눈이 마주치자 고개를 돌렸다.

“뭐야. 주인이 쳐다보면 마주 봐야지. 예의부터 배워.”

키르사가 강의 가슴을 탁 치고는 놀랐다.

“단단한데! 뭐야, 요새 단련한 거야?”

멍투성이 키르사가 눈을 반짝였다.

“어디 벗어봐.”

강은 부댓자루 같은 옷을 벗었다. 키르사가 말했다.

“바지도 벗어.”

바지를 벗자 강의 남성이 드러났다. 키르사가 눈을 가늘게 뜨고 강을 바라봤다.

“오늘부터 저기 버드나무 잎사귀를 맞히는 연습을 해. 자, 시작해 봐.”

강은 나체로 버들 쏘기를 연습했다. 한 발, 두 발, 계속 빗나갔다. 키르사는 바위에 앉아 벌거벗은 강이 활을 당기고 쏘는 모습을 찬찬히 감상하더니 말했다.

“서서 버들잎을 맞히는 것은 아무것도 아니야. 말을 타고서 맞혀야 해. 그래야 만주 기인이 될 수 있어.”

백 발은 쏜 것 같았다. 그중 버들잎은 열 번이나 맞혔을까. 강은 땀을 쏟았다. 여름 더위가 한창이었다. 키르사가 바위에서 일어났다.

"그만해. 아리강으로 가자."

강이 옷을 걸치려고 하자 키르사가 말했다.

"그냥 말에 타."

아리강가에 말을 묶은 키르사가 옷을 벗더니 물로 뛰어들었다. 몸은 얼굴보다 더 멍투성이였다. 한 마리 병든 노루 같은 키르사가 물속에서 퍼덕거렸다. 강은 '후' 하고 한숨을 내뱉었다. 키르사가 소리쳤다.

"뭐해. 들어와."

하하라는 자가 강을 찾아온 것은 여름이 끝나가던 8월 어느 날이었다.

"발은 다 나았는가? 걸어보게."

포로를 상대하는 일에 이력이 난 듯한 표정과 말투. 강은 하라는 대로 걸어 보였다.

"뛸 수 있는가?"

강은 또 말없이 뛰어 보였다.

"됐네. 따라오게."

그게 전부였다. 아무런 설명도 없었다. 강은 섰던 자리에서 먼지만 툭툭 털고 따라나섰다.

주란타이는 부하 탕보오에게 자신을 "정황기군에 소속시킬 것이다"라고 말했다. 하지만 포로로만 조직된 군대 보오이니루의 대장 하하에게 무술연습을 맡기라고 했다. 강은 키르사가 보낸 말을 타고 하하를 따라갔다. 보오이니루 훈련소로 가는 거라고 짐작했다.

훈련장은 텅 비어 있었다. 조금 지나자 해가 지는 훈련장으로 농군 같은 사내들이 줄지어 들어왔다. 2백 명 정도였다. 농기구를 든 자들, 밭에서 뽑은 채소를 든 자들은 군사라기보다는 농군이었다. 갑자기 들어찬 이들로 훈련장이 북적였다. 줄 선 사내들 앞에 몇몇이 나와 인원 점검을 했다. 사내들은 느긋하게 번호를 댔다. '해산'이라고 소리 친 하하만이 군기를 갖춘 것처럼 보였다.

모두 조선인 포로들이었다. 20명이 한 조였고 열 개의 조와 열 명의 조장이 있었다. 이들은 무제한으로 먹을 수 있는 찬물에 담긴 수수밥과 채소와 고기까지 공급받았다. 수만 명의 조선 남자가 심양에 포로로 남겨졌다. 이들 가운데 어떤 이들이 보오이니루 군사로 자원해 들어왔는지 짐작할 수 있었다. 이곳은 고향으로 속환될 가망이 전혀 없는 조선인 포로들이 선택한 곳이다. 오랑캐의 군사로 명과 싸우다 죽더라도 종살이보다는 나을 것이라 여긴 것이다. 맞아 죽거나 병들어 죽는 종보다는 나은 생활. 조선인끼리의 생활이었다. 청인들 밑에서 억눌릴 일도 없었다. 군사라지만 전장에 나가기 며칠 전까지 들에서 농사일에 동원되다 겨우 하루 이틀 창을 쥐고 군사훈련을 받았다. 그런 날 저녁이면 막사에서는 노랫소리가 들렸다.

"천하를 뺏으려는 오랑캐 놈들 천리마로 휠휠 나네. 화살받이 조선 놈들 십리다리로 어정어정."

그래 놓고는 자기네끼리 낄낄거렸다. 그뿐이었다. 물론 다툼도 많았다. 한번 싸우면 피를 봐야 해결됐다.

한 달 뒤, 전투에 투입된 2백 명의 군사 중 25명만이 살아 돌아왔다. 곧이어 조선인 포로 175명이 다시 채워졌다. 모두 자원자들이었다.

조선인 포로들은 끊임없이 벌명전에 나갔고 거의 돌아오지 못했고 또 계속해서 충원됐다. 사람은 바뀌어도 분위기는 똑같았다. 이들은 아무도 고향 이야기를 꺼내지 않았다. 울분이 폭발하면 곁의 누군가를 잡고 시비를 붙였다.

하하만이 어눌하게 만주어를 할 줄 알았다. 열 명의 조장들은 "이십 명 전원, 이상무"란 만주어만 할 줄 알았다. 하하는 군사들을 인솔해 가서 전장의 팔기군 니루어전에게 인계하고는 돌아왔다. 하하는 청나라 말로 남자라는 뜻이다. 청나라 이름으로 개명하고 어색하게 청나라 말을 썼지만 하하는 조선인이었다. 하하는 군사들을 인솔하고 나갔다가 혼자 훈련소로 돌아오기를 반복했다.

하하가 훈련소에 있을 때에는 하루에 두 번 훈련장으로 내려왔다. 그저 구사어전 주란타이의 명령이니까 할 수 없이 상대해준다는 태도였다. 강은 번번이 나가떨어졌다.

"무예 시합은 황제께서 친히 여신다. 여기서 좋은 성적이 나오면 바로 친위대로도 들어간다. 여긴 조선처럼 제도가 번잡하지 않다. 능력만 있으면 바로 등용된다. 무예 시합에 나오는 자들은 전부 너보다 뛰어나다. 오로지 시합만 준비해온 만주족, 몽골족, 한족들이 출전한다. 활쏘기, 검술, 버들 쏘기, 어느 것 하나 만만한 것이 없다. 그들을 이기려면 말이 필요 없다. 오로지 훈련뿐이다."

훈련소로 강을 데리고 와 하하가 처음이자 마지막으로 한 가장 긴 말이었다. 하지만 성적이 좋으면 바로 친위대로 들어간다는 하하의 말은 조선인 포로에게는 해당되지 않는 말이었다. 그러나 강은 주란타이가 무술시합에 나가 신뢰를 쌓으라고 한 말을 잊지 않았다. 하하가 군사들을 인솔해 벌명전에 나갈 때면 주란타이 집 노복이 텅 빈 훈련소로 와서 강을 감시했다. 그러던 중 그들이 숨어들었다.

강이 인기척에 눈을 떴을 때, 검은 두건을 쓴 자가 강을 내려다보고 있었다.

"강 도령, 조용히 나갑시다. 우린 당신을 해치러 온 게 아니요."

조선말이었다. 강은 옆의 노복부터 살폈다. 죽은 듯이 자고 있었다. 강이 조용히 일어나 검은 두건을 따라나가자 세 명의 장정들이 기다리고 있었다. 그들은 텅 빈 막사를 가리켰다.

"우선, 저리로 갑시다."

그중 하나가 강의 팔을 잡아끌었다. 강이 뿌리쳤다.

"먼저 신분부터 밝히시오."

그중 하나가 두건을 벗었다. 달빛에 얼굴이 드러났다.

"강 도령, 날 알아보겠소? 마운령 고개에서 끌려올 때 수레에서 만났었는데……."

강은 조혈귀네 집에 선을 대서 저만 속환하려는 놈이 있으면 그놈부터 작살내겠다고 엄포를 놓았던 자의 얼굴이 떠올랐다.

"내가 여기 있다는 건 어떻게 아셨소?"

막사로 들어가자 강이 수레에서 만났던 자에게 물었다.

"지금 심양에 남아 있는 조선 포로가 8만 명이요. 다들 제 코가 석 자라 남이야 어떻게 되든 관심 없는 것 같지만 그렇지 않소. 특히 강 도령의 거취는 다들 궁금해하지."

수레에서 만났던 자가 먼저 빈 막사 바닥에 털썩 주저앉았다.

"왜 내 거취에 관심들을 갖소?"

강이 이상하다는 듯이 물었다.

"그야 조혈귀 때문이지. 조혈귀 때문에 이렇게 된 것 아니오?"

수레에서 만났던 자가 답답하다는 듯이 대꾸하자 강은 말문이 막혔다. 그자가 딱하다는 듯이 다시 말했다.

"이봐요. 강 도령 그렇게 긴장하지 마시오. 우린 다들 언제 죽을지 모르는 포로들이오. 아니 여기 끌려올 때부터 이미 죽은 거나 마찬가지 아니었소? 이미 죽은 목숨인데 뭐 그렇게 거리낄 게 있겠소."

그자는 말하면서 다른 이들에게 앉으라고 손짓을 했다. 앉은 사람들이 두건을 벗었다. 달빛에 그들의 얼굴이 드러났다. 코가 없었다. 강이 신음 소리를 냈다. 모두 도망을 시도했다 잡힌 포로들이었다. 강도 아문까지 끌려가 형벌을 받았다면 저렇게 됐을 터였다. 수레에서 만났던 자가 말했다.

"악랄한 청 놈들이 코를 베어놓았지. 나를 담당했던 사령놈은 귀만 베더군."

"그럼, 그날 모두 함께 잡혀 온 것이오?"

"아니오. 이들은 봉화성이나 책문에서 잡힌 자들이오. 청 놈들은 도중에 잡힌 이들에게 더 모질게 굴고 있소. 아예 도망칠 생각도 못하게 싹을 잘라버리려는 수작이지."

도망치다 도중에 잡힌 자라……. 자신도 거기에 해당됐다. 그날 주란타이가 아문에 도착하기 전에 빼내가지 않았다면 자신도 이들처럼 아문에서 코를 베였을 것이다. 코 없는 자 중 하나가 보따리를 일행들의 한가운데 놓더니 재촉했다.

"방 서방 시간이 없소. 쓸 게 많은데, 우선 사정부터 이야기합시다."

"그럽시다. 우선 난 방가요. 여기 임가, 편가, 주가하고는 한 고향 사람이오. 경기도 광주가 고향이오. 나는 고향으로 도망갔다가 고을 관리들에게 잡혀 다시 이곳에 왔소."

방 서방이 이야기하는 중에 임가라는 자가 보따리를 풀었다. 두툼한 문서가 나왔다. 《피로인성책》이라고 쓰여 있었다. 강이 다가앉았다. 말로만 듣던 문서였다. 주란타이 집에서도 조선 포로들을 모아놓고 나이와 거주지, 조선의 원적, 신체 특징까지 세세히 적은 문서를 작성했다. 포로들도 처음에는 조선의 가족에게 자신의 생사를 알릴 수 있다 해 적극적으로 협조했다. 그러나 나중에 들려오는 말은 달랐다. 속환을 위해 만든 《피로인성책》 때문에 포로들이 더 큰 피해를 보고 있다고 했다. 강도 그 말을 들은 적이 있었다.

"이게 어디서 났소?"

"우리가 세자관에서 훔쳐온 거라오. 의주 관아로 가는 장계보따리에 있던 거요. 세자관에서는 없어졌는지도 모를 거요. 새벽까지 다시 갖다 놓아야 하오."

"새벽까지 갖다 놓을 거라면 왜 훔치셨소?"

"포로들의 원적과 주소를 바꿔 써서 누가 누군지 모르게 만들어야 하오. 이 망할 놈의 문서가 우리 조선 포로들을 더 고통에 빠트리고 있소. 조혈귀 부자가 《피로인성책》에 적힌 포로들의 고향 가족들에게 속환금을 빌려주고 갚지 못하면 종으로 팔아버리고 있다오. 게다가 놈들은 여기 심양에 심복을 보내 사람 장사까지 하고 있소. 심양에서 포로들을 싼값에 사가서 조선의 가족에게 몇 배를 받아 팔고 있단 말이오."

강의 표정이 굳어졌다. 가슴 밑바닥에서 올라오는 불덩어리를 씹어 삼키듯 강은 으드득 이를 갈았다. 강이 불꽃이 일렁이는 눈으로 방 서방을 바라봤다.

"내가 도울 일이 있다면 무엇이든 하겠소."

결의에 찬 강의 말에 방 서방이 답했다.

"우리는 글을 모르오. 도령이 문서에서 이름을 불러주면 우리가 가짜 주소를 대주겠소. 그대로 써주시오."

강은 이들이 빼내온 《피로인성책》을 끌어당겨 살폈다. 방 서방이 가져온 등잔의 심지를 키웠다. 《피로인성책》이라고 제목은 붙여놓았으나 여러 곳에서 포로들의 명단을 수합해서 묶어 놓은 책자였다. 필체도 제각각이었다.

"아문을 통해 보고된 문서를 여러 명의 역관이 한자로 바꿔 써놓은 듯하오. 아마도 한양으로 가져가 필사해서 여러 권으로 만들어 각 고을로 보낼 테지요. 문서 여기저기에 다른 필체로 끼워 넣어도 발각되지는 않을 듯하오."

강이 설명하자 일행들이 동의하듯 끄덕였다. 방 서방이 재촉했다.

"그럼, 어서 시작합시다. 동이 트기 전에 장계 보따리 속에 가져다 놓아야 하오."

그들은 한 사람마다 육칠십 명의 포로 이름을 외워왔다. 가족에게 재산이 조금 있거나 전혀 없는 포로들이라고 했다. 이런 이들이 조혈귀의 먹잇감이 된다고 했다. 고리대로 돈을 빌려주고 갚지 못하면 가족들을 종으로 팔아버린다고 했다. 강은 3백 명 정도의 가짜 주소를 써넣었다.

방 서방 일행은 가짜 《피로인성책》을 보따리에 싸서 서둘러 떠났다. 아직 삼경 전이었다. 그들은 새벽이 되기 전에 세자관에 도착할 터였다. 강은 자리로 돌아와 누웠다. 노복은 세상 모르게 자고 있었다. 강은 세자관을 향해 달리고 있을 방 서방과 일행을 떠올리며 방 서방과의 대화를 곱씹었다.

"청국 아문에서는 계속해서 《피로인성책》을 보완해서 조선으로 보낼 것이오. 그때마다 이런 위험한 짓을 하면 발각되지 않겠소?"

강이 묻자 방 서방이 고개를 가로저었다.

"그건 모르는 소리요. 우리 포로들도 이제 더는 속지 않소. 곧이곧대로 고향과 가족을 알려줬다간 더 큰 낭패를 본다는 것을 알게 됐소. 이제는 아예 처음부터 오랑캐들에게 가짜 원적과 주소를 대겠다고 말하고 있소."

"하지만 그렇게 된다면 정작 포로들의 고향 가족들은 어떻게 혈육을 찾겠소?"

강이 다시 물었다. 방 서방이 강에게 다가앉았다.

"강 도령, 이 《피로인성책》은 이미 포로들에게 해만 끼치는 더러운 물건이 됐소. 이걸 필요로 하는 자는 포로를 다시 잡아 보내려는 조선 관리들과 조혈귀뿐이오. 포로와 가족들에게는 저주의 물건이란 말이오. 심양에 남은 포로들은 이제 여기서 죽거나 아니면 탈출하더라도 고향이 아닌 다른 곳으로 가야 하오. 그것이 돈 없는 가족도 살리고 자신도 사는 길이라오. 혈육을 찾기는커녕 혈육을 찾지 않는 것이 서로가 사는 길이 됐다오. 이것이 포로가 된 우리들의 현실이오. 누구를 탓하겠소?"

방 서방의 말에 할 말을 잊은 듯 강은 오랫동안 끄덕이기만 했다.

"강 도령, 전쟁은 홍타이지와 조선 조정에서 일으켰소. 우리가 일으킨 게 아니오. 그러나 지옥 같은 고생은 우리 불쌍한 백성이 하고 있는 거요. 우리는 어차피 심양에서 죽게 될 거요. 처음 심양에 끌려왔을 때 우리 포로들은 조선 조정에서 공적으로 속환해줄 것이라는 꿈을 꿨소. 그러나 그것은 순진한 꿈이었을 뿐이오. 조정은 포로 개인에게 책임을 돌렸소. 왕 또한 죽을 고비를 넘기며 돌아간 백성을 다시 심양으로 내쫓았소. 포로가 돼 남의 땅에 끌려온 것도 원한에 사무치는데 조선에 있는 가족까지 속환금 때문에 종이 되거나 팔려가고 있단 말이오."

방 서방은 으드득으드득 이를 갈았다.

"강 도령, 우리 포로들은 죽더라도 귀신이 돼서 구천을 떠돌 것이오. 이곳은 우리 포로들에게는 저승이오. 우리는 이미 저승에 묶인 죽은 자들이오. 그러나 강 도령이라면 이 저승을 빠져나갈 수 있을 거라고 믿소. 언젠가는, 언젠가는 말이오. 그때 가서, 조선으로 가서 우리 대신 복수해주시오. 우리를 이렇게 만든 조혈귀를 비롯한 자들을 찾아내 복수해주시오."

강은 가슴이 먹먹해져서 방 서방을 바로 볼 수 없었다.

강은 방 서방과 장정들이 다녀간 뒤 더욱 무예연습에 매진했다. 모든 무예 시합은 황제가 주관한다고 했다. 활쏘기 두 과목, 검술 두 과목, 총 네 과목이었다. 말 위에서 생활해온 민족답게 무예 시합은 모두 말을 타고 달리며 해야 했다. 활쏘기는 말을 타고 달리며 과녁을 맞히는 과목과 버들을 쏘아야 하는 과목 그렇게 두 과목이었고, 검술은 말 위에서 하는 대련 과목과 평지 대련 과목 두 과목이었다. 무기는 목검과 목창 중에서 선택할 수 있었다. 말에 익숙지 않으면 좋은 점수를 낼 수 없었다. 말이 중요했다. 강은 키르사가 준 말을 잘 보살폈다. 하하를 이기는 날이 점점 더 많아졌다. 하하는 강에게 지고는 또 이렇다 말도 없이 막사로 가버렸다.

보오이니루 조선 포로들은 밥을 먹고 나면 모여 앉아 청 조정에 대해 알은 체를 하곤 했다. 여기 황제는 평소 백성처럼 먹고 입는단다, 청나라는 건전하고 질박하다, 정치와 군대가 기강이 잡혔다, 관리들은 백성에게 친절하다, 인재 또한 오로지 능력만 보고 등용한다, 무예 시합을 황제가 주관하는 것도 이 때문이다, 이런 나라의 백성으로 태어나지 못하고 왜 양반만 판치는 나라 조선에서 태어나 포로로 끌려왔나, 백성에게는 한없이 관대한 나라, 어버이처럼 보살펴주는 나라, 포로를 종으로 나눠주는 나라에서 백성으로 태어나지 못한 것이 한스럽다고 했다. 수확 철이 다가오자 청에 대한 이들의 선망은 더욱 깊어졌다. 아마도 고향에서의 삶이 떠올라서 더 그랬는지도 몰랐다. 청의 제도를 선망하던 보오이니루 조선 포로들은 전장으로 끌려가 돌아오지 못했다.

10월이 되자 해가 짧아진 훈련장에 금방 어둠이 들었다. 막사로 돌아가려는 강이 앞에 하하가 서두르는 낯빛으로 다가와 뒤따라오는 도포에 갓을 쓴 조선 복색의 남자를 가리켰다.

"조선에서 자네를 만나러 왔다는데……."

강이 허위허위 달려오는 사내를 향해 마주 달려가 덥석 엎드려 소리쳤다.

"이 진사 어른, 저 강이옵니다!"

사내도 강의 손을 잡고 떨리는 음성으로 답했다.

"어디 보세. 살아 있었구먼. 하늘도 무심치 않으셨나 보이. 고맙네, 고마워."

이 진사라 불린 사내가 강과 마주 잡은 손을 떨며 눈물만 떨어뜨렸다. 이 진사는 강이 집안의 먼 친척으로 성균관 유생이었다. 조 판서에게 가서 강이가 잡혀간 경위를 따졌던 이도 바로 이 진사였다. 강은 참담해하는 이 진사의 기세에 죽은 성남의 진술을 확인할 용기조차 나지 않았다. 이 진사가 옆에 선 하하를 얼핏 돌아보고는 강에게 속삭이듯 말했다.

"자네 속환가를 가져왔네. 강화도로 쫓겨간 선이 마련했어. 조 판서와 조윤노는 용서 못 해도 선이는 달라. 선이는 그 집 사람들과 다르이. 선이는 원망하지 말게."

강은 이 진사의 말에 고개를 끄덕이며 눈물을 흘렸다. 그리고 더듬거리며 물었다.

"그 집 노복 성남이 예서 죽었습니다. 성남이 부모님께서 화재로 돌아가셨다던데 사실인지요?"

이 진사가 가늘게 곡哭을 했다. 강은 이 진사가 잡았던 손을 놓고 일어나 남쪽을 향해 두 번 절하고 통곡하기 시작했다. 이 진사도 강이 뒤에서 두 번 절하고 엎드려 곡을 했다. 멀찍이 섰던 하하가 귀찮다는 듯이 중얼거리며 가버렸다. 남쪽을 향해 엎드린 두 사람의 모습이 땅거미에 묻혔다. 오래도록 엎드려 곡을 하던 강이 일어나 이번에는 이 진사를 향해 절을 하더니 꿇어앉으며 말했다.

"이 험하고 먼 길을 오시다니 이 은혜 죽을 때까지 잊지 않겠습니다."

이 진사가 머리를 가로젓자 해진 갓이 떨어질 듯 흔들거렸다.

"자네 아버님께서 내게 베푸신 은혜에 비하면 아무것도 아니네. 이제 막사로 올라가 천천히 이야기하세나."

이 진사가 꿇어앉은 강을 일으켰다. 말뚝에 매어둔 말이 강을 보고 푸르륵거렸다. 이 진사가 물었다.

"저건 자네 말인가?"

"예, 그럼 여기 잠시만 계십시오. 말을 마구간에 들여놓고 오겠습니다."

강의 말에 이 진사가 끄덕였다. 말고삐를 잡고 마구간으로 향하다 강이 돌아봤다. 이 진사의 해진 갓과 도포가 달빛에 괴괴한 푸른빛을 내고 있었다.

마구간은 훈련장과 막사 중간에 위치해 있었다. 강은 서둘렀다. 보오이니루들이 모두 벌명전에 출전했기 때문에 훈련장과 막사가 텅 비었다는 사실이 꺼림칙했다. 말을 매어 놓고 돌아서는데 날카로운 비명 소리가 들렸다. 훈련장 쪽이었다. 강이 마구간에서 뛰어나와 훈련장으로 달려 내려가기 시작했다. 훈련장에서 두 놈이 뛰어나와 경작지 쪽으로 달아났다. 손에 들린 피묻은 칼이 달빛에 빛났다. 강이 놈들에게 달려들었다. 놈들이 피묻은 칼을 휘둘렀다. 두 놈이 동시에 강에게 덤벼들었다. 강이 발차기로 한 놈을 걷어내고 한 놈도 걷어차려는데 놈의 칼이 강의 어깨를 스쳤다. 놈이 다시 칼을 휘둘렀다. 칼날이 강의 팔을 파고드는가 싶었는데 놈이 강의 가슴으로 쓰러졌다. 하하의 칼이 먼저 놈의 등을 후볐던 것이다. 강은 피를 쏟는 놈을 뿌리치고 일어났다. 먼저 넘어졌던 놈이 달아나고 있었다. 강이 놈을 쫓으려는데 하하가 막았다.

"안 돼. 일을 크게 만들지 말어. 뒷배가 든든한 놈들이야."

강이 하하를 밀쳤다.

"그걸 당신이 어찌 안단 말이오. 놈들이 뭣 때문에 여기까지 쫓아왔는지 알아야겠소."

"보면 몰라? 어서 조선에서 온 이 진사인가 하는 자가 죽었는지 살았는지나 가서 보라구."

강이 훈련장으로 달려 들어갔다. 이 진사가 쓰러져 있었다. 해진 도포 자락이 피로 흥건했다. 놈들은 한군데만 찌른 것이 아니었다. 출혈이 심했다. 강이 이 진사를 감싸 안고 소리쳤다.

"진사 어른, 이게 어찌 된 일입니까?"

이 진사가 말을 하려 입을 움직였으나 입에서는 피만 흘러나왔다. 하하가 지혈할 천을 갖고 뛰어왔다. 그러나 강은 숨이 끊어진 이 진사를 안은 채 넋이 나가 하하를 바라봤다. 하하가 아무렇지도 않은 표정으로 말했다.

"죽었나 보군. 놈들이 벌써부터 쫓아온 게야. 두 명이 따라붙은 걸

보니 자네까지 처치하려 했던 모양이군. 그나저나 앞으로 큰일이네. 패거리 중 한 명이 죽었으니 복수한다고 난리 치겠군."

강이 떠듬떠듬 말했다.

"누가, 누구……한테 복수한단 말이오?"

"누구라니? 나와 자네겠지. 놈들은 조혈귀의 부하들이야. 이미 심양 바닥에 얼굴이 알려진 놈들이지. 올 초부터 조선 포로들을 사들인다고 설치고 다녀서 알 만한 사람들은 다 안다구. 저놈들이 속환금을 가져갔나? 이 진사 보따리가 있는지 보게."

강은 얼이 빠져 하하가 하라는 대로 이 진사가 어깨에 멨던 봇짐을 살폈다. 봇짐은 사라지고 없었다.

"놈들이 가져갔소."

강이 멍하니 꿈꾸듯 말하자 하하가 셈을 치르는 장사꾼처럼 대꾸했다.

"그래? 속환금도 가져가고 사람도 죽였다? 안 되겠군. 자네 날 따라오게."

강이 절망에 넋이 나가 어눌하게 물었다.

"어디로 말이오?"

하하가 짜증스럽다는 듯이 인상을 쓰며 답했다.

"어디긴 어디야? 달아난 놈을 쫓아가서 입막음을 해야지. 지름길을 알고 있으니 어서 따라오게. 일이 커지기 전에 없애버려야 할 것 아니야."

강은 그제야 정신이 났는지 숨이 끊어진 이 진사의 시신을 안고 소리쳤다.

"그럼 아까는 왜 놈을 쫓으려는데 말렸소?"

하하는 뻔뻔하게 대답했다.

"속환금까지 다 가져갔는지는 몰랐지. 아, 어서 따라와!"

하하는 말을 타고 달려나갔다. 강도 그 뒤를 따랐다. 이미 훈련장 밖 벌판에는 어둠이 내려앉아 있었다. 하하가 얼마만큼 가서는 말에서 내렸다. 강도 따라 내렸다. 하하가 땅에 귀를 갖다 댔다. 바늘이라도 찾겠다는 건가? 걸어서 벌판으로 달아난 놈을 찾겠다고 땅에 귀를 갖다 댔던 하하가 일어나 무릎을 털었다.

"우리가 놈을 지나쳐왔어. 여기서 말을 숨기고 기다려 보자구."

강이 갑자기 하하의 멱살을 잡았다.

"대체 원하는 게 뭐요? 난 죽은 이 진사를 남겨두고 왔단 말이오."

하하가 강의 명치를 쳤다. 강이 거꾸러졌다.

"사람 죽는 거 처음 봤어? 이 자식 죽을 뻔한 걸 살려냈더니. 아직 정신 못 차렸어? 넌 주란타이가 아끼는 포로야. 내가 너를 죽게 내버려 둘 것 같아?"

하하는 두꺼비 같은 놈이었다. 바위에 납작 붙어 있다가 날아가는 먹잇감을 재빨리 낚아챘다. 하하가 원하는 것은 속환금이었다. 말을 숨기고 밭두렁에 숨어 있자 멀리서 놈이 지나가는 것이 보였다. 하하는 놈의 품에서 속환금을 빼앗고는 물러섰다. 놈은 죽을힘을 다해 도망쳤다. 강이 쫓아가 놈을 때려눕히고 물었다.

"조선인인가?"

놈이 피를 흘리며 대답했다.

"그렇다."

"같은 조선인인데 죽이기까지 하나?"

놈은 피범벅이 된 얼굴로 싸늘하게 웃었다.

"새끼, 염병하네. 빨리 죽여라."

강은 더 말하지 않고 놈의 목을 비틀었다. 뿌드득, 뼈 부러지는 소리가 났다. 하하가 다가왔다.

"내가 자넬 살렸으니. 이 돈은 자네 목숨 값인 거여."

강은 대꾸하지 않았다.

심양으로 끌려오며 수많은 죽음을 보았다. 끌려와서도 역시 수많은 목숨이 죽어나가는 것을 지켜보았다. 포로에게 죽는다는 것은 살아 있는 것보다 익숙한 것이다. 그러나 포로는 살아 있기에 죽음을 계속해서 경험해야 한다. 결국 어떤 식으로 죽든 죽는 날까지 죽음 한가운데를 살아내야 하는 것이 포로의 삶이다. 강은 너무도 익숙한 죽음 앞에서 너무도 낯설게 오열했다.

주검이 된 이 진사는 종잇장처럼 가볍고 파랬다. 그를 묻으며 서문 밖 구릉에 묻은 성남을 생각했다. 자신을 구하려고 심양까지 온 그들이었다. 강은 무예 연습으로 굳은살이 불거진 자신의 손을 내려다봤다. 부모님을 구하지 못하고 이 진사와 성남을 구하지 못한 무능한 손이었다. 한때는 나라를 지키기 위해, 적을 무찌르기 위해 무기를 잡았던 손이었고 오랑캐들을 죽인 손이었다. 며칠 전 조선인의 목을 비틀어 죽인 손이기도 했다. 그자는 같은 조선인이면서도 비웃으며 죽음을 원했다. 그는 조선인이 아니란 말인가? 조윤노도 조 판서도 우리 포로들과 같은 조선인이 아니란 말인가?

강은 조윤노와 그의 아버지 조 판서의 얼굴을 떠올렸다. 밝은 햇살 아래 한점 구김 없는 명주 도포에 박쥐 문양이 들어간 윤기 나는 넓은 갓을 쓴 그들은 반질반질한 얼굴을 들고 웃고 있었다. 주란타이의 말이 떠올랐다. 누가 너의 원수더냐? 조선에 있는 조윤노와 그 아비 조 판서라고 강은 대답했고 자신의 말에 놀라 이를 부드득 갈았다. 또 주란타이는 원수를 갚고 싶으냐고도 물었다. 강은 그렇다고 대답했지만 오랑캐가 먼 적이고 같은 조선 사람이 원수요, 가까운 적이라는 사실에 혼이 빠져나가는 것처럼 허무해서 눈물을 흘렸었다. 그러나 이제 강은 원수든, 적이든 모두 가슴 밑바닥에 묻어두기로 했다. 자유를 얻어 다시 조선으로 돌아가는 그날, 가슴 밑바닥에서 그 모든 것들을 꺼내겠다고 다짐했다. 강은 자신의 손을 들여다보며 눈을 질끈 감았다. 차가운 눈물이 손바닥으로 후드득 떨어졌다.

무예 시합 날을 알리는 방이 붙었다. 구왕이자 예친왕인 도르곤이 벌명전에서 세운 공을 기념하기 위해 특별히 성대하게 치른다고 했다.

〈황제는 이번 정벌을 크게 기뻐하며 무예 시합을 개최한다. 등수에 드는 자들에게는 가축 백 마리를 차등 지급한다.〉

조선 침략에 앞장섰던 도르곤은 벌명전에서도 선봉에 섰다. 산둥을 지나 제남濟南 3개 주와 55개의 현성을 격파했고 2천여 리를 전진했다가 천진天津 운하를 건너 철수했다고 했다. 명군은 청군의 도하를 뻗히 보고도 반격하지 못했다. 명군은 이미 껍데기만 남아 있었다. 도르곤과 휘하 만주 팔기 정백기군은 고악 연주에 맞춰 심양으로 돌아왔다. 북소리와 뿔피리 소리가 하늘을 울렸다. 황제는 크게 기뻐하며 연일 백성들에게 사로잡은 가축과 포로를 나누어주었다.

1638년 가을, 심양은 감격과 흥분으로 들떠 있었고 거리는 온통 축제 분위기였다. 시장에는 재화가 넘쳐났다. 금은보화에 인삼, 홍삼은 물론이요, 그 귀하다는 노란담비 가죽도 흔한 물건이었다. 세상 모든 재화가 심양으로 몰리는 듯했다. 대부분이 벌명전에서의 노획품이었으며, 조선에서 온 공물도 있었다. 돈만 있으면 노획품을 사들이는 것은 물론이요 술과 여자, 귀신도 부릴 수 있다며 청인들은 거들먹거렸다.

조선 포로들도 이제 종의 처지에 익숙해졌다. 한족 포로들이 대거 유입됐기 때문에 선임 자리로 올라갔다. 물자가 넘쳐나는 것만큼 먹을거리도 넘쳐나서 종도 배불리 먹고 푼돈을 만질 수도 있었다. 조선 포로들 사이에서도 약삭빠르고 민첩한 자들은 돈을 만지고 돈을 불리기 시작했다. 시장은 만주족, 몽골족, 한족, 조선인이 한데 뒤섞여 북적였다. 수중에 돈이 한 푼만 있든, 주머니가 가득 찼든 돈을 굴릴 물건을 찾아 장바닥을 헤매는 것은 매한가지였다.

세자관에서 은밀히 복제한 송나라 때의 산수화는 없어서 못 팔 지경이었다. 오랑캐들은 조선에서 들여온 산수화라면 묻지도 따지지도 않고 사갔다. 드넓은 만주벌에서 수렵생활을 하던 오랑캐를 속이는 일은 풍찬노숙風餐露宿에 익숙해진 조선인들에게는 어쩌면 쉬운 일이기도 했다. 오랑캐들은 조선의 무력을 무시한 것이지 조선의 문예를 무시한

것이 아니었다. 고려청자, 다기, 나전칠기, 서책에 대해 조금만 아는
척을 하면 주인의 눈에 금세 띄었다. 주인들은 조선인 종들을 데리고
시장에 나와 골동품 감별을 맡겼다. 만주족들은 우직한 대신 상대에게
속았다는 것을 알게 되면 불같이 화를 냈다. 황제부터 백성에 이르기
까지 오랑캐의 특성이었다. 조선인들은 세자나, 볼모나, 포로나 위에
서부터 아래까지 만주족 오랑캐를 상대로 줄타기를 해야 했다. 그들의
신뢰를 잃고 줄에서 떨어지는 날이 목이 날아가는 날이었다.

강도 간간이 시장에 나갔다. 주란타이의 집사 시쥬가 보오이니루로
와서 강을 데리고 나갔다. 조선 포로 중에 갖바치나 소목장 같은 장이
들을 빌리기 위해서였다. 그런 기술을 가진 포로들의 주인은 돈을 받
고 그들을 빌려줬다. 기술을 가진 포로들은 다른 곳에 가서 일을 해주
고 돈을 만질 수 있었다. 만주족은 기술자를 우대했다. 심지어 고리짝
을 만드는 고리장이까지도 대우했다. 시장에는 조선에서 온 공물인
듯한 인삼, 한약재, 홍시도 가득 쌓여 있었다. 분명 조선에서 백성의
고혈을 짜내 만든 공물일 터였다.

"대세를 바로 보지 못하는 나라는 반드시 패망하리라."

어디를 가나 홍타이지의 목소리가 쩌렁쩌렁 울리는 듯했다. 청 제
국은 조선 백성과 한족 백성의 피를 마시고 자라나고 있었다. 대세를
바로 보지 못한 왕 때문에 백성은 희생됐고 살아남은 자들은 이제 어
떻게든 살아보려 눈을 이리저리 굴리고 있었다.

강이 시장을 뜨려는데 어디선가 아련한 앵금 소리가 들려왔다. 강
이 걸음을 멈췄다. 앵금은 카랑카랑하고 날카롭게 떠오르는가 싶더니
이내 애절하게 울먹거렸다. "그 여자다!" 강이 중얼거렸다. 앵금을 저

렇게 슬프게 탈 수 있는 사람은 그 여자밖에 없었다. 지난 3월 강이 말을 빼돌릴 수 있도록 도와줬던 여자. 강은 그날 일을 떠올렸다.

"고맙소, 정말 고맙소. 언젠가는 이 은혜를 꼭 갚겠소."

강이 말했었다.

"그런 말씀 마세요. 언젠가는 이라니 그런 날이 오면 안 됩니다. 우리 같은 여인네들이야 꿈에서나 가볼 수 있는 조선 땅이지만, 강이 도령은 꼭 가야 해요. 꼭 돌아가서 선이 아기씨와 재회하고 함께 잘 사셔야 해요."

여자가 너무나 굳게 말하는 통에 강은 아무 말도 할 수 없었다. 그저 고개를 끄덕이다가 여자가 그려준 약도만 가지고 헤어졌었다. 강이 돌아봤을 때 애절하게 울리던 앵금은 어느새 푸른 야판을 달리듯 낭랑한 선율로 옮아가고 있었다. 그것이 꼭 탈출하라는 여자의 바람같아 눈시울이 뜨거워졌었다. 잊었다고 생각했는데 그날 일이 어제 일처럼 생생하게 떠올랐다.

강은 두리번거렸다. 앵금 소리는 누군가를 그리듯, 누군가를 부르듯 높이 떠올랐다가는 꿈속을 거닐듯 가만히 가라앉았다. 강은 앵금 소리를 따라 걷다 객점 앞에서 걸음을 멈췄다. 객점 안에서 앵금 소리가 흘러나오고 있었다. 열린 문 안을 들여다봤다. 마당에는 탁자가 들어차 있고 탁자마다 사람들이 가득 차 있었다. 앵금을 타고 있는 여자가 보였다. 비단옷에 화려한 화관, 짙은 화장을 한 여자였다. 자신이 알고 있는 여자 같지 않았다. 돌아서려는데 객점 안에서 시쥬가 불렀다.

"어디 갔었던 거야? 찾아도 안 보여 나 혼자 왔는데, 제대로 찾아왔구먼."

시쥬가 차지한 탁자에 앉으면서도 강은 여자를 쳐다봤다. 그 여자와 몸집은 같았지만 화려한 비단옷과 짙은 화장 때문인지 다른 여자 같았다. 시쥬가 물었다.

"뭘 그리 물끄러미 바라보나. 저 여자 아는 여자인가?"

강이 고개를 저었다.

"아닌 것 같으오. 내가 아는 여자도 앵금을 켜긴 했는데……."

"저 여자도 조선 포로라네. 여기 객점 주인이 몽골인인데 저 여자 덕분에 손님이 미어터진다네."

아, 강이 한숨을 지었다. 그렇다면 그 여자였다. 여자는 몽골인이 주인이라고 했다. 강은 눈을 떼지 못하고 여자를 바라봤다. 여자가 활대를 길게 긋자 앵금 소리는 하늘을 날듯 떠올랐고 활대를 짧게 두 번 튕기자 앵금 소리는 새의 날갯짓처럼 파르르 두 번 떨었다. 다시 떠오르고, 다시 떨고. 여자는 몸을 떨며 흐느끼듯 떨어지는 가을 낙엽처럼 활대를 떨었다. 무릎을 치는 사람들, 앵금 가락에 몸을 싣는 사람들 사이로 몽골인들이 음식과 술을 날랐다. 여자가 다시 활을 길게 그으며 고개를 들더니 사람들을 둘러봤다. 여자의 눈길이 강에게서 멈췄다. 앵금 소리가 파르르 떨렸다. 깊은 우물 같은 여자의 눈에 흥건히 물이 차올랐다. 두터운 화장 위로 두 줄기 눈물 자국이 생겼다. 강은 마당 위 하늘로 눈길을 돌렸다. 앵금의 명주 줄을 부여잡은 여자의 손에 힘이 들어갔다. 활대가 빠르게 움직였다. 눈물 자국이 반짝거려 여자의 얼굴은 웃는 듯 보였다. 앵금은 다람쥐가 먹이를 찾듯, 거미가 집을 치듯, 맹꽁이가 맹꽁거리듯, 청량하고 명랑한 선율을 탔다. 여자의 얼굴은 언제 울었냐는 듯이 주악의 기쁨으로 가득 찼다. 마당에 가득 들어찬 사람들이 탄성을 지르며 손뼉을 쳤다.

"저 여자 이름이 원원圓圓이라지 아마. 호남지방에서 가장 유명한 기생 이름이 원원인데, 여기 몽골 주인이 그 기생 이름을 따서 원원이라 부르고 저 여자를 특별대접 해주고 있다고 하더군. 누가 조선인 포로라고 하겠어? 저렇게 꾸며 놓으니 명나라에서 데려온 기생처럼 보이지 않는가."

집사 시쥬는 앵금 소리에 반한 듯 손뼉을 치며 여자에 대해 설명했다. 여자가 앵금을 들고 일어났다. 한 차례 고개를 숙이고는 객점 안채로 사라졌다. 사람들이 아쉽다며 탄식했다. 몽골 주인이 나서서 "앵금은 좀 있다 해가 지면 다시 탈 것이오"라고 좌중을 향해 말했다.

"며칠 있으면 무예 시합인데 준비는 다 됐는가?"

그제야 시쥬가 정색을 하며 강을 쳐다봤다.

"뭐 준비랄 것은 없고, 발이 다 나은 듯하니 그게 다행이오."

시쥬가 끄덕였다.

"내 이 말만 해주지. 명나라 이신들을 조심하게. 그들은 조선인 포로라면 괜스레 흠을 잡으려 들더구먼."

시쥬가 몽골인을 불렀다.

"여기 멧돼지고기 큰 접시하고 술 한 병 가져오게."

몽골인이 주문을 받아 가자 시쥬는 늘 구부리고 있던 작은 어깨를 폈다.

"시합 전에는 잘 먹어야 하네. 내가 한턱내는 걸세. 남기지 말고 다 먹어야 하네. 시합에서 이기면 이번에는 가축을 상으로 준다니 내가 처분해주도록 함세."

강이 고개를 끄덕였다. 상으로 가축을 받는다면 어차피 처분해야 할 것이다. 시쥬에게 도움이 된다면 강에게도 나쁠 것이 없었다. 멧돼지고기가 수북이 쌓인 큰 접시가 날라져 오고 채소와 양고기 만두와 술병이 탁자를 채웠다.

"자, 한잔 죽 들이키고 그동안의 일은 다 잊고 오로지 시합에만 열중하게. 이 시합은 자네에게도 중요하지만 우리 같이 평범한 심양 사람들에게도 큰 관심거리라네."

강은 그저 고개만 끄덕였다. 다른 생각에 빠져 있는 강에게 시쥬의 말에 또 다른 뜻이 숨겨져 있다는 것을 알아채기에는 역부족이었다. 문밖에서 시쥬를 부르는 소리가 났다. 전리품 거래를 맡았던 거간꾼이 시쥬를 불렀다.

"난 먼저 가볼 테니 천천히 다 먹고 시장 앞문에서 보자고."

강은 술잔에 술을 넘치게 따랐다. 단숨에 들이키고는 멧돼지고기와 만두를 입안 가득 넣었다. 여자에게 말을 빌린 것이 3월이었으니, 8개월 전 일이었다. 강은 입안에 것들을 꾹꾹 씹어 삼켰다. 쇠도 바위도 소화시킬 나이였다. 강이 술잔에 술을 따르려는데 앙상한 손이 다가와 술병을 잡았다. 강이 그러는 손을 쳐다봤다. 여자였다. 여자는 아까와 다르게 화장을 지우고 조촐한 만주 옷을 입고 있었다. 여자가 술을 따랐다. 강은 그러는 여자를 물끄러미 쳐다보았다. 술을 다 따른 여자가 강이 앞에 앉아서는 말이 없었다.

"살아 있으니 이렇게 다시 만나는구려. 내 술 한잔 받으시오."

말수 없는 강이 여자의 말을 기다리다 못해 먼저 어색하게 말했다. 여자는 무슨 생각을 하는지 말없이 술잔만 받쳐 들었는데 파르르 손이 떨렸다.

"처음에는 다른 사람인 줄 알았소. 하늘도 울리는 거기 앵금 소리 덕분에 알아봤소."

강이 다시 말을 이었다. 여자는 말을 잃은 사람처럼 아무 대답도 하지 않았다. 우물 같은 눈을 일렁이며 술잔을 조금 비웠다. 탁자 위로 늦가을 바람이 휙, 지나갔다. 찬바람에 여자가 깨어난 듯이 스산한 목소리로 겨우 말했다.

"목숨이 질겨 죽지 못하고 이렇게 살아 있습니다. 우리 같은 사람들이야 죽는 것보다 사는 것이 형벌이지요."

슬픈 앵금 소리 같은 목소리가 강의 얼굴을 스치고 지나갔다. 강은 공허감을 억누르려는 듯 미간을 찡그렸다.

"그래도 살아 있지 않소. 살아 있어야 좋은 날도 보지 않겠소?"

여자의 입가에 희미한 미소가 잠깐 떠올랐다. 강이 다시 멧돼지고기며 채소, 만두를 입에 넣고 씹었다. 여자는 탁자에 잘못 떨어진 낙엽처럼 오도카니 앉아 있기만 했다. 강이 입가를 씻으며 조용히 말했다.

"거기는 앵금 하나로 사람들을 울고 웃게 하는 훌륭한 재주를 지녔소. 내가 벌명전에 나갔다가 살아 돌아오게 되면 내게 앵금을 가르쳐주구려."

여자의 눈에 반짝 빛이 떠올랐다 사라졌다.

"앵금은 어려서부터 탔어요. 남편은 앵금을 못 타게 했지요. 청승맞은데다가 사당패 같다고 앵금을 부숴버렸어요."

갑자기 여자의 숨소리가 흐느꼈다. 강은 저물어가는 하늘만 올려다봤다. 치미는 감정을 억누르며 흐느끼듯 말을 잇는 여자를 강은 마주 보지 못했다.

"그동안 얼마나 고생하셨나요? 강 도령이 잡혔다는 얘기를 듣고 나 때문에 잡힌 것 같아 지난 몇 달 동안 얼마나 후회했는지 몰라요. 왜 말하지 않았어요? 그때 조혈귀네서 도령네 집을 불태우고 부모님을 앗아갔다는 것을 알았다면 어떻게든 내가 나서서 가장 잘 달리는 준마를 골라 보냈을 거예요. 도령이 나 때문에 붙잡혀 발꿈치를 잘린 것 같아 얼마나, 얼마나 죄스러웠는지 모릅니다."

봇물처럼 터진 여자의 감정에 강은 어지러워 고개를 숙였다.

"이렇게 살아 있지 않소. 살아서 다시 만났지 않았소. 발뒤꿈치는 잘리지 않았소. 이제 다 나았소. 잡힌 것은 거기 탓이 아니라 내가 허술했기 때문이오. 마음만 앞서 있었소. 청 놈들이 도망 포로들을 잡으려고 얼마나 혈안이 돼 있는지 모르고 무모하게 덤빈 내 탓이오. 절대로 거기 탓이 아니오. 오히려 나는 거기에게 신세만 진 게요."

강은 점점 설명을 덧붙이고 싶어 하는 자신의 말투에, 술잔 속 술처럼 출렁거리는 마음에 몸을 떨었다. 여자가 돌연 앵금을 켤 때처럼 꼿꼿이 허리를 폈다.

"강 도령, 혹시 조혈귀 때문에 선이 아기씨를 원망하고 있나요? 나는 선이 아기씨만 생각하면 가슴이 찢어집니다. 강 도령이 조혈귀의 일로 선이 아기씨를 저버린다면 우리 심양에 남겨진 조선 여자들은 강 도령을 원망할 거예요. 우리가 강 도령에게 부탁하고 싶은 것은 딱 한 가지예요. 꼭 조선에 돌아가서 강 도령이 선이 아기씨와 함께 살게 되는 거예요. 우리가 못 이룬 꿈을 선이 아기씨에게만은 꼭 이루어지게 하고 싶습니다. 그것이 저희에게는 조혈귀에 대한 복수보다 더 중요합니다."

여자는 앵금처럼 풍부한 감성을 가지고 있었다.

"거기 이름이 원원이오?"

화제를 바꾸려는 강의 태도에 여자의 눈동자가 흔들렸다. 여자는 들릴듯 말듯 한숨을 쉬더니 대답했다.

"명나라 호남 지방의 유명한 기생 이름이라고 하더이다."

"조선에서는 어떻게 불렸소?"

"조선에서의 이름은 잊었습니다. 그냥 원원이라고 부르세요."

강은 말없이 끄덕였다. 그때 몽골 주인이 "원원!" 하고 큰 소리로 부르더니 몽골 말로 지껄여댔다.

"저자가 뭐라는 거요?"

강이 묻자, 여자가 쓸쓸히 답했다.

"빨리 저녁 주악 준비를 하라고 저러는 거예요."

일어나 가려는 여자에게 강이 힘주어 말했다.

"며칠 있으면 무예 시합이오. 내 거기서 이기고 다시 오겠소."

돌아서 가는 여자의 눈에서 다시 반짝, 빛이 떠올랐다 사라졌다.

무예 시합이 열리는 서문 밖 교련장으로 가는 길은 아침부터 북적였다. 심양 사람들에게는 놓칠 수 없는 구경거리였다. 황제는 이번 시합에 가축 백 마리를 상품으로 내렸다. 이미 교련장 우측 구릉 밑에 울타리를 만들어놓고 가축들을 몰아놨다. 사람들은 일찌감치 교련장 주변 야판에 나와서 자리를 잡고 이번 무예 시합이 역대 가장 성대한 시합이 될 거라고 떠들어댔다. 시끌벅적하게 달아오른 분위기 속에서 강은 씁쓸한 표정으로 말 등을 쓰다듬었다.

사람들은 도착하는 선수마다 가리키며 수군거렸다. 강에게도 예외는 아니었다. 저희끼리 뭐라고 쑥덕이다가 크게 웃었다. 강은 그들이 1등이 누구일지 저희끼리 예상해보는 거라고 생각하며 무심히 넘겼다. 강도 하하와 함께 일찍 도착했다. 출전 선수용 천막에서는 하하가 대기하고 있었고 강은 말을 메어 놓은 곳에서 말과 함께 기다렸다. 하하가 말했다.

"천막 안에 들어가 어떤 놈들이 참가했는지 훑어보자."

"혼자나 많이 보시오. 어떤 놈이 나오든 내가 이기면 될 거 아니오."

"그놈 툴툴거리기는. 그래, 네놈 말대로 이기기만 해라. 네놈 덕에 장군에게 상이나 받아보자."

이 진사가 죽은 뒤 하하는 거침없이 제 속내를 드러냈다.

군사들이 들어와 훈련장 곳곳에 배치됐다. 황제와 장군들이 도착하는 낌새였다. 하하가 천막 쪽에서 빨리 오라고 손짓을 했다. 강은 말을 단단히 매어두고 느릿느릿 걸어갔다. 하하가 급히 다가와 귀엣말을 했다.

"너, 저놈들 알지?"

하하가 눈짓하는 쪽을 쳐다보려 하자 하하가 말렸다.

"아니, 쳐다보지 마. 안 되겠다. 빨리 천막으로 들어가."

하하가 강을 천막 안으로 밀어 넣고 자신도 천막 안 선수들 사이로 끼어들었다. 그때 큰 폭발소리가 들렸다. 황제의 관람석 천막 쪽에서였다. 황제는 아직 도착하지 않았다. 폭발보다 군사들의 대응이 더 신속하고 강력했다. 언제 그 수많은 군사들이 대기하고 있었는지 곳곳의 통로와 천막과 관람객들을 막아섰다. 선수용 천막을 에워싼 군사들 때문에 폭발 현장은 잘 보이지 않았다. 호각소리와 이리 뛰고 저리 뛰는 군사들 소리만 난무할 뿐이었다. 뜻밖에도 상황은 금세 마무리됐다. 천막을 에워쌌던 군사들은 다시 신속하게 철수했다. 황제의 관람석이 다시 세워지고 있었다. 그리고 그 앞에 무릎 꿇린 네 명의 사람들. 강은 자신의 눈을 의심했다. 방 서방과 세 명의 사내들이었다. 임가, 편가, 주가라고 했던가. 귀 잘리고 코 잘린 조선 포로들이었다. 강이 그들에게 달려나가려 할 때, 하하가 어느새 다가와 강의 팔을 움켜잡았다.

고악이 울렸다. 황금색 예복을 입은 황제 홍타이지가 입장하고 있었다. 황제 뒤로 도르곤과 여러 왕들이 들어오고 장군들도 들어왔다. 조선 복색의 소현세자와 봉림대군도 보였다. 주란타이의 모습도 보였다. 홍타이지가 관람석 앞으로 나와 손을 들었다. 교련장 주변에 운집한 군중과 천막 안 선수들이 일제히 '황제 만세'를 외치기 시작했다.

강은 네 명의 포로들에게서 눈을 뗄 수 없었다. 조금 늦게 터트렸다면 지금 홍타이지는 저 자리에 서 있지 못했을 것이다. 실패였다. 강의 가슴이 크게 오르내렸다. 하하는 계속해서 강의 팔을 움켜잡고 있었다. 홍타이지가 다시 손을 들었다. 만세 소리가 잦아들었다. 군중은 홍타이지의 연설을 기다리고 있었다.

"여기 이 포로들을 보라."

홍타이지가 교련장이 쩌렁쩌렁 울리도록 소리치자 구름떼 같은 군중이 일제히 우, 하고 포로들에게 야유를 퍼부었다.

"대청제국의 황제 나 홍타이지는 하늘의 명을 받아 중원으로 출격하기를 세 차례, 모두 성공시켰다."

이번에는 구름떼 같은 군중이 와, 하며 우레와 같이 환호했다.

"날아오는 화살도 포탄도 이 홍타이지를 넘어뜨리지 못했다."

홍타이지의 목소리는 교련장 주변을 쩌렁쩌렁 울리다 못해 하늘까지 닿을 듯했다. 군중은 다시 '황제 만세'를 외쳐댔다. 홍타이지가 손을 들었다. 구름떼 같은 함성이 흐르기를 멈췄다.

"하물며 무모한 포로 몇 명의 장난질에 코웃음 치는 것이 바로 우리 만주족이다."

홍타이지가 말을 끊자 군중이 다시 '와' 하고 환호로 화답했다. "죽여라, 죽여라" 하는 소리도 터져 나왔다. 홍타이지가 손을 들며 다시 말했다.

"오늘, 장난질의 대가가 어떤 것인지 확실히 보여주겠다. 저놈들의 머리를 곧장 매달아 무예 시합의 힘찬 막을 올려라!"

홍타이지의 명령과 동시에 칼을 든 네 명의 사령이 각각 꿇어 앉은 포로 뒤에 섰다.

"죽여라! 죽여라!" 외치는 만주족들의 소리가 하늘을 찔렀다. 번쩍, 칼이 빛나더니 포로들의 목이 떨어졌다. 피가 솟구치고 네 명의 몸뚱이가 거꾸러졌다. 기다리고 있었다는 듯이 고악이 울려 퍼졌다. 피리, 북, 장고가 저마다 큰 소리를 냈다. 대나무 장대에 네 명의 목이 꿰어졌다. 군사들은 장대를 교련장 앞에 세웠다. 천막마다 술과 음식이 나눠졌다. 야판에 흩어져 있는 군중에게도 술과 음식이 제공됐다.

한순간이었다. 폭발부터 효시까지 한순간에 일어났다. 네 명의 몸뚱이에선 더운 피가 흐르고 있었다. 선수들은 껄껄거리며 음식과 술을 나눠 먹었다. 황제의 천막 뒤로 새파랗게 질린 소현세자가 눈에 띄었다. 건네받은 고기를 마냥 들고 앉아 있는 강에게 옆 사람이 물었다.

"안 먹을 거유? 그럼 나나 주시우."

시합을 알리는 북소리가 울렸다. 황제와 장군들이 일어섰다. 선수들도 따라 일어섰다. 홍타이지가 천단과 누르하치 사당이 있는 북쪽을 향해 절을 올렸다. 장군들과 선수들도 홍타이지를 따라 절을 했다. 홍타이지가 자리에 앉자 선수들은 버들 쏘기 시합장으로 이동했다.

만주족에게 사류, 버들 쏘기는 오래된 풍습이다. 이들에게 버들은 포도마마라는 생명의 여신이며 숲의 생명력을 상징했다. 버들 쏘기는 무예를 겨루는 방식이요, 일상이었다. 무예 시합 때뿐만 아니라 단옷날, 잔칫날, 심지어 남녀가 사귈 때에도 함께 말을 타고 활시위를 당겨 버들을 쐈다.

사류 시합장으로 이동하는 길목에 효수된 방 서방과 세 명의 사내들 목이 걸렸다. 높은 장대 위 머리들이 눈을 부릅뜨고 아래를 노려보고 있었다. 말을 타고 줄지어 가던 선수들이 잘린 머리에 침을 뱉고 욕을 했다. 잘린 귀, 잘린 코는 효수돼서도 도드라져 보였다. 강에게는 방 서방의 목소리가 또렷하게 들렸다.

"우리가 비록 포로들일지라도 나름대로 할 일이 있을 것이오. 나는 그 일을 할 것이오. 그러니 강 도령도 나에게 약속해주시오. 꼭 우리 대신 조선으로 돌아가 조혈귀 부자놈에게 복수하겠다고 말이오."

박수 소리가 교련장 주변을 천둥처럼 에워쌌다. 강을 비롯한 버들 쏘기에 합격한 선수들이 과녁 맞히기 시합장으로 이동했다. 버들 쏘기에서 버들을 쏘아 맞힌 자만이 다음 시합인 과녁 맞히기에 도전할 수 있고 과녁의 가운뎃점을 맞힌 자만이 다음 시합인 검술 대련에 도전할 수 있었다.

과녁 맞추기 시합이 끝나자 선수들의 분위기는 사뭇 달라졌다. 강은 함께 검술 대련장으로 이동하는 선수들을 둘러보았다. 단단한 눈빛과 근육들을 지닌 무예 시합꾼들로만 추려진 듯했다. 군중은 합격한 선수들을 확인하느라 시합장 안을 기웃거렸다. 군사들이 그러는 군중을 막아섰다.

검술은 목검을 이용한 1차 마상 대련과 2차 평지 대련으로 나뉜다. 마상 대련은 진검승부를 위한 예비 대련과 같다. 목창이나 목검을 이용해 상대를 말에서 떨어트리면 이기는 거였다. 그리고 마지막 과목인 일대일 검술 대련에서 최후에 남은 두 명의 진검승부가 무예 시합의 대미를 장식한다.

강은 마상 대련에서 목창을 사용했다. 상대도 목검이 아니라 목창으로 공격을 했다. 상대는 말 위에서 바람개비처럼 창을 돌리며 돌진했다. 기술로 봐서는 한족이었다. 한족의 검술은 기교가 많고 화려했다. 그들은 찌르고 빠지는 단순한 동작을 혐오했다. 묘기에 가까운 빠른 공격에 강은 정지된 그림처럼 천천히 움직이며 방어했다. 좀처럼 거꾸러지지 않는 바위 같은 강에게 상대는 당황했다. 강은 상대가 힘이 빠질 때까지 기다렸다. 묘기와 같은 창 돌리기 속도가 점점 느려졌다. 돌리고 찌르고 돌리고 찌르는 상대의 묘기 가운데 창이 돌아나가 찌르기 전의 허점을 노렸다. 찔렀다, 명치였다. 상대가 말에서 떨어졌다. 일어나지 못했다. 심판이 호각을 불며 강이 쪽 손을 들었다. 관중은 어리둥절해했다.

"야, 저놈 몸을 뒤져봐라 목창 말고 칼을 지녔나 확인해봐."

"무슨 소리야. 저건 기술이야. 저렇게 야단스럽게 휘두르는 공격 기술은 단번에 쓰러뜨리는 저놈 기술보다 하수라고. 무식하면 가만있어."

술렁거리는 관중 속에서 다투는 소리가 들렸다. 누구는 손뼉을 치고 누구는 머리를 싸맸다. 시합 초반의 신선한 활기가 농염한 열기로 바뀌고 있었다. 피를 부르고 피를 원하는 열기였다. 술 한 잔, 음식 한 점 입에 넣지 않은 강에게는 훈련장을 둘러싼 관중 모두가 불온한 적처럼 보였다. 나무에 기대 술병을 끼고 있는 자들, 거나하게 취해 맞붙은 남녀, 흥청대는 외침과 웃음소리가 벌판과 구릉에 흘러넘쳤다. 멀리 효시된 머리들이 보였다. 머리를 향해 돌을 던지는 자들이 몰려 있었다. 머리는 이미 형태를 알아볼 수도 없을 만큼 짓이겨져 있었다. 멀리 임시 목책 안 가축들도 보였다. 놈들은 인간 세상의 피비린내에 무심한 듯 교련장을 내려다보고 있었다.

검술 대련장은 황제의 관람석 앞에 마련되어 있었다. 마지막 검술 대련 선수들이 황제 앞에 서자 벌판과 야판의 군중은 더욱 흥분했다. 강은 황제와 장군들을 둘러봤다. 불콰하게 달아오른 얼굴들, 느긋하게 축제를 즐기는 표정들, 명나라와 조선을 짓밟은 무장들답게 기세등등하기 이를 데 없었다. 무술시합에 나가 신뢰를 쌓으라고 했던 주란타이가 검술 대련장까지 올라온 강을 당연하다는 듯이 내려다봤다. 황제의 관람석 뒤로 넓게 자리 잡고 앉은 관람객들은 만주 팔기군 중에서도 능력을 인정받은 정예군들이었다.

강은 누군가의 진한 눈길이 느껴져 그곳을 쳐다보았다. 키르사였다. 보석으로 치장한 화관과 화려한 자수를 놓은 홍색 비단옷, 공작털 부채. 키르사다웠다. 강은 키르사 옆의 남자를 봤다. 수흐였다. 강을 향해 이기죽거리는 입 모양, 기름을 두른 것 같은 교활한 눈빛. 수흐는 강에 대한 앙심을 마음껏 드러내고 있었다. 키르사가 야릇한 미소를 흘리며 수흐에게 몸을 기울이고는 뭐라 말을 했다. 강은 갑자기 가슴이 쿵 내려앉는 것 같았다. 키르사가 기울인 머리 뒤로 언뜻 선의 얼굴이 보인 것 같았기 때문이었다. 그럴 리 없었다. 눈을 부릅뜨고 다시 보았다. 하지만 키르사 뒤에는 아무도 없었다. 강은 흐려지는 정신을 다잡으려는 듯 주먹을 그러쥐었다.

검술 대련이 시작됐다. 선수들 모두 변발에 만주 복장을 하고 있었지만 검술 동작은 판이했다. 팔과 다리를 꼬고 튕기고 기상천외한 동작들로 상대를 교란시키는 자들은 역시 한족이었다. 만주족과 몽골족은 마상에서의 공격에 더 익숙했다. 대련에서도 힘을 이용해 단순하게 쏟아 붓는 공격을 했다. 강은 이 마지막 검술 대련을 위해 밤이면 보오이니루 훈련장에 내려가 수건으로 눈을 가리고 훈련했다. 목줄기와 명치 부위가 세 동강이 날 때까지 허수아비를 찌르는 연습을 했다. 반드시 한 번에 거꾸러뜨려야 한다. 여러 번 찌르기도 현란한 발차기도 한 번 찔러 무찌르기를 당할 수는 없다. 선수들 모두 목검을 진검처럼 날카롭게 깎아 상대를 위협했다. 승자끼리의 시합이 진행될수록 살이 파이고 뼈가 부러지는 사고가 났다. 강도 여러 군데 찔리고 파였다. 만주족은 달려들어 치고 빠지는 기술을 썼다. 전투에서는 우위였으나 대련에서는 한족보다 아래였다. 만주족 선수들은 한족 선수들을 좋아하지 않았다. 야단스럽게 대련 기술을 과시하려는 한족들을 질린 듯이 바라봤다. 승자가 몇 명으로 압축되자 열기는 더해졌다. 군중이 선수들을 향해 이름을 외치기 시작했다. 강은 자신의 이름을 연이어 외치는 목소리를 들었다. 그들이 왜 자신을 응원하는지 알 수 없었다. 장군들이 강을 가리키며 주란타이에게 말을 건넸다. 주란타이는 크게 웃었다.

다음 대련을 준비하던 한족 선수가 강을 향해 침을 뱉었다.

"조선인 포로 놈이 감히 대련에서 한족을 이길 생각을 해! 나하고 붙으면 바로 죽이겠다! 각오해라 이놈아!"

한족 이신이었다. 그렇지 않고서는 조선 포로 운운하면서 먼저 적의를 드러낼 까닭이 없었다. 조선인들만 보면 배알이 뒤틀리는 한족 이신들. 청나라에 투항하고 복종을 맹세한 한족 이신들 눈에는 저항하다 곤란을 겪고 있는 조선 관리들이나 조선 포로들이 주제넘은 존재들이었다. 그러는 조선을 지조 있다고 생각하는 청 조정의 이중적인 잣대가 그들의 열등감을 자극했다. 그들에게는 조선인이 만만하게 괴롭힐 눈엣가시 같은 존재들이었다. 심양 바닥에서 조선인에게 시비를 붙이는 자들은 만주족이나 몽골족이 아니고 대부분 한족이었다. 놈이 못 들은 척하는 강을 먼저 밀쳤다. 강도 놈을 밀어붙였다. 놈이 쓰러졌다. 군사들이 달려왔다. 놈은 다음 대련자와 마주 서서도 강을 노려보며 주먹을 올렸다.

강은 시합 중간 중간 효수된 짓이겨진 머리들을 바라봤다. 강은 최후의 두 명 안에 들었다. 상대는 시비를 붙이던 바로 그 한족 이신 놈이었다. 심판이 이미 온몸이 찔리고 파인 두 상대를 쳐다보며 외쳤다. "이강!" 심판이 다시 외쳤다. "공규종!" 심판이 기합소리를 내며 손을

올렸다. 공규종이 빠른 박자에 맞춰 춤이라도 추는 것처럼 발을 놀리
더니 공중으로 날아올랐다. 짧은 순간 목검으로 강의 어깨를 수차례
내려치면서 땅을 차고 다시 날아올랐다. 강은 어깨뼈가 부러질 듯한
사나운 공격에 휘청거렸다. 그러나 좌우로 휘청거리면서도 상대를 쏘
아보는 눈빛만은 번뜩였다. 바닥으로 내려온 공규종이 날카롭게 깎은
목검을 재빨리 꼬나 들더니 강의 명치를 찔렀다. 그 모든 동작이 눈 한
번 깜짝할 사이에 일어난 거였다. 비틀거리는 강의 명치에 목검이 박
힌 듯했다. 숨죽였던 관중이 탄성을 지르며 일어났다. 그러나 당한 것
은 한족이었다. 강이 좀 더 빨랐다. 공규종의 목줄기에서 피가 뿜어져
나왔다. 목검을 힘없이 떨어뜨리더니 바닥으로 거꾸러졌다. 심판이
사지를 뻗고 일어나지 못하는 공규종을 살폈다. 한족들이 우르르 시
합장으로 몰려나왔다. 허무하게 너부러진 공규종을 흔들었다. 목줄기
에서 흘러나온 피로 땅이 붉게 물들었다. 한족 한 명이 강을 향해 칼을
빼들자 군사들이 몰려와 막아섰다. 홍타이지가 일어나 소리쳤다.

"너희 한족 팔기는 무예 시합의 미덕을 해치려는가? 보라, 오늘의
용맹함을 즐기는 저 백성을. 너희가 정녕 이 무예 시합의 미풍을 해칠
셈인가?"

칼을 빼들었던 한족이 무릎을 꿇었다.

"황제시여. 여기 이 피 흘리는 자는 공유덕의 조카 공규종이옵니다.
이 조선 포로 놈을 저희에게 주시옵소서. 저희가 공 장군의 안타까움
을 대신 갚겠습니다."

홍타이지가 땅과 하늘, 벌판과 구릉을 천천히 둘러봤다. 날아가는
새들도 숨을 죽이는 듯했다. 구름이 빠르게 흐르고 다시 파란 하늘이

드러났다. 이윽고 홍타이지의 목소리가 야판을 울렸다.

"진검승부였다. 이의 없음을 알리노라. 조선 포로 이강에게 가축 백 마리를 전부 하사하노라."

홍타이지의 말이 끝나자 고악이 울려 퍼졌다. 군사들이 강을 홍타이지 앞에 무릎 꿇렸다. 강은 홍타이지와 장군들이 훈련장을 떠날 때까지 그 자리에 고개 숙인 채 있어야 했다.

주란타이의 수하 탕보오가 강에게 다가왔다.

"내일부터 너는 만주 팔기 정황기군 주란타이 장군 밑에 소속된다. 직속상관은 나다."

어느 틈에 하하가 다가와 있었다. 탕보오가 말했다.

"장군님께서 하하 너에게 상을 내리시겠다고 하셨다. 내일 강을 데리고 내게 와라."

하하는 탕보오가 사라질 때까지 고개를 숙이고 있었다. 이번에는 키르사가 다가왔다.

"잘했어. 네가 이길 줄 알았지. 가축 백 마리가 전부 네 몫이 됐는데 어떻게 할 거야? 설마 저것들을 키울 생각은 아니겠지?"

하하가 끼어들었다.

"포로 주제에 어떻게 가축을 키웁니까요. 키르사 마님이 돈으로 바꿔주시면 강이 이놈에게도 도움이 될 겁니다요."

키르사는 하하는 보지도 않고 강을 쳐다보며 말했다.

"그래? 그럼 내가 팔아주지. 나한테 맡겨. 알았지!"

키르사가 공작부채를 살랑거리며 사라졌다. 강은 키르사 주변 사람들을 살폈다. 시합 중에 보고 놀랐던 선을 닮은 여자가 있는지 다시

한 번 확인하고 싶었다. 그러나 키르사를 따라온 여자들은 모두 만주족 시종 같았다. 그때 군중이 몰려들어 강을 에워쌌다. 강의 상처 부위를 만져보는 자, 근육을 찔러보는 자, 강의 목검으로 강의 대련 흉내를 내보는 자. 몰려온 군중이 강의 승리를 자기 일처럼 기뻐했다. 군사들이 장내 정리에 들어갔다. 하하가 신이 나서 말했다.

"오늘은 진탕 마시고 자라. 내일 탕보오 부대로 옮겨야 하니."

그믐이었다. 추수가 끝난 벌판은 어둠을 깊숙이 받아들여 검은 장막처럼 땅을 덮었다. 사위가 캄캄했다. 강은 한밤중에 일어났다. 방 서방과 세 명의 시신을 수습해야 했다. 교련장으로 숨어들었다. 장대가 꽂혀 있는 곳으로 달려갔으나 장대에 있어야 할 머리들이 사라지고 없었다. 누군가 먼저 머리를 수습하려고 왔다간 듯했다. 강은 다시 서문 밖으로 달렸다. 시체를 내놓는 곳, 그곳에 방 서방과 세 명의 몸통을 버려놓았을 것이다. 그곳에 가면 누가 가져갔는지 알 수 있을 것이다.

몇 명이 어둠 속에서 시신을 수습하고 있었다. 강이 다가가 조용히 말했다.

"이보시오. 시신을 수습하는 당신들은 누구요? 난 당신들이 누군지 알아야겠소."

그들이 움찔했다. 그중 한 명이 조용히 말했다.

"여기서 시끄럽게 하면 다들 위험하오. 우선 일이나 도우시오. 일부터 끝내고 얘기합시다."

그들은 방 서방과 같이 포로로 끌려오며 고락을 같이 한 사람들이라 했다. 시신을 수레에 싣고 나자 강이더러는 가보라고 했다. 강이 반발했다.

"나를 못 믿으시오?"

그들 중 하나가 말했다.

"어디다 묻었는지 아는 것이 강 도령에게는 부담이 될 거요."

"그게 무슨 말이오. 나도 당신네와 같은 처지의 포로요. 이들의 용기를 따르고자 하는 사람이오."

강은 물러서지 않았다. 그들 중 하나가 강에게 따지듯 바짝 다가섰다.

"강 도령은 만주 팔기에 들어갈 거라고 하던데 우리하고 어찌 처지가 같단 말이오? 오랑캐를 위해서 싸우게 되면 오랑캐가 되는 거지. 우리 같은 포로들이 부담스러울 날이 올 거요. 가시오. 괜히 나중에 후회 말고."

강이 오히려 그에게 얼굴을 들이댔다.

"난 오늘 방 서방과 세 사람의 목에 대고 맹세했소. 내가 조선으로 복수하러 가는 날, 이들을 데려갈 것이오. 살아서 못 가면 죽어서라도 데리고 가겠다고 맹세했소. 내 맹세가 헛되지 않게 이들을 내 손으로 묻어야겠소."

네 명의 시신을 구릉에 묻었다. 땅을 다지고 나니 동이 텄다. 아문에서 머리가 없어졌다는 것을 알기 전에 흩어져야 했다. 흩어지기 전에 그중 나이 들어 보이는 자가 간절하게 말했다.

"강 도령, 청 놈들에게 조선의 힘을 보여주시오. 그리고 꼭 살아 조선으로 가서 조혈귀를 처단하시오. 우리들은 죽어 원귀가 돼서라도 지켜보겠소."

1638년 11월. 조선 포로들에게는 심양에서 나는 두 번째 겨울이었다. 탕보오 부대에서는 족제비털옷을 나눠줬다. 강은 절망감에 몸부림쳤던 작년 겨울을 떠올렸다. 솜옷 한 벌로 심양의 겨울을 견디면서도 조바심과 가위눌림에 추운 줄도 몰랐다. 파국이 시키면 아가리를 벌리고 소식 없는 부모님을 삼켜버렸을 것 같아 발버둥쳤다. 그리고 또 1년, 아직 살아 있는 자신이 강은 새삼스러웠다.

　탕보오 부대로 집사 시쥬가 찾아왔다. 황제의 하사품인 가축 백 마리를 키르사에게 넘기고 받은 은 백 냥을 전하러 온 것이 명목이었다. 그리고 세자관의 유 내관이라는 자의 전갈을 건넸다.

　"자네, 세자관의 유 내관이라는 자를 아는가?"

　"모르오."

　"그래? 남문 시장 객점에서 자네와 만나게 해달라더구먼. 어차피 객점에서 자네를 기다리는 사람들도 있으니 겸사겸사 가보세."

　강은 느닷없는 세자관 내관의 호출이 수상쩍기만 했다. 자신은 세자관의 관리들과 볼모로 온 대신의 적자들이 짐스러워하는 포로였다.

　추위 탓인지 시장의 인파들이 모두 객점으로 몰린 듯했다. 문을 열고 들어서자 천막으로 덮인 마당에는 탁자마다 사람들이 빼곡히 들어차 있었다. 탁자에 앉은 이들이 강을 보더니 손뼉을 치기 시작했다. 강은 어리둥절해서 뒤를 돌아봤다. 자기 말고 뒤에 들어오는 사람에게 그러는 줄 알았다. 강이 바로 앞 탁자에 앉은 이가 일어나며 말했다.

　"마침 잘 왔소, 강 도령. 덕분에 우리가 돈 번 거 아니오. 앉으시오,

술 한 잔 살 터이니."

"나 말이오?"

강은 그를 어리둥절하게 바라봤다.

"아, 그럼 강 도령 말고 누가 있겠소. 오늘 여기 모인 사람들이 다 지난번 무예 시합에서 강 도령에게 걸어 내기에서 이긴 자들이오. 그래서 다들 한잔하러 온 것 아니오."

강은 뜬금없는 말에 탁자로 다가섰다. 그때 뒤따라 들어온 시쥬가 강을 급히 잡아끌었다.

"우선 유 내관을 만나고 나서 나중에 한잔해도 늦지 않네."

시쥬는 강을 데리고 안채로 들어갔다. 시쥬가 안내한 곳은 청나라의 온돌인 캉에 나무 칸막이로 벽을 세운 간이 방이었다. 천으로 내부를 가린 간이 방이 일렬로 늘어서 있었다. 신분을 노출하지 않고 객점을 드나들고 싶은 자들을 위한 장소였다. 천을 들추고 들어가자 유 내관이란 자는 이미 술상을 받아놓고 있었다.

"어서 오시게. 내 먼저 한잔하고 있었네."

유 내관은 번드르르하게 웃으며 말했다. 강이 캉으로 올라앉자 유 내관이 빈 술잔에 술을 부어 강이 앞에 놓았다. 뜨끈한 구들장과 고량주와 돼지비계. 심양의 추위를 이기는 비결이다. 그러나 강은 술잔을 외면한 채 물었다.

"나를 왜 보자셨소?"

유 내관이 술상에 삐딱하니 기대며 뜻밖이라는 듯이 강을 꼬나보았다.

"들어올 때 사람들 봤는가? 그자들이 자네에게 뭐라던가?"

다짜고짜 비꼬며 건네는 삐딱한 눈길에 강은 짜증스러워 천장을 바라보았다.

"금시초문이라는 표정이구만."

초면인 유 내관은 한번 더 도발하는 언사를 내뱉더니 강의 눈치를 슬쩍 보았다. 강은 울화가 치밀었다. 유 내관이라는 자는 착각하고 있었다. 세자관 사람이라면 포로라고 박대하고 집적거려도 참을 것이라 생각한 것이다. 강이 거칠게 말을 내뱉었다.

"긴히 보자고 한 까닭이 뭐요? 난 빨리 부대로 들어가 봐야 하오. 세자관의 내관이 보자고 해서 나갔다 왔다고 부대에 보고하면 세자관에도 좋지 않을 텐데? 더 할 말 없으면 난 일어나겠소."

강의 강경한 태도에 유 내관이 술잔을 소리 나게 힘껏 내려놓았다.

"허, 무예 시합에서 청 놈들에게 발탁됐다고 아주 기고만장하구만."

강이 일어서려다 다시 앉아 유 내관이라는 자를 노려봤다. 그도 자신처럼 울화통이 터져 참을 수 없다는 표정이었다. 적반하장이라더니 세자관 사람들이 포로를 보는 표정은 늘 이와 같았다. 강은 오만한 유 내관의 얼굴을 뭉개놓고 싶은 마음을 간신히 참으며 물었다.

"대체 세자관이 포로를 위해 해준 게 뭐가 있다고 그렇게 당당하오?"

유 내관이라는 자는 얼굴이 시뻘게져 술상을 쳤다.

"허, 무엄하다. 세자관을 비난하는 것은 세자 저하를 비난하는 것이고, 나아가 조선의 국왕을 비난하는 것인 줄 모르느냐? 네놈은 조선 백성이 아니더란 말이냐!"

이 자의 목을 비틀어버릴까. 강은 참을 수 없는 충동에 휩싸였다.

조선 백성 운운하며 의무만을 강요하는 이들, 자기 백성을 짐짝 취급하며 저희의 운신에 이용하려는 자들. 세자의 뜻인가? 무예 시합 당일 방 서방과 세 명의 효수 장면을 보면서 새파랗게 질려 벌벌 떨던 세자의 얼굴이 떠올랐다.

"당신이 세자관을 대표해서 날 만나는 거요? 그렇다면 오랑캐들 대신 백성을 다시 잡아오는 일이나 먼저 중단하고 나서 날 비난하시오!"

강이 술잔을 단숨에 비우고는 힘껏 내리쳤다. 술잔이 부서져 이리저리 튀었다. 유 내관이 흠칫 물러나 앉았다.

"여기는 조선이 아니오. 심양 땅이란 말이오. 조선 포로이기 전에 난 만주 팔기의 군사가 됐소. 세자관이 감히 건드리지 못할 위치에 내가 있다는 말이오. 이게 현실이오. 유 내관이라고 했던가? 내일이라도 당장 무고로 고발해서 자네 목을 떨어뜨릴 수도 있는데, 어떤가? 그걸 원하는가?"

강은 될 대로 되라는 식으로 팔기군의 신분을 팔았다. 아무려면 어떤가. 이자는 자신이 조심하던, 조심하지 않던 포로라면 깔아뭉개고 비난할 준비가 돼 있는 세자관 사람이었다. 어질러진 술상을 사이에 두고 침묵이 흘렀다. 이윽고 고개를 떨어뜨렸던 유 내관이 한숨을 쉬며 입을 열었다.

"이러려고 만나자고 했던 것은 아니네. 지금 보니 세자관에 섭섭한 것이 많은 것 같소. 뭐, 이해하오. 포로들 처지에서는 세자관에서 밤낮을 잊고 포로들을 위해 애쓰는 것을 알 리 있겠소. 일일이 설명할 수도 없고. 뭐, 좋소. 내 솔직히 말하겠소. 범문정이라고 아시오? 한족인 그자가 청국 대표로 세자관에 드나들고 있소. 조선의 속내를 누구보다도 잘 아는 자요. 그자 때문에 세자관은 큰 피해를 보고 있소. 특히 지난 무예 시합 이후 의심과 압박이 더 심해졌소. 저하께서는 범문정에게 시달려 복통 때문에 잠을 이루지 못하고 계시오."

유 내관은 태도를 바꿔 사뭇 호소조였다.

"그런 얘길 왜 내게 하시오?"

유 내관이 퉁명스럽게 대꾸하는 강을 바라봤다. 강도 유 내관의 눈길을 피하지 않았다. 유 내관의 눈빛 속에는 뭔가를 절실하게 붙잡으려는 간절함이 있었다.

"이 도령은 잘 모르겠지만 분명히 마음만 먹으면 저하를 위해 도움을 줄 수 있소. 그 방 서방이란 자가 포로들에게 인기가 많지 않았소. 그러니까 포로들이 시신과 목을 가져다가 어딘가에 매장했을 게 아니오. 청 놈들은 제놈들이 잘못해서 시신을 도난당해놓고 세자관 탓을 하고 있소. 저하가 신망이 없어서 그런 폭도 놈이 인기를 얻어 포로들을 좌지우지했네 어쩌네 하면서, 특히 범문정이 앞장서서 비난하고 있소. 그런데 효시 돼서 죽은 놈들이야 그렇다 치고 그다음이 문제인데, 내 생각에는 포로들이 죽은 방 서방 대신 또 누군가를 앞세워 영웅을 만들고 시름을 잊으려 하지 않을까 그게 걱정이오."

유 내관의 눈길이 아예 절절하게 바뀌어 강을 바라보고 있었다. 강이 그 눈길을 피하며 뜬금없다는 듯이 대꾸했다.

"영웅이라니 대체 무슨 말이며, 그 누군가라니, 그런 말을 대체 왜 내 앞에서 하시오?"

유 내관이 강을 가리켰다.

"바로 당신이니까. 무예 시합 날 알았소. 오갈 데 없는 포로들의 마음이 앞으로 당신에게 쏠리게 될 것이란 말이오."

터무니없는 소리에 넌더리가 난다는 듯 강이 한숨을 쉬었다.

"당최 무슨 말을 하는 건지 난 모르겠소. 포로들 처지에서는 만주 팔기에 들어간 내가 탐탁지 않을 터인데, 뭘 알고나 하는 소리요?"

유 내관은 묵직한 낚싯줄을 잡아채듯이 확신에 차서 말했다.

"그렇소. 강 도령, 당신은 방 서방과는 좀 다르지. 하지만 포로들 처지에서는 방 서방보다도 좋아할 이유가 더 많을 것이오. 그래서 내가 처음에 묻지 않았소. 들어올 때 조선 사람들 봤냐고. 그들이 강 도령에게 왜 손뼉을 치면서 좋아했는지 아시오? 강 도령이 무예 시합에서 이긴다는 데 내기를 해 돈을 번 자들이오."

강은 머리를 얻어맞은 것 같았다. 내기라니? 좀 전에 탁자에 앉은 자가 했던 말과 같다. 자세히 들어보려고 그에게 다가가는데 시쥬가 팔을 잡아끌며 방으로 안내했다. 유 내관이 다시 말을 이었다.

"세자관에서는 내가 강 도령을 만나는 것을 모르오. 문제가 생겨도 오로지 나 혼자 책임지겠단 말이오. 다 저하 때문이오. 믿을지 모르겠지만 내가 걱정하는 것은 오로지 저하뿐이요. 이대로 두면 저하는 범문정에게 시달려 병사할지도 모르오. 그럴까봐 정말 걱정되오. 그래서 강 도령을 만나야겠다고 생각한 것이오. 강 도령도 사대부 집 자제 아니오! 여기 심양의 분위기, 오로지 무武만 숭상하는 분위기에 어디 적응하기 쉽겠소. 지난가을 홍타이지가 저하를 억지로 전투에 끌고 가는 바람에 저하께서는 말에서 세 번이나 떨어지셨소. 다행히 크게 다치지는 않으셨지만 몸도 마음도 골병이 드셨다오. 강 도령은 여기 심양에 끌려온 조선인 중에서 누가 가장 불쌍하다고 보시오? 포로들이라고 말하겠지요? 아니오. 나는 저하라고 보오. 저하가 가장 불쌍한 조선인이오. 저하는 청의 칼끝에 서 있으면서도 조정의 감시까지 받고 계시오. 저하는 잘 드시지도 주무시지도 못하오. 나는 그런 저하가 너무 불쌍하고 안타깝소. 그러니 저하를 위해서, 조선을 위해서 자제해주시오. 부탁이오."

유 내관은 어느새 눈물을 글썽이고 있었다. 강이 더듬거렸다.

"……자제라니? 내가…… 어찌해야 세자 저하께서 편안해진단 말이오?"

"강 도령이 의도하진 않았겠지만 지난 무예 시합과 같은 일이 다시는 일어나면 안 되오. 다시 내기 같은 것에 강 도령이 거론되면 안 된단 말이오. 그러는 것이 결과적으로는 포로를 선동하는 것이 되고 저하께는 누가 되오. 아시겠소? 부탁이오. 당분간은 조용히 지내주시오."

유 내관은 두 손을 모으고 사정하듯 고개를 숙였다.

유 내관이 먼저 자리를 떴고 강은 그대로 앉아 유 내관의 말을 곱씹었다. "당분간은 조용히 지내라." 그 말이 뜻하는 바는 분명했다. 세자에게 짐이 되지 마라. 결국 그 말이었다. 유 내관은 오로지 세자만을 걱정하는 충직한 시종이었다.

시쥬가 몽골인을 데리고 들어와 어질러진 술상을 다시 봐달라고 했다. 강이 시쥬를 노려봤다.

"나도 모르게 이용당한 거요?"

시쥬는 당황하며 손을 내저었다.

"이보게 그런 게 아니야. 자네한테 설명하기가 애매해 그냥 넘어갔지만 시합 때 내기를 거는 건 오래전부터 해오던 풍습일세. 일부러 자네한테만 내기를 건 게 아니라구. 여기 심양에서는 시합 때면 선수들에게 내기를 건다구. 이해되는가? 이해돼? 화낼 일이 아니야."

시쥬는 떨리는 목소리로 말을 마치고서는 들썩이는 강의 어깨를 바라봤다.

"시합 때면 내기를 건다? 화낼 일이 아니다? 그럼 왜 미리 말을 안했소?"

강은 화를 가라앉히려고 시쥬의 말을 곱씹었다.

"이보게, 강이. 내가 아무리 자네 편의를 봐준다고 하지만, 나는 청인이고 자네는 조선 사람일세. 이것이 자네와 내가 서로 못 믿는 이유일 테지. 어떻게 설명해도 오해가 생길 수 있는 일을 굳이 먼저 말할 필요가 있겠는가? 나는 이렇게밖에 설명할 수 없네. 하지만 이 말만은 하지. 이번 내기에서 자네한테 걸었던 사람들은 심양 사람 중에서도 조선에 호감을 가진 사람들일세. 게다가 조선 포로들도 암암리에 자네 쪽에 내기를 걸었다구. 물론 공규종에게 건 쪽이 자네에게 건 쪽보다 몇 배나 많았지. 공규종이 죽었으니 자네에게 건 사람들은 몇 배를 번 게야. 조선 포로들도 돈 좀 모았을 걸세."

시쥬는 긴장하면서도 강을 이해시키는데 정성을 다했다.

"지금 한 말이 사실이오? 조선 포로들이 돈을 벌었다니, 그걸 증명할 수 있소?"

강이 추궁하자 시쥬가 다시 손사래를 치며 말했다.

"나보다는 원원에게 물어보게. 원원의 말이라면 믿을 수 있지 않겠는가."

이번에는 강이 손을 내저었다.

"알았소. 그보다도 주인을 불러서 원원의 속환가를 물어봐 주시오."

시쥬가 놀라서 강을 바라봤다.

"설마 자네 키르사가 준 백 냥을 원원에게 쓰려는 것은 아닐 테지?"

강이 시쥬에게 되물었다.

"왜, 그러면 안 되오?"

"속환금 갚고 풀려나 조선에 가기 싫은가? 조선에 가서 부모님 원수를 갚는 것이 먼저인 줄 알았더니?"

시쥬는 의아스럽다는 듯이 대꾸했다. 강은 빈 술잔에 술을 따랐다. 주란타이는 속환금 따위를 받고 자신을 풀어줄 위인이 아니었다. 그렇다고 공을 세우면 자유를 주겠다는 주란타이의 말에 자신의 운명을 맡긴 것도 아니었다. 언젠가는 다시 탈출의 기회를 잡을 것이다. 그러나 좋든 싫든 이곳을 터전으로 살아가야 할 포로들이 있다. 그중 한 명이 원원인 것이다.

"주란타이는 내게 속환금 따위 받지 않을 것이오. 그러니 몽골 주인이나 불러주시오."

불려 온 몽골 주인이 강을 훑어봤다. 강에게 원원과는 어떤 사이냐고 물었다. 강은 친척 간이라고 말했다. 몽골 주인은 원원의 속환가는 백 냥이지만 파는 포로가 아니라고 했다. 시쥬가 속환금을 내는데도 풀어주려 하지 않으면 포로 규정에 어긋나는 것이 아니냐고 항의했다. 몽골인들이 몰려왔다. 강은 재빨리 몽골 주인을 붙잡았다. 그리고 몰려온 몽골인들 앞에 은 백 냥을 던졌다.

"여기 원원의 속환금 은 백 냥이다. 원원을 데려와라. 그렇지 않으면 이놈의 멱을 따겠다."

몽골 여자가 원원을 끌고 왔다. 강은 치장하지 않은 원원을 보고 깜짝 놀랐다. 장작처럼 비쩍 마른 몸에 해어진 옷, 얼굴은 열에 들떠 있었고 몸은 사시나무 떨듯 떨고 있었다.

"아픈 여자를 그냥 놔둔 거냐?"

강은 몽골인들에게 벼락같이 소리쳤다. 강이 몽골 주인의 목을 한 손으로 조였다. 몽골인이 달려와 강의 팔에 매달렸다.

"제발 우리 아버지는 살려주고 원원은 데려가시오. 푸, 풀어주겠소."

"앞으로 원원을 찾아다니는 날에는 너희 모두 내 손에 죽을 것이다."

강은 몽골 주인을 내팽개쳤다. 그리고 원원을 부축했다. 원원은 지푸라기처럼 힘없이 쓰러지려 했다.

"내게 업히시오."

강은 원원을 업고 객점을 나왔다. 마당 가득 모여 있던 사람들이 놀라 강을 바라봤다. 시쥬가 강의 뒤를 따라 나왔다.

새해 첫날을 빙상 격구 관람으로 시작하는 심양 사람들이 아리 강가를 겹겹이 둘러싸고 있었다. 1639년 정월 초하루 한낮의 심양 아리 강에서는 빙상 격구 시합이 한창이었다. 황제와 대신들, 새해를 맞아 전쟁터에서 교대된 군인들, 심양 백성, 심지어 포로인 종들까지 강가에 모여 있었다. 무예 시합 날 같은 열기가 아리 강가에 꽉 들어찼다.

가죽신에 칼날을 붙인 활찰滑擦을 신은 스무 명의 선수들이 아리강 빙판을 누볐다. 상하 5백 걸음, 좌우 3백 걸음. 빙판 위 시합장에서 투구에 홍띠를 맨 만주 팔기군 열 명과 청띠를 맨 몽골 팔기와 한족 팔기 연합군 열 명이 나무 공을 잡으려고 몸싸움이 한창이었다. 한 판에 20점, 일곱 판 경기였다. 갑옷 입은 선수들끼리 정면으로 들이받을 때마다 쇠가 부서지는 소리가 아리 강가를 쩌렁쩌렁 울렸다. 그 소리가 구경꾼들을 더욱 흥분시켰다. 선수가 나동그라질 때마다 아리 강가에 함성이 들어찼다. 만주 팔기군 지도원 탕보오가 선수들을 보고 소리쳤다.

"발놀림을 더 빨리. 어깨 긴장 풀지 말고!"

한족 팔기와 몽골 팔기 연합군 지도원도 탕보오에게 질세라 반대편에서 소리쳤다.

"뛰어! 다리에 힘주고! 거기서 잡아!"

갑옷과 투구로 무장한 선수들은 가죽신에 금속 칼을 붙인 활찰을 세차게 지치며 상대편 진영으로 돌진했다. 서로 들이받고 공을 뺏어 상대편 구문에 나무 공을 꽂았다. 아리 강가의 군중은 공이 구문에 들어갈 때마다 함성을 질렀다. 선수들이 부딪히고 미끄러지고 쓰러졌다. 그때마다 바로 교체 선수가 투입됐다. 관중은 교체 선수를 확인하며 또 함성을 질렀다. 함성은 바로 다음 함성으로 이어지며 아리 강가는 흥분의 도가니가 되었다.

심판이 호각을 불었다. 막 두 번째 판이 끝났다. 첫 판은 만주 팔기군이 이겼고, 두 번째 판은 몽골 팔기와 한족 팔기 연합군이 이겼다. 일대일 득점에 구경꾼들은 나란히 청군, 홍군을 외치며 응원전을 벌였다. 응원 열기가 얼어붙은 하늘과 땅까지 녹일 기세였다. 빙상 격구는 여진족, 지금은 스스로 만주족이라 부르는 청인들에게 가장 어울리는 격렬한 경기였다. 선수들이 자기 진영 의자에 가 앉았다. 숨이 차 씩씩거리며 투구를 벗은 선수들의 머리는 땀으로 흠뻑 젖어 있었다.

만주 팔기군 진영에서는 지도원인 탕보오가 선수들 앞으로 나왔다. 판자에 붓으로 대진 위치를 그렸다. 선수들은 숨을 헐떡이며 탕보오에게 집중했다. 상대편 연합군 진영도 똑같은 풍경이었다. 만주 팔기군 열 명의 선수 중에 강이 있었다. 강 또한 땀으로 흠뻑 젖어 숨을 헐떡이며 탕보오의 지시를 듣고 있었다.

작년 12월 한 달 동안 군사들은 훈련장에서 격구 연습을 했다. 격구는 진법 훈련에도 도움이 됐다. 강은 격구가 낯설지 않았다. 조선의 장치기와 비슷했다. 장치기란 장시杖匙라는 채로 나무 공을 쳐서 일정한 거리에 있는 구문에 넣는 경기다. 양편 구문을 지키는 수문장이 한 명씩 있다는 것도 같았고 특히 겨울, 정초를 전후해서 경기를 한다는 것도 같았다. 조선의 무과 시험 과목 중에는 기마 격구가 있었다. 강은 기마 격구 시험 연습을 땅에서 하는 장치기로 대신했었다. 강이 뿐만 아니라 무과 시험 준비를 하는 사람들은 대부분 다 그랬다. 탕보오는 강의 격구 실력을 보자마자 아리강 빙상 격구 시합에 발탁했다. 강은 유 내관의 눈물을 글썽이던 얼굴이 떠올랐다. "저하를 위해서, 조선을 위해서 자제해주시오." 강이 탕보오에게 다른 이에게 양보하겠다고 말했다.

"땅에서는 곧잘 하나 활찰용 칼신을 싣고 빙판을 달리면서 하는 것은 자신 없소. 나 때문에 질 거요."

탕보오가 믿기지 않는다는 표정으로 강의 가슴을 꾹꾹 찔러댔다.

"네놈은 주란타이 장군님의 말씀을 꼭꼭 새겨야 할 것이다. 벌명전에서 공을 세워야 자유를 준다고 하셨는데 그걸 기억 못 하느냐? 빙상 격구는 최고의 전쟁 연습이다. 그럼 나가게 해달라고 사정을 해야 할 처지인데, 뭐 자신 없다고?"

강은 더는 아무 말도 못 했다.

정월 초하루 시합에 황제와 친인척들이 성황당 배례를 마치고 참석한다고 했다. 그날부터 아리강에 나가 칼신을 신고 시합 연습을 시작했다. 몽골 팔기와 한족 팔기 연합군도 만만치 않았다. 양쪽 모두 자존심을 건 시합이었다. 전력이 노출될까 봐 아리강 상류와 중류로 흩어져 연습했다. 먼저 빠른 속도로 미끄러지는 칼신에 익숙해져야 했다. 활찰의 속력을 자유자재로 제어할 수 있게 되자 가슴 치기, 들이받기, 공 건네주기, 요리조리 공 몰기 같은 다양한 공격과 수비를 연습했다. 활찰과 장채, 투구와 갑옷으로 완전무장을 하고 20점 내기 한 판을 뛰고 나면 땀이 비 오듯 쏟아졌다. 만주 팔기에서 가장 강인하다는 체력 왕들도 연습이 끝나면 빙판에 퍽퍽 쓰러졌다.

강은 빙판에 쓰러지는 그 순간을 즐겼다. 터질 듯한 심장의 요동이 훌쩍 삶의 경계를 넘는 듯했다. 얼음입자로 가득 찬 뿌연 빙판 위의 안갯속에서 먼저 간 넋들이 손짓했다. 이 진사가 보였고, 방 서방도 보였고, 성남도 보였다. 탕보오가 소리쳤다.

"빙판에서 자다가는 동사한다. 일어나!"

시합이 얼마 남지 않은 어느 날 키르사가 연습 장면을 보러왔다. 강은 시쥬가 했던 말이 생각났다.

"시합 때 내기를 거는 건 오래전부터 해오던 풍습일세. 일부러 자네한테만 내기를 건 게 아니라구. 여기 심양에서는 시합 때면 선수들에게 내기를 건다구. 이해되는가?"

털모자에 털옷을 입은 키르사는 배가 불룩했고 몸이 불어 있었다. 영락없이 임신한 여자의 모습이었다. 몸종을 데리고 왔는데 그 여자도 키르사처럼 배가 불룩한 여자였다. 몸종 또한 털옷에 털모자로 얼굴까지 싸매고 눈만 내놓고 있었다. 키르사는 뒤뚱뒤뚱 걸으며 선수 하나하나를 오랫동안 살폈다. 몸종은 물러서서 강을 바라보았지만 강은 그 시선을 느낄 겨를이 없었다. 강은 키르사의 행동을 보며 이번 빙상 격구 시합에도 내기가 걸렸다는 것을 알아챘다. 그렇다면 강에게도 생각이 있었다.

심판이 호각을 불었다. 세 번째 판이 시작됐다. 다시 스무 명의 선수가 빙판으로 미끄러져 나갔다. 선수에게는 저마다 견제선수가 있다. 강의 견제선수는 한족 팔기 중 하나였다. 한족이나 몽골족이나 강과는 모두 악연이었다. 이들 연합군 선수들은 몽골족 수흐와 한족 이신 공규종의 복수를 하겠다고 공공연하게 떠들어댔다. 심판이 안 보는 데서 폭력을 썼다. 칼신으로 강의 다리를 찍거나 장채로 강을 후려쳤다. 강은 그들의 폭력을 피하기만 하고 맞서지 않았다. 세 번째 판은 만주 팔기군의 승리였다.

다시 네 번째 판을 시작하는 호각이 울렸다. 달려나간 스무 명의 선수들이 나무 공을 사이에 두고 한데 엉겼다. 장채 부딪치는 소리가 퍽퍽 나더니 강이 쓰러졌다. 선수들이 흩어진 빙판에는 한쪽 다리에 피가 흥건한 채 강이 넘어져 있었다. 심판들이 딱딱이를 치며 달려왔다.

관중의 탄식 소리가 빙판까지 들렸다. 부상당한 강이 들것에 실려 나갔다. 심판은 연합군 중 한족 팔기 한 명을 손가락으로 가리켰다.

"너, 퇴장!"

호각을 불며 퇴장을 명했다. 지목당한 한족이 큰 소리로 항변했다.

"왜요? 난 아무 짓도 안 했어요!"

관중 가운데서 "심판, 물러가라!"는 소리가 쩌렁쩌렁 울렸다. 다른 한족 팔기 선수들이 심판에게 몰려들었다. 부심판이 실려나간 강에게 쫓아와서 물었다.

"누가 반칙했는가? 널 찌른 놈의 이름을 말해라."

"여러 명이 몰려 있어서 확인하지 못했소."

심판은 시합 재개 호궁을 불었다. 강이 대신 교체 선수가 투입됐다. 연합군 선수들은 심판의 판정에 항의하듯 똘똘 뭉쳐 만주 팔기군에 대항했다. 연합군을 응원하는 자들이 함성을 질렀다. 이에 질세라 만주 팔기군을 응원하는 자들도 함성을 질렀다. 네 번째 판은 연합군이 이겼다. 다섯 번째 판은 강이 빠진 만주 팔기가 가까스로 이겼다. 여섯 번째, 일곱 번째 판 승리는 연합군이 가져갔다. 3대 4, 연합군의 승리였다.

강의 다리는 찢어지고 금이 갔다.

"병영으로 옮겨 부상을 치료해야겠네."

의원이 말했다.

"시합 끝날 때까지 임시로 치료해주시오."

강이 말했다. 강은 의자에서 끝까지 경기를 지켜봤다. 만주 팔기가 졌다. 그제야 강은 들것에 실렸다. 관중이 강이 실린 들것을 잡으며 물었다.

"어떤 놈이냐? 어떤 놈이 널 찌른 거냐? 그놈 때문에 내기에서 졌다. 말해라, 어떤 놈인지."

"너무 여러 명이 몰려 있어서 누가 찔렀는지 보지 못했소."

구경꾼들은 혀를 찼다.

"저런 부실한 놈, 저런 놈을 믿고 내기에 돈을 걸다니."

키르사도 보였다. 지난번 연습 때 보았던 그 모습 그대로였다. 털옷에 털모자로 무장한 키르사가 강을 노려보고 있었다. 예의 그 털옷과 털모자에 눈만 내놓은 몸종도 옆에 서 있었다. 그 여자는 무엇 때문인지 강을 바로 보지 못하고 빨개진 눈을 내리깔고 있었다. 강은 들것에 누워 하늘을 올려다봤다. 금방이라도 눈이 쏟아질 듯 묵직하게 가라앉아 있었다.

시합 이틀 전, 강은 원원을 찾아갔다. 원원이 몽골인에게 풀려나던 날 강은 시쥬에게 부탁하여 남문 시장에서 멀리 떨어진 서문 거리 작은 집 방 한 칸을 빌렸다. 원원은 한족 포로 의원의 보살핌을 받고 여러 날 만에 자리에서 일어났다. 그 방에 조선 포로 여자들이 찾아오더니 원원은 어찌 마련했는지 그 방 두 칸짜리 작은 집을 아예 사들였다. 강이 그 집에 들어서자 청 옷을 입은 조선 여자들이 먼저 아는 척을 했다. 원원이 강에게 업혀서 몽골인 객점을 빠져나오던 날 말했었다.

"강 도령, 내 꼭 갚겠어요. 그 돈이야말로 강 도령이 조선으로 갈 자금이 아닌가요. 난 여기서 돈을 많이 벌 거예요. 두고 봐요. 내가 돈 많이 벌어서 강 도령이 선이 아기씨를 만나는 날을 앞당기겠으니."

강은 쓸쓸히 웃기만 했었다.

원원은 다른 사람처럼 보였다. 포로 시장에서 독살스럽게 저주를 퍼붓던 여자도 아니었고, 포로의 슬픔으로 애절하게 앵금을 타던 여자도 아니었다. 강이 앞에는 강하고 눈빛이 깊은 조선 여자가 서 있었다. 강은 원원을 보고 빙그레 웃었다. 그리고 물었다.

"빙상 격구 시합 내기에도 조선 포로들이 돈을 걸 것 같소?"

"강 도령이 나온다니 내기에 돈 거는 조선인들이 더 늘겠지요."

"그럼 은밀히 전해주오. 연합군에 걸라고. 이번에는 만주 팔기가 질 거라고."

"그럼 강 도령이 일부러 지게 할 수 있다는 뜻이에요?"

"그렇소."

강의 분명한 대답에 원원은 또렷해진 눈을 크게 뜨며 강을 근심스럽게 바라봤다.

강은 시합 전 유 내관과 마주쳤다. 유 내관은 세자를 기다리고 있었다. 세자는 황제를 배종해 성황당 배례에 참석했다가 아리강으로 오는 중이라고 했다. 유 내관은 추위를 많이 타는 세자를 위해 담비 가죽 덮개를 여러 장 들고 있었다. 강을 보자 유 내관은 또 너냐는 표정으로 삐딱하게 쳐다봤다. 강은 모른 척 지나쳤다. 어쩔 수 없는 일이었다. 그가 세자를 보호하는 만큼 강에게도 조선 포로를 보호할 능력이 있었다면 쓸쓸한 기분이 들지 않았을지도 몰랐다.

예상대로 몽골 팔기들과 한족 팔기들은 시합 중에 벌떼처럼 강에게 달려들었다. 강은 수흐와 공규종을 작살낸 그들의 원수였다. 강은 방어만 했다. 공격해오는 그들의 활찰과 장채를 막기만 했다. 강이 진정으로 공격하고 싶은 것은 몽골족도 한족도 아니었다. 바로 만주 팔기 군이었다. 그들이 모든 것을 어긋나게 했다. 조선 백성을 끌고 왔고, 저희 제국 건설에 거름으로 쓰고 있었다. 강은 선수들이 몰려들어 나무 공을 서로 뺏겠다고 덮쳤을 때 숨겨뒀던 칼로 자신의 다리를 내리찍었다.

포로의 전쟁

3월, 탕보오 부대가 금주錦州로 출정했다. 강은 다리의 상처가 다 나을 때까지 출전에서 제외됐다. 탕보오는 금주로 떠나기 전 강을 미심쩍어하며 말했다.

"너희 조선 놈들은 우리 명령을 업신여긴다. 황제께서 너희 조정에 참전 명령을 내렸는데도 이 핑계 저 핑계 대면서 군사를 보내지 않고 있다. 네놈도 못 믿겠다."

"그렇다면 지금이라도 바로 출전하겠소."

강이 다리를 절뚝거리며 무기를 챙겼다. 탕보오가 못마땅한 얼굴로 강을 막아섰다.

"누가 지금 출전하랬냐? 두고 보면 알겠지. 상처가 다 난 다음에 네놈이 전투에 나가서 어떻게 싸우는지 보면 알겠지."

탕보오는 강의 가슴을 툭툭 치며 쏘아보고는 말에 올라탔다.

청은 지금까지의 벌명전에서는 치고 빠지기 작전을 썼다면 금주성을 포위하고부터는 공격은 하지 않고 포위만 하는 전략을 썼다. 금주성은 명에게는 산해관山海關의 요충지이고 청에게는 산해관으로 진출하는 교두보였다. 양쪽 모두 금주성은 물러설 수 없는 최전선이었다. 그러나 명군의 금주성 방어는 견고했다. 청이 전면전을 치르려면 막대한 사상자를 낼 수밖에 없었다. 때문에 홍타이지는 전력을 최소로 소비하는 방법으로 성 주변의 땅을 차지해 성으로 들어가는 군량을 차단하고, 성 안의 한족을 회유해 성을 붕괴시키는 전략을 선택한 것이다.

7월 중순, 심양으로 돌아온 탕보오는 금주성 외곽에 주둔해 있는 주란타이의 명에 따라 정황기군의 전열을 다시 정비했다. 탕보오에게 금주성이 산해관으로 가는 길목이라는 말을 듣자 강은 10년 전 일이 떠올랐다.

"금주, 송산松山을 지나고 행산杏山, 탑산塔山을 지나면 명나라의 대장군 원숭환이 쌓은 영원성寧遠成이 나오고 북경의 현관인 산해관이 나오니라."

아버지는 동경하듯 북서쪽을 바라보며 말씀하셨다. 그러면서 '북경의 관문은 산해관' 이라고 강조하셨다.

"산해관을 지나야 비로소 북경으로 들어가는 것이다."

아버지도 명나라 사신으로 갔다 온 이들에게 전해 들은 이야기였다.

"언젠가는 강이 너도 북경에 가서 많은 것을 배워올 날이 오겠지."

강은 아버지의 목소리가 귓가에 울려 머리를 세차게 흔들었다. 오랑캐의 포로가 되어 명나라를 공격하러 산해관을 향해 갈 것이라고는 10년 전 그날에는 상상도 할 수 없었다.

8월 초, 총 6백 명의 팔기군이 금주로 향했다. 강도 그들 속에 있었다. 6백 명은 말고삐를 죄며 달렸다. 우레와 같은 말발굽 소리 사이로 지난 일들이 툭툭 튀어나왔다가 사라졌다. 지난 정월, 절뚝거리며 찾아간 강을 보고는 원원은 고개를 돌리며 울먹거렸다.

"이렇게까지 할 필요는 없었어요. 자기를 해치지 않고도 포로들을 도울 방법은 많아요. 다시는 이러지 마세요."

원원의 눈물에 강은 쓸쓸히 웃었다.

"도울 방법이 있다면 어떤 일이라도 마다할 처지가 아니오."

강의 말에 원원은 한동안 먼 산만 바라보며 한숨을 쉬었다.

세상이 적과 원수로 가득 찼다. 포로에게는 청군도 적이요, 명군도 적이었다. 그러나 적을 무찔러야 원수를 만날 기회를 잡는다. 감상에 젖는다면 살아 돌아올 가망이 없는 전투였다. 강은 박차를 가하며 달렸다. 포로의 전쟁에는 적이 없다, 그저 죽여야 할 상대만 있을 뿐.

정황기군 6백 명은 요하遼河를 지나 끝없이 이어지는 벌판을 달렸다. 의무려산醫無閭山의 깎아지른 봉우리들을 넘었고 또다시 벌판을 달렸다. 광녕성廣寧城을 지나 대릉하大凌河 가를 달렸다. 십삼산十三山이 바라다보이자 소릉하小凌河가 끌어안은 금주성이 나타났다. 심양으로부터 엿새만이었다.

정황기군 깃발과 양황기군 깃발이 펄럭이는 금주성 외곽 주둔지가 보였다. 주위의 들판은 온통 초록빛이었다. 3월부터 주둔한 두 황기군들은 주변을 경작지로 만들고 명군의 11개 초소를 공격하고 그중 7개를 차지했다. 남은 명군 초소 4개와 금주성 북쪽 봉수대를 탈취하고자 하는 전투가 연일 계속되고 있었다. 봉수대는 명군에게 송산, 행산, 탑산과 가장 빠르게 연락을 취할 수 있는 가장 중요한 신호체계였다. 명군은 초소보다 봉수대 사수에 군졸들을 대거 투입했다. 청군은 수차례 봉수대를 공격했으나 사상자만 내고 빼앗지 못한 상황이었다.

6백 명의 군사가 정황기군 깃발이 펄럭이는 진영으로 들어갔다. 주란타이가 탕보오의 신고를 받았다. 주란타이는 막 도착한 군사들을 찬찬히 훑어보고는 들판이 울리도록 큰 소리로 외쳤다.

"우리 정황기군이 가장 먼저 황제의 명을 받았다! 전투에서 공을 세우는 자에게는 황제의 포상이 있을 것이다! 든든히 먹고 마시며 명령을 기다려라!"

군사들은 창을 세워 땅을 두드리고 함성을 질렀다.

휴식 뒤에 강이 주란타이에게 불려 갔다. 막사 안에는 주란타이 옆으로 심복 탕보오와 푸주가 앉아 있었다. 강을 쳐다보는 눈빛들이 차가웠다. 탕보오는 그렇다 치고 주란타이와 푸주의 얼굴에도 의심의 빛이 역력했다. 탕보오가 말했다.

"바닥에 무릎 꿇고 장군님의 말씀을 들어라."

강은 하라는 대로 무릎을 꿇고 절을 한 뒤 주란타이의 말을 기다렸다. 주란타이가 강을 꿰뚫을 듯 쳐다봤다.

"전투에서 공을 세우면 자유를 준다는 말을 잊지 않았겠지?"

강은 주란타이의 눈길을 피하지 않았다.

"그렇소."

탕보오가 고개를 가로저으며 주란타이에게 진언했다.

"조선은 대릉하로 수군을 보내라는 명령도 지키지 않고 있습니다. 황제께서 대노하셨는데, 혹시라도 이놈이 전투에 나가 명군을 죽이지 않고 칼을 우리 군에 휘두른다면 그 책임을 장군님이 전부 지셔야 합니다. 또……."

주란타이가 손을 들어 탕보오를 저지했다. 다시 강을 노려보았다.

"너는 명군을 죽여야 한다. 경거망동하면 내 칼이 너를 용서치 않을 것이다."

강이 주저하지 않고 대답했다.

"그런 일은 없을 것이오. 내 반드시 누구보다 많이 명군을 죽이겠소."

주란타이가 크게 한번 끄덕이고는 강조했다.

"누구보다 많이 명군을 죽이겠다는 네 말을 스스로 명심하라."

다음 날 아침 배식이 끝나고 군사들이 경작지로 줄지어 나간 뒤 주란타이가 탕보오와 푸주를 거느리고 막사로 들어와 강과 여섯 명의 군사를 지목했다.

"너희들은 오늘 밤 봉수대 기습조다. 기습조는 탕보오가 지휘하는 부대 후방에 있다가 선제공격으로 길이 열리면 바로 봉수대로 접근해 파괴하는 임무를 맡는다."

주란타이가 막사로 데리고 들어온 사내를 군사들 앞에 세웠다.

"여기 울라이는 화약 폭파 전문가다. 기습조는 화약 운반을 하며 울라이를 보호하라. 울라이가 봉수대에 화약을 설치하고 폭파할 때까지 울라이를 보호하는 것이 너희 임무다. 오늘 밤 공격은 봉수대를 무너뜨리기 전에는 끝나지 않을 것이다. 봉수대가 무너지고 그 일대를 우리 양 황기군이 차지할 때까지 전투는 계속된다. 자세한 사항은 푸주의 명령에 따르도록."

주란타이가 막사를 나갔다. 군사들이 선 채로 창을 두드려 예를 갖췄다. 푸주가 군사들 앞으로 나왔다.

"양황기군은 사시 말에 명군의 초소를 공격한다. 척후에 따르면 행산에서 명군의 군량이 출발했다고 한다. 술시쯤 금주로 들어오는데 명군이 군량 방어에 군사를 투입하다 보면 봉수대 방어에 소홀해질 것이다. 오늘 밤이 호기다. 황제께서는 시급히 성과를 내기를 기다리신다. 오늘 밤 봉수대를 탈취해서 황제께서 내리시는 포상을 받자!"

군사들이 창을 두드리고 함성을 질렀다. 푸주의 명령에 따라 초소 공격에 투입되는 부대들이 줄지어 나갔다. 군량 탈취 공격부대와 봉수대 공격부대는 탕보오의 명에 따라 따로 떨어져 앉아 전투 시 세부 공격로와 공격 순서를 꼼꼼히 확인했다. 전투가 생활인 이들에게 한순간 전쟁 기계들 같은 살기가 흘렀다.

봉수대 전투에 투입되는 군사들은 점심 이후에 잠을 자두라는 명령이 떨어졌다. 해가 지자 초소 공격에 투입됐던 부대들이 돌아왔다. 부상자는 많지 않았지만 명군 초소를 빼앗지는 못했다. 그러나 분위기는 좋았다. 초소 공격과 군량 탈취 공격은 모두 봉수대 공격을 위한 구실에 지나지 않았다. 명군의 힘을 빼놓기 위함이었다. 역시 술시에 나갔던 군량 탈취 공격부대도 큰 부상자 없이 군량 운반수레 몇 채 정도만 탈취해서 돌아왔다. 밤이 됐다. 봉수대 공격부대가 움직일 차례였다. 척후가 달려왔다. 낮의 교전으로 명군은 봉수대 방어 군사를 평소의 반밖에 배치하지 않았다는 보고였다. 주란타이는 탕보오를 보고 고개를 끄덕였다.

"군사들을 데리고 가라. 전투 상황에 따라 부대를 보충하겠다. 출격하라!"

강은 어깨에 멨던 활과 화살통을 내려놓았다. 대신 장검 두 자루를 둘러멨다. 허리에는 한 자루의 단검을 찼고 한 손에는 창을 들었다. 강을 비롯한 일곱 명과 울라이가 화약통을 나눠서 등에 졌다. 여덟 명이 나눠서 졌는데도 묵직했다. 봉수대는 석축물이다. 어지간한 양의 화약으로는 어림없었다.

탕보오와 부대원들은 어둠처럼 소리 없이 움직였다. 강과 울라이 등 봉수대 파괴조는 부대의 뒤를 따라 움직였다. 전 대원이 도보로 움직였다. 한밤의 습격. 말발굽 소리가 난다면 명군이 알아챌 터였다. 봉수대가 솟아 있는 산 아래 도착했다. 달 없는 밤은 지척을 분간할 수 없을 만큼 캄캄했다. 탕보오가 손을 번쩍 들었다. 군사들이 횃불에 불을 댕김과 동시에 함성을 지르며 봉수대를 향해 뛰어오르기 시작했다. 높이 치켜든 횃불에 산 위 봉수대 주변의 명군이 보였다. 척후의 말대로 명군의 수효는 그리 많아 보이지 않았다. 청군의 우레와 같은 함성에 명군은 겁을 먹었는지 우왕좌왕했으나 곧 칼과 창을 치켜들고 산 아래로 달려 내려오기 시작했다. 청군과 명군은 산 중턱에서 부딪혔다. 함성 소리, 칼과 창이 부딪히는 소리, 비명 소리가 한밤의 산 중턱을 뒤흔들었다. 산 아래에서 대기 중인 봉수대 파괴조에게는 산 중턱의 전투가 실타래처럼 뒤엉킨 횃불로 보였다.

울라이가 일곱 명의 기습조에게 짧게 말했다.

"전진! 봉수대까지 흩어지지 말고 곧장 올라간다!"

강이 등 기습조가 울라이를 뒤에 두고 산을 오르기 시작했다. 교전 상황을 전하려는 연락병이 뛰어 내려오고 있었다. 울라이가 물었다.

"어떻게 되고 있나?"

"명군의 참패요. 다음 부대가 밀고 올라가면 될 것 같으오."

연락병은 대답하면서 뛰어 내려갔다. 전투 중인 병사들을 우회해 올라가려던 울라이는 칼을 빼들더니 명령했다.

"병사들을 거쳐 곧장 봉수대로 오른다."

강이 등 기습조가 울라이 앞에 서서 칼을 빼들고는 곧장 중턱으로 향했다. 아직 전투가 계속되고 있는지 병사들의 비명 소리와 무기 부딪히는 소리가 바로 앞에서 들렸다. 울라이가 소리쳤다.

"전진!"

여기저기 청군이 받치고 있는 횃불 아래 넘어진 명군의 몸뚱이들이 희미하게 보였다. 움직이지 않는 몸도 있었지만 어떤 몸은 꿈틀거리거나 뒤채며 안간힘을 쓰고 있었다. 그중 한 명이 벌떡 일어서더니 앞장선 강에게 칼을 겨누며 달려들었다. 강이 뒤의 기습조가 주춤했으나 강을 뒤로하고 전진했다. 달려들었던 명군이 강을 껴안듯이 쓰러져서는 풀숲에 얼굴을 처박았다. 강은 거꾸러진 몸통에서 칼을 거뒀다. 통나무 같은 몸체에서 검은 피가 쏟아졌다. 강은 곧바로 기습조를 따라갔다. 풀숲에는 죽어 넘어진 명군의 시체들이 발에 챘다. 탕보오의 명령이 들렸다.

"전진! 봉수대를 점령한다!"

청군은 함성을 질렀다. 명군의 시체를 밟으며 분기충천하여 산 위로 오르기 시작했다. 기습조도 그 뒤를 따랐다. 어쩌면 손쉽게 봉수대를 점령할 것 같았다. 그러나 산 위 봉수대 기슭에서 갑자기 명군이 줄지어 나타났다. 탕보오가 소리쳤다.

"횃불을 꺼라!"

횃불을 끌 겨를도 없이 화살이 소나기처럼 쏟아지기 시작했다. 청군이 여기저기서 마른 장작처럼 쓰러졌다. 화살은 쉬지 않고 쏟아졌다. 명군에게 정보가 샜단 말인가. 명군은 봉수대 기슭에서 청군을 기다리고 있었다. 강은 등을 공처럼 말고는 기습조를 찾았다. 비명 소리가운데 울라이가 소리치는 것이 들렸다.

"기습조! 왼편으로, 왼편으로!"

기습조에게는 등에 맨 화약이 있었다. 울라이의 지시대로 화살을 피할 수 있는 산 왼편으로 자리를 옮겼을 때는 저마다 등에 멘 짐에 화살이 빼곡히 박혀 있었다. 이 정도라면 무방비로 산을 오르던 청군들은 살아남은 자가 거의 없을지도 몰랐다. 1차 교전은 참패였다.

울라이가 명령했다.

"외곽으로 오른다."

강이 옆에 섰던 기습조 가운데 하나가 물었다.

"지원 부대가 있소? 어떻게 화약을 설치한단 말이오?"

"지원부대는 올 것이다. 잔말 말고 명령에 따르라."

울라이가 성을 냈다. 명군이 함성을 지르며 산을 내려오는 소리가 들렸다. 울라이가 소리쳤다.

"전진!"

강은 숨을 들이쉬고 칼을 움켜잡았다. 그때 뒤에서 뿔고둥 소리가 울리고 청군의 함성 소리가 들렸다. 주란타이가 급파한 기마돌격대가 산을 오르고 있었다. 기마대 뒤로 보충 부대의 함성이 산을 뒤흔들었다. 화살에 맞아 고슴도치처럼 죽어 넘어진 청군을 밟고 내려오던 명군이 멈춰 섰다. 횃불을 들고 산을 올라오는 청군의 수효가 산 아래를 덮을 정도였다. 하룻밤 사이에 전세는 엎치락뒤치락 반복하고 있었다.

순간 강이 괴성을 지르며 앞으로 뛰어나갔다. 명군이 달려 내려오고 있었다. 강이 든 두 자루의 칼이 횃불에 번쩍 빛났다. 명군의 머리가 돌덩이처럼 굴러갔다. 잘려나간 목에서 피가 분수처럼 솟고 머리 없는 몸이 짚단처럼 고꾸라졌다. 강의 왼손에 들린 칼에 배가 꿰어진 명군이 칼을 잡고 쓰러지자 강이 칼을 잡아당겼다. 명군의 손가락이 우수수 떨어졌다. 강은 앞으로 전진했다.

성난 파도 소리를 내며 명군이 산 아래로 달려 내려왔다. 명군의 병력도 증강됐다. 청군 또한 산을 덮을 기세로 함성을 지르며 달려 올라갔다. 양군의 함성이 뒤엉켜 산을 흔들고 밤하늘을 깨웠다. 봉수대로 전진하려는 청군과 방어하려는 명군의 대혈전이었다. 저마다 창으로 찌르고 칼로 쑤시고, 베고, 내리쳤다. 각개격파. 삶과 죽음은 각자의 운명 속에 있었다. 강을 비롯한 기습조는 계속해서 전진했다. 산 위에서 다시 화살이 쏟아졌다. 화살은 적군과 아군을 고루 맞히고 바위나 돌 틈, 풀숲 어디에나 꽂혔다. 강이 돌아보니 아래 풀숲은 온통 죽은 자들로 가득했다. 그래도 어쨌든 청군은 전진하고 있었다. 울라이가 소리쳤다.

"서둘러라!"

이미 전선은 봉수대까지 올라갔다. 이제 양군의 승패는 산기슭 전투에 달렸다. 기습조는 봉수대로 내달았다. 방어하는 명군 이삼십 명이 봉수대에 몰려 있었다. 기습조는 이삼십 명의 명군에게로 몸을 날렸다. 칼을 휘두르고 창으로 찌르자 명군들은 그루터기처럼 바닥으로 굴렀다. 명군 여럿이 기습조 한 명의 등에 달라붙었다. 강이 달라붙은 명군을 칼로 쓸어내렸다. 목이 반만 잘린 명군이 바닥에 뒹굴었다. 달라붙어 있는 나머지 명군들이 겁에 질려 소리치며 달아났다.

울라이가 봉수대 안과 밖에 화약을 설치하기 시작했다. 기습조는 눈을 부릅뜨고 주변을 살폈다. 너무나 조용했다. 산기슭의 교전 소리만 들려올 뿐 봉수대 근처에서는 이상하리만치 정적이 흘렀다. 강은 재빨리 몸을 땅에 붙였다. 아니나 다를까 화살이 기습조를 향해 폭포처럼 쏟아졌다. 울라이가 쓰러졌다. 명군이 소리를 지르며 달려왔다. 기습조 몇 명이 살았는지 확인할 겨를도 없었다. 강은 쓰러진 울라이의 손에 들린 불을 봉수대 안으로 힘껏 던져 넣었다. 그리고 필사적으로 몸을 굴렸다. 강을 향해 달려오던 명군의 칼이 헛되이 땅에 박힌 순간 봉수대가 포탄처럼 튀어 올랐다. 화약이 폭발하고 돌덩이들이 튀어 오르며 무너지는 소리가 산을 울렸다. 봉수대가 무너진 것이다. 달려오던 명군들은 봉수대 안팎에 설치한 화약과 함께 튀어 올랐다. 강은 낭떠러지로 굴러떨어지며 그 장면을 언뜻 보았다.

　정신을 잃었던 강이 깨어났을 때는 이미 어슴푸레 날이 밝고 있었다. 서늘한 빛을 띤 하늘이 눈에 들어왔다. 강은 천천히 손을 뻗어 몸 이곳 저곳을 만져보았다. 잡목 숲에 처박혀 있던 몸은 다행히 부러진 곳은 없는 듯했다. 귀밑머리에서 흐른 피가 얼굴과 목에 말라붙어 있었고 머리카락이 피에 엉겨붙어 얼굴을 덮고 있었다. 강이 몸을 일으켜 언덕 위를 쳐다봤다. 타닥타닥 불길이 타들어 가는 소리만 들렸다. 멀리 봉수대가 있던 자리를 바라봤다. 잿빛 돌무더기에선 연기만 피어오르고 있었다. 강은 절뚝거리며 걸음을 옮겼다. 가까이서 말 울음 소리가 들렸다. 다가가 살피니 목과 엉덩이에 여러 대의 화살을 맞은 말이었다. 다리가 부러졌는지 네 다리를 죽 뻗치고 죽음을 기다리고 있었다. 강은 칼을 찾았다. 허리춤의 단도는 그대로 있었다. 목줄기를 만지자 말은 큰 눈을 껌벅이며 목을 뒤챘다. 강은 단도에 힘을 줬다. 목에서 힘없이 피가 흘러내렸다. 이미 피를 흘릴 대로 흘린 뒤였다.

강은 언덕 위로 올라가 봉수대로 향했다. 쓰러진 주검들이 산을 덮고 있었다. 온통 검은 피딱지로 뒤덮인 일그러진 얼굴, 옆구리에서 쏟아져 나온 피가 검게 엉겨붙은 시체 사이로 파리 떼가 날고 있었다. 단검을 움켜쥔 채 눈을 부릅뜨고 있는 주검 앞에서 멈춰섰다. 청군이 다가와 죽은 이의 손에서 단검을 수거하고 있었다. 둘러보니 여기저기에 갑옷과 칼과 화살이 산처럼 쌓여 있었다. 죽은 명군에게서 수거한 전리품들이었다. 죽은 청군에게서 회수한 것도 섞여 있을 터였다.

봉수대 쪽 돌무더기 옆에서 누군가가 강을 부르고 있었다. 탕보오였다.

"어서 올라와라. 기습조가 잘해주었다."

"다들 어디 있소?"

강은 탕보오 옆에 선 군사들을 둘러보았다.

"너 말고 다 전사했다. 마지막에 화약에 불을 댕긴 것이 너라지? 여기 군사들이 보았다는데, 맞는가?"

"그렇소."

탕보오는 여전히 께름칙하다는 표정으로 말했다.

"알았다. 주란타이 장군께 보고하겠다. 그렇다고 너를 바로 풀어줄 거라고는 착각하지 마라."

강은 줄곧 금주성 주변 주둔군에 포함되어 있었다. 주란타이는 강을 별동대에 편입시켜 금주 주변 병영에 있게 했다. 탈출할 가능성이 희박한 금주에 강을 묶어두는 것이 안전하다고 생각했던 것이다. 강이 속한 별동대는 금주성 서남쪽 오흥吳興 하구에 매복했다. 가축을 방목하러 성에서 나오는 한족 백성을 포로로 잡아 심양으로 보내고 성에서 꼴을 베러 나오거나 강물을 뜨러 나오는 군사들을 잡아 죽였다. 성을 고립시키는 것이 목적이었다. 그러나 팔기 주둔군이 전투에서 승리하지 않고는 매복조의 기습은 밑 빠진 독에 물 붓기였다. 팔기 주둔군은 금주성 주변을 2년 가까이 포위했으나 명군과 주거니 받거니 승패만 오가는 상황이었다. 그즈음 주란타이에게서 별동대는 심양으로 돌아오라는 전갈이 왔다. 강이 금주에 주둔한 지 1년 7개월 만이었다. 그 기간 동안 밑도 끝도 없는 죽임을 반복한 강은 팔기군도 두려워할 모습으로 변했다. 살인 병기. 그것은 주란타이가 원하던 모습이었다.

홍타이지는 팔기군을 기별로 3개월씩 금주에 주둔시켰고 전투에 패한 기에게는 엄중한 문책을 내렸다. 강은 정백기군을 따라 심양으로 돌아오며 홍타이지가 격노했다는 말을 들었다. 도르곤이 이끄는 정백기가 금주에 주둔한 사이 명군이 군량미 만 6천 석을 천진에서 출발시켜 영원寧遠에 저장하려 했다는 것이다. 그 첩보는 심양 궁궐에 있는 홍타이지의 귀에도 들어갔다. 정백기군은 사하보沙河堡에서부터 추격을 했으나 명군의 발포로 소득 없이 물러났다. 명군은 군량미 만 6천 석을 금주 주변 군량 창고에 저장하는 데 성공했다. 홍타이지는 해이해진 정백기의 정신 상태가 빚은 결과라며 노발대발했다.

1641년 3월 19일, 도르곤의 정백기군이 심양성 앞에 도착했다. 주란타이가 정황기군을 이끌고 가 입성하려는 도르곤을 막아섰다.

"정지!"

주란타이의 정황기군은 구사어전인 상관을 따라 "정지!"라고 복창한 뒤 재빨리 정백기군을 포위했다. 도르곤이 부드득 이를 갈았다. 주란타이가 도르곤 앞에서 소리쳤다.

"황제의 칙서를 읽겠다! 너희 정백기군은 멋대로 군대를 이동시켰다. 금주성 30리 바깥으로 군대를 이동시키다니 웬 말이냐? 먼 데서부터 점차로 금주를 포위하라고 했는데 시간만 끌었다. 어째서 적군이 성 밖을 자유로이 드나들었느냐? 어째서 금주성 백성이 성을 나와 자유로이 수렵을 하게 놔두었느냐? 어째서 적군 군량이 금주성 안으로 왔다 갔다 했느냐? 명령을 어긴 죄 죽어 마땅하다!"

주란타이가 여기까지 읽자, 도르곤 이하 모든 정백기군이 말에서 내려 3월의 젖은 땅에 무릎을 꿇었다. 그 대열이 천 보를 넘었다. 맨 앞에서 무릎 꿇은 도르곤이 긴장한 목소리로 더듬거렸다.

"대, 대죄하오이다."

늘어선 정백기의 어전들이 도르곤보다 더 큰 소리로 따라했다.

"대죄하오이다!"

이어서 병사들이 낮게 가라앉은 3월의 희부연 하늘이 울리도록 소리쳤다.

"대죄하오이다!"

그제야 주란타이가 다시 칙서를 읽기 시작했다.

"명령을 어기고 성 포위를 느슨하게 한 죄 죽어 마땅하다. 그러나 이번 한 번만은 벌로써 치죄하겠다. 도르곤 이하 여러 어전들은 은을 납부하라. 작위는 강등한다. 또한 차등을 두어 군대를 빼앗겠다. 도르곤은 1만 냥을 납부한다. 작위는 1등급 강등하고 군대 2초를 빼앗겠다……."

주란타이가 다 읽은 홍타이지의 칙서를 접었다. 도르곤이 흙바닥에 머리를 두드렸다.

"고두감읍^{叩頭感泣}하오이다!"

이어서 정백기 어전들과 병사들이 뒤를 이었다.

"고두감읍^{叩頭感泣}하오이다!"

주란타이는 홍타이지의 명이라며 정백기군의 병사들만 입성을 허락했다. 다음날 새벽이 돼서야 주란타이는 성 밖에 무릎 꿇은 도르곤과 휘하 어전들의 심양 입성을 허락했다.

부연 새벽 기운에 안개가 이리저리 몰려다니는 가운데 밤새도록 무릎 꿇고 있던 젖은 흙바닥에서 도르곤이 일어났다. 파랗게 굳은 도르곤의 낯빛에서는 앙심을 품은 자의 독기가 서려 있었다. 탕보오가 포위를 풀라고 낮게 명령하자 도르곤과 부하 어전들을 포위하고 있던 정황기군이 물러났다. 그때 강은 도르곤이 씹어뱉듯 중얼거리는 것을 분명히 들었다.

"주란타이 이놈, 내 반드시 네놈 멱을 따리라."

도르곤이 이를 갈며 토해낸 말이다. 도르곤은 누르하치가 총애했던 아들이다. 누르하치는 도르곤을 후계자로 세우려고 했다. 1626년, 누르하치가 죽었을 때 도르곤은 열다섯 살이었다. 홍타이지는 황제가 된 뒤 그런 아우를 조선 정벌과 벌명전의 선봉에 세웠다. 강은 부하들의 부축을 받으며 심양성으로 들어가는 도르곤의 뒷모습에서 주란타이의 앞날이 그려졌다. 그가 토해냈던 "주란타이 이놈, 내 반드시 네 놈 멱을 따리라"는 말이 지워지지 않았다.

오랜만에 돌아온 심양의 분위기는 2년 전보다 더욱 백화요란百花燎亂했다. 심양성 안은 온종일 시끌벅적 북적거렸고 어디를 가나 사람 구경이었다. 바야흐로 한족, 몽골족, 조선인 귀순자가 주린 배를 움켜쥐고 심양성으로 몰려들고 있었다. 홍타이지가 자랑스럽게 선전하는 투항자와 귀순자들이었다. 심양성 어디를 가나 명으로부터 약탈한 은과 재화가 흔전만전이었다. 모두가 만주족이 되겠다고 심양에 와서 진짜 만주족에게 머리를 조아리고 있는 형국이었다. 큰 권력은 이미 갖춰졌지만 소소한 권력을 휘두를 자리는 아직 많이 남아 있었다. 차지하는 것이 임자였다. 투항자들에게 심양은 기회의 땅이었다. 길에는 만주 복색을 하고 어설프게 만주어를 지껄이는 자들로 넘쳐났다.

강은 몰려다니는 이들을 유심히 쳐다봤다. 조선인 귀순자들도 꽤 섞여 있었다. 이들은 주시하는 눈길을 느끼자 한사코 만주어로 어눌하게 떠들어댔다. 여진족이나 한족보다 광대가 낮고 눈코입이 몰려 있어 특유의 생김새를 감출 수 없는데도 조선 사람임을 감추려 애썼다. 2년 사이에 세상은 변해 있었다. 조선으로 탈출하려던 포로들의 원한을 기억하는 이는 아무도 없었다. 가슴 밑바닥에서 울화가 치밀어올랐다. 강이 그들을 한참 노려보고 서 있자 지나가는 사람들이 슬금슬금 피했다.

원원이 살던 집에 가보았다. 빈집이었다. 기웃거리는 강을 보더니 옆집에서 호녀가 나왔다.

"이 집에 살던 사람들은 다 어디 갔소?"

강이 묻자 호녀는 이상하다는 듯이 훑어봤다.

"어디서 오셨소? 성 안 사람들이라면 백희百戱공연을 하는 객점이라면 다 알고 있는데."

"백희공연을 하는 객점이라구요?"

강이 놀라서 묻자 호녀는 물러서며 말했다.

"몰랐어요? 여기 살던 조선 여자들이 1년 전 백희공연을 하는 객점을 내서 성황 중이라오."

강은 시쥬를 찾아갔다. 시쥬는 강을 보고 놀라기부터 했다.

"어째 이리 험악해졌는가? 전쟁귀신처럼 보일세그려."

시쥬가 앞장서서 강을 원원의 객점으로 데리고 갔다. 마당에서는 마침 줄타기 곡예가 한창이었다. 강이 들어서자 줄타기를 구경하던 손님들이 힐끔거렸다. 강은 손님들을 훑어보았다. 만주족에 한족, 몽골족, 조선인까지 섞여 있었다. 원원이 보였다. 풍물놀이패와 함께 앉아 줄타기의 장단을 맞추고 있었다. 앵금을 타는 원원은 건강해 보였다. 시쥬와 함께 탁자에 앉으니 낯이 익은 여인네가 달려왔다. 죽은 참의 부인의 몸종이었던 쌍둥어멈이었다.

"아이고! 강이 도련님, 살아 돌아오셨군요. 여기서는 도련님이 팔기군과 함께 돌아오지 않아 별별 소문이 다 났었어요."

쌍둥어멈이 눈물부터 흘렸다.

"아주머니들도 모두 건강해 보이니 보기 좋소."

강의 말에 쌍둥어멈이 울다가 환하게 웃자 얼굴의 주름들이 물결처럼 가장자리로 밀렸다.

"도련님이 금주로 가신 뒤로 원원이 제 속환가를 내주었답니다. 이렇게 우리 조선 여인네들끼리 함께 사니 돌아가신 참의 부인마님이 더 생각납니다. 도련님도 저희 부인마님을 잊지 않으셨지요?"

포로로 끌려온 그 첫해를 어찌 잊을 수 있을까. 벌써 5년 전 일이 되었다. 그러나 강이나 쌍둥어멈에게는 어제 일처럼 생생했다. 쌍둥어멈은 사람들이 참의 부인을 잊을까 봐 안타까워하고 있었다.

"잊을 리가 있나요. 부인의 굳은 의지 덕분에 행군 중에 희생이 줄었지요. 다른 아주머니들도 잊지 못할 겁니다."

강의 말에 쌍둥어멈은 얼굴 가득 주름살을 떨며 울먹거렸다.

"그렇지요? 전 죽을 때까지 참의 부인마님을 기리는 것을 제 일로 생각하고 있어요. 제가 하지 않으면 우리 불쌍한 부인마님을 누가 그리겠어요."

쌍둥어멈은 치마를 들어 올려 코를 팽 풀었다. 강은 선, 참의 부인, 교리 부인, 겁에 질린 조선 포로들의 모습을 떠올렸다. 그로부터 5년, 이제 조선 포로들에게 심양은 탈출해야 하는 생지옥이 아니라 삶을 이어가야 하는 땅으로 바뀌어 있었다. 강은 놀란 표정으로 달려오는 원원을 바라봤다.

"얼마나 고생 많으셨어요."

원원 또한 얼굴 가득 기쁨을 담고 눈물을 흘렸다. 강을 찬찬히 살피더니 원원이 물었다.

"주란타이가 언제까지 붙잡아놓는답디까. 그만큼 싸워줬으면 이제 놓아줄 때도 됐는데……."

원원은 안타까운 듯 다시 강을 살폈다.

"내가 그렇게 험악해 보이오?"

원원은 얼른 대답을 못하고 강을 바라보기만 했다.

"나는 이제 구제받지 못할 살인귀가 되었소. 험악해 보이는 것도 무리는 아니지."

원원이 펄쩍 뛰었다.

"그런 말씀 마셔요. 사람이 어찌 한 가지 얼굴로만 산답니까. 저를 보세요. 5년 전 포로 시장에서 패악을 떨던 그 여자라고 누군들 생각하겠어요. 어쩌다 인생이 뜻하지 않는 방향으로 가더라도 자신을 놔 버리시면 안 됩니다. 누가 뭐래도 도련님은 여기 조선 사람들의 버팀목이십니다."

강이 허무하게 웃었다.

"어째 말도 그리 잘하오. 버팀목은 내가 아니라 원원이오. 이건 농이 아니라 정말이오."

원원도 쓸쓸히 웃었다. 이번에는 강이 원원의 얼굴을 찬찬히 살폈다.

"그런데 견딜 만은 한 거요? 포로장사를 하던 조혈귀 패거리들이 지금도 계속 설쳐대고 있소?"

"조혈귀 패거리는 요 1년 사이에 심양에서 철수했어요. 포로장사도 해먹을 만큼 다 해먹은 거지요."

"그럼 포로들이 이전보다는 지내기가 수월한 것이오?"

"세상이 오랑캐 것이 되었다고 심양으로 몰려드는 사람들하고 포로들 사이에 싸움이 끊이지 않으니 수월하다고는 할 수 없지요."

"싸우다니?"

"조선에서 귀순한 자들이 포로들을 종으로 사서 부리기도 하고 청인들보다도 더 우리 포로들을 개돼지 보듯 무시하니 끌려온 죄로 포로가 된 사람들은 울분이 쌓일 수밖에요."

강은 심양성 안을 돌아다니는 조선인 귀순자들의 모습을 떠올렸다. 당연히 그런 일이 일어날 만했다.

"그동안 그런 일이 많았소?"

"서로 죽어나갔는데, 아문에서는 귀순자들 편만 드니 포로들은 또 원한이 쌓일 수밖에 없지요."

원원은 길게 한숨을 쉬었다. 그리고는 덧붙였다.

"그래서 포로들끼리 더 뭉치게 되나 봅니다. 끌려오면서 겪은 그 공포와 고통을 이해해주는 사람들이 아무도 없으니까요. 살아 있으니 우리끼리라도 살아갈 수밖에요."

강은 고개를 숙이고 듣고만 있었다. 원원이 갑자기 기운이라도 북돋우려는지 목소리를 높였다.

"다들 강 도령이 어서 전쟁터에서 돌아오기만을 빌었답니다. 우리들의 한을 강 도령이 풀어주길 바라는 거겠지요."

강은 쓴웃음을 지었다. 지금의 자신이 포로들을 대신할 자격이 있는지 의심스러웠다. 어둠 속에서 베어져 풀숲으로 구르던 머리통과 피가 분수처럼 뿜어져 나오던 목의 단면과 한칼에 붉은 살점을 드러내며 나뒹굴던 명군들이 떠올랐다. 자신이 할 수 있는 일이란 의미 없는 죽임을 반복하다 그 죽임의 끝에 복수라는 죽임을 더하는 것뿐이 아닐까. 강은 갑자기 가슴이 무너져 내린 듯한 공허감에 몸을 떨었다.

원원이 다시 안타까운 표정으로 물었다.

"다시 산해관 쪽으로 보낸답니까?"

강은 자포자기한 표정으로 말했다.

"아무래도 그러지 않겠소. 주란타이가 산해관으로 들어가기 전까지는 날 놔줄 것 같지 않소. 그리고 이제는 전쟁터가 더 편할 지도 모르겠소."

원원은 한동안 안타까이 고개만 가로저었다.

"그럼 금주로 다시 가시기 전까지 제가 앵금을 가르쳐드릴게요."

강은 예전에 자신이 했던 말이 떠올랐다. 벌써 4년 전 일이었다. "내가 벌명전에 나갔다가 살아 돌아오게 되면 내게 앵금을 가르쳐주구려." 그때의 원원과 지금의 원원은 많이 변해 있었다. 아니 원원은 본래 이해심 많고 강한 여자였다. 강은 원원에게 의지하듯 말했다.

"훌륭한 선생 밑에 아둔한 제자가 될 듯하오."

"설마요. 그 반대일 듯합니다."

원원이 고개를 저으며 얼굴을 붉혔다.

1641년 7월, 명의 마지막 황제 숭정제는 홍승주 이하 여덟 명의 총병과 13만 명의 보병, 4만 명의 기병을 파병해 금주성 구원에 나섰다. 동원할 수 있는 병력을 모두 긁어모아 청을 금주 주변에서 몰아낼 기세였다. 이 싸움에서 청군은 막대한 사상자를 냈다. 홍승주의 전술이 통했던 것이다. '진영을 공격하여 단숨에 포위망을 뚫어라' 라는 전술답게 명군은 해일처럼 달려가 청군을 삼켜버렸다.

패전 소식은 곧바로 심양에 전해졌다. 홍타이지는 두려움을 느꼈다. 그동안의 수많은 전투가 수포로 돌아갈 찰나였다. 아픈 몸을 돌볼 겨를이 없었다. 심양에 교대로 들어와 있던 정황기와 양황기, 두 황기군에게 곧바로 송산으로 출발할 것을 명했다. 명군이 송산으로 집결한다는 첩보가 있었다. 방어를 상책으로 생각하는 명의 총병장 홍승주의 의도와는 달리 전쟁 비용이 두려워 속전속결을 바라는 병부상서의 명령 때문에 할 수 없이 명군이 송산에 진을 쳤다는 보고였다.

서행 날 아침, 홍타이지는 성황사에 가서 절을 하고 빌었다. 정황기, 양황기군은 이미 동문을 통해 나갔다. 강은 홍타이지의 전송을 위해 일찌감치 동문 앞에 나온 소현세자와 봉림대군을 먼발치로 보았다. 소현세자와 봉림대군도 홍타이지를 따라 곧 뒤따라 갈 것이라 했다. 홍타이지는 자신이 떠난 심양에서 볼모들이 명나라와 내통할 것을 염려하고 있었다.

밤낮을 쉬지 않고 송산으로 달렸다. 홍타이지가 코피를 쏟는다는 말이 진중에 돌았다. 정황기, 양황기 두 황기군은 천천히 달렸다.

"송산의 적은 개를 풀어 짐승을 쫓는 것처럼 쉬운 상대다. 코피 따위로 호기를 놓칠 수 없다. 서둘러라! 달려라!"

황제의 명령이었다. 양황기군은 다시 속력을 냈다. 코피가 멈추지 않아 그릇으로 받아냈다는 말이 여러 번 돌았다. 홍타이지는 그러면서도 빨리 달리라고 재촉했다.

닷새 만에 송산 척가보戚家堡에 도착했다. 밤낮을 달린 결과였다. 척가보는 금주 북쪽 50리에 위치해 있었다. 홍타이지는 이곳에서 도르곤에게 명령을 내렸다.

"짐이 도착했으니 송산과 탑산을 포위하라."

그런 뒤 직접 기마대를 이끌고 송산성 남쪽 산봉우리를 정찰했다. 홍타이지는 산 아래 빼곡히 모여 왔다 갔다 하는 명의 보병들을 살폈다. 정찰을 끝낸 뒤 홍타이지는 주란타이 이하 심복들에게 송산과 행산 사이 해변 지역 여러 곳에 큰 참호를 파고 길을 차단하라고 명령했다. 부하들은 송산과 행산 요로에 군대를 배치했다. 다음날 송산과 행산 일대에서 명군과 청군이 대격전을 벌였으나 승부는 나지 않았다.

홍타이지에게는 비밀 작전이 있었다. 명군과의 격전과 동시에 명군이 팔가산에 모아둔 열두 군데 식량창고를 탈취하는 것이었다. 13만 명의 명군 군량 보급로를 끊는 것이 우선이었다. 홍타이지는 식량창고 탈취 부대에 엄명을 내렸다.

"산해관을 넘어 청 제국을 건설하는 것은 이 일전에 달렸다. 한 덩어리가 되어 적을 무찔러라!"

군사들은 조용히 팔가산을 포위해 들어갔다. 열두 군데 식량창고의 위치에 대해서는 명군 투항자의 정확한 첩보가 있었다. 매복과 기습에 일가견이 있는 강도 투입됐다. 열두 군데 식량창고 주위에서 동시에 혈전이 벌어졌다. 서로 베고 찌르고 내리쳤다. 적보다 먼저 찌르고 다시 육박해오는 적을 먼저 찌르는 살육만이 곧 전투에서 이기는 길이었다. 청군의 수효가 많았다. 명군이 등을 보이고 달아나기 시작했다. 명군의 피로 칠갑을 한 강이 검은 하늘을 올려다봤다. 하늘은 홍타이지의 손을 들어주고 있었다. 송산과 행산 일대에서는 계속해서 명군과 청군의 살육전이 벌어지고 있었다.

명의 용장 홍승주가 "싸우려 하지만 힘이 없고, 지키려 하지만 식량이 부족하다"라는 말을 남기고 보병, 기병 3만 명을 이끌고 송산성으로 들어갔다는 보고가 홍타이지 이하 부하들에게 전해졌다. 홍타이지는 크게 기뻐했다. 닷새를 달려 이틀을 싸운 결과 승세를 붙잡았던 것이다. 만주 팔기군의 압승이었고 해안가를 차단한 몽골 팔기군의 전과였다. 홍타이지는 송산성 바깥에 진영을 설치하게 한 뒤, 깊이가 8척이나 되는 호를 파게 했다. 송산성 안의 명군은 군량이 부족하다며 성 밖의 아군을 성 안으로 들어오지 못하게 막았다. 성 밖 십만 명의 명군들이 행산과 탑산이 있는 서쪽으로 탈출하기 시작했다. 반드시 패할 것이라는 믿음이 명군 병사들을 공포에 떨며 달아나게 했다.

밤마다 탈출과 추격의 대학살극이 계속됐다. 밤낮이 바뀐 전투였다. 도망가는 명군의 등에 활을 쏘아댔고, 칼로 후볐고, 말발굽으로 짓밟았다. 거꾸러지는 명군 병사들 위로 명군 병사들이 또 자빠졌다. 명군의 시체가 바위와 잡초더미처럼 흩어져 쌓였다. 어둠 속 산과 바다는 살육의 생지옥이었다. 급기야 산과 바다에는 팽개친 갑옷과 군마가 산을 이루었고, 해수면에 떠 있는 시신은 기러기나 집오리 떼처럼 보였다. 바람에 실려오는 시체의 악취로 청군은 코를 싸맸다.

명군 5만 4천 명 이상을 참수했고, 군마 7천5백 필, 갑옷 9천4백 벌이상을 포획했다고 주란타이가 발표했다. 아픈 몸을 이끌고 달려온 홍타이지는 자신감을 되찾았다. 금주 전투에서 전군이 궤멸되다시피했던 설욕을 다 갚았다고 생각했는지 청군 진영의 분위기는 느긋해졌다. 송산성을 둘러 협성을 쌓고 명군과 대치했다.

홍타이지는 진영 가까이에 소현세자와 봉림대군을 데려다 놓고 감시했다. 조선에서 파병한 수군 천 명이 전투에 참여하고 있었다. 또 조선군 화기수들도 5백 명이 파병됐다. 홍타이지는 조선군 화기수들에게 큰 기대를 걸었다. 송산성에서 날아오는 포탄은 청군에게 위협적이었다. 화기에 익숙하지 않은 만주 팔기의 특성상 송산성을 공략하려면 조선의 포수와 화병이 필요했다. 그러나 파병된 조선군의 분위기는 청군에게 협조적이지 않았다. 조선군들은 공공연하게 "과거 상국이었던 명나라 군대를 어떻게 공격하냐"며 배에 구멍을 뚫거나 군량미를 바다에 버렸다. 이를 청군이 모를 리 없었다. 조선 수군을 조사했고 본보기로 수십 명에게 태형을 가했다. 탕보오가 강을 보고 말했다.

"야, 너희 나라는 참으로 한심하다. 너희 왕은 이미 우리 황제께 황금 145조각이 들어 있는 천 년 전 질 항아리를 바치며 충성을 맹세했는데 너희 군사들은 그것도 모르고 명나라를 상국이네 어쩌네 하면서 싸우려 하지 않으니. 그렇게 위아래가 손발이 안 맞아서야 나라 꼴이 잘 돌아가겠느냐?"

강은 대꾸하지 않으려다 확인하려고 물었다.

"왕이 황제께 항아리를 바쳤다니? 그게 언제요?"

"올해 봄이었는데 몰랐느냐? 그 항아리를 황궁 앞에 전시했는데 왜 너만 모르느냐?"

일이 터지고야 말았다. 조선 화기수들의 명중률이 현저히 떨어졌다. 홍타이지는 의심했다. 조선 화기수들의 총과 포를 철저히 검사하라는 지시가 떨어졌다. 한 포수의 총에 총알이 없었다. 총알을 넣지 않고 공포를 쏘고 있었던 것이다. 청군이 그자를 끌어냈다. 조사를 담당했던 탕보오가 물었다.

"어찌하여 총알을 넣지 않고 공포를 쏘고 있는가?"

조선 포수가 두렵지 않다는 듯이 주저 없이 말했다.

"명나라는 임진왜란 때 우리나라를 도운 은혜로운 나라요. 명나라를 치는 것은 하늘을 거역하는 일이오."

탕보오가 소리쳤다.

"너희 나라의 상국은 청나라다. 멸망시킬 수도 있었는데 우리 청나라가 너희 나라를 살려주었다. 은혜는 우리 청나라에 입은 것이다. 이런 청나라에 의리를 지키지 않는 조선군은 참형감이다."

세자를 수행하던 조선 관리가 달려왔다.

"살려주시오. 참형을 시키면 조선군의 사기가 떨어질 것이오. 백성들이 참전하면서 자비로 군량을 마련했소. 사채를 빌려 쓰고 전답을 팔면서까지 여길 와서 갚을 길이 막막해 제정신이 아닌 것 같으오."

탕보오가 조선 관리의 말은 무시한 채 칼을 꺼내며 소리쳤다.

"조선군 화기수들은 잘 봐두어라. 앞으로 공포를 쏘거나 일부러 목표물을 맞히지 않는다면 이 자처럼 될 것이다."

탕보오의 칼이 포수의 목을 벴다. 지켜보던 조선 화기수들의 얼굴이 얼어붙었다. 이후로 조선군 화기수들의 명중률은 높아졌다. 명군들이 몽골군보다 조선군 화기수에게 더 많은 상금을 걸었다는 풍문이 들려오자 홍타이지는 만족해했다.

그럼에도 명군의 포탄은 위협적이었다. 송산성 안에서는 홍타이지 진영을 향해 대포를 쏘아댔다. 말과 사람이 포탄에 맞아 죽어나갔다. 소현세자의 막차 근처에도 계속해서 포탄이 떨어졌다. 세자를 배종한 내관들이 새파랗게 질려 막차 주변에 방패처럼 둘러섰다. 몇몇은 막차를 후방으로 옮기게 해달라고 청군에게 사정했다. 한차례 교전을 끝내고 교대한 강이 진영에서 그 모습을 봤다. 강은 송산성을 포위한 협성 위로 올라갔다. 대포와 조선군 화기수들이 늘어서 있었다. 조선군 연병장이 강을 보고 다가와 소리쳤다.

"웬 놈이냐! 여기가 어디라고 함부로 올라오느냐?"

"저 밑에 세자의 막차가 위험하오. 여기서 포탄을 제대로 쏘지 못하면 세자가 죽을지도 모르오."

"넌 만주 팔기군인가 본데 네 자리로 돌아가지 못할까! 감히 여기가 어디라고 올라와 이러는 게냐!"

연병장이 막무가내로 칼을 빼들어 내려칠 기세였다. 탕보오가 달려왔다. 강이 탕보오를 향해 말했다.

"내가 여기서 포탄을 쏘아 성 안 대포를 박살 내면 소현세자의 막차를 후방으로 옮겨주시겠소?"

탕보오가 연병장과 화기수들을 잠시 둘러보더니 싸늘한 웃음을 흘렸다. 그리고는 그들을 노려보며 강에게 말했다.

"네가 송산성 안의 대포를 박살 내겠다고? 그럴 수 있단 말이냐?"

"그렇소. 거리만 잘 계산하면 가능성이 있소."

"그렇다면 왜 여기에 있는 조선 장수와 화기수들은 그 방법을 생각하지 않았을까, 그것이 궁금하구나. 뭐 좋다. 쏘아 맞힐 수 있는 실력이 있다면 맞춰보아라. 성공하면 주란타이 장군께 말해 세자의 막차를 옮기게 해주겠다."

송산성 안의 대포는 여전히 홍타이지의 진영을 향해 불을 뿜고 있었다. 강은 조선인 화병을 물러서게 하고 거리를 계산했다. 다림추로 대포의 각도를 맞췄다. 하나, 둘, 셋을 외치며 막 불을 뿜는 저쪽 대포를 향해 포탄을 쐈다. 우르릉, 쾅, 쾅. 포탄 터지는 소리가 연이어 하늘을 울렸다. 송산성 안의 대포가 포탄에 맞아 부서지면서 대포 옆에 두었던 포탄들도 잇따라 터졌다.

주란타이가 협성 위로 달려왔다. 대포를 두었던 포대가 무너진 송산성을 보고는 만족한 듯이 크게 고개를 끄덕였다. 주란타이가 연병장에게 물었다.

"지금과 같은 공격을 왜, 일찍이 할 수 없었나?"

연병장이 대답했다.

"송산성의 대포를 포격하라는 명령은 없었습니다."

주란타이가 소리쳤다.

"너희는 누구를 도와주기 위해 여기에 온 부대냐? 명나라냐?"

연병장이 주란타이 앞에 무릎을 꿇었다.

"그건 오해십니다. 저희는 청나라를 위해 목숨을 바쳐 싸우고 있습니다."

"내 너희의 안일한 태도를 황제께 고하겠다."

주란타이가 변명은 들을 것도 없다는 듯이 거칠게 몸을 돌려 홍타이지의 진영으로 말을 달렸다. 연병장은 남아 있는 강과 탕보오를 노려봤다. 그리고 강을 향해 조선말을 토해냈다.

"나는 조선의 장수다! 네놈보다 더 끔찍이 세자를 생각한단 말이다! 네놈이 이런 짓을 하지 않았어도 내가 세자를 돌봤을 것이다. 너는 하지 말아야 할 짓을 했다. 송산성이 무너져 명이 패하는 것이 조선에 무슨 도움이 되겠느냐!"

강이 소리쳤다.

"무슨 소리요? 지금 세자가 포탄에 맞아 죽게 생겼소. 그런데도 어찌 한가하게 명이니, 청이니 장기를 둘 수 있단 말이오. 그리고도 당신이 조선의 장수요?"

강의 외침에 연병장이 딱하다는 듯 혀를 차고는 강이 곁으로 바짝 다가와 소리쳤다.

"오랑캐 청 놈들에게 포로가 되다 못해 개가 된 놈이 이제 와 세자를 위한다고 나선단 말이냐?"

강이 칼을 빼들어 연병장의 목에 겨눴다.

"포로로 끌려왔든, 대장으로 끌려왔든 남의 전쟁에 끌려오기는 매한가지다. 덤벼라! 네놈이 할 수만 있다면 이 오랑캐의 개를 죽여보아라!"

강의 입에서 으드득 이 가는 소리가 들렸다.

"오냐, 좋다! 이 화냥년보다도 못한 놈아!"

연병장이 칼을 빼들었다. 장검끼리 부딪히는데 창이 끼어들었다.

"그만두지 못할까! 강이, 명령이다. 진영으로 돌아가라."

탕보오의 명령에 강은 거칠게 숨을 몰아쉬었다. 칼을 거두고 노려보던 강이 협성을 내려갔다. 탕보오도 조선 연병장을 비웃듯 노려본 뒤 강을 따라 내려갔다.

주란타이는 약속을 지켰다. 날이 밝자 세자의 막차가 송산 서쪽 10리쯤 되는 곳으로 옮겨졌다. 주란타이가 강을 불렀다.

"너는 조총과 대포도 다룰 줄 알았더냐?"

"조선에 있을 때 배운 것이오."

주란타이가 무릎을 꿇은 강을 내려다보며 고개를 끄덕였다.

"오늘부터 화기병 훈련장에 가서 훈련을 도와라. 네가 했던 기술을 그대로 가르쳐라."

주란타이 막사에서 나온 강은 허탈하게 한숨을 쉬며 진영을 둘러봤다. 군사들이 줄지어 배식대로 가고 있었다. 멀리 송산성이 바라다보였다. 그곳에서도 아침밥을 짓는 연기가 피어올랐다. 간밤에 올라갔던 협성으로 눈길을 돌렸다. 조선군 화기수들도 자기네들이 가져온 식량으로 주먹밥을 해 먹고 있었다. 으르렁거리던 연병장도 보였다. 손에 든 주먹밥이 뜨거운지 어제 오랑캐의 개라고, 화냥년보다도 못한 놈이라고 소리치던 혀로 연신 손을 핥는 것이 멀리서도 보였다.

강은 눈을 질끈 감았다 다시 떴다. 그런다고 전쟁터의 살풍경이 사라질 리 없었다. 적군이거나 아군이거나 허겁지겁 배를 채우는 모습에서 아직 살아 있음을 확인할 뿐이었다. 포로가 전쟁통의 살인의 대가로 치를 죗값이 무엇인지 가늠할 길 없지만 이제 분명한 것은 절대로 포로 이전의 자신으로는 돌아갈 수 없었다. 강은 비로소 포로라는 낙인이 자신의 이마에 찍히는 아픔을 느꼈다. 포로는 오랑캐의 개라거나 화냥년이라는 동족이 찍은 낙인의 또 다른 이름일 뿐이었다. 강은 터벅터벅 배식대로 향했다.

송산 전투 이후 명과 청의 전선은 영원성 밖 탑산이었다. 주란타이는 강을 행산과 탑산 주변에 배치했다. 또 2년이 흘렀다. '팔기군은 3개월씩 전선에서 번을 서고 심양에 와서 휴식을 취한다'는 규칙에서 강은 제외됐다. 북경에 입성할 때까지 주란타이가 자신을 놓아주지 않으리라는 것을 강은 잘 알고 있었다. 그러나 1643년 7월 중순, 장맛비가 한창인 탑산 주변 야영지에 도착한 주란타이는 직접 강을 찾아 심양 귀환을 명했다. 그의 옆에 하하가 서 있었다.

"심양으로 돌아가 휴식을 취한 뒤 하하와 함께 봉황성으로 가 키르사를 도와라."

의외였다. 강은 '봉황성'이라는 말에 가슴이 뛰었다. 봉황성을 넘으면 바로 청의 국경인 책문柵門이며, 책문에서 의주까지는 260리다. 조선과 가까운 봉황성으로 자신을 보내다니 그답지 않았다. 강은 어리둥절해하며 하하와 심양으로 향했다.

"딴마음 먹지 말어! 혹시라도 도망갈 생각이라면 내 칼을 부러뜨리고 가야 할걸. 구사어전이 왜 날 불렀겠나? 널 감시하는 대가를 키르사에게도 받아낼 작정이다!"

하하가 미리 침을 놓았다. 강은 변함없이 비열한 하하의 언행에 반응하지 않았다. 하하가 그런다고 봉황성까지 가서 탈출 기회를 놓칠 강도 아니려니와 자기 말을 들을 것이라고 믿을 하하도 아니었다. 어쩌면 하하와 강은 심양에서 서로를 가장 잘 알고 있는 상대인지도 몰랐다.

"키르사는 봉황성에서 뭘 하고 있소?"

강이 물었다.

"말이 백 마리에다가 노새가 백 마리는 된다고 하지 아마. 대여업을 하고 있는데, 이번에 말과 노새를 반으로 줄인다더구먼."

하하가 대답하며 강을 한번 쓰윽 훑더니 이죽거렸다.

"그나저나 키르사는 왜 자꾸 너한테 관심을 두는지 모르겠다. 힘 좀 쓰고 사람 잘 죽이는 팔기군이 어디 한둘이더냐? 하필 포로 놈에게 목을 매서 구사어전을 귀찮게 하니, 쯧쯧."

깐족대는 하하의 말투에 강은 인상을 찡그렸다.

"하고 싶은 말이 뭐요?"

"이번에 키르사가 대여업을 반으로 줄이는 일에 사람을 써야 하는데 구사어전에게 널 지목해서 봉황성으로 불러달라고 떼를 썼다더라고. 구사어전이 처음에는 안 된다고 그랬는데, 며칠을 떼를 쓰는 바람에 들어줬다는 거 아니냐. 그 덕분에 내가 구사어전에게 고용됐지만 말이다. 그런데 왜 그렇게 널 봉황성으로 불러내려고 할까?"

하하가 다시 음흉한 웃음을 흘렸다. 강이 대꾸하지 않자 하하가 혼 잣소리를 했다.

"엄연히 수흐라는 남편이 있는데 수흐를 따라 몽골로 가서 살지 않는 것도 그렇고, 아들이 하나 있는데 수흐 씨가 아니라는 소문도 있지 아마."

더 들을 것도 없다는 듯 강은 말을 채찍질해 앞서나갔다.

심양에 도착하고 하루 만에 강은 봉황성으로 출발하자고 했다. 하루라도 빨리 봉황성으로 가 탈출 기회를 잡고 싶었다. 하하는 예상하고 있었다는 표정으로 빙글빙글 웃으며 순순히 따랐다.

동틀 무렵 장맛비가 끊이지 않고 내리는 심양을 떠나 쉬지 않고 달렸다. 말도 강도 비에 푹 젖어 숨을 헐떡였다. 뒤를 돌아보니 숨이 턱에 찬 하하의 얼굴이 검은색으로 변해 있었다.

"어떻소. 여기서 쉬고 싶소? 아니면 봉황성까지 계속 가겠소?"

골리듯 말하는 강에게 비 맞은 초가집 꼴인 하하가 턱에 찬 숨을 고르며 허세를 부렸다.

"뭐 못할 것도 없지. 가자! 가자고!"

강이 앞서 달리며 박차를 차자 말이 쏜살같이 내달았다. 하하가 강을 따라잡으려고 말에 채찍질을 했다.

마운령 고개를 넘을 때 비가 그치고 해가 났다. 강은 6년 전 자신이 잡혔던 계곡 아래를 내려다봤다. 청군에게 잡혀 끌려가던 그날이 다시 떠올랐다. 이 진사와 성남도 생각났다. 그해 그들을 묻었다. 그리고 방 서방과 세 명도 묻었다. 모두 6년 전 일이다. 무덤에는 백골만 남았을 터였다. 강이 생각을 떨치기라도 하듯 다시 박차를 가했다. 마운령에서 봉황성까지는 빨리 달리면 반나절 거리다. 연산, 통원보, 팔도하, 송참을 지나 석양이 벌판을 물들일 때쯤 봉황성 성벽 앞에 다다랐다.

겨우 쫓아온 하하가 검은 얼굴을 들고 헉헉대며 말했다.

"이제부터 네놈 하는 짓을 다 구사어전한테 보고하기로 했으니까, 행동 조심하라고!"

봉황성 문으로 앞서 나가던 하하의 말 엉덩이를 강이 걷어찼다. 하하의 말이 앞발을 들며 뒤챘다. 방심했던 하하가 말에서 떨어져 구르더니 벌떡 일어나 말 위의 강의 발을 잡아당겼다. 강이 잡아당기는 하하의 손을 걷어차는데 멀리서 여자의 새된 소리가 들렸다.

"뭐야! 왜 성문 앞에서 싸움질이야! 탑산에서 예까지 오면서 계속 이런 거야?"

키르사였다. 아리강 빙상 격구장에서 본 것이 마지막이었으니, 5년
만이었다. 꽁꽁 언 아리강을 부른 배를 해서 이리저리 휘젓고 다니던
키르사였다. 예전의 통통하던 볼살은 없어지고 근육으로 다져진 거센
여자가 말 위에 앉아 있었다. 하하가 앞으로 나섰다.

"키르사 마님! 나와계셨습니까. 제가 강이를 끌고 마방으로 가보려
던 참입니다!"

말 위의 키르사가 하하를 내려다보았다.

"어서 말에 오르기나 해. 오늘은 쉬고 내일부터 일 시작해."

키르사가 먼저 성문으로 들어갔다. 멀리서 말 탄 사내아이가 이들
을 지켜보다가 키르사 뒤를 따라 들어갔다.

다음날 강과 하하가 마방에 가보니 키르사의 말과 노새에는 이미
등급을 매긴 목줄이 걸려 있었다. 하하가 불만을 터트렸다.

"이렇게까지 다 해놓고 네가 왜 필요한 거냐구?"

강은 붉은색과 흰색 목줄을 한 말과 노새를 둘러봤다. 흰색 목줄이
팔 것들인 듯했다. 붉은색 목줄을 한 것들보다 늙거나 빈약하거나 털
이 거칠어 보였지만, 운반에는 지장이 없어 보였다. 하하 말대로 이
쉬운 일에 키르사가 굳이 자신을 불러낸 이유를 알 수 없었다. 그때
키르사가 나타났다.

"내 아들 강트므르가 줄을 걸어놓은 거야. 이제 여섯 살인데 사내
몫을 한다구."

강은 뒤를 돌아보았다. 아니나 다를까, 사내아이가 자신을 쏘아보
고 있었다. 여섯 살 치고는 골격이 컸다. 제 외할아버지 주란타이의
피를 물려받아서인지 눈빛과 버티고 선 풍신이 만만치 않아 보였다.

"흰 줄을 건 것 중에 다시 붉은색으로 분류할 것들을 살펴봐."

키르사가 아이를 데리고 나가면서 지시했다. 강과 하하는 성 밖 야판으로 가축들을 끌고 나갔다. 배설 상태나 악벽의 유무, 지구력 등을 직접 몰아보며 살폈다. 몰고 나온 백 마리 중 스무 마리는 아직 팔아 버리기에는 아까웠다. 야판으로 따라나온 키르사에게 강이 말했다.

"여기 말 열 마리와 노새 열 마리는 아직 팔기에는 아깝소."

"그래? 그러지 뭐."

키르사가 간단하게 대답하더니 나머지 가축들을 넘길 업자를 야판으로 데리고 왔다. 업자는 가축들을 한번 훑어보고는 값을 불렀다. 키르사가 업자를 노려보았다.

"내 아버지가 누군 줄 알지. 값을 후려치려고 하면 안 돼! 그랬다간 저기 전장에서만 굴렀던 포로 놈이 가만두지 않을걸!"

키르사가 강을 손가락질하며 업자를 노려보았다. 업자는 강을 힐끔 쳐다보더니 값을 올려 불렀다. 그 자리에서 은 열 덩이가 가축 값으로 치러졌다. 일이 끝나자 하하가 중얼거렸다.

"아무튼 포로를 놔준다든지, 법을 위반하는 놈은 이 하하가 가만두지 않을 거야!"

"뭐라고?"

키르사가 그 말을 듣고 발끈했다. 하하가 능청스럽게 대꾸했다.

"아, 전 바른말만 합니다요, 키르사 마님."

"근데 그런 말이 왜 여기서 나와!"

"그러게 말입니다요. 말을 하자면 그렇다 그 말입죠. 헤헤."

얼른 꼬리를 내리는 하하를 키르사는 노려보기만 했다.

그날 밤 강은 곯아떨어진 하하를 확인하고 객관을 나왔다. 청나라 관할인 책문이 열릴 때에 맞춰 도착하려면 서둘러야 했다. 그리고 키르사나 하하가 책문까지 쫓아오더라도 피할 방도를 생각해야 했다. 강이 객관을 나가자 잠든 줄만 알았던 하하가 칼을 들고 일어났다. 하하가 방문을 열고 바람처럼 움직였는데, 채찍이 날아와 하하의 칼을 떨어뜨렸다. 키르사였다.

"쫓지 마. 지금은 장마야. 어차피 놈은 압록강에 빠져 죽거나 다시 심양으로 돌아오거나 둘 중 하나야. 네가 필요한 것은 이걸 테니 이거나 받아."

키르사가 은덩이 하나를 하하의 가슴팍에 던졌다.

강은 7년 전의 절망감을 떠올리며 길가의 객점들을 살폈다. 책문은 포로로 끌려오면서 지나쳤던 7년 전과는 판이했다. 공포와 체념을 뒤집어쓴 넝마의 긴 행렬 옆으로 띄엄띄엄 민가가 있었는데 이제 민가는 객점 뒤로 골목을 만들며 들어앉았다. 아직 새벽녘인데도 거리에는 청인과 조선인들이 바쁘게 오갔다. 책문 심사대를 넘으려는 허가장을 갖춘 상인들일 터였다.

우선 옷부터 갈아입어야 했다. 심양 원원의 객점에서 들어둔 말이 있었다. '책문에 가면 조선옷과 가짜문서를 파는 객점이 있다. 돈만 내면 가채로 교묘히 변발도 가려주고 정교한 문서도 만들어준다.' 강은 얼핏 들었던 객점의 모습을 생각해냈다. 말을 끌고 거리를 한 바퀴 돌았다. 심양에서 들은 객점의 특징과 비슷해 보이는 문 앞에 말을 묶어두고 들어가자 호복한 남아가 쪼르르 달려나왔다.

"어른은 안 계시느냐?"

묻는 말에는 대답도 않고 아이가 뛰어들어가 버렸다. 안쪽에서 아이의 말소리가 들렸다.

"아버지 손님 왔어요."

조선말이었다. 아버지란 자가 안에서 나왔는데 깐깐한 훈장처럼 생겼고 역시 호복을 하고 있었다. 문 앞에 서 있는 팔기군 복장을 한 강을 훑어보더니 물었다.

"심양에서부터 오시는 거군요. 아침은 드셨습니까?"

강은 주저하며 대답했다.

"아직 못 먹었소."

주인 남자가 그 한 마디로 다 알겠다는 듯이 강을 아래위로 훑더니 일사천리로 말했다.

"그럼 식사부터 하고 계십시오. 조선 옷과 허가장을 마련하려면 시간이 좀 걸립니다."

강이 긴장을 풀며 물었다.

"시간이 얼마나 걸리겠소?"

"아침나절 책문이 열릴 때까지는 맞출 수 있을 겁니다. 그리고 비용은 어떻게 지불하시겠습니까?"

주인 남자의 질문에 강이 문 앞에 매어둔 말을 가리켰다.

"저거면 충분할 거요."

주인이 문밖을 살폈다. 강과 함께 전장을 누볐던 말이 푸르륵 콧김을 뿜었다.

"우선 식사부터 하시지요. 그동안 준비를 해놓겠습니다."

강은 밥을 먹으면서도 긴장했다. 등 뒤 변화에 집중했다. 하하 아니면 키르사, 책문을 지키는 청군 누구라도 덮칠 수 있었다. 하지만 책문을 넘을 다른 방법이 있는 것도 아니었다. 식사를 마치자 주인이 방으로 들어오라고 했다. 거기에는 바지저고리와 두루마기가 잘 개어져 있었고 상투 머리 가채와 갓도 있었다. 그리고 가짜 허가장이 있었다.

"보시다시피 문서에는 세자관 도장이 찍혀 있습니다. 손님 이름은 이제부터 여기 이 문서대로 문희복입니다. 목수로 들어왔다가 병이 들어 일행과 떨어져 이제야 나가는 것으로 꾸몄습니다. 이름과 사정을 잘 외워두시고 책문에서 허락이 떨어지면 지체 말고 빨리 나가도록 하십시오."

주인 남자는 서둘러 옷과 가채를 갖추어주었다.

"책문 앞 통행심사가 바로 시작될 겁니다. 어서 가서 줄을 서십시오."

주인은 강을 이끌고 밖으로 나오더니 길을 가리켰다.

"곧장 가면 목책이 보일 겁니다."

그리고 덤덤히 말고삐를 잡고는 강과 반대 방향으로 가버렸다.

심사대에는 봉황성에서 파견된 책문어사와 군사들이 있었다. 줄이 길었다. 심사대만 통과해 책문을 넘으면 청나라 관할에서 벗어난다. 그다음 금석산을 지나고 구련성을 지나면 바로 압록강이었다. 걸어가도 하루 반나절이면 압록강에 다다를 수 있었다.

줄 선 자들은 말이 없었다. 하나같이 옆 사람의 눈길을 피해 앞만 바라보고 있었다. 강이 자신만 책문을 넘지 못할까, 두려워하는 것 같진 않았다. 오로지 심사대 쪽 군사들을 주시하며 긴장하고 있었다. 줄이 점점 줄어들었다. 심사대 앞에서 통과된 사람들과 제외돼 다시 조사받는 사람들로 나뉘었다. 강은 다시 줄 선 사람들을 살폈다. 심사대에 가기도 전에 사색이 된 자들, 어금니를 악물고 심사대를 노려보는 자들, 두근거리는 가슴을 누르고 줄을 따라 앞으로 나가는 자들, 저마다 행동은 달랐지만 긴장하는 것은 매한가지였다. 강은 군사들을 꼼꼼히 살폈다. 심사대에서 정체가 드러나면 어떤 놈의 무기를 빼앗아 어떤 길로 달아나는 것이 좋을지 동선을 계산했다.

"증명서."

군사가 짧게 말했다. 강이 앞사람이 심사대에 서 있었다. 손목과 발목이 드러난 깡뚱한 바지저고리에 보따리를 든 사내가 우물쭈물거렸다. 군사가 재촉했다.

"증명서 빨리 내놔."

"없소."

사내는 한숨 같은 소리를 뱉었다.

"없다니? 조선에서 들어올 때 발급받은 증명서가 없다는 거냐? 증명서가 없으면 포로로 간주한다."

사내는 그제야 정신이 났는지 사정을 하기 시작했다.

"이보시오, 나으리. 포로라니. 내가 정말 포로라면 책문으로 나가겠다고 나서겠소? 요양에 인삼 팔러왔다가 인삼도 증명서도 다 잃어버렸소."

"그럼 이 보따리는 뭐냐? 끌러봐라."

"흙이오. 흙!"

"흙을 왜 가지고 나간단 말이냐."

"동생이 정묘년에 포로로 끌려왔는데 5년 전에 요양에서 죽었소. 동생 죽은 자리에서 퍼온 흙이오."

"지금 그 말을 믿으라고 하는 거냐?"

청군과 사내가 실랑이하는 것을 옆에서 듣고만 있던 책문어사가 끼어들었다.

"끌고 가서 다시 조사해라. 요양에 사람을 보내 알아봐라."

군사들에게 끌려가면서 사내가 소리쳤다.

"난 무고하오! 내 말은 다 사실이오. 요양에 알아보시오! 난 거짓말한 거 없소!"

책문어사가 인상을 쓰며 다음 차례인 강을 훑었다. 강의 증명서를 살펴보던 군사가 물었다.

"무슨 병이 걸렸더랬소? 심양에 두역이 유행이라는데 두역이오?"

"아니요. 토사곽란으로 죽다 살아났소."

"짐은 없소?"

"급료로 받은 은 열 냥이 전부요."

강이 주머니에서 돈을 꺼내 보였다. 군사가 책문어사를 돌아봤다. 책문어사가 고개를 주억거렸다. 군사가 강이 손에 있는 은 열량 중에 두 냥을 가져갔다. 군사가 말했다.

"통과."

강은 목책 울타리가 이어진 곳을 향해 곧장 걸었다. 울타리만 넘으면 쫓아오는 하하도 키르사도 잊을 수 있었다. 강이 드디어 목책 울타리를 넘었다.

목책 울타리 밖에는 장사치들도 있었고, 가족이 책문을 통해 나오기를 기다리는 친지나 심부름꾼도 있었다. 말과 수레를 빌려주는 마부도 있었다. 그들은 사람들이 목책을 통과해 나올 때마다 박수를 쳤다. 구경하던 자들이 나오는 자에게 몰려들었다. 떡도 팔았고 밥도 팔았고 술도 팔았다. 책문을 통과하느라 긴장했던 자들은 들판에 앉아 한숨 돌렸다. 압록강까지 가려면 배를 채우고 말과 수레도 빌려야 했다. 그도 아니면 굶고 걸을 수밖에 없었다.

강은 장사치들을 피해 잠시 나무등걸에 앉았다. 말을 주인 남자에게 넘기지 않았다면 책문어사나 군사들에게 걸렸을 것이다. 팔기군 말에는 표식이 있었다. 마부들이 사람들 사이를 분주히 오가며 말 값을 흥정 중이었다. 강이 나무등걸에서 일어났다. 말을 보아야 흥정도 할 수 있을 것 같았다. 강이 마부들이 몰려 있는 들판으로 내려가는데 따라붙는 자들이 있었다. 동저고리바람에 맨 상투 차림이었다. 누구의 심부름꾼이나 노복 같았다. 다섯 명, 패거리 중에 낯익은 자가 있었다. 강은 좀 놀랐다. 6년 전 류조 호에서 통역해달라고 강을 붙잡았던 장쇠 그자였다. 강은 말들이 묶여 있는 곳을 지나쳐 걸었다. 위쪽 구릉 쪽에는 옛 성의 잔해가 엄폐물처럼 남아 있었다. 강이 옛 성터로 올라갔다. 다섯 패거리가 강의 뒤를 쫓았다. 강이 걸음을 빨리했다. 패거리들도 급히 쫓아왔다. 강이 돌아봤다. 놈들 손에는 긴 칼이 들려 있었다. 강이 무너진 성벽을 방패 삼아 등을 대고 섰다.

"웬 놈들이냐!"

놈들을 재빨리 둘러봤다. 낯이 익은 것은 장쇠 뿐이었다. 장쇠가 그러는 강을 보며 빈정거렸다.

"알아보시겠는가? 나야, 장쇠. 죽지 않고 살아 있구먼, 강 도령."

저희 패거리들을 돌아보더니 짧게 뱉었다.

"해치워!"

패거리들이 동시에 칼을 휘둘렀다. 강이 성벽으로 뛰어올랐다. 앞에 두 놈의 칼이 성벽 흙에 꽂혔다. 뛰어내리며 두 놈을 양발로 걷어찼다. 두 놈의 칼이 강의 양손에 들렸다. 공격해 들어오는 다음 두 놈을 피해 다시 성벽으로 뛰어올랐다 뛰어내리며 두 놈의 어깨에 칼을 꽂았다. 꽂은 칼을 비틀려는 다음 동작에서 강은 멈췄다. 그렇게 하면 놈들의 팔이 잘려나갈 것이다. 이건 전투가 아니었다. 강은 조인 나사를 풀듯 주위를 둘러보며 자신을 가라앉혔다. 먼저 나가떨어진 두 놈이 멀리 달아나고 있었다. 강이 칼을 뽑았다. 두 놈이 그제야 피를 흘리며 쓰러졌다. 강은 나머지 한 놈, 얼어붙은 듯 서 있는 장쇠를 노려봤다. 가끔 놈이 궁금하긴 했다. 왜 하필 그날 새벽 갑군들이 들이닥쳤을까. 남초를 팔려던 패거리 일곱 명은 처형됐다. 그들은 장쇠 놈이 첩자라고 말했었다. 장쇠가 달아나기 시작했다. 강이 칼을 던졌다. 칼이 놈의 상투를 자르고 나무에 꽂혔다. 두 번째 칼을 던졌다. 넓적다리에 박히자 놈이 거꾸러졌다. 강이 다가가 놈의 다리에 박힌 칼을 빼내 목에 겨눴다.

"누구냐? 너를 사주한 놈이."

장쇠가 겨우 더듬거렸다.

"칼, 칼부터 치워주시오."

"네 목숨은 아까운 게로구나. 네놈 때문에 6년 전 일곱 명이 죽었다."

강이 칼에 슬쩍 힘을 줬다. 놈이 비명을 질렀다. 살갗에서 피가 흘렀다.

"살려주시오, 제발. 목숨만 살려준다면 다 말하겠소."

강이 칼을 거뒀다. 칼을 맞은 두 놈이 달아나지 않고 이쪽으로 다가왔다. 강이 다시 칼을 들었다. 장쇠가 급히 말했다.

"저 두 놈은 내 동생들이오. 형이 죽을까 봐 사정하러 오는 게요."

옷을 찢어 어깨를 묶은 두 놈이 형을 부축해 앉혔다. 한 놈이 강이 앞에 무릎을 꿇었다.

"아까 저희를 죽일 수도 있었는데 살려주신 것, 여기 형과 동생을 대신해 감사드립니다. 다 말하겠습니다. 누가 시켰고 무슨 사정인지. 그 전에 형의 다리부터 동여매게 해주십시오."

강은 세 놈이 옷을 찢어 상처를 동여맬 동안 망연히 옛 성터를 바라봤다. 언제적 성터였는지 성벽은 군데군데 옛 자취만 남아 있었다. 성벽을 쌓았던 자, 성을 지켰던 자, 성을 공격했던 자들도 이 길을 오가며 죽고 죽였을 터였다. 포로로 잡혀 온 형을 못 잊어 동생들이 심양으로 찾아왔다고 했던 6년 전 장쇠 놈의 말은 사실이었다. 강은 나무 밑에 붙어 앉은 세 놈을 내려다봤다.

"조혈귀요. 조혈귀가 시킨 것이오. 그렇지만 우리도 조혈귀의 포로요."

장쇠의 입에서 조혈귀라는 말이 튀어나왔다.

장쇠는 다 털어놓기로 작정한 듯했다. 6년 전 류조 호 패거리들을 배반한 것은 사실이랬다. 청 놈 주인이 형을 찾아온 동생들까지도 포로로 만들어버렸다고 했다. 동생들 때문에 도망 자금을 마련할 수밖에 없었다. 탈출했지만 의주에서 조혈귀 패거리에게 발각됐다. 용천까지 도망갔다가 시키는 일을 하면 눈감아준다는 말에 이제까지 책문 주변에서 그들의 심부름꾼 노릇을 하고 있다고 했다.

"이 생활도 지긋지긋하오. 하루 이틀도 아니고, 나 하나라면 바다에라도 나가 놈들이 모르는 곳으로 도망치겠지만 동생이 두 놈이나 되니……. 그저 밥 한술 얻어먹는 죄로 놈들이 시키는 대로 사람 사냥이나 하다가 죽어야 하는 신세요. 이 신세가 포로보다 낫겠소?"

강이 물었다.

"조혈귀를 보았는가?"

장쇠는 고개를 가로저었다.

"아니요. 우리는 그저 책문 주변에 있다가 조혈귀 부하가 와서 시키는 대로 사람을 잡았을 뿐이오. 강 도령을 잡으라면서 화상을 보여주길래 본 적 있다고 했더니 화상은 도로 가져갔소. 애하 주변과 압록강변에도 심복들을 풀어놓았다고 했소. 화상이 열 장도 넘는 것 같았소. 도령을 죽이는 놈은 한밑천 단단히 챙겨준다고 했소. 뭐 한밑천 잡기도 전에 도령한테 죽겠지만서도."

장쇠는 처분만 바란다는 듯이 동여맨 다리를 쭉 펴고 앉아 있었다.

"조혈귀에게 매수당하지 않은 관리들이 없다고 합디다. 만포 첨사, 의주 부윤, 만포 현령 모두 그놈 손아귀에 있다고 들었소."

강은 다시 옛 성터로 눈길을 돌렸다. 시키는 대로 사람 사냥을 한 장쇠 놈이나, 청 놈들의 전쟁터에서 사람 사냥을 한 자신이나 무슨 차이가 있을까 따지는 것 자체가 너무도 덧없는 일이었다. 강은 잔해만 남은 옛 성터를 무연히 바라보다 덤덤히 말했다.

"은 닷 냥이다. 상처를 치료한 뒤, 놈들을 피해 산으로 들어가라. 집을 짓고 화전을 일굴 돈은 되지 않겠느냐.”

강은 닷 냥을 장쇠에게 주고 돌아섰다. 장쇠가 붙잡듯 소리쳤다.

“그래도 압록강을 건너가려 하시오?”

강은 못 들은 척 성큼성큼 옛 성터를 내려갔다.

빌린 말을 타고 달렸다. 밤이 되자 빗방울이 떨어지기 시작했다. 비는 추적추적 그치지 않고 내렸다. 숲이고 들판이고 비에 푹 젖었다. 말을 재촉해서 길을 가는 편이 머물러 비를 맞는 것보다 나았다. 새벽이 돼서야 애하에 다다랐다. 새벽안개가 이리저리 몰려다니는 애하강변을 둘러보았다. 물이 불어 강과 하늘에 경계가 없었다. 하늘과 애하가 한데 엉켜 물보라를 일으켰고 수시로 용트림을 하며 우당탕거렸다. 곧장 세상을 삼켜버릴 기세였다. 말을 돌려 애하 하류 쪽으로 내려갔다. 압록강과 맞닿은 곳에 이르자 애하는 한숨을 돌리듯 넓은 압록강의 품으로 섞여 들어갔다.

압록강 건너를 바라봤다. 그곳에 있어야 할 조선 땅은 안개에 휩싸여 모습을 드러내지 않았다. 다만 안개와 구름으로 뒤덮인 압록강이 망망대해처럼 물결을 일으키며 빠르게 흐르고 있었다. 서둘러 강변을 거슬러 올라갔다. 비가 그치기 시작했다. 물안개가 달아나고 구름을 헤집고 해가 나왔다. 강은 압록강 건너를 주시했다. 달아나는 구름과 안개 사이로 누각의 모습이 나타났다. 구름 위에 떠 있듯 나타난 누각은 의주의 통군정이었다. 7년 만이었다. 강의 눈시울이 부르르 떨렸다. 강은 말고삐를 움켜잡았다. 뜨거운 눈물이 강의 거친 뺨을 타고 흘러내렸다. 강은 말 등을 쓰다듬으며 뚫어져라 강 너머만 바라봤다.

조선 땅이 바라다보이는 압록강변에 도착했다는 것이 믿기지 않았다.

7년 전 조선 포로들이 강을 건널 때는 얼음이 녹는 2월이었다. 청군은 강 위의 섬에 포로들을 부려놓고 다시 강가로 가서 포로들을 태워왔다. 섬에 부려진 포로들은 감시가 소홀한 틈을 타 강물에 몸을 던졌다. 포로들이 강으로 뛰어들자 청군들은 섬에 부려진 포로들을 닥치는 대로 죽였다. 갈대밭으로 달아나 몸을 숨긴 포로들만 겨우 목숨을 건졌다. 강은 물이 넘실거리는 압록강을 바라보며 그 섬을 찾았다. 하지만 물이 불어 섬들은 보이지 않았다.

강은 강변을 거슬러 나루터를 향해 갔다. 멀리서 한 떼의 사내들이 강을 향해 달려왔다. 놈들의 손에는 흰 종이들이 펄럭였다. 화상 같았다. 족히 열 명은 넘는 듯했다. 강은 장쇠의 말이 생각났다.

"조혈귀가 압록 강변에도 심복들을 풀어놓았다고 했소."

말을 돌렸다. 마이산 쪽으로 향했다. 놈들은 강가에서 멈추더니 더는 쫓아오지 않았다. 강이 내려다보이는 산 중턱에서 말을 멈췄다. 하늘을 올려다봤다. 해가 다시 구름 속으로 모습을 감췄다. 멀리서 먹구름이 몰려오고 있었다. 폭우를 담은 먹구름이었다. 강을 건너려면 서둘러야 했다. 강 상류 쪽을 살폈다. 배만 있다면 상류 쪽에서 건널 수도 있을 것이다. 그러나 배도 사공도 모두 의주 관할이다. 장쇠는 조혈귀가 의주 부윤, 만포 첨사, 만포 현령 모두를 매수했다고 했다. 더 지체하다간 추격자들이 몰려들 터였다. 강이 다시 강변으로 내려가려는데 멀리서 달려오는 자가 있었다.

"선달님, 강 건너실 거예요?"

열두 서너 살 정도 됐을까. 아직 어린 티가 남아 있는 소년이 강이 앞에 서더니 숨을 몰아쉬었다.

"아까부터 보고 있었어요. 여기서 보면 저 아래 강가가 다 보여요. 사람들한테 쫓겨서 올라온 거 아니에요?"

강은 소년을 훑어봤다. 다 찢어진 동저고리 바람에 맨발이었다. 거지 행색이나 다름없는 소년이 강을 빤히 쳐다봤다. 그러더니 다시 재촉했다.

"강을 건널 거예요? 말 거예요? 강을 건너겠다면 내가 건너 줄 수도 있어요."

강은 반신반의하면서 물었다.

"네가 여기 뱃길을 아느냐?"

"아다마다요. 여기 사는 사람들 모두 내 나이쯤 되면 뱃길 정도는 다 알아요."

강은 소년보다 노를 저을 어른이 필요했다.

"너희 집에 어른은 계시냐?"

"아버지는 사공이라 벌써 강으로 내려가셨어요."

"그럼, 네 아버지가 젓는 배에 탈 수 있겠느냐?"

소년의 태도가 느긋해졌다.

"글쎄, 그건 될지 모르겠는데……."

절박한 처지인 강이 소년에게 매달리고 있었다.

"돈은 내겠다."

갑자기 소년이 소리쳤다.

"이보세요, 선달님! 여기서 살다 보면 선달님 같은 사람들 하루에도 몇 차례씩 본다구요. 강을 건너기도 전에 의주 군뢰들에게 잡혀가는 사람들 말이에요. 아마 선달님도 나룻배에 타기도 전에 군뢰들에게 잡힐지도 몰라요. 그건 내가 책임 못 져요."

강이 기가 막혀 혀를 찼다.

"어린놈이 말을 되바라지게도 하는구나."

소년이 기도 안 죽고 말을 받아쳤다.

"되바라지다고요? 도와주려고 뛰어온 사람한테 그게 할 말이에요? 그럼 난 가요. 혹시 강을 건너 줄 사람이 필요하면 저 아래 인가에 와서 삼복아! 하고 외치세요."

소년이 돌아서 갔다. 강은 헛웃음을 참으며 말했다.

"잠깐 기다려봐라. 내가 너를 못 믿겠다는 것이 아니다. 내 보기에는 네 나이가 너무 어리다. 봐라. 강물이 이렇게 불었지 않느냐. 혹시라도 배가 뒤집히면 너나 나나 물귀신이 될 텐데. 그래도 할 수 있겠느냐?"

소년이 눈을 이리저리 굴리더니 강을 쳐다봤다.

"좋아요. 그럼, 사공에게 말해줄게요. 얼마 줄 거예요?"

강이 다그쳤다.

"사공이라니, 네 아버지라며?"

소년이 오히려 배를 내밀며 몰아쳤다.

"내 참, 사공이 우리 아버지 맞다구요. 선달님, 참 의심도 많네요."

강은 입맛을 다시며 속는 셈 치고 말했다.

"은 한 냥 주겠다. 이거면 되겠느냐?"

소년이 씨익 웃었다.

"좋다마다요."

삼복이라고 했다. 강은 그 아이가 권하는 대로 동저고리 바람으로 대나무 단을 지고 강가로 갔다. 아까 쫓아오던 한 떼의 사내들이 강을 찾고 있었다. 그들은 머리에 수건을 동인 노복 차림의 강을 그냥 지나쳤다.

나루터는 장맛비로 떠내려갔고 임시로 만든 나루에는 배와 사람들이 뒤엉켜 있었다. 무겁게 가라앉은 먹구름이 드디어 폭우를 뿌리기 시작했다. 큰 배가 네 척이었다. 의주부에서 나온 관원들이 배 타는 사람들을 하나하나 조사하고 있었다. 검사를 받고 배를 타는 도포 입은 사내 뒤를 바짝 따라갔다. 군사가 불렀다.

"여봐, 그 짐은 누구 거냐?"

강이 무겁다는 듯이 끙끙대며 대꾸했다.

"보면 모르겠소. 앞에 가는 저 선달님 것 아니오. 무겁소, 빨리 부리게 해주시오."

앞서 가던 사내가 돌아봤다. 폭우 소리에 강과 군사가 하는 대화를 듣지 못한 듯했다. 군사는 사내가 돌아보는 것을 재촉하는 것으로 여겼다.

"어서 갖다 부려라."

배 안은 사람들로 혼잡했다. 강은 짐이 쌓인 곳으로 가 대나무 단 사이에 숨겨둔 검은 천을 꺼내 뒤집어썼다. 배를 탄 사람들은 폭우에 과연 배가 출발할지에만 신경 쓰고 있었다. 얼마나 지났을까. 배가 움직이기 시작했다. 그때였다. 화상을 든 사내들이 소리를 지르며 배에 올라탔다. 사내들이 사람들을 밀치며 욕을 해댔다.

"야, 구석을 뒤져. 아니 짐 뒤쪽으로!"

한 놈이 지시하자 여러 놈이 쌓인 짐 쪽으로 다가왔다. 놈들이 칼로 짐을 찌르기 시작했다. 사람들이 짐이 망가진다고 소리쳤다. 그때 검은 물체가 강물 속으로 풍덩 빠졌다. 쫓던 사내들도 강물로 뛰어들기 시작했다. 큰 배 네 척이 차례로 나가려다 물로 뛰어드는 사내들 때문에 부딪히고 엉켰다. 배 안은 아수라장이 됐다.

강변으로 올라온 강이 달리기 시작했다. 숲을 향해 달아나는 강이 뒤를 사내들이 쫓아갔다. 강은 만일을 생각해서 삼복에게 강가 숲에 말을 매어두고 숨어 있으라고 했다. 하지만 삼복이 말을 몰고 도망가버렸을 수도 있었다. 강은 의심스러웠지만 소리쳤다.

"삼복아, 삼복아!"

강이 앞으로 말이 달려나왔다. 놀랍게도 삼복이가 말을 몰고 있었다. 강이 말 등으로 뛰어올랐다. 말고삐를 잡은 강이 방향을 틀어 다시 마이산 쪽으로 달렸다. 뒤를 돌아보니 놈들이 계속 쫓아오고 있었다.

"마이산 쪽으로 가면 안 돼요! 아까 놈들이 산으로 올라가는 것을 봤어요. 상류로 가요!"

강이 앞에 앉은 삼복이 외쳤다. 강은 곧장 모래톱 위의 숲으로 달렸다. 폭우는 기세를 더해 대죽처럼 모래밭에 내리꽂히고 있었다. 화살이 날아왔다. 숲에도 매복이 있었다.

"엎드려!"

강이 소리치며 속력을 냈다. 매복한 놈들을 향해 곧장 말을 몰았다. 놈들이 말에 치여 넘어지고 흩어졌다. 장대비가 쏟아지는 숲 속, 모래톱까지 강물이 흘러들어 물바다가 되고 있었다. 강은 숲을 나와 모래톱을 달렸다. 말은 강물을 뱉어내면서도 잘 달렸다. 강은 속력을 늦추지 않았다. 장대비에 하늘과 강물이 한데 엉켜 천지간이 물바다였다.

강이 말고삐를 늦췄을 때는 빗줄기가 가늘어지고 있었다. 더는 쫓아오는 놈들도 없었다. 계속 엎드려 있는 삼복에게 말했다.

"이제 일어나도 된다."

삼복이 꼼짝 안 했다. 흔들어보니 그냥 흔들렸다. 강이 놀라 살펴보니 어깨에 화살이 꽂혀 있었다. 강은 말을 멈추고 삼복을 바닥에 눕혔다. 장대비 속에서 매복이 쏜 화살이었다. 상처는 그리 깊지 않았다. 정신을 잃은 삼복의 어깨에서 화살을 뽑았다. 삼복이 숨을 헉, 들이켰다.

"정신이 드느냐? 상처는 깊지 않다."

깨어난 삼복이 너스레를 떨었다.

"나 죽은 거 아니에요? 여기가 어디에요? 저승이에요?"

강은 왠지 삼복이라는 아이가 밉지 않았다.

"그놈 호들갑은. 괜찮다. 화살이 깊이 박힌 것도 아니다. 약초만 구해서 잘 싸매놓으면 아무 탈 없을 게다."

삼복이 한숨을 쉬며 따졌다.

"이봐요, 선달님. 도대체 뭐하는 사람이에요? 그냥 심양에서 도망친 포로인가보다 했는데 그게 아닌가 봐요? 쫓아오는 놈들 보니 다 조혈귀가 부리는 놈들이던데요? 그놈들이 선달님을 수장시켜라, 멱을 따라, 소리를 질렀다구요. 포로라면 놈들이 사로잡으려고 난리를 칠 텐데. 도대체 무슨 죄를 지었길래. 놈들이 죽이려고 혈안인가요? 선달님 때문에 나까지 죽을 뻔했잖아요!"

강이 웃었다.

"죽을 뻔한 게 살 뻔한 것보다 낫지 않느냐?"

삼복이 발끈했다.

"뭐예요? 지금 그걸 농이라고 하는 거예요? 나는 갈 거예요. 선달님 따라다니다가는 내 명도 못 채우겠다구요."

"가더라도 상처는 치료하고 가거라."

강은 엄살을 피우는 삼복의 어깨를 옷을 찢어 묶기 시작했다.

"그런데 아까 배에서는 어찌 된 게냐? 네가 아버지한테 말해놓는다고 하지 않았느냐?"

"말할 겨를이 없었어요. 놈들이 먼저 들이닥쳤다구요."

강이 삼복의 어깨를 필요 이상으로 힘을 주어 묶었다.

"아, 아. 아파요."

강이 더 세게 당겼다.

"아, 아, 말할게요. 다 말할게요. 제발 살살 좀 묶어요."

상처를 다 묶고 강이 웃으며 물러서자 삼복도 헤, 웃었다.

"내가 압록강변을 떠돈 것은 부모님 돌아가시고 벌써 3년째예요. 나도 사람 인상은 좀 볼 줄 알아요. 선달님은 조혈귀에게 쫓기고 있으니 악인은 아닌 것 같아요."

강이 혀를 찼다.

"어린놈이 사람을 갖고 노는구나."

"아까 사공이 아버지라고 한 말은 거짓부렁이에요. 3년 전 돌림병으로 가족이 다 죽고 나만 살았어요. 하지만 아버지가 사공이었던 것은 맞아요. 우리 아버지가 적어도 세 가지 복은 지니라고 이름을 삼복이라 지었다는데, 복은커녕 하루하루 주린 배를 채우기도 어려워요."

강이 따졌다.

"그럼 뱃길을 안다는 것도 거짓말이고?"

삼복이 손을 저었다.

"아, 그거는 정말이에요. 지금은 장마라 위험해서 그렇지 물이 나가면 압록강은 내 안마당이나 마찬가지예요. 낚시해서 배도 채우고 팔기도 하고 그래요."

"그래? 그럼 네 말대로 상류로 올라가자. 거기서 건너게 해주거라."

상류에 도착하니 이미 해 질 녘이었다. 건너기 쉽다던 상류도 강물이 우당탕거리며 요동치고 있기는 매한가지였다. 삼복이 고개를 저었다.

"나룻배로는 건너기 어렵겠어요. 큰 배라면 모를까."

강이 주변을 둘러보았다. 나룻배조차 보이지 않는데 어디서 큰 배를 구한단 말인가. 모래톱에는 부서진 배의 잔해만이 흩어져 있었다. 그리고 그 위 백사장에는 물에 씻긴 하얀 백골들이 즐비했다.

"저게 뭐냐? 사람 뼈인 게냐?"

"그러네요. 강을 건너려다 빠져 죽은 시체들이 강가로 밀려와 쌓인 거예요."

강은 석양을 받아 하얗게 빛나는 백골들이 쌓인 곳으로 갔다. 하루이틀 쌓인 백골이 아니었다. 가루가 되기 직전의 것부터 아직 단단한 것까지, 머리뼈부터 다리뼈까지 오래전부터 쌓인 것들이었다. 강은 보이지 않는 건너편 뭍 쪽을 바라봤다. 여기서 지체한다면 심양에서도 자신이 탈출했다는 것을 알게 될 터였다. 주란타이가 알게 된다면 분명 일이 커질 것이다. 강이 단호하게 말했다.

"가서 나룻배라도 구해보아라. 돈은 얼마든지 주겠다고 말해라."

삼복이 크지도 않은 머리로 거세게 도리질 쳤다.

"저 요동치는 강을 보세요. 지금 건너다가는 물귀신밖에 안 된다구요. 며칠 기다렸다가 강물이 준 다음에 건너야 해요."

"지체하면 더 위험하다."

"이봐요, 선달님. 봄에 오지 그랬어요. 그러면 안전하게 건널 수 있단 말이에요. 하필 장마에 건너겠다고 이래요. 그냥 돌아갔다가 가을에 다시 와요. 그럼 건너드릴게요."

"그놈, 참 말이 많구나!"

강이 벌컥 화를 냈다.

봉황성에서 책문으로 향한 것이 어제였다. 봉황성에서 달려오며 장마를 생각지 못했다는 것은 이상한 일이었다. 어디선가 조윤노의 낄낄거리는 비웃음 소리가 들렸다. 그리고 키르사와 하하의 웃음소리도 들렸다. 강은 몸부림치며 달려가는 강물을 뚫어져라 쳐다봤다. 이대로 다시 심양으로 돌아가야 한단 말인가. 안 될 말이었다. 또 얼마를 기다려야 압록강을 건너게 될지 기약이 없었다.

물속에서 긴 비명 소리가 회오리를 일으켰다. 불길에 오그라드는 아버지와 어머니의 모습이 강물 위로 떠올랐다. 강이 무릎을 꺾었다. 강에게서 맹수의 외마디가 터져 나왔지만 우당탕거리는 강물의 용트림이 그 소리를 집어삼켜 버렸다.

얼마나 지났을까. 강이 삼복을 돌아봤다. 모래사장에 넋을 놓고 앉은 삼복이 시무룩하게 강을 바라봤다.

"왜 그렇게 힘이 없는 게냐?"

"배가 고파 일어나지도 못하겠어요. 뭐 먹을 것 좀 없어요?"

강이 헛웃음을 터트렸다.

"네가 배고파 죽겠다니 나도 그렇구나. 그래, 가자. 심양에 가면 네가 배불리 먹고 잘 만한 곳이 있다."

강이 삼복을 데리고 심양으로 다시 돌아온 것은 8월 11일 낮이었다. 강은 성문으로 들어서며 혹시라도 자신을 잡으려고 기다리는 군사들이 있는지 살폈다. 삼복을 원원의 객점에 맡기고 주란타이와 키르사, 하하의 동태를 살피는 것이 우선이었다. 그러나 웬일인지 평소 성문을 지키던 군사들이 오늘따라 허둥거려 보였다. 상복을 입은 자들이 떼를 지어 지나가기도 했다. 강은 이상하게 여기며 거리를 살폈다. 번화가로 나오자 거리는 온통 상복 입은 자들로 가득했다. 집집마다 곡소리도 들렸다.

강이 걸음을 멈추고는 삼복의 팔을 잡았다. 터덜터덜 걸어가던 삼복이 주위를 둘러보며 놀라 물었다.

"왜 그래요? 선달님, 누가 우리를 잡으러 오는 거예요?"

그러나 삼복의 팔을 잡은 강은 대답도 않고 얼어붙은 듯이 그대로 서 있기만 했다. 삼복이 떨며 속삭였다.

"왜 그래요? 잡으러 오면 빨리 도망쳐야지 이러고 서 있으면 어떡해요."

강이 떨리는 목소리로 더듬거렸다.

"홍타이지가 죽은 것 같구나. 아니, 거리를 보아라. 온통 상복을 입고 곡哭을 하고 있지 않느냐. 분명 홍타이지가 죽은 것이다."

강은 계속해서 중얼거렸다.

"홍타이지가 죽었다. 홍타이지가 죽었어."

강은 허허거리며 몸을 떨었고 빨갛게 부푼 눈자위를 닦았다. 그러더니 행인을 붙잡고 물었다.

"이보시오. 황제가 죽었소?"

행인이 이상하다는 듯이 강을 쳐다봤다.

"어디서 온 게요? 온 나라가 온통 눈물바단데, 아직 모르고 있었소? 9일 밤에 돌아가셨소."

8월 9일 밤이라면 압록강에서 다시 심양으로 돌아오던 그 밤이었다. 포기하고 돌아오자고 마음먹었던 날, 운명은 다시 탈출할 기회를 주고 있었던 것이다. 강이 이번에는 비죽비죽 웃기 시작했다. 강이 옆에서 꼼짝 않고 눈치만 보던 삼복이 웃는 강을 보고 안심이 됐는지 말문이 터졌다.

"황제가 죽었다니요? 홍돼지요? 그런데 선달님은 왜 울었어요? 놀랐잖아요! 우리 조선 사람들의 원수 홍돼지가 죽었으니 웃어야지요."

삼복의 너스레도 싫지 않은지 강이 웃으며 장단을 맞췄다.

"이놈아, 좋아서 울었다. 좋아서 울었어."

홍타이지가 북경 입성이라는 자신의 염원을 코앞에 두고 이렇게 빨리 죽을 줄 강은 상상도 못했다. 홍타이지는 유언도, 후계에 대한 어떤 언급도 없이 업무 중에 급사했다. 삼전도에서 왕을 무릎 꿇리고 항복을 받아낸 천하의 절대자 홍타이지였다. 죽은 자들의 행렬이 홍타이지를 돌아보며 빨리 오라고 재촉했던 것일까. 홍타이지 또한 병마 앞에선 별수 없는 유한한 인간이었다.

강은 심양 거리의 호곡 소리 뒤편으로 긴박한 맹수들의 소리를 들었다. 그중 가장 강한 맹수가 비범함을 앞세워 청 제국의 황제가 될 터였다. 그리고 그 맹수는 오래지 않아 다른 맹수에 의해 공격을 받을 것이다. 맹수들의 흥망이 청 제국을 만들고 있었다. 강은 2년 전, 앙심을 품은 자의 독기로 가득 찼던 도르곤의 얼굴을 기억했다. 맹수들을 짓밟고 설 가장 강한 맹수가 누구인지 알 것 같았다. 도르곤이 이 기회를 절대로 놓칠 리 없었다. 이제 주란타이는 어떻게 될 것인가. 어쨌든 이 혼란이 강에게는 탈출할 절호의 기회였다.

역시 주란타이는 입궐해서 나오지 않고 있었다. 홍타이지의 죽음을 애도할 겨를도 없이 후계 쟁탈전의 소용돌이에서 분투하고 있었다. 주란타이는 당연히 홍타이지의 장남 호거를 지지했다. 홍타이지가 장악했던 정황기, 양황기, 정람기의 대신들도 모두 호거를 지지했다. 도르곤은 정백기와 양백기의 지지만 얻고 있었다. 혼란과 애도에 휩싸인 대궐에선 호거와 도르곤에게 충성을 맹세한 갑군들이 서로 대치 중이었다. 홍타이지가 죽은 지 엿새만이었다. 서로 활시위를 당긴 일촉즉발의 상황에서 도르곤의 형 다이산이 호거를 지지했다. 호거는 대세가 자신에게로 기울자 호기를 부렸다.

"부덕한 제가 감히 황위를 감당할 수 있겠습니까."

황위를 사양함으로써 도르곤의 추대까지 이끌어내려 했던 것이다. 주란타이가 칼을 차고 왕들 앞으로 나가 말했다.

"선제께서 베풀어주신 은혜는 바다와도 같습니다. 선제의 장남을 세우지 않겠다고 고집한다면 우리 대신들은 자결로써 선제를 따를 수밖에 없습니다."

주란타이는 귀족회의에 모인 왕들과 대신들을 압박했다. 도르곤은 재빨리 판세를 읽었다. 양쪽이 계속 고집을 부린다면 두 황기와 두 백기 사이에 전쟁이 일어날 것이었다. 팔기군이 서로 타격을 입히는 것은 안 될 말이었다. 북경 입성의 대업은 후계쟁탈전보다 우위에 있는 국가의 최고 목표였다. 도르곤이 두 손을 들었다.

"나 또한 황자의 황위 계승을 찬성한다. 그러나 호거가 황위 계승을 마다했으니, 푸린이 황위를 계승할 것을 주창하는 바이다. 또한 푸린은 아직 나이가 어리므로 정친 왕과 내가 보필할 것이다."

도르곤이 아버지 누르하치와 형 홍타이지에게 배운 가장 큰 장기는 모략이었다. 주란타이는 땅을 쳤다. 호거가 호기를 부리는 바람에 다 성사된 일을 그르치고 말았다. 주란타이는 그날 자신이 도르곤에 의해 제거될 것임을 알았을 터였다.

상황이 이러하니 주란타이 쪽에서는 강이 따위에게 관심을 가질 여유가 없었다. 또 강은 키르사와 하하의 통제에 놓여 있는 것으로 돼 있었다. 그러나 키르사와 하하는 홍타이지 서거 이후 심양에서 종적을 감췄다.

심양은 9월이 돼서도 여전히 뒤숭숭했다. 여섯 살 푸린에게 보호막을 치고 도르곤의 접근을 막는 호거와 두 황기의 장군들. 그들과 도르곤 사이의 갈등을 모르는 사람은 없었다. 삼삼오오 모이기만 하면 어린 황제와 섭정왕에 대해 이야기했다. 조선 포로들에게도 호거와 도르곤의 다툼은 촉각을 곤두세워야 할 일이었다. 팔기군이 서로 싸워 힘이 약화되는 것이 포로에게 좋은 것인가, 그들의 힘이 더 강해져 북경으로 옮겨가 버리는 것이 포로에게 좋은 것인가 애매했다. 그들이 잘되든 잘못되든 포로에 대한 감시가 소홀해지는 상황은 좋은 것이었다. 그래서 청 궁궐의 대립은 화젯거리일 수밖에 없었다. 원원이 일하는 객점에서도 호거와 도르곤의 말 한 마디 한 마디는 안줏거리였다.

강은 객점에 나오는 날이면 원원이 짚어주는 대로 앵금줄의 음을 외웠다. 전투에 단련된 투박한 손으로 명주 줄을 다루기는 쉽지 않다. 활이 내는 엷은 떨림은 듣기에는 절절했지만 막상 내고자 하니 딱딱한 팔 근육이 거추장스러웠다. 앵금 소리는 여자의 소리였다. 한번 활을 그으면 여자의 울음소리가 흘러나왔고, 손을 옮겨 짚어 활을 두 번 그으면 여자의 웃음소리가 터져나왔다. 여자들의 고통과 한, 기쁨과 슬픔이 모두 앵금 속에 있었다. 7년 전 강화도에서 심양까지 행군하던 여인네들이 눈앞에 떠올랐다. 그리고 선이 떠올랐다. 앵금 줄은 흐느꼈고 어쩌다 웃음을 터트리기도 했다.

원원이 강이더러 앵금으로 추임새를 넣어보라고 권했다. 줄타기 놀이 때 넣는 짧은 추임새는 강이 실력으로도 할 수 있었다. 그러나 그 것이 사단이 될 줄은 원원도 몰랐다. 어디서 마셨는지 이미 술이 거나하게 취한 남루한 행색의 사내가 객점으로 들어왔다. 놀이패의 줄타기가 끝날 무렵 강의 앵금 추임새는 한참 흥을 돋우고 있었다.

"이게 누구여, 포로들의 희망 강 도령 아니신가?"

사내는 앵금을 연주하던 강이 앞에 버텨서더니 술 냄새를 풍기며 벌겋게 달아오른 얼굴로 소리쳤다. 음식과 술과 사당패 놀이로 풀어진 얼굴들이 일제히 침입자를 쳐다봤다. 침입자는 비틀거리며 악악거렸다.

"그런데 왜 여기 있어? 뭐야? 이제 놀이패가 된 거여? 오랑캐 대신 명군 죽이는 망나니 노릇 하더니 복수고 뭐고 다 끝난 거여? 조혈귀는 잊었어? 우리가 얼마나 기다렸는데 우리를 배신한 거여?"

남루한 침입자는 제 분을 못 이기겠는지 강이 옆에 놓인 북을 발로 걷어찼다. 한껏 흥이 오른 장내 분위기는 얼어붙었다. 원원과 쌍둥어멈이 달려왔다.

"이봐요. 나갑시다. 나가서 얘기하자구요."

원원과 쌍둥어멈이 사내의 팔을 붙잡고 밖으로 데리고 나가려 했으나 사내가 팔을 뿌리쳤다.

"이봐, 강 도령! 왜 대답을 안 해? 조혈귀는 잊었느냐 이 말이야! 방 서방이 어떻게 죽었는지 다 잊었어? 여기서 앵금만 타고 있으면 복수가 되냐고오!"

작정하고 나타났는지 사내는 다 해진 소맷자락을 펄럭이며 시비를 붙었다. 허나 강은 고개를 숙이고 앵금만 탔다. 그때 손님 중에 한 사내가 자리를 걷어차고 일어났다. 농사일에 찌든 흙 범벅인 옷을 펄럭거리며 삿대질을 하는 침입자에게 달려가 멱살을 잡았다.

"염병, 술 처먹었으면 가서 발 닦고 곱게 쳐 자지 않고 왜 여기 와서 행패야? 지금이 어떤 시댄데 아직도 복수고 뭐고 지랄이야! 너 같은 포로 놈들 때문에 우리 조선 사람들이 청국 사람들한테 인정을 못 받는단 말이야! 알어? 알면 어서 썩 꺼져!"

멱살을 잡힌 침입자는 어디서 그런 힘이 나왔는지 멱살이 잡힌 채로 상대를 번쩍 들더니 깔고 앉았다.

"그래, 이놈아! 네놈이 바로 그 잘난 귀순자로구나! 7년밖에 안 됐어. 같은 동포가 오랑캐에게 끌려와 포로가 된 지 7년밖에 안 됐어! 그런데 깨끗이 잊어버려? 우리 포로들을 어떻게 깨끗이 잊어버리느냔 말이다! 오랑캐들 개가 되고 싶어서 동포도 팔아먹는 네놈들은 인간도 아니야. 어디 포로 놈 맛 좀 봐라! 너 오늘 죽어봐라!"

술 취한 침입자는 피를 토하듯 악을 쓰며 팔뚝을 절굿공이처럼 두들겨댔다. 탁자 넘어지는 소리와 함께 맞는 자의 일행이 뛰어나와 때리는 자의 뒤통수를 둔기로 후려쳤다. 술 취한 침입자가 바닥에 얼굴을 박고 쓰러지자 여기저기서 동시에 의자 쓰러지는 소리가 났다. 여러 명이 한꺼번에 몰려나왔다. 침입자를 둔기로 후려친 자를 때리려고 달려드는 자, 막으려고 달려가는 자가 서로 뒤엉켰다. 서로 치고받으면서 소리쳤다.

"객점에 들어왔으면 공연이나 보고 조용히 술이나 처먹다 갈 일이지, 네놈들이 뭔데 강 도령한테 감 놔라 배 놔라 지랄들이야!"

"심양에 제 발로 기어들어온 놈들은 다 죽여버린다! 네놈들이 같은 동포냐? 포로 멸시하는 놈들은 다 죽어야 돼!"

"포로놈들, 네놈들이야말로 빨리 뒈져버려라! 괜스레 우리 조선 사람들 힘들게 하지 말고!"

삽시간에 난장판이 벌어졌다. 그때 강이 일어섰다. 탁자 하나를 들어 올려 바닥으로 내동댕이쳤다. 땅이 무너지는 소리에 머리가 터지고 피범벅이 된 사람들이 싸움을 멈추고 돌아봤다. 강이 으르렁거리는 맹수처럼 씹어뱉었다.

"여기서 더 싸워만 봐라, 다 으깨버릴 테다! 다 나가!"

바닥에 나뒹굴던 자들이 슬금슬금 일어났다. 노려보고 있는 강을 피해 객점 문을 열고 달아나기 시작했다. 탁자가 부서진 자리에는 구덩이가 파였다. 부서진 집기들 사이로 흐느낌이 들렸다. 끓어오르는 분노를 애써 누른 강이 눈을 굴렸다. 깨진 접시와 흩어진 음식 잔해 밑에 피를 흘리며 너부러진 사내가 보였다. 처음 객점에 들어와 시비를 붙인 침입자였다. 다 흩어졌는데 그 사내만 남아 흐느끼고 있었다. 질긴 사내였다.

"강 도령, 강 도령. 내 이러려고 여기 온 것이 아닌데, 객점에서 낄낄거리는 조선 사람들을 보고 눈이 뒤집혔나 보오. 우리 포로들이 너무 억울하고 불쌍해서……. 포로 따윈 다 잊어버린 조선 사람들이 원망스러워서……. 미안하오. 그러나 우리 포로들이 강 도령에게 거는 희망만은 알아주시오. 7년이오. 7년 동안 원한만 쌓였소. 그러니 우리 포로들 죄다 죽기 전에 원한이라도 풀게 어서 조선으로 가서 복수해주시오. 조혈귀 부자놈을 죽여주시오. 누가 붙든다고 여기서 이러고 있소. 부탁이오. 제발 부탁이오."

피범벅이 된 사내는 몸을 구부려 비는 시늉까지 했다. 강은 그러는 사내를 노려보았다. 찢어지고 해진 포로의 삶이었다. 그것이 이 사내의 삶이었고 자신의 삶이었다. 사내를 향해서나 자신을 향해서나 한마디 위로라도 해야 하는데 말이 헛나왔다.

"일어나시오, 여기서 행패 부리지 말고!"

원원이 달려와 놀이패들을 불렀다.

"여기 다친 사람 좀 옮겨요."

놀이패들이 탁자를 붙이고 사내를 뉘었다. 원원이 약과 천을 가지러 갔다. 쌍둥어멈이 누운 사내에게 혀를 차며 일렀다.

"오늘 일진이 좋은 줄 아슈. 원원이니까 그냥 넘어가는 거지. 다른 객점 같으면 바로 아문에 고발했을게요. 다시는 행패 부리지 말아요. 원원이 객점에서 번 돈으로 포로들을 속환시키는데 이러면 포로들만 손해지 않소."

사내는 쌍둥어멈에게 하는 소리인지, 술주정인지 모를 소리로 계속 울먹거렸다.

"죽을죄를 지었소. 미안하오, 미안하오……."

당해보지 않은 자들은 알 수 없었다. 7년이 지난 지금도 포로들에게는 생포될 때의 원한이 아물지 않는 상처의 피처럼 흘렀다. 그러나 같은 동포인 귀순자들이 그 일을 잊으라고 강요하고 있었다.

강은 담장 너머로 늘어진 버드나무를 망연히 올려다봤다. 노랗게 물든 잎사귀들이 가을바람에 훌훌 가지를 벗어나 날아갔다. 저 잎사귀들처럼 누군가 자신을 가지에서 밀어내주기를 바라고 있었단 말인가? 그러나 강은 막상 떠나야 할 때 주저하고 있었다. 이미 궁궐의 주도권은 도르곤에게로 넘어갔다. 주란타이는 서서히 죽어가고 있는 것이나 마찬가지였다. 명과 청의 전쟁은 끝을 확인하지 않아도 알 수 있었다. 오래지 않아 도르곤이 산해관을 넘어 북경으로 들어갈 것이다. 그렇게 되면 전쟁은 종지부를 찍는다. 하지만 마음속에서는 주란타이의 끝이 어디인지 확인하고 싶다는 욕심이 생겼다. 그러지 않고 압록강을 건넌다면 평생 탈출한 주란타이의 포로라는 생각에서 벗어나지 못할 것 같았다. 강은 이것이 복수심인지 7년 동안의 악연이 맺은 비

뚫어진 의리 때문인지 알 수 없었다. "오늘 가자" 하면서도 하루만 더, 하루만 더 하며 신경은 주란타이의 거취에 가 있었다.

재촉이라도 하듯 파국은 이틀 뒤에 닥쳤다. 도르곤은 대신 중에 호거를 모함한 자들이 있다며 사건을 만들었다. 대신들에게 체포령이 내려졌고 모함 당했다고 꾸민 호거에게도 체포령을 내렸다. 주란타이는 주변을 정리하고 자결로써 홍타이지를 따르려 했으나 갑자기 딸 키르사가 나타나 주란타이의 결심을 방해했다. 키르사는 몽골로든, 조선으로든 군대를 이끌고 가 피하자고 고집을 부렸다. 아버지 주란타이의 술잔에 약을 타서 재운 다음 말에 태웠다. 몽골로 갈 생각이었다. 탕보오와 푸주, 그리고 심복 서른 명으로 특공대를 꾸렸다. 키르사가 객점으로 찾아와 강에게도 따라오라고 명령했다. 뒤쫓아 온 탕보오가 말렸다.

"놈은 포로요. 배반할지도 모르오."

키르사가 강을 노려보더니 어쩔 수 없다는 듯이 한숨을 쉬고는 가 버렸다.

도르곤의 부하들이 급습했을 때 주란타이의 집은 이미 텅 비어 있었다. 키르사의 주도로 특공대는 심양을 빠져나가 북쪽으로 달리고 있었다. 주란타이의 남은 노복과 군졸들은 살육을 피해 모두 흩어졌다. 강은 원원이 마련한 거처로 숨었다. 도르곤의 부하들이 샅샅이 뒤지고 다녔다. 삼사일이 지났는데도 도르곤의 부하들은 도망자들을 찾느라 혈안이었다. 주란타이가 잡혔다는 소문이 퍼졌다. 닷새 뒤, 주란타이와 키르사, 탕보오와 푸주 그리고 특공대 서른 명이 성 안으로 끌려 들어왔다. 밀고자가 있었다. 그들의 탈출로를 도르곤에게 알려준

자는 하하였다. 서문 밖 처형장으로 심양 사람들이 구경하러 나갔다.

"황제여, 제가 따라갑니다!"

주란타이는 목이 떨어지기 전에 외쳤다.

"도르곤 네 이놈, 살아서도 죽어서도 육시를 당할 것이다. 귀신이 돼서 지켜보겠다아!"

키르사는 도르곤에게 온갖 저주의 말을 뱉다가 목이 떨어졌다. 서른네 개의 몸뚱이는 한 구덩이에 던져졌고 서른네 개의 머리는 도르곤이 확인한 뒤 몸뚱이가 기다리는 구덩이로 던져졌다.

강은 변장을 하고 처형장으로 나갔다. 주란타이는 처형장에 끌려나오면서 누군가를 찾기라도 하듯 구경꾼을 둘러봤다. 구경꾼들은 주란타이와 인연이 있었던 사람들이 대부분이었다. 주란타이는 검은 구덩이처럼 보이는 눈으로 그들을 휘 둘러봤다. 그러다 강과 눈이 마주쳤을 때 마치 강인 것을 알고 있기라도 한 듯 "이제 조선으로 가라" 하고 혼잣말을 했다. 그때 구경꾼들 사이에서 울음소리가 들리더니 점점 커지기 시작했다. 끌려나온 키르사가 도르곤에게 저주의 말을 퍼붓기 시작했고 주란타이의 목이 먼저 떨어졌다.

강은 돌아섰다. 전쟁이 삶 그 자체였던 주란타이는 그와 똑같은 도르곤에게 목이 날아갔다. 도르곤 또한 똑같은 맹수에게 제 목을 바치리라. 전쟁을 통해 땅과 포로들을 차지한 대가치고는 너무나 미약했다. 전쟁에 미친 인간들은 수십만 명의 전쟁 포로들을 만들었다. 그러나 진짜 전쟁 포로들은 그들이었다. 강은 이곳 심양에서 먼지처럼 사라지고 말 수십만 명의 포로들의 삶의 끝과 자신의 삶의 끝을 눈앞에 떠올렸다.

원원과 쌍둥어멈은 가죽 부대에 수수밥과 말린 고기를 잔뜩 싸서 말 등에 묶었다. 말은 두 마리였다. 강이 물었다.

"말이 왜 두 마리요?"

삼복이 강이 곁으로 바짝 다가섰다.

"압록강을 건너려면 이 삼복이가 있어야지요."

"안 된다. 너는 여기 있어라. 지금은 10월 말이니 상류로 가면 너 없이도 건널 수 있다."

"싫어요. 난 선달님 따라갈 거예요. 압록강이 뭐 아리강처럼 그렇게 만만한 줄 아세요?"

삼복은 막무가내였다.

"허, 안 된데도. 놀러 가는 줄 아느냐? 네가 있으면 거추장스럽다."

"데려가세요. 데려가면 동무도 되고 필시 도움이 될 겁니다."

원원이 역성을 들자 삼복이 더 강에게 매달렸다.

"그럼 한양에 가서는 내가 머물라는 집에 꼼짝 말고 있어야 한다. 약속을 지킨다고 해야 데려가겠다."

강의 승낙에 삼복이 펄쩍 뛰며 기뻐했다.

"여부가 있겠어요. 선달님이 하라는 대로 다 하겠어요."

삼복이 재빨리 말 등에 올라탔다. 쌍둥어멈이 삼복이 탄 말의 고삐를 잡고 아들을 대하듯 당부했다.

"덤벙거리면 안 된다. 꼬옥 돌아와야 한다."

원원이 은전 주머니를 강에게 쥐여주었다.

"이건 도련님이 냈던 제 몸값이에요. 한양에서 필요하실 겁니다."

"내게도 은전은 있소. 은전은 여기서 더 요긴하게 쓰시오. 포로 한 명이라도 더 속환시키려면……."

원원은 강하게 고개를 가로저었다.

"포로들 몸값은 제가 감당할 것입니다. 그러나 이 은전은 도련님 것입니다. 조선에 가서서 선이 아기씨를 만나면 긴하게 쓰십시오."

강은 슬픈 듯 원원의 손을 잡았다. 굳은살이 박인 작고 단단한 손이었다. 원원이 고개를 돌리며 슬픔 앵금 같은 소리로 말했다.

"견우와 직녀가 오작교 위에서 만난다지요. 선이 아기씨와 강이 도련님이 만나 함께 살길 기도할게요. 그날이 오면 저 밤하늘에 은하수가 오작교처럼 더 환하게 빛날 거예요. 밤마다 은하수를 바라보며 기도할게요."

강은 힘주어 잡았던 원원의 손을 놓았다. 원원과 쌍둥어멈은 서로의 몸에 의지해 언제까지고 손을 흔들었다. 박차를 가하는 강은 돌아보지 않아도 느낄 수 있었다.

포로의 길

1643년 8월 20일, 심양 세자관의 문학 박노가 장계를 가지고 한양에 도착했다.

　"청의 칸이 8월 9일 밤 갑자기 서거했습니다."

　이번에는 밀정 신분이 아니라 세자의 명에 따라 홍타이지의 죽음을 직접 고하러 온 박노가 비변사를 거쳐 왕께 직접 아뢰었다. 왕이 믿지 못하겠다는 듯 박노에게 다시 물었다.

　"사실이냐? 다시 말해보아라."

　"예, 청의 홍타이지가 8월 9일 밤 업무 중에 갑자기 죽었습니다. 구 왕 도르곤이 홍타이지의 장자 호거를 폐하고 셋째 아들 푸린을 황제로 내세웠는데 나이가 겨우 여섯 살로 청 조정에서나 백성들이나 모두 좋아하지 않고 있습니다."

　왕이 박노를 뚫어져라 쳐다봤다. 박노는 침과 약으로 하루하루를 버틴다는 왕을 잠깐 올려다봤다. 심양의 세자관 사람들까지 옥후를 걱정하고 있었다. 고목 같은 용안의 깊은 눈동자가 흔들리더니 희색이 번졌다. 박노와 함께 입실한 비변사 당상이 용안의 변화에 벅찬 표정을 지었다. 이윽고 왕이 격정에 떨리는 소리로 말했다.

　"문무백관들을 불러들여라. 거애擧哀를 치러야 할 것이다."

　왕은 더는 말을 잇지 못했다. 경상을 움켜잡은 손만이 떨리고 있을 뿐이었다.

홍타이지의 급작스런 죽음에 심양의 세자관 사람들은 만감이 교차해 숨죽여 울었다. 핍박자가 죽었다는 안도감과 그동안 받은 설움 때문이었다. 조선의 왕과 비변사 관리들 또한 홍타이지의 갑작스러운 죽음에 눈물을 반짝였고 몸을 떨었다. 청의 감시의 눈이 어디에서 번뜩일지 몰라 드러내놓고 기뻐할 수 없을 뿐이었다. 박노는 오랜만에 장계를 가지고 달려와 올려다본 용안에 화색이 도는 것을 보자 저절로 안도의 숨이 흘러나왔다. 왕이 박노에게 물었다.

"청국의 고애사告哀使는 언제 온다더냐?"

"제가 심양에서 출발한 뒤 바로 출발했다고 하니 모레면 도착할 것이옵니다."

왕이 당상에게 지시했다.

"고애사가 오는 것은 법도에 따라 상복을 갖추어 입고 거애를 치르는지 감시하러 오는 것일 테니 책잡히지 않게 거행해야 할 것이다."

전쟁 이후로 말 한 마디 한 마디 잇는데 뜸을 들이고 말을 더듬던 왕이었다. 그러나 거애를 명하는 옥음은 또렷하고 당당했다.

7년 전, 왕이 삼전도에 꿇어앉아 있었을 때 영원히 죽지 않을 것처럼 군림했던 홍타이지였다. 박노의 눈앞엔 지금도 그 장면이 생생했다. 왕을 볼 때마다 그 장면이 먼저 떠오르지 않았다면 거짓말이다. 그러나 그 영원불멸할 것 같았던 홍타이지도 유한한 생명이었다. 그것을 뼈저리게 느낄 사람은 누구보다도 왕일 터였다.

박노는 무심결에 안석의 모서리를 문지르는 왕의 손길을 바라봤다. 같은 곳을 얼마나 문질렀는지 옻칠이 하얗게 벗겨져 있었다. 왕이 천장을 올려다보고는 긴 숨을 토해내더니 오랜 감옥 생활에서 풀려난 수인의 표정으로 주위를 둘러봤다. 그리고는 엎드린 신하들을 내려다 보며 홀가분한 목소리로 지시했다.

"당상은 속히 거애 준비를 하도록 하고, 박노는 물러가서 다시 부를 때까지 쉬도록 하라."

왕은 한밤중에 박노를 다시 불렀다. 불과 한낮과 절반의 밤이 지났 건만 박노가 보기에 왕은 딴사람이 된 것 같았다. 병마에 시달리던 낮 에 본 왕이 아니었다. 고목처럼 검게 그을려 보이던 모습은 온데간데 없고 혈색이 왕성해 보이는 왕이 박노 앞에 있었다. 박노는 놀랍기만 했다. 부복하며 저절로 감탄이 나왔다.

"전하, 용안이 강녕해 보이시니 참으로 성은이 망극할 따름이옵니 다."

곧바로 종이에 먹물이 번지듯 왕의 얼굴에 웃음기가 번졌다. 박노 는 더욱 놀랐다. 웃는다. 얼마 만인가. 왕이 웃음 끝에 말했다.

"세자는 거애 시에 예를 잘 갖추었더냐?"

"예, 청 예조의 분부에 따라 소복으로 갈아입고 조석으로 대궐로 나 아가 열흘 제사를 잘 치렀습니다."

"허, 법도와 예를 갸륵하게 지켰구나."

박노는 어깨를 들어 왕을 올려다봤다. 세자에 대해 물을 때의 긴장 은 여전했다. 박노 또한 왕의 말에 얼어붙었다. 비록 왕의 밀정으로 세자관에 파견돼 있었으나 박노는 왕과 세자 사이에 오해를 없애는 것이 자신의 할 일이라고 생각해왔다. 왕이 말을 이었다.

"부모, 조부모 상이나 다름없이 조금도 소홀함 없이 지냈구나. 열흘이라니······."

박노는 숨죽였다. 아무 호응이 없자 왕이 어색한 기운을 감추며 질문의 방향을 틀었다.

"하면, 세자가 도르곤에게는 예를 갖춰 대했느냐?"

박노가 말실수하지 않으려는 듯 뜸을 들이며 천천히 아뢰었다.

"그동안 세자께서는 십왕들과 고루 잘 지내셨습니다. 구왕 도르곤이 몇 차례 산물을 구해달라고 세자관에 부탁해온 것도 모두 잘 구해주어 도르곤 또한 세자를 특별하게 대하십니다."

왕의 용안에 다시 그늘이 드리웠다.

"그래? 심양 관소에 머무른 지 7년째니 청인이 다 됐겠지······."

박노가 화들짝 놀라며 부복했다.

"전하, 아니옵니다. 그렇지 않사옵니다. 세자께서는 오로지 전하를 위해서 절치부심하고 계시옵니다."

왕이 혀를 찼다.

"내 아무리 네게 세자에 대해 좋은 말을 들어도 도리어 의혹이 생긴다. 세자와 떨어져 지낸 지 7년, 몸이 멀어지면 마음도 멀어지는 법이니라. 어미 새를 쏜 포수들이 새끼 새를 빼앗아 갔으니, 종국에는 포수를 데리고 와 둥지를 망칠까 그것이 두렵구나. 활에 상처받은 새는 의례 그런 법이다."

왕이 가슴을 풀어헤치듯 꽁꽁 숨겼던 말을 술술 꺼냈다. 이런 적은 없었다. 밀서를 올린 지 7년. 왕은 밀정이면서도 세자를 변호하는 박노를 물리치지 않았다. 그러나 이제 왕은 변했다. 아니 변한 것이 아닌 것 같기도 했다. 홍타이지의 죽음이 다만 왕을 왕의 자리로 다시 돌려놓은 것이다.

박노는 어쩔 수 없이 두 사건을 떠올렸다. 1640년 1차 심옥瀋獄과 1642년 2차 심옥. 반청론자 김상헌 등이 용골대에게 소환을 받아 의주에서 심문당하고, 김상헌은 심양까지 끌려가 투옥되었다. 그것이 1차 심옥이었고, 조정 중신들이 명에 밀사를 보낸 사실이 발각되어 최홍길 등이 심양에 끌려간 것이 2차 심옥이었다. 이 두 사건이 왕과 세자 사이를 갈라놓았고, 그 뒤로 왕과 세자의 처지는 떨어져 있는 거리만큼 멀어졌다. 이 모든 걸 옆에서 지켜봤던 박노는 너무도 자명한 결과에 통탄할 뿐이었다. 1차 심옥 때 조정에서는 세자에게 김상헌을 변호하라고 밀지를 보냈었다. 그러나 세자는 자신이 나서면 오히려 역효과가 난다고 본국의 요구에 냉담하게 반응했다. 2차 심옥 때 청 조정은 왕이 병중이라 담판할 수도 없는데 세자는 모든 처리를 국왕에게 맡기고 책임을 회피한다며 세자에게 처벌 심의에 참여하라고 요구했다. 세자는 자신의 소관사가 아니라고 거절했지만 청은 삼전도에서 왕을 세자로 전위시키지 않은 것이 유감이라고 했다. 왕은 이 모든 정황을 상세히 보고받았다. 2차 심옥 뒤 왕은 세자관에서 물자를 과도하게 요구한다며 제한시켰다.

박노는 방금 왕이 한 말이 머릿속에서 떠나지 않았다. "종국에는 포수를 데리고 와 둥지를 망칠까 두렵구나." 7년 동안 박노는 왕이 부를 때마다 심양에서부터 달려왔다. 왕이 세자에게 바라는 바가 무엇인지 박노는 잘 알고 있었다. 세자가 청의 내정을 탐지하고 추호도 굴함이 없이 오랑캐들 사이에서 조선의 존명대의尊明大義를 빛내줄 것을 왕은 기대했다. 그러나 세자 입장에서는 아버지의 기대가 얼마나 비현실적인 것인가. 박노는 그것도 잘 알고 있었다.

　왕은 상국이 된 청에게 이미 남한산성에서 죽은 임금 취급[既亡之君]을 받으면서 아들과 저울질을 당했다. 7년 동안 같은 일이 반복되는 사이 왕의 병은 깊어졌다. 그러나 이제 청의 내분을 틈타 세자에 대한 자신의 결정을 행동으로 옮길 때가 됐다고 판단한 것이리라. 왕은 필사적으로 인내하며 기다려온 사람처럼 재빨리 반응하고 있었다. 박노는 그것이 두렵기만 했다.

　이런 적은 없었다. 조경호는 세 차례나 면담을 기다렸다. 왕은 세 번이나 병을 핑계로 만나주지 않았다. 네 번째 입궐한 날 내관을 물리치고 침전 앞에서 소리쳤다.

　"전하, 신 조경호이옵니다. 들어가겠사옵니다!"

　조경호는 침방으로 들어가다 놀라서 비틀거렸다. 다른 사람이 앉아 있는 것 같았다. 늙고 병들어 몸을 가누지 못하던 왕이었다. 포로 쇄환 일을 온전히 조경호 자신에게 맡기고 격의 없이 만나주던 왕이었다. 조경호의 말이라면 농지거리도 다 받아주고 심지어 웃다가 어의를 잡아당기고 어깨를 쳐도 마주 웃던 왕이었다. 못 보던 험상궂은 내관이 왕의 옆 좌우로 버티고 서 있었다. 조경호는 절을 하며 어디서부터 잘못된 것인지 생각했다. 한 달 전, 홍타이지의 죽음으로 청에서 고애사가 왔을 때부터 왕의 표정과 태도가 눈에 띄게 달라지긴 했었다. 조경호는 한껏 예의를 갖춰 아뢰었다.

　"전하 그동안 강녕하셨사온지요. 내관의 실수로 신의 면담이 자꾸 미뤄지는 듯해 이렇게 용안을 뵙고자 막무가내로 들어왔습니다."

"음."

왕이 미약하게 반응했다. 살에 파묻힌 조경호의 눈, 코, 입이 갑자기 경련을 일으켰으나 이내 그의 입이 다시 열렸다.

"도르곤이 권력을 잡았다고 하나 심양은 아직도 뒤숭숭하다고 합니다. 심양에 남아 있는 포로들을 낮은 속환가에 데려올 기회가 될 것 같습니다."

왕이 낯선 사람을 보듯 조경호를 내려다봤다.

"조 판서, 누가 조 판서보고 포로 쇄환 문제에 나서라고 합디까?"

조경호가 부복한 어깨를 천천히 들어 올려 왕을 쏘아봤다. 왕은 그의 눈길을 피했으나 양옆의 내관들이 앞으로 나섰다. 왕이 내관들을 제지했다. 이윽고 조경호의 눈빛에서 힘이 빠지더니 왕의 눈길에 매달렸다. 간절하게 더듬거리는 목소리가 침전을 울렸다.

"전하, 전하, 제가 7년 동안 해온 일이 포로 쇄환일 아니옵니까."

"글쎄, 앞으로의 포로 문제를 언제 조 판서에게 일임했소?"

왕의 눈이 스치듯 조경호의 얼굴을 지나친 다음 천장을 올려다봤다. 조경호는 왕이 실성한 것이 아닐까 의심했지만 천장을 올려다보는 평소와 다름없는 왕의 행동에 무너지듯 바닥에 얼굴을 박았다. 왕은 눈치가 빠르고 침착했다. 조경호는 자신의 권모술수로는 왕을 욕보일 수 없다는 것은 일찌감치 깨달았다. 조경호는 무너진 채 떨기 시작했다.

"전하, 제나라에 은거한 범려는 문종을 염려하여 새 사냥이 끝나면 좋은 활도 감추고, 교활한 토끼를 다 잡고 나면 사냥개를 삶아 먹는다는 내용의 편지를 보내 피신하도록 충고했다지만, 신은 어디로도 달아나지 않을 것이옵니다. 오로지 전하를 위해서 이 나라 종사를 위해서라면 목숨도 내놓을 것이옵니다아!"

매달리는 조경호의 외침에 들어 올려졌던 용안이 천천히 내려왔다.

"이것 보게, 조 판서. 나는 월나라 구천도 아니고 한나라 고조 유방도 아닐세. 더욱이 자네 또한 문종도 한신도 될 수 없지. 우리는 모두 오랑캐에게 굴복하여 상국 명나라를 배반한 삼전도의 굴욕을 잊지 못하는 조선의 신하들일 뿐일세."

조경호는 어지러웠다. 이제 왕의 입에서 스스럼없이 존명 대의가 나오고 있었다. 2차 심옥 사건이 끝난 지 채 1년도 지나지 않은 지금 왕은 청의 내분을 틈타 반청론자들의 손을 들어주고 있었다. 이것은 곧 친청파인 자신을 버리겠다는 뜻이었다. 분명한 토사구팽兎死狗烹이었다. 조경호는 삶아진 개마냥 땀을 흘리며 시뻘겋게 달아올랐다.

"전하, 신이 잘못한 일이 있다면 바로 꾸짖어주시옵소서. 신은 아둔한지라 그리 말씀하시오면 못 알아듣사옵니다."

"아둔하다고 엄살을 피는 놈이 잘도 나라를 말아먹었구나."

두 명의 낯선 내관이 팔짱을 끼고 조경호를 노려보고 있었다. 조경호가 어깨를 낮춰 바닥에 들러붙다시피 하며 다시 부복했다. 물러날 생각은 전혀 없었다. 7년 동안 종사를 팔아 개인의 안녕을 구했던 자가 누구인가? 조경호는 왕이라고, 왕은 조경호라고 떠넘기려 하고 있었다. 버텨봐야 난처한 자는 조경호였다. 그러나 매달릴 기회는 지금밖에 없었다. 조경호는 다시 양 옆 내관의 눈치를 살피며 왕을 올려다봤다.

"전하, 지난 7년 동안 신을 모략하는 수많은 상소와 허언을 전하께서 모두 물리쳐주셨사옵니다. 오늘 또한 모략이 횡행할지라도 신의 충심을 헤아리시고 모두 물리쳐주시리라고 믿사옵니다."

"그만두지 못할까! 네놈의 말은 지긋지긋하다. 7년 동안 그만큼 사리사욕을 채웠으면 그만 물러가 엎어져 있어라!"

처음 들어본 폭언이었다. 조경호의 눈이 붉어지며 튀어나올 듯 커졌다. 분노로 근육이 떨리고 얼굴이 폭발할 듯 부풀어 올랐다. 그러나 엎드린 그의 몸이 버둥거리며 다시 외치기 시작했다.

"전하! 지난 7년 신 호조판서 조경호가 아니었으면 청의 압박을 어떻게 견디셨겠습니까. 청이 포로 쇄환을 하지 않으면 입조를 명하겠다고 으름장을 놓을 때 신 조경호가 신속하게 포로들을 쇄환시켜 왕좌를 안전하게 지켰사옵니다. 종사를 구하고 백성을 구한 신 조경호를 내치지 마옵소서, 전하!"

왕이 어좌를 내리쳤다. 들어보지 못한 불같은 소리가 뿜어져 나왔다.

"감히 네놈이 지금 임금을 우롱하느냐? 네놈의 변명이 자못 가증스럽구나. 네놈이 포로 쇄환 명목으로 무고한 백성을 잡아다가 심양으로 끌고 가고, 심양에서 포로들을 헐값에 데려와 가족들에게 비싼 값에 팔고 있다는 것을 내가 모를 줄 알았더냐? 종사와 백성을 책임지고 있는 군주란 알고도 말할 수 없는 존재란 말이다!"

조경호가 이제는 버둥거리던 몸을 들어 절규했다.

"전하, 그런 일은 결코 없었사옵니다! 모두 신을 모략하는 말들이옵니다!"

왕이 참을 수 없다는 듯이 어좌에서 벌떡 일어섰다.

"이놈이 그래도! 그동안 네놈이 백성의 백골 위에 군림하며 저지른 악행, 그 책임은 묻지 않겠다. 그러나 오늘부로 포로 쇄환 일에서 손을 떼라. 심양이나 압록강 주변에 네놈 부하들이 남아 있다는 말이 들리면 그때는 용서치 않으리라. 물러가라! 다시는 내 눈에 띄지 마라!"

내관 둘이 조경호를 내전 밖으로 끌어냈다. 조경호는 조용히 그냥 끌려가지 않았다. 몸부림을 치며 소리를 질러댔다.

"전하 억울하옵니다! 틈만 나면 음모를 꾸미는 소인배들의 말을 믿으시면 아니 되옵니다!"

조경호의 외침에 양화당 일대가 벌집 쑤셔 놓은 듯했으나 정작 밖으로 나와 지켜보는 자들은 없었다. 힘 좋은 내관 둘이 조경호를 궁궐 밖까지 쫓아내고 돌아오자 왕이 물었다.

"순순히 쫓겨나더냐?"

"아무도 나와 보지 않자 풀이 죽어 물러났사옵니다."

"놈의 사가를 잘 감시하라고 일러라. 본디 인간이란 살려고 하면 겁쟁이가 되지만 죽으려고 작정하면 뵈는 게 없는 법이다."

왕은 자신에게 이르는 말인지, 조경호에게 빗댄 말인지 뜻 모를 말을 했다.

압록강을 건너자 강이 돌아봤다. 수많은 사령死靈들이 따라오고 있었다. 그 행렬이 멀리 지평선까지 이어졌다. 수심 얕은 강을 첨벙거리며 이미 죽은 자들이 죽을힘을 다해 쫓아오고 있었다. 이 진사가 앞장섰고 성남도 보이고 방 서방과 네 명의 장정들도 보였다. 강은 걸음을 멈췄다. 말을 탄 채 비켜서서 기다렸다.

"부디 천천히 건너시오. 이렇게 기다리고 있지 않소. 내 안내하리다. 앞장서서 안내할 테니 서두르지 마시오. 다 고향으로 갈 수 있소."

압록강 너머 지평선을 바라보며 한숨처럼 중얼거렸다. 옆에 섰던 삼복이 이상하다는 듯이 쳐다봤다.

"선달님, 뭘 보고 그리 중얼거리세요?"

삼복의 눈에는 줄지어 따라오는 혼들이 보일 리 없었다.

강은 몸을 돌려 험준한 평안도의 산세를 바라봤다. 붉고 노란 단풍이 가을의 끝자락을 불태우고 있었다. 7년 만의 귀향이었지만 가슴속에서는 적막감만이 끝없이 피어올랐다. 다시 압록강 쪽을 바라봤다. 아직도 사령들이 끝도 없이 줄을 지어 건너오고 있었다. 혼들이 강을 메우고 산길을 메웠다. 강은 천천히 말을 몰았다. 포로로 끌려갔던 생령生靈들이 사령이 되어 귀향길에 올랐다. 이들은 고향 땅으로 돌아가 넋을 누일 것이다. 그러나 자신의 넋은 어디에 두어야 할지 알 수 없었다. 강은 그것이 서글프고 공허하기만 했다. 심양에서 느꼈던 절절한 복수심이 빛바랜 종이처럼 너덜거렸다. 7년 만에 돌아와 확인한 조선의 산천이 자신을 그렇게 만들고 있었다. 밥 짓는 연기도 나지 않는 마을과 헐벗은 백성, 그 모습에서 복수 뒤의 막막함이 미리 읽혔다. 자신 안에 단단히 뿌리박혔던 전쟁의 살인귀가 잠시 숨을 돌리려 하는 것일까. 복수하기도 전에 벌써 끝난 뒤의 허무함을 두려워하고 있나? 강은 쓸쓸함을 집어삼킨 얼굴로 이를 악물었다. 싸늘하게 굳은 한숨이 흘러나왔다. 산에는 이미 하얀 서리가 내리고 있었다.

의주 길이 아닌 벽동, 창성, 삭주로 이어지는 우회로를 타고 내려왔다. 조혈귀가 풀어놓은 자객들과 마주쳐 죽이는 일을 더는 하고 싶지 않았기 때문이다. 이제 죽여야 한다면 조혈귀 한 놈으로 끝내고 싶었다. 몇 해째 기근이 계속됐다고 하더니 마을에는 사람 그림자조차 찾아볼 수 없었다. 게딱지처럼 엎드린 초가의 부뚜막에는 초근목피로 끓인 멀건 죽이 나뒹굴었다. 강을 따라오던 사령들은 굶주려 누워 있는 가족들 곁에 나란히 누웠다. 또는 이미 죽은 가족들의 무덤가로 스며들었다. 강은 남쪽으로, 남쪽으로 내려갔다.

누군가 강과 삼복을 불러 세웠다.

"여보시오, 선달님! 왜 남쪽으로 내려가시오?"

노숙에 찌든 낡은 도포에 찌그러진 갓을 쓴 자가 조랑말을 타고 쫓아오고 있었다. 삼복이 긴장하며 강에게 물었다.

"혹시 조혈귀 끄나풀 아닐까요?"

다가온 자가 반죽 좋게 나불거렸다.

"보아하니 나그네 신세인 것 같은데, 어디로 가십니까? 설마하니, 남쪽으로 내려가시는 것은 아니겠지요?"

대답이 없자 제 소견을 떠들어댔다.

"설마 한양으로 가시오? 조선은 이미 망한 나라요. 보면 모르겠소? 추수가 끝났는데도 주먹밥 한 덩이 입에 문 백성이 없지 않소. 그래서 나는 청나라로 가려고 북쪽으로 가고 있소. 선달님도 딱히 볼 일이 없으면 나하고 청나라로 갑시다."

강과 삼복은 말문이 막혀 서로를 쳐다보았다. 꾀죄죄한 몰골에 없는 배를 내밀고 허세를 떨던 자가 자기 말에 솔깃해서 그러는 줄 알고 다시 떠벌이기 시작했다.

"나는 청나라에 들어가서 황제를 보좌하고 천하를 얻은 뒤에 조선으로 복귀해서 임금을 보좌해 망한 조선을 일으킬 계획을 세우고 있소. 어떻소? 나와 함께 청나라로 가서 홍타이지 황제를 보좌하지 않겠소?"

삼복이 배를 잡고 웃기 시작했다.

"홍돼지는 죽었어요! 그것도 모르고 보좌를 한다니 지옥에나 가서 홍타이지를 찾아보시지!"

낡은 도포가 조랑말 위에서 기우뚱거리더니 소리쳤다.

"무엄하다, 이놈! 홍타이지 황제는 죽지 않았다. 내가 가기 전에 홍타이지는 죽지 않는다!"

화가 난 놈은 품에서 단도를 꺼내 삼복에게 휘둘렀다. 강이 조랑말의 다리를 걷어차자 놈은 조랑말과 함께 길가의 웅덩이에 처박혔다. 낡은 도포는 웅덩이에서 빠져나오며 멀어지는 강과 삼복의 뒤에 대고 악담을 퍼부었다.

"이놈들! 내 분명히 청나라에서 높은 벼슬을 하고 돌아와 네놈들을 베어버릴 것이다아!"

그러나 낡은 도포만이 아니었다. 짐수레를 끌고 북쪽으로, 북쪽으로 이주하는 사람들이 줄을 이었다. 강이 물었다.

"어디로들 가시는 게요?"

"어디는 어딥니까. 심양 아니겠소. 책문에서 조선으로 귀화했던 여진 사람이라고 말하면 무사통과 시켜준다고 합디다. 조선에서는 굶주리지만 심양에만 가면 일확천금을 얻을 수 있다고 다들 이렇게 줄을 지어 가고 있지 않소."

강이 돌아보자 사령들이 심양으로 거슬러 올라가는 사람들과 어깨를 부딪치며 화가 난 듯이 노려보고 있었다. 포로가 돼 억지로 끌려갔던 그 길을 이제는 양민들이 자청해서 가고 있었다. 강은 낡은 도포 대신 자신이 웅덩이에 처박힌 기분이었다.

한양에 들어섰다. 가을 해가 기울며 단풍잎을 진하게 물들였다. 뒤를 돌아보니 사령들은 이제 보이지 않았다. 모두 제 갈 길을 찾아 흩어진 것이다. 강은 낯익은 길을 걸었다. 삼복이 뒤에서 쫓아왔다. 북촌 처마들이 가을 석양에 어깨를 세우고 7년 만에 돌아온 슬픈 귀향자의 발걸음을 지켜보고 있었다.

잡초만 무성한 옛 집터가 보이자 강은 걸음을 멈추고 굳어버렸다. 7년 동안 꿈속에 무수히 나타났던 불탄 자리였다. 멀리서 보아도 아무것도 남아 있지 않았다. 삿갓을 눌러쓰고 다가가 대문이었을 자리에 멈춰 섰다. 부서진 나무 조각 위로 잡초가 자라고 있었다. 사랑방과 안방, 마루가 있었던 자리도 잡초와 잡목이 자라나 석양에 누렇게 반짝이고 있었다. 그렇지만 강에게는 마주 붙은 사랑방과 안방이 생생히 그려졌다. 사랑방에서는 아버지가 글을 읽고 계셨고 안방에서는 어머니가 바느질 중이셨다. 강은 그제야 무릎을 꺾고 무너졌다. 이내 몸을 떨며 일어나 두 번 절을 하고 엎드려 가슴을 쳤다. 6년 전 성남이 죽어가며 한 말을 강은 한마디도 잊지 않고 있었다. 꿈속에서는 언제나 성남이 말한 대로 재현됐고, 화마의 한가운데에서 강의 몸도 녹아내렸다. 강은 오랫동안 엎드려 통곡했다.

주검이 된 이 진사는 종잇장처럼 가볍고 파랬다. 강은 보오이니루 훈련장의 달빛에 괴괴하게 푸르던 이 진사의 모습이 생생하게 떠올랐다. 자신을 구하려고 동분서주하다 그 여윈 몸으로 심양까지 와서 조혈귀의 자객에게 죽임을 당한 이 진사. 강은 황망 중에 부모님을 어디에 모셨는지 물어보지도 못했다. 강은 비틀거리며 일어섰다. 부모님께서 화마에 휩싸이셨을 때 아무 힘도 되지 못했던 못난 자식이 이제 와서 뭘 찾겠다는 걸까. 그러나 아무것도 찾을 수 없는 자신을 인정할 수 없다는 듯 강은 핏발선 눈을 부릅뜨고 집터를 훑었다. 그때 강이 뒤에서 말소리가 들렸다.

"뉘십니까?"

아낙네였다. 폐가廢家 자리를 서성이는 강을 이상하다는 듯 살피며 다가왔다.

"여기 이 참판 댁이 어떻게 됐는지 혹시 아시오?"

언덕에서 돌멩이를 한꺼번에 굴리는 듯한 우렁우렁한 강의 목소리에 아낙네가 놀라 눈을 크게 뜨며 살폈다.

"그렇지요. 예전에는 이 참판 댁이었지요. 하지만 보시다시피 이미 다 불타 폐가가 되어버렸습니다."

"여기 사시던 이 참판 어른과 부인은 어떻게 되셨소?"

아낙은 바로 대답을 하지 않고 삿갓 안의 얼굴을 살피며 머뭇거렸다. 강도 아낙을 살폈다. 하지만 모르는 얼굴이었다. 아낙은 강과 눈이 마주치고도 피하지 않았다. 그러더니 한숨을 길게 쉬었다.

"딱 이맘때로군요. 7년 전에 갑자기 집에 불이 나서 빠져나오지 못하고 대감마님과 정부인마님 모두 돌아가셨습니다."

말을 마친 아낙은 두 손을 올려 합장했다. 불에 댄 흉터로 오그라든 손이었다. 아낙의 입에서 나무 관세음보살을 외는 소리가 흘러나왔다. 아낙이 다시 말을 이었다.

"아드님이 계셨지요. 포로로 잡혀가서는 살았는지 죽었는지 아직까지도 아무 소식이 없습니다. 부인마님은 살아계실 때 걱정을 많이 하셨지요. '자고로 필화筆禍로 주살誅殺된 예가 부지기수 아니던가. 상감마마 머리꼭대기에 올라앉은 조가 부자가 복수라도 하는 날이면, 아들보다 먼저 불귀의 객이 될 터. 난세를 등에 업고 세도를 부리는 자를 상대할 만큼 대감마님은 교활하지 못하다. 그래서 더 불안하다' 라고 말입니다."

강이 깜짝 놀라 아낙을 뚫어져라 바라봤다.

"그게 무슨 말이오?"

아낙은 이번에는 주저하지 않고 마치 외워두었던 걸 읊듯이 다시 말했다.

"부인마님이 실은 대감마님이 잘못되실까 봐 걱정을 많이 하셨다는 말입니다. 대감마님은 그때 조혈귀 부자의 악행을 고발하는 상소문을 작성 중이셨습니다."

아낙의 얼굴을 뚫어져라 쳐다보는 강의 눈이 붉게 충혈됐다. 하지만 확인하듯 다시 물었다.

"어찌 그리 잘 아시오?"

"저는 이월이라고 합니다. 이 참판 댁 여종이었지요."

강이 삿갓을 치켜들었다. 감정에 북받쳐 떨리는 얼굴로 이월이 합장하며 강에게 절을 했다.

"강이 도련님이 맞네요. 큰 바위 같은 몸집 하며 우렁우렁한 목소리까지, 예전 모습이 어디 가겠습니까. 도련님은 저를 모르실 거예요. 도련님이 강화도에서 무예연습 중일 때 부인마님이 저 윗집에서 저를 데려다 거두셨으니까요."

이월이 눈물을 뚝뚝 흘리더니 흐느끼며 말을 이었다.

"언젠가는 이런 날이 올 줄 알고 저 앞 맞은편 집에서 종살이를 하고 있었습니다."

이월은 자기 앞에 사내를 강이라고 완전히 믿게 됐는지 합장한 손끝을 가슴에 붙였다.

"이제는 여한이 없습니다. 이렇게 도련님을 뵙고 나니 제가 할 일은 다 한 듯합니다. 장독대였던 자리 위에 대감마님과 부인마님 시신을 묻어두고 표시를 해두었습니다. 조심하셔야 합니다. 며칠 전부터 조혈귀 쪽 자객들이 자꾸 보이길래 혹시라도 도련님이 오시지 않을까해서 하루에도 몇 번씩 와보곤 했습지요."

이월이 두서없이 말을 이었다. 강이 아낙에게 고개를 숙이더니 절을 했다.

"고맙소, 정말 고맙소. 죽어도 잊을 수 없는 은혜에 이 말밖에는 드릴 게 없구려."

"아닙니다. 부인마님을 끝까지 모시지 못해 죄를 지은 기분으로 살았지만 오늘에야 비로소 빚을 갚았습니다."

이월이 가묘를 만들어두었다는 곳을 향해 엎드려 두 번 절을 했다. 이월은 돌아서기 전에 강에게 당부하는 것을 잊지 않았다.

"조심하셔야 합니다. 조혈귀가 자객을 풀었습니다."

석양에 누렇게 흔들리는 잡초 사이로 장독 조각이 보였다. 둔덕이 시작되는 지점에 가묘가 있었다. 잡초를 뽑고 돌본 흔적이 있었다. 강은 흙을 쓰다듬었다. 따뜻했다. 부모님의 몸을 만지는 것 같았다. 강은 뜨거운 눈물을 흘렸다. 삼복이 다가와 절을 하고 강이 옆에 꿇어앉았다. 풀벌레 소리도 끊긴 정적 속에 강의 애끓는 소리만이 이어졌다. 움직이는 것은 서서히 지는 석양뿐인 듯했다. 그러다 강이 갑자기 일어나는가 싶더니 칼집에서 뽑은 칼을 날렸다. 잡목 뒤에서 움직이던 검은 물체가 퍽 소리를 내며 쓰러졌다. 꿇어앉아 있던 삼복이 소스라쳐 일어났다. 강은 이미 쓰러진 자객 앞에 가 있었다. 삼복이 소리쳤다.

"조혈귀가 보낸 자객이지요? 맞지요?"

강이 가라앉은 목소리로 말했다.

"삼복아, 너는 주막에 가 있거라. 내가 연락할 때까지 함부로 나다니면 안 된다."

강이 자객의 목을 명중시킨 칼을 거두었다. 자객의 목에서 피가 쏟아졌다. 표창을 여러 개 낀 손가락이 툭, 소리를 내며 땅에 닿았다. 자객의 손이 금방 시커멓게 변했다. 독 묻은 표창이었다. 그제야 이해가 되는지 삼복이 부르르 치를 떨었다.

북촌으로 들어오기 전에 강이 미리 일러줘서 삼복은 주막으로 가는 길은 알고 있었다. 얼마쯤 가다가 돌아서서 어둠 속을 주시했다. 집터에서는 아무 소리도 들리지 않았다. 강은 이미 그곳을 떠난 모양이었다. 금산으로 가겠다고 했다. 그곳 선산에 부모님을 모셔두고 태안의 조혈귀 소굴로 가겠다고 했다. 삼복은 길가에 주저앉았다. 후회가 막심했다. 끝까지 따라간다고 고집을 피우지 못한 것이 못내 안타까웠다. 힘없이 일어서서 주막 쪽으로 길을 잡는데 등 뒤에서 검은 그림자가 삼복을 덮쳤다. 악력이 센 손이 삼복의 입을 막더니 급소를 찔렀다. 삼복은 신음 소리도 내지 못하고 정신을 잃었다.

소금기를 가득 담은 10월의 해풍이 태안의 리아시스식 해안을 지나 성곽처럼 우뚝 선 담장을 넘었다. 해풍은 거센 기세로 대궐 같은 집 안과 너른 정원, 연못과 연병장을 지나 육중한 솟을대문 앞에서 쏟아져 들어오는 사병들의 얼굴을 세차게 훑은 다음 빠져나갔다. 스무 명 정도의 사병들이 말에서 내려 도열하자, 그들 가운데서 귀티로 번쩍이는 젊은 세도가가 앞으로 나섰다. 집 안에서 달려나온 심복들이 그 앞에 일제히 머리를 조아렸다. 그중 늙수그레한 사내가 앞으로 나와 젊은 주인에게 물었다.

"대감마님은 어떠신지요?"

젊은 주인은 해사한 얼굴을 가로저었다.

"건강하시던 양반이 어찌 풍사風邪에 걸리신 건지 도통 모르겠소. 퇴궐하시면서 가마에서 바로 쓰러지셨다 하오. 말은 못하시고 눈만 껌뻑이시니 무슨 일이 있었는지 알 수가 있어야지요."

늙은 사내는 젊은 주인의 대답이 성에 차지 않는지 가로막듯이 다시 물었다.

"의원은 뭐라고 합니까?"

늙은 사내는 심양으로 선을 데리러 갔던 김 비장이다. 조경호의 심복인 그는 주인의 명에 따라 조씨 집안 사업의 근거지인 태안에 내려와 아들 윤노를 돕고 있었다.

"몸을 전혀 움직이지 못하시고 대소변도 받아내는 상황이니, 침술에 마지막 기대를 걸고 있을 뿐이오. 어찌됐든 말씀은 하시게 만들어야 갑자기 쓰러지신 까닭을 알 수 있겠지요."

다시 대꾸하는 젊은 주인의 얼굴에 그늘이 졌다. 김 비장은 이에 아랑곳없이 또다시 물었다.

"이 비장은 무얼 하고 있었답니까? 알아낸 것은 있는지요?"

"궁궐 밖에서 대기하고 있었다고 하오. 못 보던 내관 둘과 함께 나와서는 가마에 오르려고 하시다가 갑자기 정신을 놓고 바닥으로 꼬꾸라지셨답디다. 몸을 주무르고 흔들어도 안 돼 곧장 집으로 모셔서는 의원을 불렀다고 합디다."

젊은 주인은 아버지의 심복이 쏟아내는 질문에 자못 공손한 태도였다. 김 비장은 다시 고개를 갸웃거렸다.

"그 정도 소란이라면 궐에서 나와보았을 텐데요."

"글쎄 이 비장 말로는 그날 따라 궐 안이 쥐 죽은 듯이 조용했다고 하오."

"조용했다고요? 보통 대감마님이 퇴궐하실 때는 관리들이나 내관들이 궐 밖까지 배웅하는 것이 상례였는데 아무도 나와보지 않았다고요?"

김 비장은 아예 힐난조였다. 젊은 주인의 기분 따위는 상관없다는 듯.

"나도 그것이 이상해서 이 비장에게 그날 일을 상세히 말해보라 했소. 그랬더니 이 비장 말이 대감마님을 배웅한 것은 못 보던 내관 두 명뿐이었다고 합디다. 그리고는 아무도 보지 못했다고 하오."

젊은 주인이 더는 묻지 말라는 듯이 자리를 떴다. 그때 김 비장이 떨리는 목소리로 외쳤다.

"나으리, 잘 알아보셔야 할 것 같습니다. 이상하지 않습니까? 모르는 내관 두 명만 대감마님을 따라나왔다는 것도 그렇고, 다른 관리들이 아무도 나와보지 않았다는 것도 이상합니다. 만약 궁궐 안에서 무슨 일이 일어났다면 대감마님께 충격을 줄 인물은…… 상감마마 말고는…… 없습니다."

젊은 주인이 아버지의 심복을 돌아봤다. 여자 같이 곱고 해사한 얼굴은 온데간데없고 서슬 퍼런 흡혈귀의 얼굴이 김 비장을 노려보고 있었다.

"허어! 그 입 다물지 못할까! 감히 비장 주제에 하늘을 의심하는 게냐!"

젊은 주인을 따르던 막비들이 김 비장에게 눈치를 줬다. 목이 달아나기 전에 고개를 숙이라는 뜻이었다. 김 비장이 입을 앙다물며 고개를 숙였다.

"제가 말이 헛나왔나 봅니다. 그러나……."

"허어, 그래도! …… 내가 이 비장에게 다시 알아보고 이리로 와서 보고하라고 했으니 기다려보시오. 김 비장보다 아들인 내가 더 답답하지 않겠소."

화를 내다 무엇 때문인지 제풀에 누그러뜨리며 돌아서는 윤노에게 김 비장도 고개를 숙였다. 그러나 갑자기 거대한 파도가 달려와 자신을 덮쳐버리는 것 같아 숨을 멈추고 뒤를 돌아보았다. 주인 조경호의 명으로 7년 동안 격무에 시달리며 쌓아올린 태안의 성채였다. 이렇게 무너지도록 내버려둘 수는 없었다. 20년 동안 조씨 가문에 바친 자신의 삶은 무엇이란 말인가. 늘그막에 두엄에 처박혀 일어나지도 못하는 꼴을 당할 수는 없었다. 김 비장은 숨을 내뱉으며 멀어지는 윤노에게 소리쳤다.

"나으리, 제가 한양으로 가 조사해보게 허락해주십시오."

안채로 들어가려던 윤노가 멈춰 서서 김 비장을 돌아보았다. 무릎을 꿇은 김 비장을 잠깐 주시하더니 뜻밖에도 쉽게 승낙이 떨어졌다.

"그러세요. 아버님 곁에는 김 비장이 있는 게 맞습니다."

김 비장은 윤노에게 마지막일지도 모르는 절을 했다. 세상이 끝난 것처럼 절박하게 구는 아버지의 심복에게 윤노는 어색하게 맞절을 하고는 돌아섰다.

목욕을 마친 윤노는 태안 일대가 모두 내려다보이는 정자 위로 올라갔다. 예상 밖의 걸음이었다. 심복들 모두 사랑채 바깥에서 주인을 기다리고 있었다. 윤노는 10월의 차고 비릿한 해풍을 깊이 들이켰다. 아버지와 임금, 임금과 아버지의 관계는 윤노의 발아래 펼쳐진 빈 논처럼 황량하게 됐다. 아버지를 위해 자신이 무엇을 할 수 있을까. 그저 정자 위에서 빈 논을 바라보듯 망연히 바라볼 수밖에 없는 처지였다.

윤노는 추수가 끝난 논과 개간지를 천천히 굽어봤다. 사내와 계집들이 저희들이 일군 개간지에 점점이 박혀 들일을 하고 있었다. 언덕에는 염소가 돌무더기들처럼 흩어져 있고 개간지와 언덕 일대를 빙 둘러서 칼을 찬 사병들이 지키고 있었다. 7년 동안 태안에서의 사업은 나날이 불어났다. 이제 포로 장사는 끝물이었지만 여기 태안 근거지에는 별 영향이 없을 터였다.

윤노는 고개를 돌려 바다 쪽을 바라봤다. 멀리 가의도가 거북이 등 딱지처럼 보였다. 가의도에 수용된 인원이 뭍에 수용된 인원보다 많았다. 심양에서 싼값에 속환시켜 가족들에게 넘기려 했으나 가족들이 흉년에 죽었거나 흩어졌거나 포기한 자들이 수용돼 있었다. 그들은 노역으로 속환가를 갚을 때까지 그곳에 수용되어 있어야 했다. 탈출하려고 바다에 뛰어들어 고기밥이 된 자들은 많았지만 아직 속환가를 갚고 자유를 얻은 자들은 없었다.

뭍에서 노역 중인 인원 중에는 기근에 밥만 먹여달라고 제 발로 찾아들어 온 이들도 꽤 많았다. 속환시켜온 포로 중 뭍에서 노동할 수 있는 자는 가족이 속환가를 갚겠다고 보증한 자들이었다.

태안의 사업은 이삼 년 전까지는 포로장사가 주된 것이었지만 이제는 서해로 배를 몰고 나가 해상에서 한족 밀무역선과 교역을 해서 얻는 이득이 주를 이루고 있었다. 심양에서 속환시킨 포로들이 만든 한지, 삼베, 명주가 주요 품목이었다. 이미 큰 배 두 척이 그 물품들을 가지고 서해로 나가 밀무역선에게 팔고 있었다. 가지고 나간 물품은 금세 동났다. 모두 한선이 좋아하는 품목들이었다. 없어서 못 팔 지경이었다. 물건을 대려면 노역이 더 혹독해질 수밖에 없었다. 그에 따라 근거지를 지킬 사병 역시 더 많이 필요하게 되었다. 사병들에게는 총과 칼을 나누어주고 급료를 후하게 줬다.

정작 윤노의 걱정거리는 심양과 한양에 있었다. 심양의 세자관에 심어놓은 첩자들이 보고한 상황은 숨 가빴다. 청 황실의 권력투쟁은 홍타이지의 아들에게서 구왕 도르곤에게로 이어지며 어제가 다르고 오늘이 달랐다. 윤노는 숨을 죽였다. 권력이 어디로 가든 명은 지는 해요, 청이 떠오르는 태양인 것만은 확실했다. 우선 엎드려 기다릴 수밖에 없었다.

그러나 조선의 조정은 달랐다. 청 황실의 혼란을 틈타 반청파가 득세하고 있었다. 그런 상황을 모르는 아버지가 아니셨다. 아버지의 실수는 임금을 철석같이 믿은 데에 있었다. 아니, 너무 오래 임금 곁에 계셨던 탓이다. 윤노는 여러 번 아버지께 태안으로 내려오셔서 쉬시라고 서찰을 올렸다. 그러나 아버지는 태안은 한양에서 너무 멀다고 하셨다. 그리고는 임금한테서 너무 멀리 떨어져 있으면 애써 이루어 놓은 태안까지 잃을까 걱정이라고 말씀하셨다. 윤노는 노인의 노파심에 쓴웃음이 나왔다.

오랑캐가 저희끼리 싸우니 그 틈을 타 흩어졌던 무리가 주자학적 명분론을 내세우며 다시 핏대를 세우고 있지만 그것은 코앞도 내다보지 못하는 행동일 뿐이었다. 오랑캐들은 머지않아 산해관을 넘어 북경으로 전진하고 말 것이다. 이것이 대세다. 이런 현실을 직시하지 못한 조선 조정의 반청 행위는 그와 함께 철퇴를 맞을 것이다. 단지 몇 달만 물러나 기다리면 될 터였다.

아버지는 하늘을 너무 철석같이 믿었다. 그 하늘이 당신의 운을 뺏어갈 줄은 상상조차 하지 못하셨다. 김 비장이 말하지 않더라도 윤노도 이미 잘 알고 있었다. 하늘이, 임금이 아버지의 운을 거둬갔다. 윤노는

2차 심옥 이후, 임금이 아들 소현세자에게 내린 조처를 보고 이런 사태를 예감했었다. 소현세자는 의주로부터 지원받던 물자가 끊어지자 윤노에게 손을 내밀었다. 사실 세자빈 강빈의 둘째 오라비 강문명이 몰래 찾아와 부탁했다. 윤노는 그때 임금과 아버지의 세대는 가고, 소현세자와 윤노 자신의 세대가 떠오르고 있다는 예감에 도취됐었다. 윤노는 흔쾌히 세자가 조정으로부터 지원받던 물자의 곱절을 내주었다.

이제 와 아버지가 퇴궐하던 날 있었던 일을 들춰내는 것은 섣부른 행동일 터였다. 도도한 시대의 흐름은 이미 아버지뿐만 아니라 임금까지도 삼켜버릴 기세였다. 하지만 의식을 잃은 아버지를 지켜봐야 하는 것과 사람을 이 지경으로 내치는 임금에게 참을 수 없이 화가 나는 것 또한 사실이었다. 도착하자마자 이 뻔한 상황을 지적하는 김 비장에게 윤노는 저절로 짜증이 났다. 그 김 비장이 한양으로 가겠다고 나서자 윤노는 성가신 짐을 치워버리는 것처럼 홀가분한 기분이 들었다. 김 비장은 아버지의 사람이지 자신의 사람이 아니었다.

홀로 정자에 앉은 윤노는 그제야 정자 아래에서 기다리는 막비들을 내려다봤다. 윤노는 먼저 정 막비를 불렀다. 정 막비에게 이강이 압록강을 넘어 조선으로 들어왔다는 보고를 받은 것은 한양 본가로 가기 전 일이었다. 정 막비는 이강이 책문에 배치한 패거리를 병신으로 만들어 흩어지게 하고는 다시 심양으로 갔다가 홍타이지가 죽고 주란타이가 죽은 걸 확인한 뒤에 압록강을 넘었다고 보고했다. 사실 윤노는 심양의 포로 따위와 구원舊怨에 묶여 쫓고 쫓기는 일은 피하고 싶었다. 이강 그놈은 심양의 포로요, 자신은 조선의 실세가 아니던가. 자신은 이제 놈이 7년 전 일로 복수를 운운하며 덤빌 상대가 아니었다.

그것을 깨닫지 못하고 조선으로 들어왔다면, 놈은 죽을 때까지 자객을 상대해야 할 것이었다. 정 막비가 부복하자 윤노가 물었다.

"그래, 놈이 한양에 나타났느냐?"

정 막비는 윤노의 눈치를 힐끔 보며 대답했다.

"예, 나으리가 한양에 도착하기 하루 전에 놈이 북촌 불탄 집터에 나타났었나 봅니다."

윤노의 눈썹이 올라갔다.

"그래? 그럼 풀어놓은 자객들은 뭘 했단 말이냐?"

정 막비가 고개를 숙이고 기어들듯 대답했다.

"예. 나으리 말씀대로 보통 놈이 아닌가 봅니다."

하도 씻어서 뽀얗게 반질거리는 윤노의 얼굴에 핏기가 싹 가셨다. 정 막비는 흡혈귀처럼 입술만 빨갛게 빛나는 윤노의 성마른 얼굴을 힐끔 보며 보고의 순서를 바꾸지 못한 것을 후회했다. 그리고 재빨리 말을 덧붙였다.

"대신 놈과 함께 심양에서 온 아이를 납치해왔습니다."

잠시 눈동자가 흔들리던 윤노가 정 막비를 노려보며 물었다.

"풀어놓은 자객들은 뭘 했냐니까?"

정 막비가 다시 기어드는 소리로 대답했다.

"한 명은 죽고, 한 명은 아이를 데려왔습니다. 죽을죄를 지었습니다."

윤노가 정 막비를 노려보던 눈길을 거두고 한참 바다 쪽을 바라봤다.

"그럼 놈은 지금 어디에 있는 게냐? 그건 알고 있겠지?"

정 막비가 재빨리 대답했다.

"예. 망꾼이 어제 와서 보고했는데 이강 그놈이 제 부모의 유골을 가지고 금산에 있는 놈의 선산에 가서 묘를 만들고 제를 올렸답니다. 아직 금산에 있습니다. 그리로 자객을 보낼깝쇼?"

윤노가 흥, 콧소리를 냈다.

"내가 말하지 않았느냐. 놈은 보통 자객으로는 안 된다. 최소 열 명은 한꺼번에 붙여야 한다. 잡아온 아이를 이용해라. 분명 태안으로 올 것이니 여기서 죽여라. 놈은 죽으러 오는 거다. 알겠느냐? 이번에는 실수 없이 준비해라."

"예!"

정 막비는 윤노를 바로 보지 못하고 대답만 크게 했다.

새벽안개가 바닷바람에 밀려나자 태안의 거대한 성채가 찢어진 수묵화처럼 드러났다. 말 탄 늙은 사내가 어스름 가운데서 성채를 돌아봤다. 짙푸른 안개 때문에 거대한 성채는 바닷물에 푹 잠긴 것처럼 보였다. 사내는 말 등이 꺼져라 깊은 한숨을 쉰 다음 길을 재촉했다. 새벽부터 서둘러 길을 떠나는 사람이 맥없이 한숨이나 쉬다니, 김 비장은 자기 처지가 쓸쓸해 혀를 찼다. 윤노는 어제 한양에 다녀오라고 허락했다. 김 비장은 이것이 윤노와는 마지막이라고 생각했다. 아마도 한양에 돌아가게 되면 이곳 태안으로는 다시 돌아오지 못할 것이다. 세도가의 심복으로 산전수전 두루 겪은 늙은 사내의 직감이었다. 윤노는 자신을 찾지 않을 것이고, 자신도 어찌 되었든 다시 돌아올 수 없을 것이다.

"그러세요. 아버님 곁에는 김 비장이 있는 게 맞습니다."

윤노가 한 말이었다. 조사하라는 말이 아니었다. 김 비장에게는 그 말이 너는 아버지의 사람이지 내 사람이 아니다, 그러니 이제 네 임무가 끝났으니 주인 곁으로 가거라, 이런 소리로 들렸다. 돌아서서 생각하니 화가 치밀었다. 김 비장은 그제야 깨달았다. 떠날 때가 된 것이었다. 자신은 조 판서의 사람이었지 그의 아들 조윤노의 사람이 아니었다. 아버지의 시대가 가고 자신의 시대가 왔다고 착각하는 자를 주인으로 모시고 할 수 있는 일이 무엇이겠는가.

어제 낮에는 한양으로 보냈던 자객이 물건을 가지고 돌아왔다. 덜 자란 사내아이였다. 이강과 함께 온 아이라고 했다. 윤노의 관심은 온통 이강에게로 가 있었다. 대체 이강 따위가 무엇이란 말인가. 김 비장은 7년 전 선을 데리러 심양에 가서도 아예 이강을 무시하고 일부러 만나지 않았다. 이강에 대한 윤노의 열등감을 알고 있었기 때문이다. 한낱 포로일 뿐인 이강. 그를 두려워하고 미워하고 원수로 만들수록 자신은 비겁해지고 나약해지는 것을 모르는 윤노가 한없이 안타까울 뿐이었다. 윤노가 몸종 성남을 시켜 이강의 집에 불을 놓아 이 참판 부부를 죽였다는 사실을 알았을 때 김 비장은 조씨 집안의 영화榮華가 조 판서 대에서 끝나는 것이 아닌가 두려웠다. 조 대감은 변덕스러웠지만 노회했다. 잔인했지만 조심스러웠다. 그러나 아들 윤노는 섣부르고 거침없었다. 본래는 연약한 사내아이였다. 연약함이 전쟁을 겪으면서 비겁함으로 바뀌었고 아버지 조경호의 일을 돕게 되면서 비겁함은 잔인함과 냉혹함으로 얼굴을 바꿨다. 김 비장은 윤노가 어렸을 때부터 그의 아버지 조 대감을 모셨으므로 잘 알고 있었다. 윤노가 대대적인 근거지를 통솔할 느긋한 기질이 아니었기에 김 비장은 걱정스러웠다. 그러나 윤노는 앓던 이 빠진 듯 시원하다는 표정으로 김 비장에게 한양으로 올라가라고 허락했다. 밤새 잠을 이룰 수 없어 이른 새벽에 길을 나선 그였다. 홀로 조랑말을 타고 길을 밟는 모습이 어쩐지 기력이 쇠한 나그네처럼 허청거렸다.

조랑말을 탄 김 비장이 사라지자 성채로 이어진 너른 길을 새벽안개가 독차지했다. 얼마 지나지 않아 소금기를 머금은 아침바람이 진군하는 군사들처럼 바다로부터 불어와 뭍 깊숙이 안개를 밀어냈다. 안개는 저항하듯 마지막 안간힘을 쓰며 우르릉거렸다. 밀려나는 안갯속에서 성채를 향해 말 한 필이 달려나왔다. 말 탄 자는 기세 좋게 성채의 문을 두드렸다. 쪽문이 열리며 문지기가 나왔다.

"아침부터 무슨 일인가?"

"정 막비에게 급히 전할 말이 있소."

"정 막비? 정 막비라면 망꾼들을 통솔하는 막비인데, 무슨 일인가?"

"허, 어서 정 막비나 불러주시오. 급하오."

문지기는 문을 활짝 열고 말 탄 자를 들어오게 했다. 연락을 받은 정 막비가 서둘러 나오며 미간에 주름을 잡았다. 말에서 내려 기다리던 망꾼이 조용히 말했다.

"주막에서 이상한 소문을 들었습니다. 아무래도 빨리 소문을 확인해보시는 것이 좋을 듯싶어 달려왔습니다."

정 막비가 긴장을 하고 바라보자 믿음성 있어 보이는 망꾼이 정 막비 쪽으로 몸을 기울이며 속삭이듯 말했다.

"관군 백여 명이 한양에서 출발해 태안으로 오고 있다는 소문입니다."

정 막비도 망꾼에게 몸을 기울이며 빠르게 물었다.

"관군이 태안으로? 왜?"

"왠지는 모르겠습니다. 주막에서 옆방에 묵는 자들이 하는 말을 들었습니다. 그들이 어제 평택에서 관군을 봤다고 합니다."

"그들이 평택에서 봤다는 관군들이 태안으로 오는 것인지, 다른 곳으로 가는 것인지 어떻게 안단 말인가?"

"그들 말로는 관군들이 태안으로 간다고 하는 말을 들었다고 합니다."

정 막비는 새벽부터 달려온 망꾼을 찬찬히 훑었다. 망꾼 중에서도 눈빛이 또렷하고 진중하게 행동하는 자였다. 언젠가는 가까이 두고 써야겠다고 생각했었다. 그런 자가 달려와 한 말이니 주막에서 들은 말은 사실일 터였다. 정 막비는 어제 한양에서 도착한 자객에게 다시 확인하고 나서 윤노에게 보고해야겠다고 생각했다.

"알겠네. 내가 그 소문이 사실인지 확인해보겠네. 자네는 다시 서산으로 가서 그 소문을 좀 더 자세히 알아보게. 국밥 한 그릇 말아주라고 이를 테니 먹고 바로 출발하게."

정 막비는 믿음직스러운 망꾼을 뒤로하고 바로 안채로 들어갔다.

주인 조윤노는 이강이 태안으로 오고 있다는 보고를 받은 뒤 더 예민해져 있었다. 정 막비는 안채를 지나쳐 객사처럼 연결된 뒤채로 갔다. 구석방으로 들어가 방이 떠나가라 드르렁거리며 코를 고는 수노미를 발로 걷어찼다. 수노미는 어제 윤노에게 이강을 놓친 벌을 받을까 두려워하다 그나마 사내아이를 끌고 와 벌을 면한 것을 알고는 말술을 퍼마셨다.

"일어나라. 아침이다. 정신 차려보아라."

그는 정 막비가 물 한 바가지를 얼굴에 끼얹자 그제야 눈을 떴다.

"묻는 말에 정신 똑바로 차리고 대답해보아라."

수노미는 눈을 끔벅이며 정 막비의 얼굴에 겨우 초점을 맞췄다.

"왜요? 무슨 일인갑쇼?"

"한양에서 태안으로 올 때 관군을 보거나 태안으로 관군이 향한다는 소문을 들은 적이 있느냐?"

수노미는 얼굴의 물을 털어내며 아무것도 아니라는 듯이 말했다.

"아, 그거요. 관군이야 봤지요. 관군 백여 명이 너른 터에서 맹훈련을 하는 걸 봤습지요. 무슨 토벌 훈련을 하는 것 같아서 궁금해서 물어봤더니 계룡산 화적떼 소굴을 토벌하러 간다고 하더라구요."

정 막비가 다시 물었다.

"네가 봤다는 곳이 어디였느냐?"

"한강 건너 말죽거리 지나서 과천 초입 원터였습니다."

"분명히 들었단 말이지? 계룡산 화적떼를 토벌하러 간다고?"

정 막비가 다짐을 받듯이 묻자 수노미는 들은 것을 자신했다.

"예, 그렇다니까요. 한양의 유언비어는 모두 그곳에서 나온다나 뭐라나. 씨를 말린다고 합디다."

"그래? 계룡산으로 간다는 관군들 말고 다른 관군들이 움직이는 것은 보지 못했고?"

"도성 안은 조용했습니다. 관청 사람들도 너무 풀이 죽어 보여서 도대체 산 사람인지 죽은 사람인지 건드려보고 싶을 정도였습죠. 조선 팔도에서 태안 성채처럼 활기찬 데가 또 있을라구요. 관군들이 태안으로 온다면 여기서 배불리 먹고 싶어 오는 거겠지요. 하하하. 걱정

붙들어 매십시오."

수노미는 느긋하게 배를 긁적였다.

김 비장은 조 판서 대감이 쓰러진 날 대궐에서 임금과 조 판서 대감 사이에 무슨 일이 있었는지를 꼭 알아내야 태안 성채가 안전할 수 있다고 말했다. 윤노는 그러는 김 비장에게 화를 냈고 성가셔했다. 정 막비는 김 비장 방으로 향했다. 김 비장 방은 깨끗이 비워져 있었다. 소지품도 말끔히 치워졌다. 다시는 돌아오지 않을 마음으로 떠났다는 것을 알 수 있었다. 정 막비는 자신도 모르게 덜컹, 가슴이 내려앉았다. 주인 조윤노의 곁에 조심성 많은 김 비장이 없다는 것은 언덕까지 밀고 올라간 수레를 놓쳐버린 형국과 같은 것이 아닐까. 정 막비는 순간 태안 성채가 파도에 휩쓸려가는 장면을 떠올렸다.

관군이 태안으로 오고 있다는 소문을 보고한다면 윤노는 뭐라고 할까. 아침부터 뜬소문이나 보고한다고 짜증을 낼까. 윤노는 아직 사랑방으로 나오지 않았다. 정 막비는 헛기침을 한번 하고 아랫배에 힘을 줬다. 명나라 황실에서 쓰던 열여섯 폭 금박화조도 병풍으로 둘러쳐진 실내, 금칠한 의자와 책상, 온통 황금빛으로 번쩍이는 윤노의 사랑방을 정 막비는 새삼스럽게 둘러봤다. 명나라에 가본 적은 없지만 이곳에 들어올 때마다 명나라 황제의 방이 이럴 거라고 막연히 상상했다. 오늘따라 금칠한 책상 위의 누런 표지의 낡은 장부들이 생뚱맞다고 생각했다. 그때 미닫이문이 열렸다. 노복이 들어와 금칠 의자를 뒤로 당기고 서 있자 윤노가 들어왔다. 정 막비가 머리를 조아렸다.

"밤새 편히 주무셨습니까?"

정 막비는 의자에 앉는 주인을 살폈다. 백지장처럼 하얀 얼굴의 젊은 주인이 책상에 비딱하게 한쪽 팔을 기대고는 입을 열었다.

"급히 보고할 게 있다고?"

"예. 관군 백여 명이 태안으로 오고 있다는 소문이 있습니다."

순간 윤노의 얼굴이 찡그려지더니 탈바가지처럼 웃었다. 이미 관군 소문을 알고 있는 것일까. 정 막비는 어리둥절해서 윤노를 바라봤다.

"그 소문은 어디서 들은 건가?"

"예, 새벽에 망꾼이 소문을 보고하려고 서산 주막에서부터 달려왔습니다."

갑자기 윤노가 문밖에 대고 일렀다.

"여봐라, 강빈 집안에 다녀온 김 막비를 들어오라 해라."

이미 대기하고 있던 김 막비가 들어오자 윤노가 말했다.

"김 막비, 어젯밤에 내게 보고했던 말을 여기서 다시 한 번 반복해보아라."

김 막비가 어리둥절해하며 윤노와 정 막비를 번갈아 쳐다봤다. 윤노가 냉랭하게 명했다.

"세자빈 강씨 집안의 오라비들에게 어떤 얘길 듣고 왔는지 정 막비 앞에서 다시 말해보아라."

한양으로 떠난 김 비장처럼 자신도 주인을 못 믿고 있다는 것을 간파당한 것 같아 정 막비가 윤노 앞에 무릎을 꿇었다.

"나으리, 제가 관군에 관한 헛된 소문을 듣고 잘못 보고를 한 모양입니다."

윤노가 하얀 탈바가지 같은 얼굴로 정 막비를 노려봤다.

"행여나 헛된 소문을 믿고 부화뇌동할까 봐 내가 다짐을 두는 것이다. 다른 막비들도 들라 일러라. 그 관군 소문은 새롭지도 않다. 이미 세자빈 강씨 오라비들에게 확인한 것이다. 헛소문이다. 지금 우리 태안에서 필요한 것은 쓸데없는 소문에 휘둘리는 것이 아니다. 지금보다 더 많은 물자를 궁궐과 심양 세자관에 보내는 일이다. 반청파, 친청파 둘 다 우리 태안의 손아귀에 들어 있단 말이다."

그때 다른 막비들이 우르르 사랑방으로 들어왔다.

이것으로 관군에 관한 소문은 사흘 뒤 그들이 쳐들어올 때까지 깨끗이 무시되었다.

아침 햇살은 따뜻하다 못해 후텁지근했다. 늦가을 날씨 같지 않았다. 삼복은 밧줄에 묶여 내동댕이쳐졌다.

"저놈이 헛간에 가둬두었던 그놈이냐?"

높은 나무의자에 앉은 자가 삼복을 내려다보며 말했다. 삼복은 그 자가 조윤노라는 것을 알아차리자, 며칠을 묶여 있으면서 생각했던 말을 소리쳤다.

"우리 선달님이 조혈귀를 죽이고 나를 구해줄 거다!"

여러 명이 달려와 삼복을 발로 차 넘어뜨리고 때렸다. 삼복은 저절로 나오는 비명 소리를 참으려고 애썼다. 윤노가 손을 들어 저지했다.

"그만해라. 좀 있으면 이강 놈이 도착할테니. 저 어린것을 놈이 잘 보이는 곳에 매달아라."

때리던 심복들이 삼복을 장대에 매달았다.

그때 뜰 밖에서 싸우는 소리가 들렸다. 사병들의 외침과 칼 부딪치는 소리, 사병들이 내지르는 비명 소리가 한꺼번에 들렸다. 갑자기 뜰로 통하는 문짝이 떨어져 나갔다. 기골이 장대한 자가 뛰어들어와 양손에 칼을 들고 넘어진 문짝 앞에 버티고 서 있었다. 여기저기서 이강이다! 이강이다! 하는 외침이 터졌다. 구석으로 달아나는 자들도 있었지만 더러는 움직이지 못하고 그 자리에 못 박혀 있었다. 강의 입에서 산이 무너지는 듯한 소리가 울려 나왔다.

"덤비지 마라! 죽일 생각은 없다. 조윤노 한 놈만 나와라! 그놈만 데려가겠다!"

비단을 찢는 듯한 날카로운 목소리가 대항했다.

"자, 보아라. 네놈이 아는 얼굴이다!"

윤노가 장대에 묶인 삼복을 가리켰다. 매달린 삼복을 알아본 강의 가슴이 파도처럼 출렁였다. 다시 날카로운 윤노의 목소리가 뜰의 공기를 찢었다.

"칼을 내려놓아라. 그렇지 않으면 이놈을 죽일 거다! 어서!"

낡은 행색에 번뜩이는 눈빛만이 형형한 거구의 강이 윤노를 쏘아보며 철커덕, 칼을 내던졌다. 윤노의 심복들이 밧줄을 들고 우르르 강에게 달려들어 매달리듯이 밧줄을 감기 시작했다. 윤노가 소리쳤다.

"조씨 가문의 원수 이강을 사로잡았다! 바로 처형할 것이니 모두 나와 구경하라고 해라!"

윤노의 심복들이 강을 담장 앞에 세웠다. 이들은 여러 번 모의훈련이라도 했던 것처럼 손발이 척척 맞았다. 구경나온 하인들이 강으로부터 멀리 떨어져 섰다. 윤노가 심복에게 조총을 건네받았다.

"아, 안 된다!"

장대에 매달린 삼복이 흐느끼며 소리쳤다.

"조용히 해라!"

윤노의 심복이 꼬챙이로 삼복을 찔렀다.

이런 북새통에도 강은 덤덤히 벽 앞에 버티고 서 있었다. 큰 바위 같은 그의 몸통에 칭칭 감은 밧줄이 오히려 우스워 보였다. 검고 단단한 강의 눈동자가 윤노를 꿰뚫듯이 노려봤다. 윤노가 이를 갈았다.

"그래, 죽음이 두렵지 않다 이 말이지. 오냐, 빨리 죽여주겠다. 나도 죽은 네놈의 몸뚱이를 빨리 보고 싶구나."

뜰에 모여선 구경꾼들은 조총을 맞고도 살아날 것 같은 강의 모습에 멀리 비켜섰다. 윤노의 손가락이 방아쇠를 당겼다. 탕! 총소리가 뜰을 흔들었다. 강이 쓰러졌다. 지축을 울리는 총소리는 또다시 이어졌다. 탕! 탕! 탕! 무너진 문으로 관군들이 밀려들어왔다.

칼을 치켜든 대장이 소리쳤다.

"꼼짝 마라! 대역죄를 범한 조윤노 무리는 어명을 받들라! 칼을 내려놓고 순순히 항복하라!"

관군들이 셀 수 없이 밀려들어 왔다. 하던 일을 멈추고 강이 처형당하는 걸 구경나왔던 노복들은 혼비백산하며 우왕좌왕 뜰을 가로질렀다. 관군들이 소리쳤다.

"노복들이나 포로들은 땅에 엎드려라! 저항하지 마라! 죽이지 않겠다!"

여기저기서 풀썩풀썩 잡초처럼 누워버리는 사람들이 보였다. 그 사이로 윤노의 사병들이 관군을 향해 칼을 치켜들었다. 관군 한 무리가 사병들에게 달려들었다. 다른 관군들은 저지선을 뚫고 소굴을 샅샅이 뒤지기 시작했다.

관군이 뜰로 들이닥치는 순간, 윤노와 심복들은 사라졌다. 윤노가 방아쇠를 당기려 할 때 구경꾼들은 총을 맞고 쓰러질 강을 주시하고 있었기 때문에 정 막비가 급히 윤노에게 달려와 귀엣말을 하는 것을 보지 못했다. 그때, 탕! 하는 총소리가 들렸다. 강은 재빨리 엎드렸다. 윤노가 쏜 총소리가 아니었다. 밖에서 난 총소리였다. 그리고 연이어 탕! 탕! 탕! 총소리가 들렸다. 윤노와 일당은 그 순간 삼복을 끌고 사라졌다.

강은 엎드린 순간 줄을 풀기 시작했다. 윤노가 도망갔다. 어디로 간 것일까. 윤노에게는 배가 있다. 해안가로 달아났을 것이다. 삼복도 보이지 않았다. 윤노가 삼복을 데려갔던 것이다. 강은 윤노 무리를 쫓아 달리기 시작했다. 칼을 찾을 틈도 없었다. 손에는 묶였던 밧줄만 쥐고 달렸다.

이틀 전, 강은 서산에서 관군이 머물고 있는 것을 보았다. 얼추 백여 명은 되는 것처럼 보였다. 관군들이 관아도 아닌 민가 가까이에서 이틀씩 주둔하고 있다? 그렇다면 도성에서 임시로 차출된 군대임이 틀림없었다. 토벌대 같았다. 기강이 잡혀 있었고 긴장한 티가 역력했다. 토벌 임무를 맡은 부대라면 아직 임무수행 전이다. 아마도 도성에서 올 진격 명령을 기다리고 있는 것이 아닐까? 전쟁터에서 단련된 강의 예민한 감각이 그런 상상을 하게 했다. 그렇다면 이들이 진격하려는 소굴은 어디일까? 서산에서 가장 가까운 곳에 그 대상이 있다. 가까운 곳의 반란군이라면? 아, 태안이다! 조윤노의 소굴이다. 임금은 지금 조 판서 무리를 버리려 한다. 이것이 서산에서 관군을 보고 강이 내린 판단이었다.

강은 그때부터 태안을 향해 달리기 시작했다. 관군이 윤노를 죽이기 전에 먼저 죽여야 한다. 머릿속에는 그 한 가지 생각뿐이었다. 부모님의 유골을 수습하고 자객을 처치했을 때 정신이 번쩍 들었다. 윤노는 자신만의 원수가 아니었다. 수많은 조선 포로들의 원수였고 속환된 포로들을 죽이고 강제노역을 시키는 살인굴의 괴수였다. 관군이 쳐들어가기 전에 처치해야 한다. 강은 쉬지 않고 태안으로 달렸다.

저항하는 사병들을 처치하고 뜰로 들어섰을 때 윤노가 자신을 그런 식으로 기다리고 있을 줄은 상상조차 하지 못했다. 놈은 "네놈이 아는 얼굴을 보아라!" 하며 장대에 매달린 삼복에게 칼을 겨누고 있었다. 강은 생각할 것도 없이 칼을 내던졌다. 우선 삼복을 살리고 봐야 했다. 놈의 부하들이 달려들어 밧줄로 아예 옷을 해 입혔다. 풀려면 얼마든지 풀 수 있었다. 그러나 삼복을 다치게 할 수는 없었다. 놈이 강을 죽이겠다고 소리쳤다. 칼로 목을 치려고 다가오면 그때가 기회였다. 그러나 총을 들었다. 강은 웃음이 나왔다. 팔기군조차 살인귀라며 섬뜩해하던 자신이었다. 발사되기 전 쓰러지면서 밧줄을 풀고 기회를 엿볼 수 있다, 생각하면서 놈을 노려보았다. 허둥대는 손짓, 공포를 숨기려는 듯 치켜뜬 눈, 놈은 자신이 노려보는 눈빛조차 받아내지 못했다.

강은 달리면서 밧줄로 고리를 만들었다. 해안으로 이어지는 높은 담을 뛰어내렸다. 멀리 해안사구를 달리고 있는 일당이 눈에 들어왔다. 윤노가 앞장서고 한 놈이 삼복을 끌고 가고 그 뒤로 다섯 명의 패거리가 바짝 쫓고 있었다. 놈들이 솔밭으로 들어설 때까지 강은 공격하지 않았다.

"빨리, 빨리! 서둘러라! 어서!"

윤노가 소리치는 것이 들렸다. 몸을 숨긴 강이 양손에 돌을 집어 들었다. 삼복을 끌고 가는 놈을 향해 돌을 던졌다.

"악!"

정확히 맞았는지 비명을 지르며 쓰러졌다. 나머지 놈들이 일제히 돌이 날아온 방향을 바라봤다. 고리밧줄이 날아가 몰려 있던 놈들을 덮쳤다. 해안사구로 뛰어 내려오는 관군들 소리가 들렸다. 강은 힘을 다해 고리밧줄을 잡아당겼다.

"아악!"

긴 비명과 함께 묶인 놈들이 날아와 사구에 처박혔다. 관군들이 함성을 지르며 놈들에게 달려갔다.

파도치는 바닷가로 삼복을 끌고 달아나는 윤노가 보였다. 강은 바닷가로 달렸다. 윤노가 삼복의 목덜미를 쥐고 강을 향해 돌아섰다. 강이 멀리서 달려오는 관군을 가리키며 소리쳤다.

"저길 보아라! 다 끝났다! 이미 관군들이 너를 잡으려고 달려오고 있다! 아이를 놔주어라! 어서!"

윤노는 달려오는 관군을 힐끗 쳐다보더니 삼복을 끌고 바닷가에 매어놓은 배로 향하며 소리쳤다.

"이놈을 살리고 싶은 게냐? 그렇다면 7년 전 강화도에서처럼 관군을 막아라! 나는 서해로 나갈 것이다!"

강이 쫓아가며 소리쳤다.

"그렇게는 안 될 거다! 저길 보아라! 관군들이 네 소굴을 모두 태우고 있는 것이 보이지 않느냐?"

강의 말대로 성채 같은 소굴이 불길에 휩싸여 있었다. 시뻘건 화마가 넘실거리며 하늘로 올랐고 일대가 검은 연기로 들어차기 시작했다. 윤노는 허둥대기 시작했지만 파도에 휩쓸리면서도 버둥거리는 삼복을 놓치지는 않았다. 윤노가 더 이상 지체할 수 없다는 듯이 소리쳤다.

"네놈은 나를 관군에게 내주기 싫겠지? 그렇다면 함께 가자. 노는 네놈이 저어라!"

윤노가 삼복을 끌고 배에 올라탔다. 배를 묶어놓은 밧줄을 끊고는 칼끝을 삼복의 목에 갖다 대더니 소리쳤다.

"이놈을 살리고 싶으냐? 그렇다면 어서 올라타 노를 저어라!"

강이 배에 올라타 노를 젓기 시작하자 배는 바다를 향해 쏜살같이 나아갔다. 관군들이 바닷가에 서서 나아가는 배를 향해 활을 쏘아댔다. 윤노가 이를 갈며 소리쳤다.

"다 쓰러져가는 한 나라의 종사를 재건한 공적이 한낱 검은 재가 되어 바람에 흩어지는구나. 이것은 바로 네놈의 아비 같은 놈들 때문이다! 네놈들이 임금의 눈을 멀게 했다!"

윤노가 발악했지만 강은 노를 저으며 윤노에게 잡혀 있는 삼복만을 안타깝게 쳐다봤다. 붙잡힌 지 이레가 지났을까. 제대로 먹지도 못했을 것이다. 바닷물에 흠뻑 젖은 삼복은 무자비하게 끌려오느냐 팔다리가 풀려 있고 눈동자에 초점이 없었다. 강은 삼복을 심양에서 떼어놓고 오지 못한 것을 절절하게 후회했다. 강이 악쓰는 윤노 따위는 안중에도 없다는 듯 소리쳤다.

"삼복아! 삼복아! 정신 차려라!"

삼복의 눈동자가 강을 바라보는 것 같더니 바닥으로 쓰러졌다. 윤노가 쓰러진 삼복의 목덜미를 쥐고 흔들었다.

"뭐냐? 이놈이 죽은 척을 하는구나! 내 속을 줄 아느냐?"

강이 노를 저으며 소리쳤다.

"아이를 내려놔라! 혼절했지 않느냐?"

윤노가 삼복을 발밑 뱃바닥에 던지며 껄껄 웃었다.

"그래, 네놈은 힘차게 노나 저어라. 깊은 바다로 나가면 방향을 말하겠다!"

배는 이미 뭍으로부터 멀리 나갔다. 강이 어깨를 펴더니 노를 들어 바다 멀리 내던졌다. 윤노가 몸을 지탱하고 있던 칼을 다시 정신을 잃은 삼복에게로 향하며 소리쳤다.

"뭐하는 게냐?"

강이 조용히 윤노를 노려보았다. 윤노는 칼을 붙잡은 손에 힘을 줬다. 강의 말소리에 칼끝이 파르르 떨렸다.

"나불거리던 그 입도 조금 있으면 다물게 될 터. 그 전에 묻겠다. 왜 우리 집에 불을 놓았는가? 왜 네놈의 충복 성남까지 죽이려 했는가? 왜 무고한 백성을 다시 심양으로 붙잡아 보냈는가?"

죄를 묻는 강의 엄중한 말에 윤노가 몸을 떨었으나 두려움이 극에 달했던 것일까. 오히려 웃었다.

"핫, 핫, 핫. 7년 내내 오랑캐 뒤나 쫓아다니며 사람 사냥이나 했으니 금수나 다름없는 놈이 뭘 알겠느냐? 네놈 눈에는 저 성채가 보이지 않느냐? 저 성채 안에서 수많은 백성이 굶지 않고 살았다. 굶어 죽지 않으려고 저 성채에 제 발로 기어들어온 백성이 몇인 줄이나 아느냐? 모두 내가 먹여 살렸다. 내가 말이다. 이 조윤노의 업적이 이렇게

크단 말이다!"

강이 천천히 일어섰다. 배가 흔들렸다. 윤노가 중심을 못 잡고 이리 저리 흔들렸다.

마지막으로 참회할 기회를 주고 싶었던 것일까. 강이 다시 물었다.

"다시 한 번 묻겠다. 왜 우리 부모님을 죽였느냐? 왜 이 진사를 죽였느냐?"

윤노가 간신히 이물 쪽의 난간을 붙잡고 버텨서며 말했다.

"네 아비 이준효는 아버지와 나를 모함하는 상소를 임금께 올리려고 했다. 네놈 아비는 우리 집안의 원수다. 원수를 제거하는 것은 당연한 이치. 나는 충과 효의 법도에 따라 집안의 원수를 제거한 것이다. 추잡한 화냥년들과 다를 바 없는 네놈이 뭘 알겠느냐? 충과 효를 알겠느냐? 지조와 절개를 알겠느냐? 네놈이 선이 하나만 망쳐놓았으면 됐지. 네 아비가 감히 우리 집안을 망치게 놔둬야 했겠느냐?"

강이 성큼성큼 이물로 나아갔다. 배가 다시 흔들렸다. 강이 이를 갈며 중얼거렸다.

"충과 효를 빙자하고 지조와 절개를 빙자한 악귀가 내 앞에서 떠드는구나."

강이 먼저 삼복을 보호하려고 몸을 날렸다. 그러나 윤노가 중심을 잡지 못하고 넘어지며 삼복의 가슴을 칼로 찌른 것이 먼저였다. 강이 윤노를 발로 차 걷어내고 삼복을 안고 소리쳤다.

"삼복아! 삼복아! 정신 차려라! 정신 차려 보아라!"

삼복이 희미하게 눈을 떴다.

"선, 달, 님."

삼복은 약한 소리로 강을 부르더니 다시 정신을 잃었다. 찔린 곳에서 피는 많이 나지 않았다. 강이 삼복을 내려놓고 이물 끝으로 달아난 윤노를 향해 갔다. 윤노가 다가오는 강을 향해 칼을 치켜들더니 악을 썼다.

"네놈은 뭘 했느냐? 선이 하나도 지키지 못한 이 추잡한 놈아! 심양에 7년이나 있었으면서 선이 그년이 다시 수흐에게 잡혀가 화냥질을 하고 사는 걸 아느냐? 모르느냐?"

강은 움직이지 못했다. 윤노의 말이 화살처럼 귀에 꽂혔다. 선이 수흐에게 도로 잡혀갔다니? 강에게 선은 상처였다. 원수 집안의 딸. 헤집어보면 안 될 과거일 뿐이라고 잊으려고 애썼었다. 그러나 오라비인 자의 입에서 나온 말 때문에 선과의 7년 공백이 일시에 사라져버린 듯했다. 그랬다. 명문거족의 고명딸이었던 선은 속환 뒤에는 집안에서 제거해야 할 화냥년이었다. 그랬다, 그런 거였다. 강이 분노로 헐떡거리며 윤노에게 다가갔다. 윤노가 칼을 치켜들어 휘둘렀다. 강의 철편을 두른 팔이 윤노의 칼을 막았다. 칼은 튕겨 나가 바닷물 속으로 사라졌다. 강이 손을 뻗어 윤노의 목덜미를 그러쥐었다. 공포로 일그러진 윤노의 얼굴이 힘없이 뒤로 비틀렸는데 마지막 오기인지 떠듬떠듬 소리를 흘렸다.

"이, 이, 추, 잡, 한 것, 들."

강은 아무 말도 하지 않았다. 오로지 한 번의 응축된 힘으로 원수의 숨통을 끊을 뿐이었다. 뚜둑, 뼈 부러지는 소리가 났다. 섬뜩할 정도로 하얀 윤노의 얼굴이 입에서 쏟아지는 검은 피로 뒤덮였다. 어느새 배를 타고 쫓아온 관군들이 소리쳤다.

"놈이 조윤노요? 놈을 넘기시오!"

시신은 관군들이 수거해갔다. 죽은 자의 부릅뜬 눈이 강을 보는 것 같기도 하고 불타고 있는 자신의 성채를 보고 있는 것 같기도 했다. 강은 삼복을 안고 관군의 배로 옮겨 탔다. 멀리 잿빛 하늘 저편에서 주란타이의 목소리가 울리는 듯했다. 주란타이가 물었다.

"원수를 죽였는가? 복수를 이뤘는가?"

강은 대답하지 않고 삼복을 바짝 그러안았다. 어디선가 원원의 말소리도 윙윙거렸다.

"선이 아기씨와 강이 도련님이 만나 함께 살길 기도할게요. 밤마다 은하수를 바라보며 기도할게요."

강이 엷게 숨을 쉬는 삼복을 추슬러 안으며 한숨처럼 내뱉었다.

"그래, 삼복아 심양으로 가자. 다시 심양으로 가자꾸나."

후룬베이얼 초원에는 8월부터 서리가 내렸다. 여름 영지에서 가을 영지로 게르를 막 옮기고 나서였다. 유난스레 겨울이 빨리 오고 있었다. 수흐는 내년에 조드(자연재해)가 올 나쁜 징조라며 건초를 두 배로 저장해야 한다고 부하와 노복들을 몰아댔다. 원숭이해에는 어김없이 조드가 몰려온다며 차강조드(폭설), 하르조드(겨울가뭄)를 입에 달고 다녔다. 선은 그때마다 올해가 계미년癸未年 양띠해이고 내년이 갑신년甲申年 원숭이해라는 생각을 떠올렸다.

후룬베이얼 초원으로 들어온 지 5년. 서리는 9월 중순이 돼야 내렸고, 마유주에 얼음이 끼기 시작하는 11월이 겨울 영지로 이동하는 계절이었다. 올해처럼 8월에 서리가 내린 적은 없었다. 수흐는 바깥세상에 분명 나쁜 일이 터진 징조라며 흥분했다. 자신이 그 바깥세상으로부터 쫓겨와 목자가 된 것을 이제야 기뻐하기라도 하는 양. 이럴 때일수록 가축들을 먹일 풀만 확보한다면 초원에서의 생활이야말로 진정한 몽골인의 생활이라고 떠들어댔다. 그렇긴 했다. 몽골 초원의 목자들에게는 계미년이든 갑신년이든 육십갑자六十甲子 따위는 상관없었다. 봄, 여름, 가을, 겨울 계절의 순환과 그에 따라 게르를 옮길 영지와 가축과 초원, 이것만 안전하다면 평안한 삶이었다.

수흐가 보통의 몽골인의 삶을 선택한 데에는 아버지의 힘이 컸다. 트므르는 끝내 황금 옥새를 잃어버린 수흐를 용서하지 않았다. 풍기문란을 이유로 몽골 팔기에서 수흐를 내쫓았다. 심양에서 술과 여자에 빠져 살던 수흐는 후룬베이얼 초원으로 들어오면서 깨끗한 초원의 바람에 땟국을 벗듯 자연의 섭리에 순응하는 목자로 변신했다. 그럼에도 수흐가 한 가지 포기하지 않은 게 있다면 게르에 두르는 몽골왕공을 상징하는 빨간 띠였다.

4백 두의 말과 천 두의 양, 백 두의 소를 돌보며 겨울 동안 먹을 건초를 준비하고 가축우리를 손보고 우물을 건사하는 일은 수흐의 부하들과 남자 노복 세 명의 몫이었고, 가축의 젖을 짜 젖술을 만들고 우유과자를 만들고 양고기나 소고기를 말리고 저장하고 야생화와 잎을 따다 차로 만드는 일은 수흐 부하의 아내들과 여자 노복 세 명 그리고 선의 몫이었다.

선은 백일 된 아므라를 바구니에 넣어 말안장에 묶고 닷새를 달려 후룬베이얼 초원으로 들어왔다. 심양에서는 키르사가 선을 감시했지만 키르사는 심양에 남고 따라오지 않았다. 선은 도망치려 하지 않았다. 후룬베이얼 초원에서 5년. 선은 몽골인의 관습에 따라 가축을 섬기며 살았다. 처음 들어올 때는 말이 150두, 양이 3백 두, 소가 30두였지만 그새 세 배로 불어났다.

여름 영지에서 가을 영지로 옮기자마자 서리가 내리기 시작했으니 겨울 준비에 일손이 턱없이 부족했다. 여자들도 양 우리에 들어가 양털 깎는 일을 거들었다. 겨울 동안 에스기(양털로 짠 천)를 짜고, 양가죽 델(겉옷)과 러어워즈(털가죽 모자)를 만들려면 많은 양의 양털이 필요했다. 이제 여섯 살이 된 아므라도 다른 사내아이들과 함께 가축 모는 일을 도왔다.

수흐와 그 부하들은 겨울 영지로 옮기는 시기도 다른 해보다 한 달은 일러야 할 것이라고 했다. 8월 말, 수흐는 오포(몽골의 서낭당)에 기도드리고 겨울 영지로 옮길 날짜를 받는다고 해 뜨기 전 백마를 골라 타고 떠났다. 해가 높이 떠오르자 초원의 풀은 가축들이 먹기 좋게 바삭거렸다. 여자들이 게르 지붕에 말고기를 말리고 있는데 지평선 가까이에서 게르 쪽으로 다가오는 세 점이 보였다. 세 점은 세모꼴 모양의 형태를 이루며 가까워졌다. 가운데가 어른이고 양옆이 아이였다. 아므라가 어른 손님과 아이 손님을 데려오고 있었다. 이들을 태운 말이 가까이 다가오자 얼굴을 알아볼 수 있었다. 5년 만에 보는 키르사와 사내아이였다.

"뭐야, 왜 빤히 쳐다만 보는 거야. 제대로 인사를 해야지."

느닷없는 키르사의 호통에 고기를 말리던 여자들이 급히 허리를 굽혔다. 수흐의 부하들이 달려왔다. 키르사는 마치 잠깐 출타했다 돌아온 여주인마냥 자연스럽게 게르를 둘러보고 가축의 현황을 보고받았다.

선은 심양에서의 기억들이 한꺼번에 덮쳐와 현기증이 일었다. 키르사는 심양으로 다시 끌려온 선을 제 종처럼 농락했고 구타했다. 억지로 무예 시합장에 끌어다 제 뒤에 앉혔고, 빙상 격구장에 끌고 가 강이 앞에 세워두었다. 하지만 키르사는 실제로 강이 선을 알아보는 것은 바라지 않았다. 게다가 선이 무슨 수를 써서라도 강에게 자신을 숨기리라는 것도 잘 알고 있었다. 다만 키르사는 선을 괴롭히는 것에서 즐거움을 찾는 듯 보였다. 선은 5년 전 기억을 떨쳐내려는 듯 머리를 흔들었다. 키르사가 다시 나타났다는 것이 선에게는 여름 서리였다. 그러나 키르사는 멀리 지평선에 눈을 두고 선이 따윈 안중에도 없는 것처럼 굴었다.

오포에 갔던 수흐가 돌아왔다. 수흐는 키르사를 보고도 놀라지 않았다. 무당이 이미 말해줬다고 했다. 키르사가 말했다.

"홍타이지가 죽었어."

수흐가 끄덕이더니 물었다.

"호거가 황제가 될 것 같아?"

수흐가 홍타이지의 장남을 거론했다. 키르사가 어깨를 으쓱했다.

"그렇게 돼야지. 도르곤이 황제가 된다면 아버지는 죽게 될 거야."

이번에는 수흐가 어깨를 으쓱했다.

"도르곤은 너무 세. 황제가 되기 위해 수단과 방법을 가리지 않을 걸.”

키르사도 같은 생각이라는 듯이 끄덕였다. 심양에서는 만나기만 하면 으르렁거리던 수흐와 키르사였다. 서로 펄펄 날뛰며 미워했던 이들이 조용히 상대의 의견에 동조하는 모습을 보고 선은 놀라울 뿐이었다. 심양에서의 수흐와 키르사는 사사건건 충돌하다 상대에게 밥상을 엎고 음식을 뿌리는 일이 다반사였다. 그것을 지켜보다 치우는 것은 선의 몫이었다. 수흐가 마유주를 듬뿍 따라 키르사에게 권했다.

“이제 어쩔 거야. 네 아들과 여기서 지내. 여기에서도 할 일은 많아.”

키르사가 마유주를 세 번 튕기고는 한번에 들이키더니 말했다.

“난 심양으로 돌아갈 거야. 아버지 곁을 지켜야지. 내 아들이나 맡아줘.”

수흐도 마유주를 세 번 튕기고는 들이키고 나서 말했다.

“네 아들은 걱정 마. 우리 몽골인들이 업둥이를 얼마나 복덩이로 생각하는지 잘 알잖아.”

키르사는 더는 말하지 않았다. 그저 어울리지 않게 처연하게 고개를 끄덕이다 수흐에게 빈 잔을 내밀었다. 수흐도 말없이 빈 잔 가득 마유주를 따랐다. 연거푸 잔을 비운 키르사가 갑자기 선을 향해 얼굴을 돌리더니 노려보며 말했다.

“이강도 이제 복수하러 조선으로 가겠지?”

선은 화덕의 끓는 고깃국만 바라봤다. 키르사가 선에게서 눈길을 거두며 강조했다.

“네 아버지와 오라비를 죽이러 가는 거잖아!”

수흐가 키르사를 말렸다.

"자, 자, 여긴 신성한 곳이야. 지난 얘기는 하지 말자고. 이 후룬베이얼 초원은 우리의 위대한 칭기즈 칸이 영혼을 정화시킨 곳이라고."

키르사가 다시 수흐에게 빈 잔을 내밀었다. 그리고 다시 잔을 비우고는 말했다.

"내 아들이 크면 대장을 맡겨야 해. 후룬베이얼 초원뿐 아니라 몽골 초원을 다 맡겨도 내 아들은 잘해낼 거야."

키르사가 술에 취해 잠들었다. 화살처럼 꼿꼿이 앉아 있던 아이가 제 어미 곁으로 다가가 양가죽 이불을 덮어주었다.

다음날 어둠이 걷히기도 전에 키르사가 다가와 선을 깨웠다.

"난 심양으로 돌아갈 거야. 날 따라와."

선이 자리에서 일어나 키르사를 바라보며 머뭇거렸다. 키르사가 흥, 하고 비웃더니 말했다.

"날 저 언덕까지 배웅하란 말이야."

구릉으로 오르는 키르사의 말을 선의 말이 천천히 따라갔다. 새벽 바람이 불어와 잿빛 하늘을 한 겹 걷어내고 안개에 묻힌 초원으로 내려갔다. 키르사가 선을 돌아보았다.

"강트므르는 이강의 아들이야."

바람이 다시 언덕으로 달려 올라와 두 여자를 휘감고 잿빛이 묽어지는 하늘로 올라갔다. 선은 바람의 끝에 검은 매가 날아가는 것을 보았다. 키르사가 다시 말했다.

"내 아들 곁을 떠나지 마. 내가 어디서든 지켜볼 거야. 하늘에서라도 말이야."

키르사는 비쩍 마른 손가락으로 아직 잿빛이 가시지 않은 하늘을 가리켰다. 선은 키르사가 가리키는 하늘을 올려다보았다. 키르사가 묘한 웃음을 띠더니 몸을 돌려 박차를 찼다. 말이 언덕 너머로 쏜살같이 달려 내려갔다. 선은 순식간에 구릉을 넘는 키르사의 말이 시야에서 사라질 때까지 지켜보았다.

9월 말, 수흐가 오포에 갔다가 키르사가 죽었다는 소식을 듣고 왔다.

"역시 주란타이의 딸은 달라. 목이 떨어질 때까지 도르곤에게 저주를 퍼부었다고 하더라고. 키르사를 죽였으니 아마 도르곤은 제명에 못 살 거야."

수흐가 자랑스럽게 떠들며 강트므르의 어깨를 두드렸다. 강트므르는 제 어미의 소식에 눈가만 파르르 떨더니 화살 깎는 일을 멈추지 않았다. 선은 강트므르를 살폈지만 다가가지는 않았다. 과거의 기억에 휘둘려 게으름을 부린다고 일이 줄지는 않았다. 모두 잠을 줄여가며 월동 준비에 여념이 없었다. 선은 몸의 진액이 다 빠져나가 정신이 몽롱해질 때까지 다른 이들처럼 젖을 짜고, 끓이고, 우유과자를 만들고, 고기를 말리고, 건초를 끌어모아 겨울 영지로 끌고 갈 수레에 쌓아두는 일을 반복했다.

무당이 정해준 날짜가 다가왔다. 초원에는 이미 눈이 쌓이기 시작했다. 모두 털가죽 델에 털가죽 신발, 털가죽 모자를 갖춰 입었다. 남자나 여자나 낮 동안에는 뿔뿔이 가축들을 끌고 나가 눈 속에 숨은 풀을 뜯어 먹을 수 있도록 돌봐야 했다. 해가 높이 떠오르는 10월 중순의 늦은 아침, 겨울 영지로 이동했다. 다른 때보다 한 달이 일렀다. 남자들이 가축들을 몰고 앞장서서 달렸고 짐수레를 모는 여자와 아이들이 뒤를 따랐다. 초원은 하얗게 빛났고 태양조차도 하얗게 색을 잃었다. 얼음 막을 덮어쓴 가축과 사람들이 부연 김을 내뿜으며 하얀 적막의 공간을 깨트렸다. 말발굽 소리가 눈밭을 뒤흔들었고 깊이 파인 흔적을 냈다. 앞장선 말의 무리부터 마지막 짐수레까지 이동 행렬의 길이가 1리는 족히 됐다.

남쪽으로 반나절을 달려 내려간 곳, 남북으로 구릉이 서 있고 동서로 산등성이가 바람을 막아주는 분지, 게르의 터임을 알리는 돌들이 둥글게 놓여 있고 그 뒤로 가축우리를 보수해놓은 곳, 그곳까지 달려 내려가야 했다. 먼저 도착한 수흐와 부하들이 가축을 우리에 넣고 놈들의 몸뚱이에 낀 얼음을 털어내고 어린 것들에게 옷을 입혀줄 때쯤 여자들과 아이들이 짐수레를 몰고 도착했다. 남자들이 가축우리 앞에 세 동의 게르를 세우고 여자들이 식료품을 수레에서 내리자 어둠이 찾아왔다. 수흐가 마른 차를 끓여 겨울 영지 생활의 무사 기원을 빌고 나자 화덕 주위를 빼고는 캄캄한 밤의 세계가 지배했다.

수흐의 부하들과 노복들이 각자의 게르로 흩어진 다음, 선은 수흐가 벗어 던져놓은 젖은 털가죽 델과 모자와 신발들을 화덕 주위에 널었다. 아므라와 강트므르의 것과 선의 것도 차례로 화덕 주위에 널었다. 몽골의 겨울은 매우 건조해서 땀에 젖은 털옷 정도는 하룻밤이면 바삭거릴 정도로 다 말랐다. 선은 화덕 불에 기대어 아므라와 강트므르를 살폈다. 눈벌판을 가로질러 반나절을 달려오느라 발갛게 얼었던 뺨들은 게르 안 건조한 공기에 쩍쩍 갈라지고 있었다. 선은 말 비계가 든 가죽 주머니를 꺼내 아이들에게 다가가 앉았다. 강트므르가 다가 앉은 선을 보며 물러앉았다. 선은 먼저 아므라의 뺨과 손에 말 비계를 듬뿍 발라 문지르며 강트므르를 바라보았다. 강트므르는 빠르게 움직이는 선의 손만 바라보고 있었다. 아므라가 편안하다는 듯 숨을 푹 내쉬었다. 선은 아므라의 발도 끌어다가 말 비계를 바르고 문질렀다. 아므라가 꾸룩꾸룩 어린 양 소리를 내더니 누워버렸다. 선은 아므라에게 털가죽 이불을 덮어주고 강트므르를 바라보았다.

  키르사는 아이의 이름을 수흐의 아버지인 트므르의 이름을 따 강트므르라고 지었다. 트므르는 몽골어로 무쇠라는 뜻이고 강트므르는 무쇠 덩이라는 뜻이다. 그러나 아이의 이름에서 '강'이라는 발음이 이강의 '강'을 연상하게 했다. 키르사의 의도 또한 이강의 '강'과 같은 발음이어서 강트므르라고 지은 게 아닐까. 선은 그런 생각을 하며 가죽 주머니 속 말 비계를 듬뿍 떠 강트므르의 얼굴 앞에 가져갔다. 아이는 선의 손을 피하지 않았다. 선이 아이의 뺨에 말 비계를 묻혔다. 아이가 눈을 감았다. 선의 손이 아이의 뺨을 문지르고, 손을 문지르고, 발을 문질렀다. 말 비계로 촉촉해진 손과 발이 뿌리 뽑힌 들풀처럼 허공중에 흔들렸다. 선은 양가죽 이불을 가져다 아이의 몸을 싸매주었다. 아이의 입에서 흑, 바람이 새는 소리가 났다. 바람 소리는 게르 밖 구릉 위에서도 나고 있었다. 선은 구릉 위로 바람이 길게 지나가는 소리에 귀를 기울였다. 수흐는 주인의 자리에서 털가죽 이불을 뒤집어쓰고 곯아떨어져 있었다. 선은 강트므르 옆에 누웠다. 포로로 끌려올 때 강이 자신을 감쌌던 것처럼 선은 강트므르를 감싸 안았다. 이불 위로 나온 아이의 뺨이 눈물에 젖어 있었다. 선은 아이의 젖은 뺨을 감싸며 자신을 덮치는 7년 전 기억에 몸을 맡겼다.

오랑캐가 쳐들어온 강화도에서 사대부들이 왜 그렇게 집안 여자들을 자결시키려고 혈안이 됐었는지를 선은 속환되고 나서야 뼈저리게 깨달았다. 조선에는 엄연히 재가녀자손금고법再嫁女子孫禁錮法이 있었다. 수절하지 않은 재혼한 여자의 자식들은 과거에 응시할 수도 없었다. 오랑캐에게 능욕당한 여자들이 집안에 있다는 것은 곧 집안 남자들의 과거 응시나 관로官路까지도 막는 결과를 초래하는 것이었다. 속환된 여자들은 집안을 몰락의 길로 몰고 가는 화근 덩어리였다. 죽을 고비를 넘기며 목숨을 부지해서 돌아왔는데 아무도 그 목숨을 환영하지 않았다. 살아 있는데 죽은 사람 취급을 했다. 이들에게는 혈육의 정보다 사대부의 가치가 더 중요했다. 그러나 양민들은 달랐다. 돌아온 혈육들을 부둥켜안고 위로했다. 비록 초근목피를 끓여 먹더라도 돌아온 여자들을 내치지 않고 받아들였고 돌봤다. 선은 그들이 부러웠다. 사대부 집안의 여자라는 것이 원망스럽고 한스러웠다.

선에게 있어서 진짜 전쟁은 포로로 끌려갔을 때가 아니라 속환된 뒤, 홍제천을 건너라고 강요받았을 때부터 비로소 시작되었다. 심양으로 끌려갈 때는 같은 처지의 포로들과 함께였고 강도 옆에 있었다. 그러나 속환된 뒤 양반가 여자들은 뿔뿔이 흩어져 집안을 상대로 홀로 싸워야 했다. 그것은 애초부터 이길 수 있는 싸움이 아니었다. 소복을 입혀 놓고 귀신이 되길 바라는 부모, 시부모, 남편이나 오라비를 상대로 한 매 순간이 전쟁이었다. 스스로 목숨을 끊거나 그들이 원하는 대로 죽을 때까지 숨어서 지내야 했다.

아버지는 아예 선을 집안에 둬서는 안 되는 위험인물 취급을 하며 강화도로 내쫓았다. 이천이든 강화도든 선에게는 선택권이 없었다.

심양에서부터 숨겨온 황금 옥새만이 유일한 위안이었다. 어쩌면 황금 옥새를 숨기기에 강화도가 더 안전한 장소일지도 몰랐다. 강화성 남문 밖 언덕, 윤노와 도망치다 강과 맞닥뜨린 곳은 선이 머무르는 농가에서 멀지 않았다. 그곳에 묻었다. 황금 옥새를 누구의 손에도 넘기지 않고 땅속에 파묻기 위해 조선으로 왔고, 강화도로 왔고, 살아 있었다고 믿고 싶었다. 황금 옥새가 정말 칭기즈 칸의 옥새라면 묻기에 가장 적당한 곳은 바로 강화도였다. 살육을 즐겼던 그들의 가장 소중한 유물을 살육당한 이들의 피로 물든 땅에 깊이 묻어 위로하는 것이 자신이 할 일이었다. 선은 정말 그렇게 믿고 싶었다.

이준효 참판 부부가 화마에 돌아가셨고, 그것이 윤노의 짓이라는 이 진사의 전언에 선은 자신이 마지막으로 할 일은 강의 속환금을 마련해 보내는 것이라고 여겼다. 그러나 5백 냥이나 되는 속환금을 마련할 방도는 쉽지 않았다. 몇 년이 걸릴지 알 수 없었다. 그때 수흐가 들이닥쳤다. 선은 기겁했다. 황금 옥새를 잃어버린 몽골인이 1년이나 지나서 강화도까지 쫓아왔다는 것을 믿을 수 없었다. 수흐는 선을 보자마자 묶어놓고 몸을 뒤졌다. 황금 옥새, 황금 옥새를 소리치며 무조건 목을 조르고 때리고 옷을 갈가리 찢었다. 선은 죽을 각오를 했다. 모른다는 말만 되풀이했다. 그 상황에서 수흐의 씨가 몸에서 떨어지지 않고 아이로 자랐다는 것이 선은 기이할 따름이었다. 수흐는 한 달 동안 농막을 다 부수고, 주변 땅을 파헤쳤다. 선은 수흐의 광기가 두렵지 않았다. 자신의 처지를 끝낼 수 있도록 수흐가 목을 더 조르고 더 때리기를 바랐기 때문에 오히려 죽지 못했던 것이다. 이상한 것은 분명 수흐의 난동이 한양의 집안에도 전해졌을 터인데 아무도 나타나지 않았다는 점이다. 한 달 뒤 수흐가 황금 옥새 찾기를 포기하고 떠날 때 선을 묶어서 가마 속에 태웠다. 선은 자신이 끌려가는 대신 부수고 파헤쳐진 농막을 보수할 돈은 남겨야 한다고 말했지만 자신을 남겨두고 갈까봐 오히려 두려웠다. 수흐는 순순히 5백 냥을 남겼다.

　수흐는 황금 옥새의 존재를 모른다는 선의 말을 처음부터 믿지 않았다. 수흐가 바라는 것은 언젠가 선이 마음을 바꿔 황금 옥새를 숨겨둔 곳을 실토하는 것이다. 수흐는 다시 심양으로 끌려온 선을 몽골인 노복으로 가장시켰다. 선이 조선인이라는 것이 드러나 황금 옥새의 비밀이 공개된다면 상황은 걷잡을 수 없이 나빠질 것이었다. 선도 순순히 따랐다. 자신이 드러나서 심양의 조선 포로들에게 누가 되는 일은 하고 싶지 않았다. 특히 더는 강에게 해를 끼치고 싶지 않았다. 황금 옥새의 비밀이야말로 선이 자신이 감당해야 할 일이었다. 죽을 때까지 몽골인 노복으로 살 작정이었다. 아므라가 태어나자 수흐는 너그러워졌다. 수흐 자신과 선, 아므라가 황금 옥새를 지키기 위해 연결된 운명인 것처럼 착각했다. 아버지 트므르의 재촉과 추궁에 그런 답을 내놓자, 트므르는 아들에게 넌더리를 내고 몽골 초원으로 내쫓았다. 수흐는 지금도 선이 언젠가는 아므라에게라도 황금 옥새의 소재를 말할 것이라 믿고 있다. 그러기 전에 수흐는 선을 절대로 놓아주지 않을 것이다. 그러나 오늘 겨울 영지로 이동한 선은 잃어버렸던 새끼를 찾은 어미 여우 같은 느낌이 들었다. 자신이 강트므르를 감싸고 있고, 강트므르 옆에 아므라가 자고 있다는 것에 선은 더할 수 없이 느긋한 마음이 들었다.

겨울 영지의 게르는 동면을 위한 굴이나 마찬가지다. 해가 높이 떴을 때 깨어나고 해가 지기 전에 잠들려면 마유주가 필요했다. 선은 낮이나 밤이나 양털 천을 짰고, 날마다 거르지 않고 두 아이의 뺨과 손발을 말 비계로 문질렀다. 수흐는 마유주에 절어 지냈다. 겨울 영지로 옮긴 지 한 달이 지났다. 말들은 저희끼리 몸을 붙여 혹한을 견뎠다. 소와 송아지에게는 두껍게 옷을 입혔다. 아직 큰 추위는 오지 않았다. 양 우리가 얼고, 세 살배기 소뿔이 얼고, 네 살배기 소뿔이 어는 추위가 차례대로 기다리고 있었다. 11월 중순이었고 겨울은 아직도 석 달이나 남아 있었다. 예년보다 눈이 많이 내렸고 이따금씩 부는 바람에 눈가루가 안개처럼 무리를 지어 멀리 이동했다. 원숭이해 봄에 어김없이 온다는 조드의 원인이 폭설일 수도 있었다. 가을 영지에서 가져온 건초를 아껴 써야 했다.

선은 무리를 지은 눈가루가 구릉을 넘는 소리에 귀를 기울였다. 화덕 불빛이 어두워져 얼굴을 들었는데 검은 물체가 기척도 없이 들어와 우뚝 서 있었다. 수흐의 부하인가 쳐다보았으나 복장이 달랐다. 털가죽 델이 아니었다. 앞섶을 여미는 털가죽 두루마기였다. 선은 머리를 흔들었다. 환영을 지우려고 눈을 감았다가 떴다. 그러나 환영은 사라지지 않고 털모자에 털바지를 입은 거구의 몸집이 선에게 다가왔다. 선은 놀라 일어섰다. 화덕 불빛에 조선 복색을 한 이의 얼굴이 선명하게 드러났다. 선은 숨을 들이켰다. 자신의 앞에 버티고 선 이는 이강이었다. 이강, 그가 서 있었다. 분명 강이 오라버니였다. 믿을 수 없는 일에 선이 허깨비처럼 비틀거렸다. 선의 기척에 누워 있던 수흐가 돌아봤다. 강이 수흐 쪽은 보지도 않고 비틀거리는 선의 팔을 잡았다.

강이 말했다.

"가자."

선이 강의 말이 무슨 뜻인지 모르는 듯 머뭇거렸다. 그때 수흐가 칼을 잡고 튕겨 일어나 강의 등을 향해 내려쳤다. 그러나 그 동작은 겨울잠을 자던 곰처럼 굼떴다. 강이 피하자 칼은 바닥에 꽂혔다. 수흐가 소리치려 입을 벌렸으나 강의 손이 먼저 그 입을 막고 비틀었다. 수흐의 입에서 게르를 지나가는 싸락눈 소리가 났다. 강이 손을 놓자 수흐의 몸이 바닥으로 쓰러졌다. 소란에 두 아이가 일어났다. 아이들은 영문도 모른 채 수흐의 자리에 있던 칼을 쥐고 강을 향해 덤벼들었다. 강이 아이들의 칼을 걷어차고 목덜미를 움켜쥐었다. 선이 그제야 잠에서 깨어난 사람처럼 소리쳤다.

"아이들을 내려놓아요! 당신 아이고, 내 아이예요!"

그것은 조선말이었다. 선이 6년 만에 쓴 조선말이었다.

에필로그

요동벌판 초입의 산간 마을. 우리가 살고 있는 이 마을을 사람들은 포로 마을이라고도 부르고 이가 마을이라고도 부른다. 원원이 심양에서 크게 돈을 벌어 이곳으로 이주할 때, 새로 산 땅의 주인을 이강이라고 말한 까닭이다. 강이 오라버니가 후룬베이얼 겨울 영지에서 나와 아이들을 탈출시켜 이곳으로 데려온 지도 올해로 열 번 해가 바뀌었다. 나의 운명은 병자년 강화도에서 오랑캐에게 포획됐을 때부터 찢기고 해져 예전의 나로 돌아갈 수 없게 되었지만 이 마을로 들어오던 날 다시 시작되었다. 그날을 어찌 잊을 수 있을까.

강이 오라버니의 말이 앞장서 들어가고 나와 아이들의 말이 마을로 들어섰다. 눈 덮인 야트막한 동산에 둘러싸인 초가집 굴뚝에서는 뽀얀 연기가 그림처럼 피어오르고 있었다. 내가 말에서 내리자 초가집들에서 문이 열렸고, 여자들이 급히 나왔다. 잠깐의 일별 끝에 여자들이 내게로 뛰어오기 시작했다. 모르는 얼굴들이었지만 쌍둥어멈만은 기억할 수 있었다. 쌍둥어멈이 나를 안고 울었다. 나는 눈물도 흘리지 못했다. 상상도 할 수 없는 일이었고 희망할 수도 없었던 일이 눈앞에서 펼쳐지고 있었던 것이다. 쌍둥어멈과 조선 여자들, 그리고 이런 마을이 있다는 것을 꿈에서나 그렸을까. 나는 옥죄는 가슴을 안고 엎드려 언 땅에 이마를 대고 절을 했다. 내 입에서 나온 말은 '고맙습니다,

고맙습니다'였다. 그제야 눈물이 터졌다. 아이들이 쭈뼛쭈뼛 나를 따라 절을 했다. 여자들이 나를 안아 일으켰고, 함께 울어주었다. 나중에야 알았지만 몽골 말을 할 줄 알던 원원이 아이들을 데려가 안심시켰다. 10년 전 일이다.

8년 전에 세자가 죽었고, 왕이 죽은 지는 4년이 됐다. 세자의 동생이 왕이 되었다. 8년 전, 세자가 조선으로 돌아가 왕에게 보고하는 자리에서 세자는 새 문물과 청이 중심이 된 중국을 왕에게 고했단다. 왕은 대노했고, 다시는 세자를 보지 않았다. 세자의 시신은 새까맸고 일곱 군데 혈에서는 피가 흘러나왔다. 왕이 된 세자의 동생은 즉위 초년부터 형인 세자와 형수인 강빈의 죽음에 대해 발언하는 것을 엄금했다. 조선에서 흘러들어온 이 같은 소문들은 모두 우리 마을을 지나가는 사신 행렬에게서 들은 것이다. 그들은 세자에 관한 소문을 쉬쉬하며 전했다. 그러나 소문 가운데 그 어디에도 포로에 관한 것은 없었다. 전쟁이 터진 지 17년, 아직도 심양과 주변, 심지어 북경에까지 조선 포로들 몇만 명이 시퍼렇게 두 눈을 뜨고 살아 있는데, 조선의 왕과 신하들에게 포로는 이미 죽은 자들이었다. 그들 처지에서 보면 아무도 죄를 짓지 않았고 속죄할 것이 없었다. 오로지 포로들만이 죄를 지었고 속죄해야 했다.

지나가는 사신 행렬은 우리 마을을 '화냥년 마을'이라고 불렀다. 나는 행차 속의 눈동자들을 살폈다. 그들은 '화냥년'들을 마주 보지 못했고, 눈길을 피하며 흘낏거렸다. 몽골어에 만주어에 조선어를 섞어 쓰는 우리 마을 아이들을 보고는 대놓고 '화냥년의 새끼들'이라고 손가락질했다. 사신 행차가 북경에서 돌아올 때는 대부분 우리 마을을 우회해서 지나갔다.

따지자면 우리 마을은 오랑캐들에게 속환가를 내고 풀려난 남녀들이 만든 마을이기에 '포로 마을'이라는 명칭도 맞지 않는다. '포로였던 사람들이 만든 마을'이고, '화냥년 마을'은 더더욱 사실이 아니다. 화냥년이란 상말은 임진년 전쟁 때 조선을 도와주러 왔다는 명군들에게 몸을 내주거나 욕을 당했던 여자들을 중국말로 비칭하면서[花娘] 유행하기 시작했다. 그런데 그들은 적국에 끌려갔다 천신만고 끝에 속환된 여자들을 화냥년이라고 불렀다. 하지만 마을 여자들은 아무도 화를 내지 않았다. 나도 화를 내지 않았다. 우리가 조선의 관습대로 진짜 죄를 지었다고 생각해야 하고 속죄하는 마음을 가져야 할 수밖에 없었다면 화를 내며 울고불고했을까? 내가 16년 전 홍제천가에서 그랬던 것처럼 말이다.

우리는 반겨줄 고향도, 받아줄 고향도 없다. 포로로 잡힌 조선 땅과 끌려온 청의 심양 땅, 그 원한의 땅으로부터 떨어진 이곳이 이제 우리의 고향인 것이다. 그래서 '화냥년'이라는 상말이 우리의 이런 처지를 환기시키기에 오히려 편안하기까지 하다.

매 순간 엄습하는 죽음의 공포를 짊어진 몇 개월의 행군을 당해본 사람들은 포로 이전의 사람으로 돌아갈 수가 없다. 살아가면 살아갈수록 무너진 정신은 회복하기 어렵고 행동은 더욱 짓눌린다. 예전으로 돌아가는 해결책은 단 한 가지, 예전 같지 않은 삶을 마감하고 죽음으로 예전의 삶을 선택하는 것이다. 영문도 모르고 오랑캐에게 붙잡혔고, 끌려왔고, 가족에게 버림받았고, 유린당했고, 다시 끌려와 몽골 초원에서 가축처럼 부려졌던 이 삶을 말이다.

그 겨울 영지에서 강이 오라버니는 죽은 수흐의 몸을 들쳐 맸고 나는 아이들을 앞장세워 게르를 빠져나왔다. 지나가는 눈보라가 숨죽인 말 발자국 소리를 지워주었다. 수흐의 부하들은 모든 재산을 그대로 두고 떠난 우리를 찾지 않았다. 무릎까지 빠지는 눈을 걷어내고 언 땅을 파 수흐를 묻을 때, 강화도에 내가 파묻은 황금 옥새를 생각했다. 그 금덩이에 몽골족의 혼이 배어 있다면 거기에 묻힌 날 속죄를 시작해 흙이 돼서도 영원히 끝내지 말아야 할 것이다. 수흐 역시 마찬가지였다.

　수흐나 키르사가 죽은 날이면 나는 말을 달려 홀로 벌판으로 나가 소리를 질렀다. 처음 몇 해는 원한의 소리였다. 그러나 해가 갈수록 벌판으로 나아가 홀로 지르는 소리는 그들의 제삿날을 기리는 조사弔辭가 되었다. 내가 그들을 용서해서가 아니다. 우악스럽게 엮였던 젊었던 우리의 삶이 가슴 아파서다. 이제 나는 늙었고 예전의 나로 돌아갈 수 없기에 편안해졌다.

　앞서도 말했듯이 포로였던 이들은 예전의 모습으로 돌아갈 수 없다. 온전치 못한 정신을 부여잡고 지금을 살아갈 뿐이다. 그러나 모두가 강이 오라버니처럼 현실 생활의 따뜻함을 거부하고 전쟁 포로일 때의 모습처럼 산야를 떠돌며 야수처럼 살아가지는 않는다. 그의 눈에는 아직도 대학살극의 와중에 구름떼처럼 몰려다니는 병사들이 보였고, 그의 귀에는 아직도 산을 울리는 말발굽 소리가 들렸다.

　삼복의 말에 따르면 강이 오라버니는 10년 전 조선으로 가려고 압록강을 건널 때부터 심상치 않았다고 했다. 혼이 빠져나간 허깨비마냥 뒤를 돌아보며, '부디 천천히 건너시오. 이렇게 기다리고 있지 않소. 내 안내하리다. 앞장서서 안내할 테니 서두르지 마시오. 다 고향으로 갈 수 있소' 라는 말을 반복했다고 한다. 정녕 강이 오라버니는 심양으로 끌려와 죽은 포로들의 영혼을 모두 데리고 조선으로 귀향했던 것이고, 조선에 죽은 자들의 혼뿐 아니라 자신의 정신까지 두고 온 것일까.

강이 오라버니는 겨울에 사라졌다가 봄에 나타났고, 여름에 사라졌다 가을에 나타났다. 겨울과 여름이면 그가 마을 어귀에 놓고 간 들짐승들로 아이들은 배가 불렀고 뺨이 통통해졌다. 봄이면 언제 나타났는지도 모르게 나타난 그가 일궈놓은 밭에 마을 사람들이 씨를 뿌렸다. 가을이면 망가진 마을 길이나 토담들이 자고 나면 말끔히 수리되어 있었다. 누구도 그를 말릴 수 없었다. 포로였던 사람들은 그렇게도 그리던 자유인으로 일상을 살아내고 있지만, 강이 오라버니만큼은 부서진 그의 정신이 자유인으로 돌아오기를 거부했다.

원원은 가을걷이 이후 이 참판 부부의 제삿날 며칠 동안만 집에 머무는 강이 오라버니를 위해 매해 흰 명주 바지저고리를 지었다. 그는 기꺼이 그 옷을 입었다. 흰 명주옷을 입은 그는 고래의 암각화를 깊숙이 숨긴 신비한 동굴처럼 보였다. 아이들도 그때만큼은 그에게 다가갔다. 아이들은 전쟁 얘기를 들려달라고 졸랐다. 강이 오라버니는 쓸쓸히 웃기만 할 뿐 아무 말도 하지 않았다.

10년 전, 나와 아이들이 마을로 들어오고 큰 잔치가 열렸을 때 원원은 이 마을을 만든 큰손답게 흰 쌀밥과 떡, 장국을 몇십 말씩 해냈다. 술과 고기와 부침개도 푸짐하게 준비했고, 잔치 전에 팥죽을 쒀 마을 동산에 먼저 뿌렸다. 장구와 북, 해금이 흥을 돋우고 잔치가 무르익

자, 묵묵히 술을 마시던 강이 오라버니가 일어나 춤을 추기 시작했다. 춤사위는 가락에 맞추어 조심스럽게 시작됐지만 점차 저고리소매에 숨은 그의 팔이 하늘을 가리키고 두루마기 자락에 숨은 그의 다리가 땅을 차며 허위허위 입춘날 한낮의 말간 공기를 갈랐다. 흥이 나 저마다 크게 웃고 크게 말하던 마을 사람들이 하나둘 춤을 추는 강이 오라버니를 바라봤다. 점점 빨라지는 춤사위에 장구와 북, 해금이 따라갔다. 불끈 주먹을 쥔 손이 하늘을 찔렀고 무쇠 같은 발이 땅을 굴렀다. 포로였던 사람들은 이 춤사위가 무엇을 뜻하는지 알고 있었다. 사람들이 하나둘 일어섰다. 그들도 홀린 듯이 팔과 다리를 휘저었다. 원원의 해금소리가 앞장섰다. 크게 떨며 하늘로 오르더니 맑게 울어댔고, 천천히 내려와 땅을 굴렀다. 그러자 사람들의 입에서 울음소리도 아니고 웃음소리도 아닌 한 서린 소리가 흘러나왔다. 소리는 점점 곡조를 타며 마을에 울려 퍼졌고, 동산을 지나 만주벌판으로 흘러나갔다. 사람들 입에서는 눈물 같은 젖은 숨이 한없이 뿜어져 나왔다.

제 어미들 곁에서 구경하던 아이들이 심상치 않은 분위기에 먹을 것을 내려놓고 떨기 시작했다. 삼복이 아이들을 거둬 한스러운 춤사위로부터 멀리 떨어진 동산 너머로 데리고 갔다. 아므라와 강트므르도 삼복을 따랐다. 그러고도 강이 오라버니와 사람들의 기구의 소리와 몸짓은 오래 이어졌는데, 그날 나는 포로였던 우리로부터 아이들을 떨어져 있게 해야 한다는 것을 알았다.

납덩이처럼 눌어붙은 포로의 원한을 아이들에게 옮겨서는 안 된다. 그것은 강이 오라버니의 뜻이자, 마을 사람 모두의 뜻이었다. 옳은 판단이었다. 사무치는 원한을 가진 자는 그것을 해결하기 위한 세상을 살아갈 수밖에 없다. 섭정 왕 도르곤이 죽자 어린 푸린이었던 청 세조는 7년의 앙갚음으로 도르곤의 묘를 파헤쳐 허허벌판에 시체를 내팽개친 뒤 몽둥이로 내리치고 채찍으로 후려갈겼으며 머리까지 베어버렸다. 우리가 산 세상은 이렇듯 무지막지한 원한의 세상이었다. 아비가 아들을 죽이고, 어미가 딸에게 자결을 강요하고, 삼촌이 조카를 죽이고, 조카가 삼촌을 부관참시剖棺斬屍하는 원한의 독으로 뒤덮인 청과 조선의 세상. 우리 아이들이 그곳으로 돌아가서는 안 되었다.

삼복은 아이들을 데리고 압록강으로 만주벌판으로 백두산으로 쏘다녔다. 아이들은 맨손으로 고기 잡는 법도 알게 되었고, 논농사와 밭농사를 구분해 짓는 법과 인삼 재배법도 알게 되었다. 이 마을에 들어오기 전, 포로인 어미를 따라 몽골 유목민이나 만주 수렵민에게 묶여 있던 아이들은 이제 한낮의 햇볕에 영근 열매 같이 밝고 실한 농사꾼이 되었다.

아므라와 강트므르도 올해로 열여섯 살, 한 사람 몫을 하는 어엿한 일꾼이 되었다. 아므라는 삼복에게 배운 대로 새로 마을에 들어온 아이들에게 농사와 낚시, 인삼 재배를 가르치고 강트므르는 원원 밑에서 심양의 객점 일을 배우고 있다. 내가 17년 전 강화도에서 오랑캐에게 붙잡혔던 그 나이에 아므라와 강트므르는 이곳 산간마을에서 젊은 삶을 시작한 것이다.

조선 포로들에게 자유를 찾아주는 일. 제 나라도 해결해주지 못한 그 일에 이제 마을 젊은이들이 앞장서게 된 것이다. 이것이 이 마을에 들어올 때, 어미 곁에서 두려움에 떨던 그 아이들에게 우리가 진정 바라던 바가 아니었을까.

늦여름 해가 진 마을 어귀에서는 산그늘에 서로 몸을 비비는 산들이 그림같이 보인다. 하루 일을 끝낸 마을 사람들이 평상에 모여 앉아 맑은 바람에 몸을 맡긴다. 멀리서 점이었던 것이 점차 사람의 모습으로 다가오고 있다. 강이 오라버니다. 그가 나타난 것을 보니 가을이 시작되고 있다.

작가의 말

377년 전 이 땅에 살았던 남녀가 있다. 강康과 선鮮. 각각 스무 살, 열일곱 살이었던 이들은 적군의 땅에 전쟁 포로로 끌려가 돌아오지 못했다. 지금이라면 입시에 억눌리거나 대학생이 되거나 직업을 구해 자기 정체성을 찾는 데 골몰할 나이지만 이들은 혹독한 겨울 추위 속에서 석 달을 걸어 심양瀋陽으로 끌려갔다. 강과 선을 비롯한 조선인 포로는 끌려가는 도중 열에 여덟은 죽었다. 청군에게 맞아 죽고, 강간당해 죽고, 얼어 죽고, 병들어 죽고, 압록강에 뛰어들어 죽었다.

당시 용어로 피로인被擄人(사로잡힌 민간인)이라 불렸던 조선인 포로는 병자호란이 끝나자 심양으로 끌려갔다. 이들은 심양에서 속환가贖還價(몸값)를 치르고 풀려나거나 포로의 삶에 적응해야 했다. 속환가는 시간이 흐를수록 높아져 양반이나 상당한 부자가 아니라면 풀려나는 것은 꿈같은 이야기였다. 청인들은 피로인을 '목숨을 걸고 얻어낸 재물'이라 여겨 추적해서 붙잡는 일을 끝까지 포기하지 않았다. 도로 붙잡힌 포로는 코나 귀가 잘리거나 발뒤꿈치를 잘리는 고문을 당했다. 그 과정에서 도망 포로를 추적하는 포로 사냥꾼과 속환가를 대신 내주고 조선으로 데려와 가족에게 되팔거나 강제노동을 시키는 포로 장사꾼이 등장했다.

최명길崔鳴吉은 전쟁이 끝난 직후 포로로 끌려간 조선 백성이 50만 명에 이른다고 추정했다. 그 당시 조선의 인구를 어림잡아 6~7백만 명이라고 본다면 10퍼센트 가까운 사람이 적지로 끌려간 셈이었다.

피로인에게 가장 무서운 적은 말할 것도 없이 청군이었다. 하지만 도망친 포로를 도로 붙잡아 청으로 보냈던 조선의 관리, 포로 사냥꾼, 포로 장사꾼, 충신과 열녀가 되라고 이들을 억압했던 유교 이데올로기 또한 적이었다. 속환되어 조선으로 돌아온 여자들에게는 자결하지 않고 살아 돌아왔다는 것 자체가 허물이자 하자가 되었다.

우리는 흔히 병자호란 이후 속환된 여자들을 '환향녀還鄕女'라 불렀다고 알고 있다. 그러나 그 당시 사료 어디에서도 '환향녀'라는 용어는 나오지 않는다. 1638년 장유張維는 속환되어 돌아온 며느리와 아들이 이혼할 수 있게 해달라고 예조에 요청했는데, 그 과정에서 '잡혀갔다 돌아온 부녀자', '잡혀갔다 속환돼온 부녀자' 등의 표현만이 등장한다. 당시 문헌에는 '열녀烈女', '열부烈婦', '의부義婦'라는 용어가 많이 보인다. 죽음을 무릅쓰고 절개를 지킨, 칭찬할 만한 행실을 한 부녀자를 그렇게 부른 것이다. 때문에 속환돼온 여자를 '환향녀'라고 불렀으리라는 짐작은 당시의 정서로 봐서도 맞지 않는다. 당시 집필자들은 유교적 사고방식에 어긋나는 행실을 한 여자들에게 '녀'자를 붙여 드러내기보다는 쉬쉬하며 숨기려 했다.

'화냥[花娘]'이라는 용어는 성종 때 쓰인 기록이 있지만, 임진왜란을 맞아 조선 여자와 명군의 접촉이 잦아지면서부터 유행했을 것으로 유추한다. 왜란 시기 많을 때는 10만 명이 넘는 명군이 8년 3개월 동안 조선에 주둔했다. 명군이 철수한 뒤 조선 조정은 1602년 명군과 통정했던 여자들을 한성부 10리 바깥으로 쫓아내는 조처를 한다. 이 여자들이 '몸 파는 여자' 라는 뜻의 중국어 '화냥' 에서 비롯된 '화냥년' 으로 손가락질당했으리라는 것은 의심할 여지가 없다.

성종 때에는 이득을 취하기 위해 간음하는 것을 '화냥' 이라 불렀다면 임진왜란 이후에는 여자들의 명군과의 접촉을 모두 '화냥' 으로 부르는 풍조가 생겨난 것이다. 따라서 '환향녀' 는 역사적 사실과 관계없이 후대에 편의적으로 붙여진 용어이며, '화냥년' 은 임진왜란 당시 명군과 관계한 여자들에게 붙여져서 병자호란의 피해자인 여자들에게까지 붙여진 것으로 생각한다.

이 소설에서 '화냥년' 은 청나라에 끌려가 살아남은 조선인 포로 남녀 모두를 가리킨다. 당시는 포로가 되어 살아남았다는 것, 청의 앞잡이가 되어 명군과의 전쟁터로 나갔다는 것, 청에서 살아남아 돌아왔다는 것이 모두 절개를 잃은 '화냥질' 이 돼버린 상황이었다. '화냥년' 이 된 조선인 포로에게 돌아갈 '조국' 은 없었다. 강과 선의 삶이 그랬다. 소설의 제목을 '화냥년' 으로 붙인 까닭이다.

그동안 병자호란과 관련된 소설적 관심은 인조와 소현세자에 국한돼 있었다. 그것은 피로인에 대한 관련 기록이 너무 제한적이기 때문이다. 조선인 포로는 지배층인 사대부와 달리 어떤 기록도 남기지 못했다.

나는 《인조실록》, 《청실록》, 《연려실기술》, 《소현심양일기》, 《심양장계》 등에서 사건과 사실을 추출해 무대로 삼고 현재까지 나온 국내외 학자들의 연구 성과―옌 총니엔의 《대청제국 12 군주열전》, 마크

C. 엘리엇의 《만주족의 청제국》, 강명관의 《열녀의 탄생》, 잭 웨더포드의 《칭기스칸, 잠든 유럽을 깨우다》, 동북아역사재단이 엮은 《동북아 활쏘기 신화와 중화주의 신화론 비판》 등을 통해 조선인 포로의 삶을 상상했다. 또 분위기를 묘사하는 데 박지원의 《열하일기》가 없었다면 매우 곤란했을 것이며, 진순신의 《중국의 역사》와 저작들에 힘입은 바가 컸음을 밝힌다. 그리고 어디까지나 역사적인 관점과 준거는 남편 한명기의 저서 《정묘·병자호란과 동아시아》를 기준으로 했음을 밝힌다.

이 소설이 377년 전 포로로 붙잡혀 적지로 끌려갔던 선조들의 원혼을 조금이나마 달래는 역할을 했다면 그것으로 만족한다.

내용을 꼼꼼히 검토해준 편집진에게 감사의 말을 전한다.

2013년 여름 우면산 아래에서

유하령 씀

화냥년 – 역사소설 병자호란

⊙ 2013년 10월 15일 초판 1쇄 발행
⊙ 2017년 9월 29일 초판 4쇄 발행
⊙ 글쓴이   유하령
⊙ 발행인   박혜숙
⊙ 책임편집   정호영·원미연
⊙ 펴낸곳   도서출판 푸른역사
　 우) 03044 서울시 종로구 자하문로8길 13
　 전화: 02) 720−8921(편집부) 02) 720−8920(영업부)
　 팩스: 02) 720−9887
　 전자우편: 2013history@naver.com
　 등록: 1997년 2월 14일 제13−483호

ISBN   978−89−94079−98−1   03810